KATHARINA PETERS

BORNHOLMER FINALE

atb aufbau taschenbuch

KATHARINA PETERS schloss ein Studium in Germanistik und Kunstgeschichte ab. Sie begeistert sich für japanische Kampfkunst und lebt mit ihren Hunden in Schleswig-Holstein. An die Ostsee fährt sie, um zu recherchieren, zu schreiben – und gelegentlich auch zu entspannen.

Aus der Ostsee-Serie sind »Todesstrand«, »Todeshaff«, »Todeswoge«, »Todesklippe«, »Todeswall«, »Todesbrandung« sowie »Todesküste« lieferbar.

Mit der Kriminalpsychologin Hannah Jakob als Hauptfigur sind »Herztod«, »Wachkoma«, »Vergeltung«, »Abrechnung«, »Toteneis« und »Abgrund« lieferbar.

Zuletzt erschienen von ihr: »Bornholmer Schatten«, »Bornholmer Falle« und »Bornholmer Flucht«.

Mehr zur Autorin unter www.katharinapeters.com

Im Frühsommer wird am Strand von Dueodde auf Bornholm eine männliche Leiche entdeckt. Georg Hansen, ein deutscher Tourist, der bei der Deutsch-Schwedischen Handelskammer beschäftigt war, starb durch einen Herzschuss. Sarah Pirohl reagiert heftig beim Anblick des Toten – der Mann weist große Ähnlichkeit mit ihrem angeblich unlängst verstorbenen Vater auf. Wenig später stellt sich heraus, dass Hansens Identität im Zusammenhang mit einer Kronzeugenregelung entstanden ist. Bei der deutschen Polizei möchte man den Fall am liebsten zu den Akten legen, doch Sarah Pirohl, die als Verbindungsbeamtin für das BKA auf Bornholm arbeitet, braucht Gewissheit. Offenbar hat ihr Vater, der ein Hauptakteur in einem rechtsextremen Netzwerk war, Interna preisgegeben und dadurch eine falsche Identität erhalten. Aber was wollte er auf Bornholm? Und ist auch sie selbst in Gefahr?

KATHARINA

PETERS

BORNHOLMER FINALE

KRIMINALROMAN

atb aufbau taschenbuch

MIX
Papier | Fördert
gute Waldnutzung
FSC® C083411

ISBN 978-3-7466-4045-7

Aufbau Taschenbuch ist eine Marke
der Aufbau Verlage GmbH & Co. KG

1. Auflage 2023

www.aufbau-verlage.de
10969 Berlin, Prinzenstraße 85

Umschlaggestaltung Christin Wilhelm, www.grafic4u.de
unter Verwendung eines Motivs von © Jacek Kadaj / getty images
Satz LVD GmbH, Berlin
Druck und Binden CPI books GmbH, Leck, Germany

Printed in Germany

PROLOG

Krølle setzte sich mit dem Laptop und der ersten Tasse Kaffee auf die Terrasse. Eigentlich hieß er Erik Torba, aber auch das war nur ein Name von vielen. Ein dänischer Journalist, mit dem ihn einiges verband, hatte ihn so genannt, nachdem Erik sich für ihre erste Begegnung mit einer lockigen Perücke ausstaffiert hatte. Krølle – das dänische Wort für Locke – gefiel ihm mit Abstand am besten. Einen Moment lauschte er dem Flüstern des frühen Morgens, dann trank er einen Schluck und öffnete die Mail. Sie klang für Außenstehende nichtssagend und langweilig – ein Rosenzüchterverein lud zur Jahreshauptversammlung ein. Im Text versteckt war der Hinweis auf eine Adresse und die Vorgehensweise für ein Treffen. Dass Krølle tatsächlich Mitglied in dem Verein war und sich inzwischen als überaus begabter Rosengärtner bezeichnen durfte, war ein Detail, das ihn immer wieder amüsierte.

Krølle überprüfte die Daten zweimal und runzelte die Stirn. Er war sicher, dass die Informationen von Lennart Paulsen stammten – einem verdeckt agierenden Ermittler, der in einem ausgewählten Zirkel im Umfeld von BKA, BND und MAD in der Regel die Drecksarbeit erledigte, von der Außenstehende kaum etwas ahnten. Sie hatten sich vor ein paar Jahren kennengelernt, nachdem Krølle dem BKA nach all den Jahren seines erfolgreichen Schattendaseins dann doch ins Netz gegangen war und die Wahl gehabt hatte – entweder als Beschatter und Schnüffler und manchmal als Killer auch für diesen schillernden Auftraggeber tätig zu werden oder aber ins Gefängnis zu gehen und dort nicht lange zu überleben. Die Entscheidung war in denkbar kurzer Zeit gefallen. Besonders sympathisch waren sie einander nicht gewesen, zumindest anfänglich nicht. Krølle hatte Paulsen misstraut, weil er zu den wenigen Menschen gehörte, die er nicht mit seinem inneren Sensor erfassen und lesen konnte, und Paulsen hatte ihn für einen ebenso begabten wie gewissenlosen Killer gehalten, der für jeden tätig wurde, der ihn bezahlen konnte – was übrigens schlicht falsch war. Doch zu diesem Zeitpunkt war keiner von beiden zu einer Diskussion bereit gewesen. Sie hatten ihren Kontakt auf das Nötigste beschränkt und sich darüber hinaus misstrauisch beäugt.

Ihr Verhältnis änderte sich schlagartig, als Krølle den MAD-Mann aus einer brenzligen Lage befreit und dabei nicht gezögert hatte, fünf Typen einer rechtsradikalen Gruppe auszuschalten – eine waghalsige Aktion, die ihn im Rückblick immer noch mit diebischem Vergnügen erfüllte. Fünf Nazis, die es bei Kriegsspielen hinterrücks erwischt hatte – was wollte man mehr? Hinzu kam der erfreuliche Umstand, dass Paulsen seitdem nicht müde wurde zu betonen, dass er nun ewig in Krølles Schuld stehen würde, und das Bemerkenswerte war: Genauso meinte er es auch. Das klang zwar ebenso offen und direkt wie verdammt melodramatisch, und Krølle hatte wenig übrig für überschwängliche Beteuerungen und Melodramatik, doch er ließ es dann doch so stehen. In der Folge arbeiteten sie immer mal wieder zusammen oder unterstützten sich gegenseitig. Wer wüsste nicht besser als er, wie sich schicksalshafte Begegnungen anfühlten und was sie bewirken konnten?

Hannah Jakob und ihr Hund Kotti hatten sein Leben verändert – schlagartig. Zwanzig Jahre hatte er für den rumänischen Geheimdienst gearbeitet und sich stets eins gefühlt mit seinem Tun. Doch den Auftrag, den Hund der Kommissarin zu entführen und zu töten, um sie von weiteren Ermittlungen im Umfeld der organisierten Kriminalität abzuhalten, hatte er seinerzeit nicht befolgen können. Das klang so lächerlich und kitschig wie ein schnulziger Liebesfilm. Aber genauso verhielt es sich manchmal mit der Wahrheit. In den nachfolgenden Jahren hatte Krølle Hannahs Weg immer wieder verfolgt, ihre Ermittlungen aus der Nähe beobachtet und manches Mal auf seine ganz persönliche Art eingegriffen, so gefährlich diese Aktionen auch oftmals waren. Selbst als er im Geheimteam BKA mitspielte und nicht aus der Deckung kommen durfte, hatte er sich nicht davon abhalten lassen. So war er schließlich auch auf ihre Kollegin Kommissarin Sarah Pirohl, die auf Bornholm tätig war, und ihren Freund, den Journalisten Frederik Thomsen, aufmerksam geworden. Wenn ihm allerdings zu diesem Zeitpunkt jemand gesagt hätte, dass er mit diesem beherzten jungen Mann, dem er seinen hübschen Spitznamen verdankte, gemeinsame Sache machen würde, hätte er lachend abgewinkt. Doch genauso war es gewesen. Frederik war in eine ziemlich ausweglose Lage geraten, und die gemeinsamen Anstrengungen, ihn daraus zu befreien und zugleich auf die Ermittlungsarbeit der dänischen und deutschen Polizeibehörden Einfluss zu nehmen, waren in ein höchst geschicktes und aufwändiges Großmanöver ausgeufert. Es hatte Tote im Umfeld der Pirohl-Leute gegeben – Menschen, auf die man im Übrigen getrost verzichten konnte. Das sah Frederik inzwischen genauso. Er hatte sich von den hehren Zielen seines Berufsstandes mittlerweile verabschiedet, wie Krølle wusste. Das allerdings hatte Krølle so nicht kommen sehen. Frederik war ein mutiger Kämpfer, aber Attacken, die auch tödlich enden konnten oder zumindest im Zusammenhang mit Straftaten und gewalttätigen Finten standen, hatten bislang nicht zu seinem Repertoire gehört.

Manchmal schloss sich der Kreis auf unerwartete Weise, und Bernd Pirohl, Sarahs Vater, hatte dabei den Ausschlag gegeben. Der Wirtschaftsjurist, ehemaliger Leiter einer Wirtschaftskanzlei und viele Jahrzehnte Unterstützer und Mitglied des rechtsextremen Spektrums, bevor seine eigene Tochter gemeinsam mit Frederik entscheidend dazu beigetragen hatte, seine Gruppe zu entlarven und für seine Inhaftierung zu sorgen, lebte inzwischen nicht mehr. Und der dänische Journalist befand sich seit geraumer Zeit auf Reisen, auf der Suche nach neuen Herausforderungen und Verbündeten, und manchmal meldete er sich bei Krølle. Dem waren solche Kumpaneien ganz und gar nicht wichtig – von der Verbindung mit Paulsen abgesehen –, aber er brachte es auch nicht übers Herz, Thomsens Adresse zu blockieren oder die Nachrichten ungelesen zu löschen.

Krølle schob die Gedanken beiseite und beantwortete die Mail mit einer Zusage, bevor er den gesamten Vorgang löschte. Anschließend frühstückte er und machte sich keine Stunde später auf den Weg. Paulsen würde höchstens zehn Minuten am Treffpunkt auf ihn warten und dann verschwinden. Die Frage, warum er diesen Umweg für die Kontaktaufnahme gewählt hatte, statt eines der sicheren Handys zu benutzen, lag auf der Hand: Paulsen hatte einen neuen wichtigen Auftrag und musste in Deckung bleiben. Oder er war in Gefahr und brauchte Hilfe.

Krølle mied die Autobahn und fuhr über die B 96 in Richtung Buch. Er war eine halbe Stunde vor der Zeit am Treffpunkt und parkte am Arkenberger Kiessee. Frühsommer und doch schon ungewöhnlich heiß. Früher hatte es zu dieser Zeit manchmal wochenlang geregnet, und alle hatten sich danach gesehnt, dass die Sonne endlich die Oberhand gewann. An der Badestelle war bereits einiges los. Krølle packte seinen Rucksack und unternahm eine Inspektionsrunde. Als er zu seinem Wagen zurückkehrte, sah er sofort den kleinen Jeep, der hinter einem dichten Gebüsch stand. Die Fahrertür schwang auf, Paulsen stieg aus, tippte mit einer Hand an sein Cap und kam ihm entgegen – Krølle nickte. Sie gingen nach kurzer Begrüßung nebeneinander zum Kiessee hinunter.

»Du machst es spannend«, meinte Krølle, als sie die Badestelle passiert hatten. »Was ist los?«

»Ich habe einen Auftrag erhalten, bei dem ich Unterstützung gebrauchen könnte«, erwiderte Paulsen und blickte einen Moment in die Ferne, bevor er wieder Krølle ansah. »Unterstützung, von der niemand etwas mitbekommen sollte.«

»Du sicherst dich ab?«

Paulsen nickte. Er wirkte plötzlich angespannt. »In unserem Geschäft kann man eigentlich niemandem vertrauen. Mit dir ist das anders. Du hast mir schon mal den Arsch in höchster Not gerettet – was soll schon schiefgehen?« Er lächelte, aber es wirkte gezwungen.

Krølle sah ihn abwartend an. »Ein schmutziger Auftrag?«

»Könnte sein.«

Krølle drehte sich um und warf einen Blick zurück zum Parkplatz.

»Keine Sorge, ich habe den Wagen zweimal gewechselt«, erklärte Paulsen. »Sollte sich jemand an meine Fersen geheftet haben, wartet er nun vor einem Wellnessclub auf mich.«

»Das klingt gut. Also?«

Paulsen atmete tief durch. »Es geht um einen Kollegen. Er gehörte zum Team für eine Aktion im Rahmen des Zeugenschutzprogramms. Große Sache. Auslandseinsatz mit neuer Identität. Hervorragend organisiert.«

»Lass mich raten – es ist trotzdem was durchgesickert?«

Paulsen nickte. »Das zumindest ist zu befürchten. Der Zeuge ist verschwunden, nachdem anderthalb Jahre alles gut ging.«

»Von wem sprechen wir?«

»Kann ich nicht sagen.«

»Kannst du nicht oder darfst du nicht?«

»Ich kenne den Namen tatsächlich nicht, und man wird ihn mir auch nicht verraten. Ist durchaus so üblich bei solchen Geschichten. Der Kollege wurde jedenfalls kürzlich ausgewechselt, und mein Auftrag lautet, ihn zu observieren und zu durchleuchten, nach Anhaltspunkten für Geheimnisverrat oder auffallenden Kontakten Ausschau zu halten, und mir ist nicht wohl bei der Sache. Es muss ein handfester Verdacht gegen ihn bestehen, sonst würde man diese Maßnahme nicht anordnen. Die Zeugenschutzleute unterliegen einer hohen Geheimhaltungsstufe, und wenn was schiefgeht, ist Alarmstufe rot angesagt.«

»Verstehe. Hattest du schon mit ihm zu tun?«

Paulsen schüttelte den Kopf. »Nicht, dass ich wüsste.«

»Und warum sollst du das allein übernehmen?«

»Gute Frage.« Dann hob er langsam eine Braue.

Krølle rieb sich übers Kinn. »Verstehe. Sollte sich der Verdacht bestätigen, könnte sich womöglich eine pragmatische Lösung anbieten.«

Paulsen blieb stehen und sah Krølle direkt an. »Kann ich auf dich zählen?«

»Natürlich. Wie genau stellst du dir meine Unterstützung vor?«

»Behalte im Blick, ob jemand an mir dran ist.«

»Das dürfte kein Problem sein.«

»Der Job wird übrigens gut bezahlt. Wir teilen natürlich.«

Krølle lächelte. »Klingt verlockend. Ein Zuschuss zum Taschengeld kann nicht schaden.«

Es war später Nachmittag, als Krølle in sein friedliches Domizil am Roofensee zurückkehrte. Die Nachbarn hielten ihn für einen kauzigen und maulfaulen Einsiedler, der sich in die Natur zurückgezogen hatte, seinen Rosengarten pflegte und den Streunerkater Copper versorgte. Nach offizieller Lesart verfügte er über ein kleines Sparvermögen und verdiente sich regelmäßig mit der Gestaltung von Websites und anderen Internetjobs etwas hinzu. Inoffiziell hatte er keinerlei finanzielle Sorgen, und seine Aufträge konnte er sich aussuchen. Galt es, einen Tierquäler zu beseitigen, arbeitete er kostenlos. Hatte er den Eindruck, dass Auftraggeber mit gezinkten Karten spielten, lehnte er ohne jegliche Begründung ab.

Er stellte Coppers Milchschale bereit. Irgendwo hatte er mal gelesen, dass Katzen Kuhmilch gar nicht vertrugen. Copper wirkte allerdings putzmunter. Krølle ging in die Küche und briet sich ein Kotelett. Dazu gab es Bratkartoffeln und Gurkensalat. Ein deftiges Mahl an einem heißen Tag. Das hatte ihn noch nie gestört.

Später aktivierte er den GPS-Tracker, den er an Paulsens Wagen befestigt hatte. Eine Sicherheitsmaßnahme, die sich schon einmal bewährt hatte. Der Kollege, der im Verdacht stand, im Zeugenschutzprogramm gegen Geheimhaltungspflichten verstoßen zu haben, lebte unter dem Namen Gregor Tiegel in einer Altbauwohnung in Berlin-Tempelhof und hatte kürzlich eine Stelle beim LKA in der Verwaltung angetreten. Krølle lächelte. Dort kannte er sich ziemlich gut aus. Hannah Jakob hatte in der Vergangenheit häufig mit dem LKA-Team zusammengearbeitet. Womit sie aktuell beschäftigt war, würde Krølle, wenn nötig, schnell herausfinden.

1

Jemand rief einen Namen, und Sarah warf den Kopf herum. Der Klang der Stimme wehte über den Strand. Ein junger Mann lief eilig in ihre Richtung. Sie stockte. Einen Moment lang war sie fest davon überzeugt, dass es sich um Frederik handelte. Die Gestalt passte, auch die Stimme war ähnlich, dann rannte der Typ an ihr vorbei – höchstens Mitte zwanzig – und warf sich in die Wellen. Der Moment hallte in ihr nach, während ihr aufgewühltes Herz sich nur allmählich beruhigte. Schließlich stand sie auf, klopfte sich mit zitternden Händen den Sand aus der Hose und ging langsam durch das schmale Waldstück zur Straße. Sie hatte die Mittagspause für einen Ausflug an den Strand nördlich von Rønne genutzt und machte sich auf den Weg in die Dienststelle.

In den letzten Monaten war Kommissarin Sarah Pirohl so manches Mal davon überzeugt gewesen, dass sie das Aus der Beziehung endgültig hinter sich gelassen hatte und über den Berg war. Sie hatte sich auf den einen oder anderen Flirt eingelassen und immer seltener von Frederik geträumt. Wie trügerisch ihre Einschätzung war, hatte sich gerade auf eindrucksvolle Weise gezeigt. Ihre Liebe war schon lange Geschichte, und es war immer noch nicht vorbei.

Fast zweieinhalb Jahre waren vergangen, seitdem die Hintergründe von Frederiks Entführung durch Täter der rechtsextremen Szene aus dem Umfeld ihres Vaters sowie mehrere damit im Zusammenhang stehende Tötungsdelikte und andere Straftaten weitgehend aufgeklärt werden konnten – und ähnlich lange musste sie sich der bitteren Wahrheit stellen, dass Frederik in seinem Kampf seinen inneren Kompass verloren hatte. Der Zweck heiligte die Mittel – er hatte sich damals auf die Unterstützung eines Killers verlassen, der ihn zweifellos in einer nahezu ausweglosen Lage auf seine ganz besondere Art begleitet und beschützt hatte. Nur zu welchem Preis? Der Mann, dem Frederik den charmanten Namen Krølle gegeben hatte, war seinem ganz persönlichen Erfahrungshorizont treu geblieben, und das bedeutete auch, dass er über Leben und Tod im Umfeld von offiziellen Ermittlungen entschieden hatte. Ein Umstand, der Frederik kaum noch berührt hatte. Immer wieder hatten sie hitzige Diskussionen darüber geführt, halbe Nächte miteinander gerungen, um sich dann stumm, fast verbissen zu lieben – eine verzweifelte Liebe von Sarahs Seite und die letzte noch verbliebene Möglichkeit, Nähe zu ihm zu spüren.

Sie wollte sich nie gemein machen mit Menschen, die bereit waren, sich ihr Recht selbst zurechtzubiegen. Das klang verdammt moralisch, dessen war sie sich durchaus bewusst, denn Frederik hatte Freunde verloren beim Kampf gegen übermächtige Gegner, die stets ihre eigenen Gesetze verfolgten und juristische Feinheiten nur dann in Waagschale warfen, wenn sie sich einen Vorteil davon versprachen. Dennoch war sie davon überzeugt, dass Frederik einen schweren Fehler begangen hatte, als er Anfang 2020 beschloss, unterzutauchen und sich andere Unterstützer und Gleichgesinnte zu suchen. Fast ein Jahr war er mitten in der Pandemie unterwegs gewesen, hatte zeitweise aufgrund von Reisebeschränkungen festgesessen und endgültig wichtige Brücken hinter sich abgebrochen.

Ihr letztes Wiedersehen lag inzwischen anderthalb Jahre zurück, rechnete Sarah nach, während sie an einer Ampel abrupt stoppte. Einen Moment war sie verblüfft, wie viel Zeit vergangen war. Sie hatte sich nach seiner Abreise in die Arbeit gestürzt und irgendwie versucht weiterzumachen – mit einer neuen Aufgabe in einer überregional agierenden Soko entlang der Ostseeküste, die sich mit einem großen Fall von Waffenschmuggel, in den mehrere Staaten involviert waren, befasste. Und sie hatte sich wenig später von Lottchen verabschieden müssen, ihrer wunderbaren Großmutter, die ihre Enkelin als Alleinerbin eingesetzt hatte. Einige Monate danach hatte es im Herbst 2020 den nächsten Todesfall in ihrer Familie gegeben. Sarah hatte die überraschende Nachricht erhalten, dass ihr Vater nicht mehr lebte. Sie erinnerte sich mit bemerkenswerter Klarheit daran, dass sie fast schon erschreckend emotionslos reagiert hatte. Ein Hirn-Aneurysma war geplatzt, und die Not-OP hatte Bernd Pirohl nicht retten können. »Kein schöner Tod«, hatte ihre Mutter gesagt. »Egal, was zwischen euch beiden war und was so vorgefallen ist – das wünscht man niemandem.«

Was zwischen euch beiden war und was so vorgefallen ist. Sarah hatte es vorgezogen, nicht auf diese Bemerkung einzugehen, aber innerlich hatte es gebrodelt in ihr. Dieser Mann war verantwortlich für den Überfall auf Frederik – und für zahlreiche andere Straftaten, unter anderem jahrzehntelange Aktivitäten in der rechten Szene als Ratgeber und aktives Mitglied, als Vorbereiter und Berater, als Geldbeschaffer und hakenschlagender Jurist, der sogar seine eigene Mutter bedroht hatte. Dein Mann hätte geholfen, diese Demokratie zu stürzen, hatte sie gedacht und sich abgewandt. Und Ehefrauen und Partnerinnen wie ihre Mutter waren letztlich ein Teil des Problems.

Einige Zeit darauf endete der Prozess gegen Bernd Pirohls Mitstreiter mit zum Teil empfindlich langen Haftstrafen für etliche Angeklagte. Immerhin. Der Alptraum war vorbei – mehr als ein Jahr nach Frederiks Entführung. Die Kanzlei führten inzwischen andere Anwälte, und wie gerne hätte sie diesen Erfolg mit Lottchen gefeiert. Und wie groß war ihre Sehnsucht nach Frederik.

Kurz vor Weihnachten hatte er unangekündigt vor der Tür gestanden, und einen verführerischen Moment lang schien ein Neubeginn möglich – ein gemeinsamer Aufbruch zu einem perfekten Zeitpunkt, der auch bedeutete, Frieden mit der Vergangenheit zu schließen, und zwar in jeder Hinsicht. Sie entsann sich fast schmerzhaft intensiv daran, wie groß und mächtig der Wunsch gewesen war, dass Frederik aus genau diesem Grund zurückgekehrt war: um einen Neustart zu wagen – und zwar auf der Basis von gemeinsamen Überzeugungen, die auch sie als Polizistin mittragen konnte. Doch ihre Hoffnung war wenige Stunden später geplatzt wie die berühmtberüchtigte Seifenblase. Frederik war gekommen, um sie davon zu überzeugen, sich ihm anzuschließen. Es tat immer noch weh, diese bittere Wahrheit zu akzeptieren.

Sarah parkte hinter dem Kommissariat, stellte den Motor aus und starrte ins Leere, während die Erinnerungen sie durchfluteten, als lägen sie erst wenige Tage zurück. Sie hatten sich stundenlang geliebt und danach in guter Tradition ein kleines Festmahl genossen – das Frederik zubereitet hatte. Auch das gehörte dazu. Der perfekte Liebhaber, der auch ein perfekter Koch war. Als das Dessert auf dem Tisch stand, hatte er sie plötzlich mit dunklem Blick angesehen und das Kinn gehoben. »Komm mit mir! Bitte. Lass uns gemeinsam diesen Weg gehen und alles versuchen, diese Leute mit ihren wahnwitzigen Ideen und menschenfeindlichen Vorstellungen aufzuhalten.«

Seine eindringlichen Worte waren verklungen, während sie das Besteck auf den Teller zurückgelegt hatte. Ihre Lippen hatten sich angefühlt, als wären sie eingefroren.

»Du bist unabhängig – hast genug Geld und bist nicht auf deinen Job angewiesen, und wir könnten zusammen so viel ausrichten!«, hatte er in beschwörendem Ton hinzugefügt.

Ich bin immer noch Verbindungsbeamtin des BKA in Dänemark, hatte sie gedacht. Das ist mehr als ein Job. Das ist etwas Besonderes, erst recht in diesen Zeiten.

»Ich habe neue Kontakte und Ideen, viele kluge Leute haben sich zusammengefunden, und wenn wir gemeinsam ...«

»Ich will und werde so nicht leben, Frederik. Ich dachte ...« Sarah hatte einmal tief eingeatmet.

»Dass es vorbei ist?«, hatte er sofort eingeworfen. »Weil ein Prozess ausnahmsweise einmal tatsächlich mit empfindlichen Strafen zu Ende gegangen ist? Was besagt das schon? In zig anderen Fällen wird erst gar nicht eröffnet, oder die Täter können sich rechtzeitig absetzen, weil sich einflussreiche Freunde einschalten. Zeugen verschwinden, Prozesse werden verschleppt, Monate vergehen, und schließlich greift irgendein Paragraph, und alles versandet – du kennst das doch. Es ist immer das Gleiche. Richtungsweisende Urteile sind die absolute Ausnahme. Das muss ich dir doch eigentlich nicht erzählen. Oder ist der entscheidende Punkt, dass dein Vater nicht mehr lebt und viel Zeit vergangen ist? Nur: Hier geht es doch nicht nur um ihn und deine Familie!«

»Worum geht es dann?« Sarahs Stimme hatte plötzlich genauso drängend und scharf geklungen wie seine.

»Weißt du das wirklich nicht? Erkennst du die Gefahren nicht, die sich weltweit abzeichnen? Hast du dich je mit den Entwicklungen in den USA und auch in Russland befasst und in zig anderen Staaten? Ist dir klar, welche Machtstrukturen die rechte gewaltbereite Szene nutzt, um ihrem Ideal Gewicht zu verleihen ...«

»Und was genau willst du dagegen unternehmen – mit deinen neuen Kontakten? Es reicht dir ja offenbar längst nicht mehr ...«

»Investigativ zu arbeiten? Stimmt, das reicht schon lange nicht mehr. Und das ist eine bittere Erkenntnis. Sauber recherchierte Texte schreiben, Zusammenhänge aufdecken, den Finger in die Wunde legen – das mache ich schon so viele Jahre. Und was habe ich, was haben wir bewirken können? Das Pack hat mich ins Visier genommen, und ich konnte nur überleben, weil ich mich gewehrt und selbst die Initiative ergriffen habe und Unterstützung hatte. Bis Behörden reagieren und sich über Ländergrenzen hinweg zusammentun, ganz selbstverständlich an einem Strang ziehen, ohne sich in Verordnungskleinkram oder Europolbestimmungen festzubeißen, vergeht unendlich viel Zeit, in der Dutzende von Hürden genommen werden müssen. Es muss viel mehr passieren, das ist mir mit aller Deutlichkeit klar geworden, und zwar ohne Umwege, die ausschließlich den Kriminellen nutzen. Das ist wie mit dem Steuerrecht – bevor der Staat regieren kann, sind Millionen längst in ganz andere Kanäle geflossen und auf Nimmerwiedersehen verschwunden. Diese Leute müssen den Gegenwind direkt im Gesicht spüren, und der ist in einem behäbig reagierenden Rechtssystem, das viele Schwächen und Lücken aufweist, wenig mehr als ein laues Lüftchen – sie lachen uns in den meisten Fällen einfach aus.« Er klang leidenschaftlich bewegt und voller Überzeugung – wie immer in diesen Diskussionen.

»Wir hatten all das schon, Frederik. Wir haben nächtelang diskutiert, bevor du aufgebrochen bist«, entgegnete sie schließlich. »Ich habe dich unendlich vermisst, aber es hat sich nichts geändert. Du bist für dich selbst verantwortlich – genau wie ich. Und mein Entschluss steht fest: Ich werde mich dir nicht anschließen und abtauchen, um dort mein Glück zu versuchen und einen Kampf nach selbstaufgestellten Regeln zu führen. Ich bin Polizistin, BKA-Verbindungsbeamtin in Dänemark, und ich bin es immer noch gerne – trotz all der Hürden und Behäbigkeiten, die es uns oft so schwer machen, da gebe ich dir recht. Und ich will ein halbwegs normales Leben führen und mich nicht verstecken müssen – auch das ist mir wichtig. Typen wie dein Krølle gehören zu den Leuten, die ich normalerweise helfe festzunehmen und vor Gericht zu bringen. Ja, der Mann hat dich in einer Notlage unterstützt – er hat auch Hannah beschützt. Das weiß ich alles. Doch er ist immer noch ein Auftragskiller, ein Mörder, der Menschen verschwinden lässt, weil er dafür bezahlt wird oder seine eigenen Ideen verfolgt und …«

»Den kriegt ihr nie!«, fuhr Frederik dazwischen. »Er hat mir das Leben gerettet, und ich würde ihn jederzeit decken.«

Das war eine bemerkenswert deutliche Aussage gewesen. Stille trat ein. Damit war alles gesagt. Sarah hatte nur einen Augenblick gezögert, dann war sie aufgestanden und ohne ein weiteres Wort gegangen. Ein paar Monate später hatte sie zufällig mitbekommen, dass Frederiks Blockhaus in Hasle verkauft worden war. Das hatte ihr einen heftigen Stich versetzt. Das kleine Häuschen hatte Frederik so viel bedeutet. Ein echtes Zuhause, das ihm seine Mutter hinterlassen hatte, und eine wundervolle Zuflucht auf der Insel. Aber wahrscheinlich war nach dem Überfall das Vertrauen in diesen Ort zerbrochen, und nun existierte auch diese Brücke nicht mehr.

Mittlerweile herrschte Krieg in der Ukraine, und selbst der frühe Sommer war heiß wie selten zuvor. Brandherde, wohin man blickte. Sarah schüttelte die Erstarrung und die schweren Gedanken ab und betrat das Kommissariat. Sie hatte kaum an ihrem Schreibtisch Platz genommen, als sie ein Kieler Kollege aus der Soko Waffenschmuggel per SMS anschrieb. »Bin am Wochenende auf der schönen Insel. Lust, mich auf ein Strandfest zu begleiten?«

Sarah zögerte nur einen Moment. Dann sagte sie zu. Thilo Berger war ein charmanter und humorvoller Typ, außerdem ein überragender Tänzer. Mit ihm konnte sie ein bisschen vergessen oder verdrängen, erst recht auf einem ausgelassenen Fest an einem der schönsten Strände der Welt – zu Füßen des Leuchtturms von Dueodde. Ganz in der Nähe hatte Sarah sich im letzten Jahr ein Ferienhaus gekauft, verborgen im Kiefernwald südlich des Strandmarksvejen. Ein farbenfrohes Holzhaus mit knarzenden Dielen und einer sonnendurchfluteten Wohnküche. Ein Ersatz für Frederiks Blockhaus in Hasle, in dem auch sie sich wohl gefühlt hatte.

Als Sarah am Sonntagmorgen die Augen aufschlug, hatte sie das Gefühl, kaum geschlafen zu haben. Der Blick auf die Uhr bestätigte den Eindruck. Es war gerade sechs Uhr, und sie wusste nicht, was sie geweckt hatte. Sie stöhnte leise. Sarah hatte die Party vor nicht einmal drei Stunden verlassen, nachdem es ihr gelungen war, sich nach einem nächtlichen Bad im Meer von Thilo zu verabschieden – und ihn nicht noch zu sich nach Hause einzuladen, obwohl sie einen Moment lang geschwankt hatte. Der Mann war attraktiv und witzig, sie mochte seine Art, sich zu bewegen, und seine Hände lösten etwas in ihr aus, aber sie waren Kollegen, und außerdem … Das Handy klingelte, und sie richtete sich mühsam auf. Auf dem Display ploppte die Nummer von Mikkel Bentsen auf – dem Leiter des Kommissariats in Rønne –, und gleichzeitig klopfte es an der Haustür. Plötzlich war sie hellwach. Sie zog sich ein T-Shirt über und eilte nach vorne. Bentsen stand in der Tür. Hinter ihm hatte der erwachende Morgen einen wundervollen Horizont gezaubert. Es war still und friedlich und bereits in aller Frühe warm.

»Dein Besuch ist kein gutes Zeichen«, sagte sie leise und wie selbstverständlich auf Deutsch, während sie die Tür aufzog. Ihr Dänisch hatte sich in den letzten Jahren zwar erheblich verbessert, aber mit Mikkel Bentsens Deutschkenntnissen konnte sie immer noch nicht mithalten – schon gar nicht nach einer langen Partynacht und nur wenigen Stunden Schlaf.

»Kann man so sagen. Wir haben eine Leiche«, entgegnete er nach kurzem Gruß. »Ein früher Spaziergänger hat ihn nicht allzu weit von hier gefunden.«

Und darum muss ich ihn mir ansehen? Sarah schloss für einen Moment die Augen.

»Ein Deutscher, wenn ich das richtig verstanden habe«, fügte Bentsen hinzu. »Und damit gehörst du dann ohnehin ins Team.«

»Verstehe.« Sie gähnte. »Ich zieh mir was an. Habe ich noch Zeit für einen Kaffee? Ich habe kaum geschlafen. Es war spät gestern – eher früh, und ich fühle mich alles andere als fit.«

»Gut, dass du es erwähnst. Ich koche den Kaffee, und du ziehst dich an«, entgegnete er und ging an ihr vorbei Richtung Kaffeemaschine. »Wie immer?«

»Ja, aber er sollte besonders stark sein.«

Wenige Minuten später stieg Sarah in Bentsens Wagen. Sie trank aus ihrem Thermosbecher. Der Kaffee war ziemlich stark. »Was heißt in der Nähe?«

»Er lag am alten Leuchtturm Dueodde Süd – unter einer Plane. Die hatte sich ein bisschen verschoben, und der Spaziergänger ging etwas näher heran … Du verstehst?«

»Natürlich. Er hat sofort die Polizei benachrichtigt.«

»So ist es.«

Der kleine alte Turm war gerade mal sechzehn Meter hoch und nicht mehr für die Öffentlichkeit zugänglich. Die meisten Touristen waren ohnehin am deutlich höheren Dueodde Fyr interessiert – er lag in direkter Nachbarschaft und ragte an der Südspitze Bornholms knapp fünfzig Meter in den Himmel. Hundertsechsundneunzig Stufen, erinnerte sich Sarah, und belohnt wurde man nach dem Aufstieg mit einem unvergleichlich schönen Panoramablick über die weite Dünen- und Heidelandschaft auf der einen Seite sowie Strand und Ostsee auf der anderen. Bei klarer Sicht konnte man in nördlicher Richtung den höchsten Punkt Bornholms im Zentrum des Almindinger Waldes ausmachen.

»Die Kollegen haben mich angerufen, als sie die Schussverletzung entdeckten«, fuhr Bentsen fort, bevor er vom Hauptweg in den Fyrvejen abbog, der direkt zu einem kleinen Hotel führte, daneben befanden sich ein Kiosk und ein Restaurant. Kaum dreihundert Meter weiter westlich hielt der alte Turm die Stellung.

»Der Mann ist erschossen worden?«

»Das hatte ich nicht erwähnt?«

»Nein, Mikkel – du hast nur von einem Toten gesprochen.«

Bentsen zuckte mit den Achseln. »Na ja, dass dem Mann etwas zugestoßen sein könnte, was die Polizei auf den Plan ruft, hast du dir wohl schon gedacht. Warum sonst hätte ich dich am Sonntag in aller Frühe aus dem Bett klingeln sollen?«

»Du wolltest einfach nicht allein sein.«

»Das könnte natürlich auch ein Grund sein.« Bentsen warf ihr einen schrägen Blick zu, bevor er einparkte. Sie stiegen aus. Mehrere Behördenfahrzeuge sperrten den Zugang ab. Polizisten suchten die Gegend nach Spuren und Hinweisen ab; erste Schaulustige hatten sich trotz der frühen Stunde eingefunden. Eine Beamtin der Kriminaltechnik beaufsichtigte die Lagerung und den Abtransport der Leiche. Sarah erkannte die Kollegin Astrid Larsen, als sie nähertraten – eine energische und durchsetzungsfähige Persönlichkeit, die selten ein Blatt vor den Mund nahm. »Wollt ihr noch einen Blick werfen, bevor ich den Sack zumache? Ich muss die Rechtsmedizin in Kopenhagen informieren.«

Bentsen nickte. »Darum sind wir hier. Habt ihr Papiere oder Ähnliches für uns?«

»Die Kollegen haben einen Dienstausweis und Schlüssel gesichert. Handy hatte er nicht dabei.« Sie wies in Richtung des Fahrzeugs der Techniker und öffnete den Leichensack. »Mann um die fünfzig, schätze ich.«

Das Geräusch des knarzenden Reißverschlusses ging Sarah durch Mark und Bein, aber sie wandte den Blick nicht ab. »Wie lange ist er tot?«, fragte sie leise. Der Kopf wurde sichtbar.

»Ein paar Stunden – irgendwann heute Nacht, schätze ich. Ein

Schuss aus unmittelbarer Nähe ins Herz, so mein erster Eindruck. Und das Ganze ist hier passiert.«

Sarah stockte einen Moment und sah auf. »Suizid?«

»Nein, Kollegin, sonst hätten wir die Waffe gefunden.« Larsen feixte. »Oder finden müssen. Und wer schießt sich schon selbst ins Herz?«

»Da ist was dran.« Sarah senkte den Blick wieder und beugte sich vor. Das Gesicht löste etwas in ihr aus. Die Linien um den Mund kamen ihr seltsam bekannt vor. Kraftvolles Kinn, ein zusammengekniffener Mund, das Haar, die Brauen … Ihre Augen weiteten sich plötzlich, und sie spürte, wie sie bleich wurde. Sie fuhr zurück und wandte sich ruckartig ab. Ihr Herz trommelte wie verrückt. Das war unmöglich …

»Sarah?« Bentsen legte eine Hand auf ihre Schulter. »Was ist los? Kennst du ihn? Oder ist dir einfach nur …«

Sie stolperte rückwärts und entfernte sich mit schnellen Schritten. Das war nicht möglich, durchfuhr es sie, ihr Hirn spielte ihr einen Streich, einen bitterbösen noch dazu. Bentsen hatte einen Moment abgewartet, bevor er ihr folgte. »Ist dir übel?«

Sarah starrte ins Leere. »Wir müssen einen Blick in die Papiere werfen«, sagte sie dann, und ihre Stimme klang selbst in ihren eigenen Ohren verzerrt. Sie zitterte. »Ich muss wissen, wer der Mann ist.«

Bentsen drehte sich um und ging hinüber zu den Kollegen. Wenig später trat er mit einem Plastikbeutel zu ihr und reichte ihr Handschuhe. »Sagst du mir jetzt bitte, was dich so aus der Fassung bringt?«

»Gleich. Wie heißt der Mann?«

Bentsen zog einen Dienstausweis aus dem Beutel. »Georg Hansen. Er hat bei der Deutsch-Schwedischen Handelskammer in Stockholm gearbeitet – diesem Ausweis nach zu urteilen.« Er hob den Blick. »Also?«

Sarah atmete tief durch und nickte langsam. »Er sieht aus wie mein Vater.«

Bentsen ließ die Hände sinken. Dann schüttelte er den Kopf. »Eine fatale Ähnlichkeit – so etwas kommt immer mal wieder vor, Kollegin, und natürlich reagierst du heftig nach den Geschichten, die du mit ihm durchgemacht hast.«

Sie nickte. »So wird es wohl sein.« Sie rieb sich mit beiden Händen übers Gesicht. »Tut mir leid, Mikkel. Ich bin nicht gerade eine große Hilfe.«

»Das wird wieder. Du solltest ein paar Stunden schlafen – bis dahin dürften genauere Daten vorliegen, und dann kümmern wir uns um alles Weitere.«

»Es geht schon«, wehrte Sarah ab. »Lass uns einfach weitermachen. Ich brauche nur ein paar Minuten, dann bin ich wieder bei dir.«

»Wie du willst.«

Bentsen wandte sich um und ging zurück zu den Kollegen. Sarah bekam von weitem mit, dass er nach dem Spaziergänger und anderen Zeugen fragte und mit der Dienststelle telefonierte. Es würde nicht lange dauern, bis die Informationslage erste Rückschlüsse ermöglichen würde – dabei spielten die Daten der Verkehrsüberwachung eine Rolle und natürlich die Unterkunft des Opfers. Astrid Larsen würde in der Zwischenzeit alles für die rechtsmedizinische Untersuchung der Kollegen aus Kopenhagen vorbereiten. Womöglich war bald eine Schlussfolgerung auf die Waffe möglich, und vielleicht würden sich Zeugen melden, oder eine erste Auswertung der Spurenlage bot weitere Anhaltspunkte.

Sarah spulte die üblichen Ablaufroutinen vor ihrem inneren Auge ab und beruhigte sich langsam wieder. Doch als einige Stunden später detaillierte Fotos von der Leiche vorlagen, geriet sie erneut aus dem Gleichgewicht. Die Ähnlichkeit war fatal. Nach ersten Erkenntnissen im Laufe des Vormittags hatte Georg Hansen in keinem Hotel eingecheckt. Auch sein Wagen war im Umkreis des Tatorts nicht entdeckt worden. Es war natürlich nicht auszuschließen, dass er eine private Unterkunft gebucht hatte und im Fahrzeug seines Mörders mitgefahren war. Ein Aufruf in den Medien sollte Klarheit bringen. Das zumindest hoffte Bentsen.

Sarah kümmerte sich währenddessen um die Recherche zum biographischen Hintergrund und nahm Kontakt zum BKA in Wiesbaden sowie zu den Kollegen in Schweden auf. Georg Hansens Vita bot wenig Anhaltspunkte, die im Zusammenhang mit einem Mord stehen könnten – zumindest auf den ersten Blick. Seine Akte war sauber – keine Schulden, keine Vorstrafen oder Auffälligkeiten. Der Mann war gebürtiger Freiburger, hatte eine kaufmännische Ausbildung absolviert und später ein Wirtschaftsstudium abgeschlossen. Sein beruflicher Werdegang hatte ihn nach München, Stuttgart und Kiel geführt, vor zwei Jahren hatte er die Stelle in Stockholm angenommen. Er galt als Experte für europäische Wirtschaftsbeziehungen mit dem Schwerpunkt Skandinavien. Seine Ehe war geschieden, die Frau lebte nicht mehr; Kinder gab es nicht. Die Frage war, was Hansen auf Bornholm vorgehabt hatte, falls sein Aufenthalt nichts mit einem Urlaub zu tun hatte. Seine Kollegen würden das hoffentlich bald beantworten können.

Sarah verließ das Kommissariat am späten Nachmittag. Es hatte keinen Sinn, an einem Sonntag auf Rückrufe zu warten oder zu hoffen, dass Anfragen schnell beantwortet wurden. Sie besorgte sich unterwegs etwas zu essen und nahm sich vor, früh schlafen zu gehen. Das Abendlicht kroch bereits über die Terrasse, als sie ihren Laptop noch einmal hochfuhr. Georg Hansen hatte nur dürftige digitale Spuren im Netz hinterlassen. Facebook und Co. hatten ihn nicht interessiert – bis auf eine Handvoll Fotos auf Instagram fand sich nichts, und die Bilder waren nichtssagend und oberflächlich. Ein beruflich erfolgreicher Mann wagte mit Mitte fünfzig den Aufbruch nach Schweden; sein Leben war unauffällig verlaufen, doch es endete mit einem Gewaltverbrechen. Das konnte nur zweierlei bedeuten – er war entweder zufällig Opfer geworden, oder hinter der Biographie verbarg sich eine andere Geschichte.

2

Ein Ferienhausvermieter meldete sich am nächsten Morgen. Sarah war gerade im Kommissariat eingetroffen, als Bentsen ihr mit dem Telefon am Ohr zuwinkte. Er machte sich eine Notiz, beendete das Gespräch und informierte die Technik. »Der Hauseigentümer hatte seinen Bungalow vermietet – über eine private Vermietungswebsite«, erklärte der Kollege. »Er hat die Meldung im Radio mitbekommen. Wir fahren da gleich mal hin.«

»Wohin genau?«

»Nach Hasle.«

Ausgerechnet, dachte Sarah.

Bentsen blickte auf seinen Notizzettel. Plötzlich runzelte er die Stirn. »Das ist ja …« Er hob den Blick. »Wenn mich nicht alles täuscht, ist das die Adresse von …«

Frederik, dachte Sarah. Ein dumpfes Gefühl stieg in ihr auf. »Er hat es verkauft«, sagte sie leise. »Vor gut einem Jahr.«

Bentsen schüttelte verblüfft den Kopf. Dann wandte er sich zum Ausgang. »Lass uns fahren.«

Viel hatte sich nicht verändert, seit Sarah das letzte Mal dort gewesen war – ein kleines Holzhaus, das sich hinter dichtem Buschwerk verbarg und von außen kaum einzusehen war. Doch der Garten wirkte belebter, und die Videoüberwachung war entfernt worden. Das erkannte sie sofort, als sie neben Bentsen das Grundstück betrat und sich unauffällig umsah. Unter dem Carport parkte ein Wagen; auf der Terrasse stand ein Tisch, an dem ein Mann saß – der Besitzer und Vermieter. Ein Mann um die vierzig mit dichtem Haarschopf und hellblauen Augen, er erhob sich und sah ihnen mit angespanntem Gesichtsausdruck entgegen. Nach kurzem Austausch wurde klar, dass Hansen das Haus für eine Woche gebucht hatte und am Vortag abreisen wollte. »Als ich heute Morgen ankam, um nach dem Rechten zu sehen, habe ich entdeckt, dass seine Sachen noch hier waren«, führte der Eigentümer aus. »Dann habe ich Nachrichten gehört, und mir ist klar geworden …« Er fuhr sich durchs Haar. »Wie furchtbar. Er ist ermordet worden?«

Bentsen nickte. »Dürfen wir uns ein bisschen umsehen?«

»Na klar – seine Sachen sind im Zimmer nebenan.«

»Haben Sie viel verändert?«

»Wie meinen Sie das?«

»Nun, Beamte der Kriminaltechnik werden gleich eintreffen und Spuren sichern. Falls Sie schon geputzt haben …«

»Ach so, nein – ich bin nur durch alle Räume gegangen, mehr ist noch nicht passiert.«

Das ist gut, dachte Sarah. Sie blickte den Mann an. »Die Buchung ist privat erfolgt«, ergriff sie in korrektem Dänisch das Wort.

»Richtig.« Er lächelte verlegen und kratzte sich am Hinterkopf. »Wir vermieten gar nicht regelmäßig …«

»Schon gut«, warf Bentsen ein. »Es geht hier nicht um einwandfreie Abrechnungen. Wie hat Georg Hansen Kontakt aufgenommen?«

»Per E-Mail. Er hat bezahlt, als er ankam – in bar. Er war sehr großzügig und hat noch was draufgelegt. Dafür durfte er meinen Wagen benutzen. Ich bin meistens mit dem Moped oder Fahrrad auf der Insel unterwegs und kann gut und gerne aufs Auto verzichten.«

»Ist der Wagen abgeschlossen?«, fragte Sarah rasch nach.

»Ja – der Schlüssel hängt in der Diele neben der Haustür.«

»Darf ich?«

»Natürlich.«

Sie wandte sich um, griff sich den Schlüssel und ging nach draußen. Der Wagen war gut und gerne zwanzig Jahre alt und verfügte über keinerlei moderne technische Finessen, damit entfielen GPS-Hinweise von Navigeräten oder Ähnliches. Eine Tüte Bonbons lag im Handschuhfach sowie ein Päckchen Taschentücher, und eine Karte von Bornholm mit detaillierten Hinweisen zu touristischen Schwerpunkten war auf dem Beifahrersitz ausgebreitet. Der Rücksitz war leer. Sie wollte gerade aussteigen, als sie eine Tankquittung entdeckte, die zwischen die Sitze gerutscht war – Datum von vorletzter Woche. Sie tastete den Boden unter den Sitzen ab – Staub und Krümel. Eine leere Handyhülle war unter den Sonnenschutz geklemmt und fiel ihr auf den Schoß. Sie war aus Leder und wirkte abgegriffen; den Abmessungen nach zu urteilen war Hansen kein Freund von Smartphones mit großen Displays gewesen – oder die Hülle gehörte ihm gar nicht. Sarah griff hinein und zog eine Visitenkarte heraus. Auf der Vorderseite waren das Emblem sowie die Anschrift eines Lokals in Stockholm aufgedruckt, auf der Rückseite erkannte sie zwei Adressen: Frederiks ehemaliges Blockhaus und ihr Haus in Dueodde.

Sie wusste nicht, wie lange sie blind auf die Karte gestarrt hatte, während ein Dutzend Gedanken gleichzeitig durch ihren Kopf schossen und ihr plötzlich klar wurde, was geschehen war. Sie zuckte zusammen, als Bentsen abrupt die Fahrertür aufzog. »Seine Klamotten sind noch hier, allerdings kein Laptop oder Handy«, erklärte er. »Willst du gleich mal einen Blick werfen oder überlassen wir die gründliche Durchsuchung zunächst mal den Kollegen? Sarah?«, schob er hinterher, als sie nicht antwortete.

Sie hob langsam den Blick, reichte ihm die Karte und stieg aus.

Bentsen atmete scharf ein. »Was ist das denn schon wieder für ein Mist?« Er starrte sie an.

»Gute Frage. Ich werfe mal einen Blick auf die Klamotten«, erwiderte Sarah und ging ins Haus zurück.

Sie musste etwas tun – irgendetwas. Ihre Hände zitterten. Das Mobiliar war nicht großartig verändert worden, wie sie sofort feststellte. Der neue Eigentümer hatte das meiste übernommen. In den Regalen standen nun nicht mehr Frederiks Bücher, es hingen andere Bilder an den Wänden, und die Kommoden waren leer oder mit alltäglichem Kram gefüllt. Dazu fanden sich Hinweise zu Ausflugszielen für Feriengäste und eine Anrufliste mit den wichtigsten Rufnummern im Notfall.

Auf dem Kleiderschrank waren mehrere stabile Kartons verstaut. Offenbar hatte der Eigentümer seine Privatsachen beiseitegeräumt. Ein Karton stand halb auf, und die Einbände von Katalogen und Bildbänden waren zu erkennen, wahrscheinlich Werbematerial von Bornholm. Der Besitzer hatte sicherlich regelmäßig vermietet und meist schwarz abgerechnet, doch das stand hier nicht zur Debatte. Sarah öffnete den Kleiderschrank, die Türen knarzten leise – Freizeitkleidung, Sportschuhe, ein leichter Sommeranzug, ein Schirm. Den wird er kaum gebraucht haben, dachte sie und wandte sich um. Bornholm war die Sonneninsel schlechthin, in diesem Jahr noch mehr als sonst. Hinter der Tür stand ein schicker Rollkoffer, auf dem Nachtschrank lagen Zeitschriften – zwei englischsprachige Magazine zu Finanzthemen, ein deutscher Krimi. Sie blätterte die Seiten durch und wandte sich um, als sie Bentsen an der Tür hörte. »Sarah, was geht hier vor?«

Ein verdammt abgekartetes Spiel, dachte sie.

»Wie kommt der Typ an eure Adressen?«

»Dazu hätte ich eine Idee.«

Bentsen zog die Brauen zusammen.

»Doch zur Untermauerung müssen wir Hansens DNA abgleichen lassen.«

Bentsen verschränkte die Arme vor der Brust. »Das passiert doch ohnehin im Rahmen …«

»So meine ich das nicht.« Sie schüttelte den Kopf. »Ich will einen inoffiziellen Abgleich. Mehr ist ohnehin nicht drin.«

»Wie meinst du das?«

»Der Tote ist mein Vater.«

Bentsen öffnete den Mund und schloss ihn wieder. »Das ist doch …«

»Unsinn? Oder nicht möglich? Nun, ich denke schon.«

»Und warum willst du einen inoffiziellen Abgleich?«

»Ganz einfach: Weil er offiziell schon seit knapp zwei Jahren tot ist, und niemand wird eine andere Lesart unterstützen und seine Identität bestätigen – weder in Stockholm noch beim BKA. Darauf halte ich jede Wette.«

»Sarah, die Ähnlichkeit hat dich verwirrt, aber bevor du anfängst, wilde Theorien zu entwickeln …«

»Sie haben ihn ins Zeugenschutzprogramm gesteckt und ihm eine neue Identität verpasst, nachdem er ausgepackt hat – ein wenig zumindest«, fuhr sie fort, ohne seinen Einwand zu beachten. »Etliche seiner Kameraden werden für sehr lange Zeit im Gefängnis sitzen. Und genau das war der Deal, auf den sich beide Seiten geeinigt haben«, fuhr sie fort und nickte langsam. »Mein Vater war nicht nur Dänemark- und Bornholm-Fan, Schweden hatte es ihm ebenso angetan. Meine Eltern sind häufig auch dorthin gereist. Er konnte ein paar Brocken Schwedisch, und auch der Job bei der Handelskammer passt hervorragend zu seinen Kenntnissen. Das stimmt an der Stelle also ebenfalls.«

Bentsen schloss kurz die Augen. Dann fuhren Fahrzeuge vor, er zeigte zur Tür. »Die Spurensicherung soll ihren Job machen. Lass uns zurückfahren.«

Dagegen hatte Sarah nichts einzuwenden. Etliche Minuten blieb es still im Wagen. Bentsen ergriff erst wieder das Wort, als sie durch Rønne fuhren. »Wenn du richtig liegst …«

»Ich liege richtig«, entgegnete Sarah schnell. »Der Abgleich wird es bestätigen und …«

»Ja?«

»Das Zahnprofil dürfte auch Aufschluss geben.«

»Sollten wir nicht abwarten, bevor wir uns den Kopf über eine Theorie zerbrechen, die mir gerade verdammt schlechte Laune macht?«

»Ich zerbreche mir meinen Kopf längst – und ich hätte da im Vorfeld noch einen Tipp. Mein Vater hatte vor etlichen Jahren einen Skiunfall mit einem komplizierten Beinbruch und musste damals operiert werden. Frag doch mal die Kollegin, ob es eine entsprechende Narbe am rechten Bein gibt.«

»Werde ich machen.« Bentsen knirschte mit den Zähnen. »Und was schwebt dir bezüglich des inoffiziellen Abgleichs vor? Seine Daten beim BKA dürften gesperrt sein.«

Ich könnte Hannah bitten, nachzuforschen, dachte Sarah. Und da wäre noch meine Mutter. Sie hat sicherlich noch Unterlagen und irgendein Kleidungsstück, auf dem sich ein Haar finden lässt …

Bentsen parkte mit Schwung auf dem Parkplatz hinter dem Kommissariat ein. Er stellte den Motor ab und sah sie an. »Und falls du recht hast …«

»Wenn ich recht habe, wollte er Kontakt zu mir aufnehmen – und zu Frederik. Und ich denke nicht, dass er gekommen ist, um sich mit uns zu versöhnen – ganz davon abgesehen, dass es Frederik und mich als Paar gar nicht mehr gibt.«

»Was hatte er denn sonst hier vor?«

Sie sah auf ihre Hände.

»Sarah – du glaubst doch nicht im Ernst …«

Sie schüttelte den Kopf. »Ich weiß nicht, was ich glauben soll. Ich habe dem Mann in den letzten Jahren so ziemlich alles an miesen Taten zugetraut, und ich lag richtig. Fest steht, dass er hinter der Entführung von Frederik gesteckt hat, mit der er und seine Leute gerade mich unter Druck setzen wollten. Ich denke nicht, dass er völlig bekehrt wurde und nun Familienfrieden schließen wollte – am Strand von Dueodde, an dem ich fast perfekte Kinderferien erleben durfte.« Ihr Ton klang plötzlich scharf und zynisch. »Wer soll den Scheiß denn glauben?«

Bentsen biss sich auf die Unterlippe.

»Und noch was, Mikkel. Wenn ich das richtig verfolgt habe, gibt es in Schweden eine rechte Bewegung, die gerade in den letzten Jahren erheblich an Zulauf gewonnen hat. Um deine Frage zu beantworten: Doch, ich halte es für möglich, dass er hier war, um erneut – sagen wir – Unfrieden zu stiften.«

»Aber nun ist er tot – falls er es ist.«

»Offenbar war er nicht allein unterwegs. Jemand hat ihn von seinen Plänen abgehalten.«

Bentsen zögerte noch einen Moment, dann öffnete er die Seitentür. »Ich rede mit Astrid«, stieß er schließlich hervor. »Kümmere du dich um deine Kollegen in Berlin. Aber zuerst brauche ich einen starken Kaffee.« Damit stieg er aus.

Hannah hatte sich nach den letzten gemeinsamen Fällen aus der aktiven Ermittlungsarbeit zurückgezogen. Sie leitete bundesweit Fortbildungen und Seminare zu kriminalpsychologischen Themen und fungierte als Beraterin für die Landeskriminalämter. Das war, wie Sarah wusste, keineswegs ihr erster Versuch, Distanz zwischen sich und der Tätersuche an vorderster Linie zu wahren und mit ihrem Engagement in die zweite Reihe zurückzutreten. Und doch hatte es in der Vergangenheit immer wieder Fälle und Tatermittlungen gegeben, in die sie sich mit ganzer Kraft und viel Herzblut einbrachte. Sarah war fest davon überzeugt, dass es genau diese intensiven Ermittlungen, die sie aufwühlten und nicht zur Ruhe kommen ließen, immer wieder geben würde.

Als sie das letzte Mal miteinander telefoniert hatten, war Hannah in Hamburg zu einer Tagung gewesen, wo sie sich anschließend mit ihrem Lebensgefährten getroffen hatte – auch ein BKA-Mann, den Sarah noch aus ihrer Zeit im Rostocker Team kannte und der inzwischen für die Identifizierungskommission des Bundeskriminalamtes tätig war. Hannah hatte munter und zufrieden geklungen, und sie hatten verabredet, dass sie im Sommer ein paar Tage auf Bornholm verbringen würde, gemeinsam mit Kotti natürlich.

Das wäre doch ein guter Einstieg, überlegte Sarah. Sie besorgte sich einen Kaffee und zog sich zum Telefonieren in ein leeres Büro im zweiten Stock zurück. Hannah nahm das Gespräch sofort an. Das heiter unbeschwerte Einstiegsgeplänkel ging Sarah ihrer eigenen Einschätzung nach sehr gut von der Hand, so dachte sie jedenfalls – bis Hannah in einer Gesprächspause kurzerhand das Thema wechselte. »Okay, Kollegin, was ist passiert?«

Sarah runzelte die Stirn. »Hört man das so deutlich?«

»Natürlich.«

»Du kennst mich ziemlich gut.«

»Ich denke schon. Hinzu kommt allerdings noch, dass sich der Leichenfund auf Bornholm auch schon bis zu uns herumgesprochen hat und ich hellhörig werde, wenn auf der schönen Insel Mordopfer entdeckt werden.«

»Ich verstehe.«

»Ich muss dich nur vorwarnen. Ich habe so gut wie keinerlei …«

»Bei der Leiche handelt es sich um meinen Vater.«

Sarah wartete einen Moment darauf, dass Hannah reagieren und Fragen stellen oder Einwände erheben würde, doch sie blieb still. »Ich bin sicher«, fuhr sie dann fort und berichtete in bemüht neutralem Ton von dem Leichenfund und den ersten Rechercheergebnissen.

Hannah schwieg einen weiteren Moment. »Ich könnte mir durchaus vorstellen, dass du richtig liegst, selbst wenn die bisherigen Hinweise noch wenig Beweiskraft haben«, erwiderte sie schließlich in ruhigem Tonfall. »Die Ähnlichkeit allein und diese Adressnotizen besagen nicht viel, das muss ich kaum betonen. Dennoch … Wenn ich an den Prozess zurückdenke, könnte damit einiges klarer werden. Der Verlauf hat seinerzeit doch einige Verwunderung ausgelöst – zumindest intern.«

Sarah war verblüfft und erleichtert zugleich, dass Hannah sich kaum anstrengte, Bedenken und Argumente anzuführen, die ihren Eindruck widerlegen könnten. »Ihr habt euch gewundert, dass plötzlich so viel Belastungsmaterial auf dem Tisch lag?«, schob sie nach.

»So in etwa, insbesondere bezüglich mehrerer Anschlagspläne, und selbstverständlich kannten Außenstehende keine Einzelheiten«, fügte Hannah hinzu. »Etliche Sitzungen fanden unter Ausschluss der Öffentlichkeit statt, wie du weißt. Doch die Urteile gegen die Truppe waren höchst eindrucksvoll.«

»Stimmt.«

»In dem Zusammenhang würde es mich nicht sonderlich wundern, wenn es einen Deal gab und jemand mit einer neuen Identität ausgestattet wurde, nachdem er wichtige, entscheidende Beweise geliefert hatte. Dass dabei gerade Pirohl die Nase vorn hatte … Also, das ist – oder wäre – schon ein starkes Stück. Er muss dem Gericht einiges angeboten haben.«

Sarah atmete tief ein. »Was ein weiterer Beleg dafür ist, wie tief er in all das verwickelt war.«

»Daran hast du doch ohnehin nicht gezweifelt«, meinte Hannah. »Und jetzt spielt all das auch keine Rolle mehr. Was immer er auf Bornholm vorhatte – nun ist es endgültig vorbei. Du wirst nicht herausbekommen, was dahintersteckt, denn einen Fall Bernd Pirohl wird es natürlich nicht geben.«

»Aber das kann man doch nicht einfach so stehen lassen!«, entgegnete Sarah. »Wir haben hier eine Leiche und …«

»Warte, Sarah«, warf Hannah energisch ein. »Du weißt doch selbst nur allzu genau, dass auch eindeutige Beweise hier nichts mehr ändern können. Selbst wenn es dir gelingt, eine DNA-Probe oder einen Zahnabgleich auf Umwegen vorzunehmen und Pirohls Identität eindeutig zu bestätigen – als Beweis wird es gar nicht erst zugelassen. Das kann sich die Behörde nicht leisten, die deinem Vater im Gegenzug zu wichtigen Informationen betreffend die innere Sicherheit eine zweite Chance gegeben hat. Das wird unter den Teppich gekehrt. Und du kommst in Teufels Küche, wenn du damit an die Öffentlichkeit gehst.«

Sarah schwieg einen Moment und wechselte mit dem Smartphone ans andere Ohr.

»Ihr werdet wahrscheinlich gemeinsam mit den Stockholmern einen Mordfall bearbeiten, bei dem das Opfer Georg Hansen heißt, aus Deutschland stammt und in den letzten Jahren in Schweden gearbeitet hat«, fuhr Hannah fort. »Und einen Täter werdet ihr sehr wahrscheinlich nicht ermitteln können. Das Ganze wird dann zu den Akten gelegt. Und damit ist es dann vorbei – endgültig. Oder das Ganze wird euch sogar vorher entzogen.«

»Das klingt alles sehr …«

»Realistisch und pragmatisch.«

»Ermittlungsalltag.« Sarah blickte zum Fenster hinaus.

»Niemand wird die Katze aus dem Sack lassen.«

»Und doch brauche ich diese letzte Klarheit«, sagte sie dann leise.

»Sarah …«

»Im Übrigen finde ich die Frage nach dem Täter und den möglicherweise besonderen Umständen durchaus berechtigt – ob das

Opfer nun Georg Hansen oder Bernd Pirohl heißt. Falls mein Vater sterben musste, weil jemand aus seiner ehemaligen Truppe den Verräter getötet hat, ist es ganz und gar nicht unbedingt vorbei, wie du sagst. Denn selbstverständlich muss ich mich an der Stelle fragen, was die Hinweise auf mich und Frederik sollen.«

»Das kann alles Mögliche bedeuten. Du weißt nicht, wie …«

»Richtig. Aber diese Leute haben uns ja nicht zum ersten Mal ins Visier genommen«, fiel Sarah ihr erneut ins Wort. »Warum sonst ist das Ganze wohl hier passiert? Warum hat man ihn nicht einfach in Schweden ausgeschaltet – auf dem Heimweg oder Zuhause, ganz unauffällig? Warum ausgerechnet auf Bornholm, wenige Meter entfernt von meinem Haus? Ich habe in der Nacht, als er erschossen wurde, am Strand von Dueodde gefeiert, einen Steinwurf vom Tatort entfernt.«

Dazu sagte Hannah eine ganze Weile nichts. »Das klingt schon merkwürdig, das gebe ich zu …«

»Aber?«

»Ich kann in dieser Sache nichts tun. Ich bin raus aus diesen Geschichten. Und das fühlt sich gut an. Ich mache einen wichtigen Job, der mir aber nicht mehr Frieden und Schlaf raubt. Ich kann meine Freizeit genießen und leiste trotzdem meinen Beitrag … Du musst vorsichtig sein, Sarah.«

Die Botschaft war unmissverständlich. Hannah wollte sich nicht erneut mit einem brisanten Fall befassen, schon gar mit einem, über dem erneut der Name Pirohl schwebte und der garantiert eine Menge Ärger und Stress versprach, und sie riet ihr im Grunde zu einer ähnlichen Zurückhaltung, auch wenn der Tatort berechtigterweise Fragen aufwarf. »Ich verstehe«, erwiderte Sarah. »Und ich kann deine Haltung nachvollziehen und respektiere sie. Grüß Kotti und bis hoffentlich bald mal.«

Sie unterbrach die Verbindung, ohne auf Hannahs Entgegnung zu warten, dann schob sie das Handy in die Tasche. Eine leise Enttäuschung machte sich in ihr breit. Sekunden später ging eine Nachricht von Hannah ein. *Es tut mir leid.* Ja, mir auch, dachte Sarah. Ich wünschte, all das wäre nie passiert, und ich müsste niemanden um Hilfe bitten – oder auch nur um ein offenes Ohr.

Wenig später ging sie hinunter zu Bentsen. Er hatte ihr eine Datei mit dem Zahnprofil geschickt. »Die Sache mit der Narbe stimmt«, bemerkte er leise und trat neben sie.

Sie sah ihn gespannt an.

»Wir sollten einfach unseren Job machen.«

»Das heißt?«

»Ganz einfach: Dein Verdacht bleibt erst mal außen vor – wir behalten ihn für uns.«

Sarah wartete ab.

»Georg Hansen ist ermordet worden«, fuhr Bentsen fort. »Wir ermitteln, recherchieren, sichern die Fakten, soweit sie für uns greifbar sind, das übliche Programm. Mehr können wir zurzeit gar nicht unternehmen. Und glaub mir, das ist die schlaueste Vorgehensweise«, betonte er und nickte ihr zu. »Alles andere wird sich finden, früher oder später.« Das klang eindringlich und fast ein wenig beschwörend. Er hätte auch sagen können: Verbrenn dir nicht die Finger und lass die Sache auf sich beruhen, solange von offizieller Seite keine anderen Hinweise oder Anordnungen vorliegen.

Damit befand Bentsen sich auf dem gleichen Kurs wie Hannah, und sie hatten wohl beide recht, überlegte Sarah. Auch ihm dürfte klar sein, dass die Behörden, die in das Zeugenschutzprogramm involviert waren und nun ein großes Problem bekommen könnten, auf keinen Fall mit offenen Karten spielen würden. Ein ermordeter Kronzeuge konnte alles Mögliche bedeuten, und kein Beteiligter aus Polizeikreisen würde freiwillig zu Fehlern und Pannen aussagen. Das war nichts, was an die Öffentlichkeit dringen durfte. Irgendwo beim

BKA und der zuständigen Abteilung in einem LKA saßen jetzt wahrscheinlich einige Beamte, denen es abwechselnd heiß und kalt den Rücken hinunterlief, sobald ihnen aufging, dass Pirohl zum einen durch die Weltgeschichte gereist, zum zweiten einem tödlichen Angriff zum Opfer gefallen war und nicht ausgeschlossen werden konnte, dass seine Tochter ihn wiedererkannt hatte.

Georg Hansens Vita war überzeugend – oberflächlich betrachtet. Die Ergebnisse der Nachforschungen im beruflichen und privaten Umfeld klangen schlüssig, wenn auch insgesamt das Bild von einem Mann entstand, der wenig Kontakte gepflegt und kein sonderlich aktives Leben geführt hatte. Arbeitskollegen in Schweden beschrieben ihn als zurückhaltend. Über seine Urlaubspläne und Reiseziele wussten weder die Büronachbarn noch seine unmittelbare Vorgesetzte etwas. Allerdings sagten sie übereinstimmend aus, dass Hansen bereits einige Zeit zuvor nicht mehr im Büro gewesen war, weil er im Homeoffice gearbeitet habe. Das könnte bedeuten, dass er möglicherweise bereits Wochen zuvor unterwegs gewesen war. Fest stand inzwischen auch, dass er mit der Fähre aus Ystad gekommen war. Das belegte zumindest die Passagierliste. Auffälligkeiten hatte niemand bemerkt.

Hansens DNA wurde wenige Tage später ebenso bestätigt wie das Zahnprofil von seinem Arzt in Stockholm. Das Gesamtergebnis passte zu der neuen Identität, was bis zu diesem Punkt nicht weiter verwunderlich war, weil eine neue Biographie bis in solche Details vorbereitet wurde. Das Profil bekam erst Risse, als Sarah sich die Angaben zur Schul- und frühen Unilaufbahn genauer ansah und einige Kommilitonen persönlich befragte. Niemand erinnerte sich an einen Georg Hansen. Natürlich nicht. Was zur endgültigen Gewissheit noch fehlte, war der Abgleich des Zahnprofils, auch wenn Sarah inzwischen hundertprozentig davon überzeugt war, dass Hansen nie existiert hatte. Sie hielt jede Wette, dass es die entsprechende Akte in der Zahnarztpraxis, bei der ihr Vater seinerzeit in Behandlung gewesen war, nicht mehr gab. Für einen Abgleich blieben demnach nur noch die persönlichen Unterlagen, in deren Besitz ihre Mutter möglicherweise noch war. Sarah hatte nur sporadisch Kontakt zu ihr, und es würde alles andere als einfach sein, entsprechende Nachfragen zu stellen, ohne dass sie verwundert reagierte.

Vielleicht sollte ich es einfach lassen, dachte Sarah. Ich weiß doch längst, dass es seine Leiche war. Warum weitere Beweispunkte sammeln? Und was sollte sie stattdessen tun? Die Hände in den Schoß legen und abwarten, dass etwas passierte? Oder darauf hoffen, dass es vorbei war, ohne dessen ganz sicher sein zu können? Je länger sie darüber nachdachte, desto schlüssiger schien ihr der Ansatz, dass die Leute, die ihren Vater getötet hatten, aus seinen eigenen Reihen stammten – und damit rückte die Gefahr auch für sie wieder näher. Und Frederik hatte womöglich den richtigen Weg gewählt, als er sich entschloss unterzutauchen. Ihn würden sie garantiert nicht aufstöbern.

Eine gute Woche nach dem Leichenfund gab Bentsen einen ersten Zwischenbericht in Kopenhagen ab, nachdem er die Einzelheiten noch einmal mit Sarah und den Kollegen von der Kriminaltechnik durchgegangen war.

Hinweise auf einen Verdächtigen waren nach wie vor Fehlanzeige, auch die Tatwaffe blieb verschwunden – das Projektil stammte aus einer Allerweltswaffe, und die Suche nach Zeugen hatte zu keinerlei Ergebnissen geführt. Auch die rechtsmedizinischen Befunde blieben unauffällig. Abgesehen von der Schussverletzung wies Hansen keine Spuren von Gewaltanwendung auf. Demnach war es denkbar, dass er seinen Mörder gekannt hatte – warum sonst wäre er freiwillig in dessen Wagen gestiegen, noch dazu mitten in der Nacht? Der Täter hatte ihn in sein Fahrzeug gelockt und ihn wenig später am Leuchtturm erschossen, bevor er die Leiche mit einer Plane abgedeckt hatte und verschwunden war.

Sarah machte nach der Abschlussbesprechung Feierabend und fuhr nach Hause. Der große Schock im Angesicht der Leiche war komplett verklungen, auch die anfängliche Aufregung hatte sich im Alltag verflüchtigt, stellte sie während der Heimfahrt fest. Zwischendurch hatte sie mehrfach das eindringliche Gefühl beschlichen, als sei das Ganze ein schlechter Traum gewesen. Dennoch blieb unbestreitbar ein dumpfes Gefühl von drohendem Unheil zurück, das sich auch bei strahlendem Sonnenschein am Strand von Dueodde bemerkbar machte.

Das Smartphone klingelte, als sie aus der Dusche stieg. Sarah stockte einen Moment – die Nummer ihrer Mutter war aufgeploppt –, dann nahm sie das Gespräch an.

»Ich bin es«, erklärte ihre Mutter überflüssigerweise, und sie klang seltsam unsicher.

»Ich weiß. Alles in Ordnung?«

»Ach ja, es geht alles seinen gewohnten Gang.«

Sarah schloss kurz die Augen. Eines Tages würde sie sich die Mühe machen und jede Floskel aufzählen, die ihre Mutter im Verlauf eines Gesprächs verwendete. Hatte sie früher auch schon so gesprochen? Was bedeutete früher? Als Sarah noch nicht ahnte, was in dieser Familie vor sich gegangen war? Als die Polizei noch nicht ermittelt hatte und Bernd Pirohl, der auch als Dozent an der juristischen Fakultät gefragt war, als energischer und höchst erfolgreicher Kanzleichef im Mittelpunkt der Familie stand und Hinweise auf Verbindungen zu rechten Netzwerken völlig absurd klangen?

»Stör ich dich?«

»Nein, nein. Ich bin gerade nach Hause gekommen.« Sag, was los ist, dachte Sarah. Alles andere funktioniert nicht zwischen uns.

Schon lange nicht mehr. »Alles in Ordnung bei dir?«, wiederholte sie ihre Frage, damit die Gesprächspause nicht zu lang wurde.

»Mir ist etwas Seltsames passiert«, erwiderte ihre Mutter in zögerlichem Tonfall.

»Wie meinst du das?«

»Ich …«

Sarah stockte plötzlich. Sie richtete sich gerade auf. Eine merkwürdige Ahnung beschlich sie. »Ja?«

»Ach, nichts. Vergiss es. Es war nur so seltsam, so irreal … Und ich kann es nicht vergessen. Aber ich denke, es ist unwichtig. Außerdem will ich dich nicht beunruhigen.«

Es war nicht unwichtig, sonst hättest du wohl kaum angerufen. »Geht es um ihn?«

Schweigen. »Wie kommst du darauf?«, fragte ihre Mutter schließlich verblüfft.

»Ja oder nein?«

»Seltsam, dass du sofort nach ihm fragst.« Das klang fast erleichtert. »Ich hatte das Gefühl, dass … Da stand jemand vor meinem Haus, und für Momente dachte ich, dass er es war. Verrückt, oder? Aber ich weiß, dass es wenig Sinn ergibt, gerade mit dir …«

»Wann war das?«, warf Sarah rasch ein.

»Das weiß ich nicht genau – vor ein paar Wochen vielleicht. Ich habe nicht in den Kalender gesehen. Es hat mich irgendwie erschreckt, und es lässt mich nicht los. Als könnte ich mich nicht mit seinem Tod abfinden. Aber der liegt ja nun schon eine ganze Weile zurück. Fast zwei Jahre. Wie die Zeit vergeht.«

Niemand hatte Hansens Reisepläne im Einzelnen gekannt; er hatte durch Abwesenheit geglänzt, ging Sarah den Bericht in Gedanken durch. War es denkbar, dass ihr Vater nach Deutschland gereist war? Und war er so unvorsichtig gewesen, dass er vor dem Haus seiner Frau aufkreuzte? Warum? Womöglich hatte er damit seinen Mörder erst auf seine Spur gebracht. Hansens Name war auf der Passagierliste der Fähre von Ystad aufgeführt – passend zum Zeitpunkt seines Bornholm-Urlaubs. Dennoch war nicht auszuschließen, dass er weitere Reisen unternommen hatte, vielleicht unter einem anderen Namen. Hör auf zu spekulieren!, rief Sarah sich selbst zur Ordnung. Die Situation war verworren genug, und Szenarien, für die es keine weiteren Anhaltspunkte gab, sollte sie sich sparen.

»Tut mir leid, Sarah, wenn ich dich damit behellige …«

»Das muss dir nicht leidtun. Versuch abzuschalten und das Ganze wieder zu vergessen«, sagte Sarah schließlich. »So etwas passiert.« Das klang unbeholfen und würde ihre Mutter kaum trösten, dachte Sarah. Sie räusperte sich. »Ist sonst noch etwas Besonderes vorgefallen?«

»Wie meinst du das?«

»Seltsame Anrufe oder Mails?«

Kurze Pause. »Denkst du, dass …«

»Vielleicht will dich jemand verunsichern«, fiel Sarah ihrer Mutter ins Wort.

»Damit meinst du jemanden aus dem Kreis dieser Leute?«

»Nun …«

»Das klingt beängstigend. Aber warum sollten die so etwas tun?«

Das ist beängstigend, dachte Sarah. »Keine Ahnung. Das ist nur so ein Gedanke.« Es war mehr als das.

»Nein, mir ist darüber hinaus nichts Ungewöhnliches aufgefallen«, erklärte ihre Mutter schließlich in festem Ton. »Nur dieser Mann, der ihm so ähnlich sah, dass ich dachte, da stünde Bernd, der zu unserem Haus hinüberblickt. Sekunden später war er wieder verschwunden.«

»Sag mir Bescheid, wenn dir wieder etwas merkwürdig vorkommt«, meinte Sarah. »Eine Sache noch, da wir gerade telefonieren …« Sie zögerte kurz, aber der Moment war günstig, um diese Frage zu stellen. »Hast du eigentlich noch geschäftliche Unterlagen zu Hause, die die Kanzlei und die steuerlichen Belange betreffen?«

»Wie kommst du darauf?«

»Na ja, nach der Erbschaft wollen die Finanzämter immer alles Mögliche wissen, auch Jahre später, und ich dachte …«

»Dazu müsstest du mal vorbeikommen. Dann kannst du selbst nachschauen, was du brauchst. Ich übergebe immer alles meiner Steuerberaterin und bin sehr froh, mich nicht darum kümmern zu müssen.«

»Ja, gut, das mache ich dann bei Gelegenheit.«

»Oder steckt etwas anderes hinter deiner Frage?«, schob ihre Mutter plötzlich nach.

»Nun …«

»Ich habe keine Unterlagen mehr zu Hause, die mit dem Prozess und dem ganzen Kram zusammenhängen könnten«, erklärte sie. »Falls du darauf hinauswillst.«

»Er könnte noch etwas versteckt haben, von dem du nichts weißt. Das Haus ist groß genug.«

»Und du denkst, dass jemand danach sucht? Nach all den Jahren? Das ist doch absurd.«

»Ja, wahrscheinlich hast du recht.«

»Aber wenn du einen konkreten Verdacht hast …«

»Es gibt keinen konkreten Verdacht«, wiegelte Sarah ab. »Ich könnte mich dennoch genauer umsehen, wenn ich das nächste Mal komme.«

»Und mit Polizeiaugen Ausschau halten?«

»So in etwa.«

»Das kann ja nicht schaden.«

»Das meinte ich.« Sarah legte wenig später auf. Sie war sicher, dass ihre Mutter keineswegs unter seltsamen Halluzinationen litt.

Ihr Vater war dort gewesen. Sarah wünschte sich plötzlich nichts mehr, als mit Frederik zu sprechen. Ihn zu spüren. Seinen Atem zu fühlen. Seine Wut und Empörung zu teilen, gemeinsame Pläne zu schmieden. Hörte das nie auf?

3

Mikkel Bentsen kannte den Kollegen aus Stockholm persönlich. Sie hatten vor vielen Jahren gemeinsam mit ihren Teams einen Schmugglerring ausgehoben, und bei seinem nächsten Urlaub in Schweden hatte Bentsen ihn und seine Familie besucht. Oskar Johansson war Ende dreißig und Vater von mittlerweile vier Kindern. Seine Frau arbeitete in gehobener Position in der Stadtverwaltung, und Bentsen fragte sich, wie die beiden das eigentlich schafften – verantwortungsvolle anstrengende Jobs und vier kleine Kinder, und Johansson wirkte dennoch meist munter und ausgeglichen, wenn er mit ihm zu tun hatte.

Bentsen rief den Kollegen nach Feierabend von zu Hause aus an – von seinem Privathandy. »Hast du ein paar Minuten Zeit?«, fragte er in bestem Schwedisch.

»Was für eine Frage, Mikkel! Natürlich. Was kann ich für dich tun?«

»Dieser Hansen-Fall …«

»Lässt dir keine Ruhe?«

»Ich habe heute den Zwischenbericht nach Kopenhagen geschickt, und ich bin schon ein bisschen beunruhigt, dass wir gar keine Hinweise haben«, erklärte Bentsen. »Verdirbt mir gerade den Feierabend.« Dass die deutsche Kollegin ihren angeblich längst verstorbenen Vater wiedererkannt hatte, behielt er natürlich genauso für sich wie all die anderen Umstände. Er hoffte nur, dass Johansson ihm die Flunkerei nicht übelnehmen würde – sollte sie je herauskommen.

»Es ärgert dich, dass ihr noch niemanden verhaften konntet?« Johansson lachte. »Tja, wer weiß, was der auf dem Kerbholz hatte.«

Das füllt ganze Akten und dürfte trotzdem nur die Spitze des Eisberges darstellen, dachte Bentsen.

»Und was kann ich in der Sache noch tun?«

»Ihr habt euch gründlich in der Wohnung und in der Firma umgesehen. Kommen dir irgendwelche Auffälligkeiten in den Sinn, wenn du noch mal in Ruhe darüber nachdenkst?«, fragte Bentsen.

»Na ja – das war alles ziemlich karg. Man hat gesehen, dass der Mann noch nicht so richtig angekommen war in seinem neuen Zuhause, obwohl er ja schon eine ganze Weile in der Handelskammer beschäftigt war.«

Bentsen goss sich ein Glas Bier ein und setzte sich an den Esstisch. »Geht das noch etwas genauer?«

»Spärlich ausgestattete Wohnung, kaum persönlicher Kram … ja, alles sehr unpersönlich. Das trifft es wohl. Eine Kollegin hat sich noch im Keller des Hauses umgesehen und in einem Karton einen uralten Laptop entdeckt.«

Bentsen spitzte die Lippen.

»Der ließ sich nicht mal mehr hochfahren. Akku völlig leer. Wahrscheinlich hat er ihn aussortiert, aber sich noch nicht entschließen können, ihn zu entsorgen – was Menschen so alles aufheben, wundert mich immer wieder.«

»Und in der Wohnung gab es keinen anderen Laptop oder PC, soweit ich mich recht an euren Bericht erinnere.«

»Tust du. Nun, den hat er wohl mitgenommen.«

»Wir haben hier nichts gefunden«, entgegnete Bentsen. »Nicht mal ein Ladekabel.«

»Tja …« Johansson klang nicht sonderlich überrascht. »Ich schätze, da ist jemand sehr gründlich gewesen.«

»So wird es wohl gewesen sein.« Bentsen zögerte einen Moment.

»Sag mal … dieser alte Laptop interessiert mich nun doch. Hast du eine Möglichkeit, mir das Teil rüberzuschicken?«

»Tatsächlich? Nun, wenn es dir wichtig ist – klar. An dich persönlich?«

»Ja, gerne. Danke, Kollege.«

»Kein Thema. Ich kümmere mich darum.«

Bentsen war kein Computerprofi. Es reichte ihm völlig aus, mit der jeweiligen Software eines halbwegs aktuellen Geräts sowohl seinen dienstlichen als auch privaten Alltag bewältigen zu können; vieles ging ihm leicht von der Hand, bei aufwändigen Updates oder komplizierteren Anwendungen verließ er sich auf die Hilfe der Fachabteilung, und wenn sein Neffe ein neues Spiel installierte, freute er sich auf die Matches mit dem Sechzehnjährigen. Er wusste allerdings, dass Astrid Larsen ein Faible für ausgediente Computer und zwanzig Jahre alte Software hatte. Sie tippte ihre Berichte auf einer Tastatur aus den Neunzigern, die so viel Getöse machte, dass die Kolleginnen und Kollegen entnervt die Tür schlossen, sobald sie zu schreiben begann. »Da merkt man erst so richtig, dass man arbeitet«, erklärte sie immer wieder freudestrahlend. Und manchmal hatte er das Gefühl, dass Astrid besonders kraftvoll in die Tasten haute, weil sie überhaupt nichts dagegen hatte, wenn die Bürotür geschlossen war. Bentsen lächelte.

Der Laptop traf zwei Tage später ein. Johansson hatte ihn sorgfältig verpackt und mit mehreren Metern Band verschnürt. Bentsen machte sich mit dem Paket auf den Weg in die Kriminaltechnik. Astrid Larsens Augen begannen zu glänzen, als er das Teil auspackte: Ein zwanzig Jahre alter Dell-Laptop, wuchtig wie ein Eichenbrett, wahrscheinlich mehrere Kilo schwer und ausgestattet mit einer Tastatur »so richtig zum Draufkloppen und Warmwerden«, schwärmte Astrid und knetete ihre Finger. »Nicht diese weichgespülten Flüstertasten.«

Sie schloss ein Ladekabel an. »Das könnte jetzt ein paar Stunden dauern, wenn der Akku sich komplett verabschiedet hat«, meinte sie. »Was versprichst du dir eigentlich davon? Also mal abgesehen davon, dass du mir mit diesem Retro-Geschoss eine Freude machen willst und wir vielleicht einen Einblick in jahrzehntealte Software gewinnen könnten.«

Bentsen zuckte mit den Achseln. »Keine Ahnung, wenn ich ehrlich bin.«

»Er wird das Teil wohl kaum noch benutzt haben.«

»Vielleicht lebt die Festplatte noch, und wir finden Hinweise.«

»Zwanzig Jahre alte Hinweise? Pornos aus den siebziger Jahren? Körnige Fotos, auf denen du die Pixel nachzählen kannst?« Larsen warf ihm einen schrägen Blick zu. »Na schön. Ich versuche mein Glück. Als das Ding gebaut wurde, war ich das erste Mal verliebt. Da war ich dreizehn oder so.«

»Wenn das kein Ansporn ist.«

»Er hat meine Gefühle nicht erwidert, sondern ist am Ende des Sommers mit einem Mädchen aus der Parallelklasse zusammengekommen. Ich hatte furchtbaren Liebeskummer, der tiefe Wunden hinterlassen hat, zumindest für einige Wochen. Trotzdem – ich melde mich.«

Larsen rief am späten Nachmittag an. Bentsen kam gerade aus einer Besprechung. »Das ging ja schnell. Hast du das Ding an die Wand gepfeffert oder …«

»Komm doch später einfach noch mal rum«, warf sie ein, und ihre Stimme klang angespannt.

»Kleiner Tipp im Vorfeld?«

»Was immer dieser Hansen sonst noch so gemacht hat – der Job bei der Handelskammer war womöglich eine gute Tarnung.«

Bentsens Augen weiteten sich. »Okay, bis nachher«, sagte er leise und ließ das Handy sinken. Dann sah er hoch. Sarah saß an ihrem

Schreibtisch im Gemeinschaftsraum. Er war fest entschlossen, der Sache zunächst alleine auf den Grund zu gehen, im nächsten Augenblick hob sie den Kopf und sah ihn direkt an – offen und fragend, eine Braue dezent hochgezogen. Er stöhnte leise. Ich will endlich, dass diese Nazigeschichten ein Ende haben, noch dazu deutsche Nazigeschichten. Nichts brauchen wir hier weniger als das. Sie wandte den Blick nicht ab, und schließlich nickte er ihr zu. Sarah stand auf und trat zu ihm. »Neuigkeiten?«

Bentsen hätte sich am liebsten in den Allerwertesten getreten, doch nickte er mit kaum merklicher Verzögerung. »Wir treffen uns später bei Larsen.«

Astrid Larsen lächelte mit roten Wangen, während ihr Blick einige Male zwischen Bentsen und Sarah hin und her wanderte. »So eine Konstruktion habe ich noch nie gesehen. Nur mal davon gelesen.« Sie strich fast zärtlich über den alten Laptop, der zahlreiche Schrammen und Beulen aufwies. »Ich wollte gerade aufgeben – nachdem der alte Akku sich auch nach Stunden nicht gerührt hatte. Der Bildschirm blieb tot. Schließlich habe ich mir das Gehäuse und das Innenleben mal etwas genauer angesehen. Ich bin ja durchaus der Bastlertyp und habe ein Faible für ungewöhnliche Lösungen.« Sie tippte auf die Rückwand. »Ich mache es kurz – es ist eine zweite Festplatte verbaut, mit einem eigenen sehr leistungsstarken Akku, und man entdeckt sie nur, wenn man das Ding auseinandernimmt.«

Sarah holte tief Luft. Ihr Vater war alles andere als ein versierter Computerfreak gewesen. Womöglich hatte er Entscheidendes dazugelernt oder seine Kenntnisse gut versteckt. Oder jemand hat ihm geholfen. »Und du konntest sie in Gang setzen?«

Astrid Larsen nickte. »Es gibt einen versteckten Stromstecker. Sobald man einen Anschluss eingestöpselt hat, tut sich was.« Sie klappte den Laptop auf, und der Bildschirm erwachte »Wie ihr seht –

ein modernes Betriebssystem. Der Zugang war mit einem Passwort gesichert. Gar nicht mal ungeschickt gemacht, aber ich konnte es knacken.« Sie winkte ab. »Dankt mir später.«

»Woher kennst du dich so gut aus?«, fragte Sarah verblüfft.

»IT-Forensik ist mein Steckenpferd, und auch wenn es um alte Systeme geht, kann ich kaum widerstehen. Kommt in meinem aktuellen Job leider gerade etwas zu kurz. Also, vielen Dank für die Herausforderung.«

Sarah fasste Bentsen ins Auge. Sie konnte sich gut vorstellen, was in ihm vorging.

»Und was ist drauf auf der anderen Festplatte?«, fragte der Kollege schließlich.

Larsen aktivierte ein Programm. »Konten, Geldbewegungen, Listen – der Mann dürfte Geldwäsche in größerem Stil betrieben haben, und zwar europaweit. Für eine detaillierte Analyse brauchst du allerdings Experten ...«

»Ich kümmere mich darum«, warf Bentsen eilig ein. Sein Gesichtsausdruck sprach Bände. »Kannst du uns vorab eine Kopie machen?«

»Schon erledigt.« Sie reichte Bentsen eine externe Festplatte, die kaum größer als ein kleiner Taschenrechner war. »Passwort: heutiges Datum plus Aktenzeichen.«

»Gute Arbeit, Kollegin. Vorerst bitte ...«

»Kein Wort zu niemandem – natürlich nicht. Wie könnte ich das vergessen?«

Sarah blickte Bentsen von der Seite an, als sie die Kriminaltechnik verließen und den langen Gang hinunterliefen. »Frag nicht!«, presste er plötzlich hervor und blieb abrupt stehen. »Hätte ich bloß ...« Er winkte ab und zog sie ein Stück zur Seite. »Na schön, nun ist es zu spät. Die Katze dürfte aus dem Sack sein, zumindest ein ganzes Stück.«

»Ich bin sehr gespannt …«

»Wir müssen das Ding den Behörden übergeben, das ist dir klar, oder?«

»Natürlich. Das ist ein wichtiges, sehr wahrscheinlich das entscheidende Beweismittel in dieser Sache. Aber klar ist auch, was dann passiert, oder? Sie werden uns den Fall sofort entziehen und das Ganze intern regeln – welche Behörde auch immer. Darüber sprachen wir bereits. Und obwohl Dänemark im Europolverbund ja längst eine Sonderrolle spielt, wird es an diesem Punkt sehr schnell zu einer reibungslosen gemeinsamen Einigung der betroffenen Länder kommen: Nichts darf an die Öffentlichkeit gelangen, und die Verschwiegenheitspflicht gilt auch für andere Dezernate und Behörden. Der Teppich, unter den das dann alles gekehrt wird, dürfte einen halben Meter dick werden.«

»Klingt nach einer realistischen Einschätzung.«

»Erzähl mir nicht, dass du nicht gespannt bist, welche Detailinformationen die Platte enthält.«

»Eigentlich wollte ich genau darauf hinaus. Im Übrigen wird es um den üblichen miesen Kram gehen, mit dem wir schon oft genug zu tun hatten.«

Sarah schüttelte verdutzt den Kopf. »Interessant. Und warum gehst du der Sache dann trotzdem nach und lässt du dir sogar eine Kopie aushändigen?«

Bentsen holte tief Luft. »Gute Frage, mit der ich mich wohl noch eine ganze Weile herumschlagen werden. Aber es ist wohl ganz einfach – ich will dich davor bewahren, mal wieder einen Alleingang zu unternehmen, der dich in große Schwierigkeiten bringen könnte. Ich sehe dir doch schon die ganze Zeit an, dass du dich eben nicht mit einem Fall Georg Hansen abgefunden hast.«

Sarah blinzelte. »Und nun meinst du, dass es ist besser ist, wenn wir zu zweit einen Alleingang machen?«

»Das könnte so in etwa zutreffen.« Bentsen atmete tief durch, griff in die Tasche und drückte ihr die Festplatte in die Hand »Schau dir den Kram genauer an. Ob du danach ruhiger schlafen wirst, wage ich zu bezweifeln. Ich will das Teil morgen zurückhaben und werde das Ganze dann weiterleiten. Und noch was: Ich hoffe sehr, dass all das wenig, am besten gar nichts mit Bornholm zu tun und der Tatort nur ein ganz blöder Zufall ist. Ich habe wirklich genug von diesem ganzen Mist hier.«

Sarah atmete tief durch. Und ich erst.

Er wandte sich ab und ging weiter. Nach drei Schritten blieb er erneut stehen und drehte sich wieder um. »Vielleicht werde ich das bereuen. Nein, ganz sicher werde ich das. Aber natürlich kann ich verstehen, dass du es genauer wissen willst, doch das ist eine rein private Bemerkung. Komm nicht auf die Idee, den Satz zu zitieren. Und noch was: Pass auf dich auf. Das sage ich womöglich auch nicht zum ersten Mal.«

Sarah sah ihm nach. Bentsen hatte heftig mit sich gerungen, das war ihr klar. Sein eigenmächtiges Vorgehen konnte ihn den Job kosten – und falls sie etwas unternahm, was den falschen Leuten auffiel, könnte ihre Laufbahn beim BKA ebenfalls ein jähes und überaus unrühmliches Ende finden. Als Polizeibeamtin würde sie nirgendwo mehr Fuß fassen, und das war dann wahrscheinlich ihr geringstes Problem. War es das wert? Eigentlich nicht. Ihr Vater hatte unter einer falschen Identität sein altes kriminelles Leben weitergeführt – und womöglich in vielerlei Hinsicht perfektioniert. Spielten die Details wirklich noch eine Rolle? Natürlich taten sie das. Warum sollte ihr Vater den alten Laptop für ein professionelles Datenversteck nutzen, wenn es keine brisanten Hinweise enthielt?

Sie verließ das Gebäude durch einen Seitenausgang. Frederik würde sonst was dafür geben, in den Besitz dieser Informationen zu gelangen. Auf dem Heimweg stoppte sie an einem Computerladen, kaufte ein Notebook und bezahlte in bar. Weder auf ihren privaten Geräten noch im Job sollte es Hinweise auf diese Festplatte geben.

Mikkel Bentsen händigte Laptop und Festplatte am nächsten Tag an die Kollegen in Kopenhagen aus. Sarah bekam von weitem mit, dass er mehrfach telefonierte und sich persönlich um die Übergabeformalitäten kümmerte. Zum Fall Georg Hansen blieb die Erkenntnislage dürftig. Sie fuhr am Nachmittag noch einmal nach Hasle. Der Bungalow war inzwischen freigegeben und bereits an andere Touristen vermietet. Eine Familie mit zwei kleinen Kindern richtete sich gerade für ihren Sommerurlaub ein.

Sarah blieb im Wagen sitzen und beobachtete das idyllische Treiben auf der Terrasse, während sie mit aller Kraft gegen die alten Sehnsüchte ankämpfte. Das alte Blockhaus gab es nicht mehr – abgesehen vom äußeren Gerüst und schmerzenden Erinnerungen an eine ebenso aufwühlende wie verhängnisvolle Zeit, an einen Mann, der eine Entscheidung getroffen hatte, die ihm keine Hintertür offenließ, und ihr ebenso wenig. Die Kinder packten ihr Spielzeug aus, im Haus erklang Musik, der Mann rief seiner Frau etwas zu. Lautes Lachen. Perfekt, dachte Sarah. So hätte ich auch leben können, wenn ich mich damals für einen anderen Weg entschieden hätte.

Wenn es nach ihrem Vater gegangen wäre, hätte sie ihr Jurastudium durchgezogen und wäre später in die Kanzlei eingestiegen, statt nach einigen Semestern alles hinzuschmeißen und die Kommissarinnenlaufbahn einzuschlagen. Und dann? Hätte sie bemerkt, worum es hinter der Fassade gegangen war? Schwer zu sagen. Erste Zweifel waren ihr ja erst im Zusammenhang mit den Rostocker Ermittlungen gekommen, bei denen sich überraschenderweise eine Verbindung nach Berlin und Potsdam gezeigt hatte. So hatte alles begonnen – an der Seite von Hannah und ihrem Team in Berlin, die damals, als Sarah das Handtuch geworfen hatte und auf der Flucht vor ihrem Versagen bei ihrem ersten Fall war, nicht lockergelassen und sie zurück ins Boot geholt hatte, tatkräftig unterstützt vom ehemaligen Kollegen Henrik. Und nun lasse ich nicht locker, dachte sie, schob die Erinnerungen beiseite und setzte den Wagen zurück.

Bentsen hatte bei der Rückgabe nicht gefragt, was sie auf der Festplatte entdeckt hatte, und eigentlich gab es auch nicht viel zu erzählen. Wie die Kollegin Larsen bereits bemerkt hatte – zur Analyse der Listen und Konten waren Experten nötig, zumal keine Klarnamen verwendet wurden und Buchungsangaben verschlüsselt aufgeführt waren. Aus einigen Notizen war ableitbar, dass es um europa-, womöglich weltweite Verbindungen ging, in die etliche Firmen verstrickt waren – wahrscheinlich Scheinfirmen oder Unternehmen mit Tarnnamen. Doch Sarahs diesbezügliche Kenntnisse waren eher oberflächlich und würden nicht ausreichen, die Informationen korrekt einzuordnen. Hier ging es um das Verschleiern von Geldströmen, mit dem sich ihr Vater bestens ausgekannt hatte. Ob er alte Aufzeichnungen gesichert, sich auch unter seiner neuen Identität weiterhin damit beschäftigt oder gar ein völlig neues Netz aktiviert hatte, war eigentlich zweitrangig. Und mit dieser Einsicht sollte sie sich zufriedengeben.

Sie versteckte das Notebook auf dem Dachboden ihres Hauses – in einem Koffer mit alten Fotobüchern und Hausunterlagen. Das Passwort war nur von einem Experten zu knacken. Außerdem hatte sie den Inhalt der Festplatte zusätzlich verschlüsselt, und sollte sich je jemand daran zu schaffen machen, würde sie eine Nachricht erhalten. Die Frage, warum sie einen derartigen Aufwand betrieb, obwohl ihr klar, dass sie mit den Informationen nicht das Geringste anfangen konnte, ließ sie unbeantwortet.

Bentsen stand am Samstag vor ihrer Tür, als sie gerade das Haus verlassen hatte und mit dem Rad zum Einkaufen fahren wollte. Sie stellte das Bike ab, als er die Wagentür aufschob und ausstieg. Sein Gesichtsausdruck war schwer einzuordnen. »Kaffee?«, fragte sie. »Oder haben wir mal wieder einen Wochenendfall?«

Er betrat das Grundstück. »Kaffee wäre gut.«

»Setz dich«, sagte sie und wies auf den Holztisch unter der Veranda. »Ich bin gleich bei dir.«

Wenig später setzte sie sich zu ihm und reichte ihm eine Tasse. »Was ist los?«

Er blies über den Kaffee und trank einen Schluck. »Die Kollegen haben sich gemeldet. Der Fall geht uns nichts mehr an.«

Sarah hob eine Braue. »So schnell haben sie ihre Entscheidung gefällt? Ich bin beeindruckt.«

»Sozusagen in Lichtgeschwindigkeit. Und die Art und Weise, wie uns der Fall entzogen wurde, ist durchaus bemerkenswert – nämlich ohne großartige oder gar nachvollziehbare Erklärungen. Interne Regelung, weil länderübergreifend und so weiter und so fort.«

»Und der Laptop …«

Bentsen schüttelte den Kopf. »Ich habe den Kollegen das Teil ausgehändigt einschließlich der externen Festplatte, und das war es. Wir wissen von nichts.«

»Und die gehen nicht davon aus, dass wir längst einen Blick geworfen haben könnten?«, fragte Sarah in leisem Ton.

»Nein. Niemand hat sich näher damit befasst, das habe ich betont. Die Kopie war eine reine Sicherheitsmaßnahme der Kriminaltechnik. Und was immer du jetzt damit anfängst … Ich will es gar nicht wissen. Und niemand sollte wissen, dass du in der Sache … Und so weiter.«

Sie schwieg nachdenklich.

»Der Kaffee ist übrigens ziemlich gut.«

»Freut mich.«

Bentsen leerte seine Tasse und stand auf. »Ich wünsche dir ein entspanntes Wochenende.«

»Danke, Kollege. Und noch was …«

Er runzelte die Stirn.

»Ich kann nichts damit anfangen«, erklärte sie leise.

»Dann belass es doch dabei. Sollen sich irgendwelche Geheimdienstleute in welcher Behörde auch immer damit herumschlagen und undichte Stellen suchen oder korrupte Beamte enttarnen und dann Berichte schreiben, die von vorne nach hinten gelogen sind, weil hochgeheim oder brisant oder beides. Mir ist es egal.«

Das glaube ich dir nicht, dachte Sarah. »Okay. Ich verstehe. Spricht eigentlich was dagegen, wenn ich ab nächster Woche ein paar Tage Urlaub mache? Hannah hat Geburtstag und …«

»Nur zu. Falls was Größeres anliegt, musst du notfalls unterbrechen.«

»Kein Problem.«

Sarah sparte sich den geplanten Einkauf und buchte eine halbe Stunde später für den nächsten Morgen einen Flug über Kopenhagen nach Berlin sowie ein kleines Ferien-Apartment in Tempelhof. Sie packte eine Reisetasche und ihren Rucksack; dann kroch sie auf den Dachboden, überspielte die Daten vom Notebook auf einen USB-Stick mit großem Speicherumfang und fügte die Datei vom Zahnschema hinzu. Der Stick sah einer Zahnbürste täuschend ähnlich, was sie immer noch witzig fand.

Als sie am nächsten Morgen das Haus verließ, war ihr zweierlei klar: Sie war dabei, einen großen Fehler zu begehen. Aber sie hatte keine andere Wahl. Ihr Vater war ein Mordopfer – unabhängig davon, was er getan und wofür er verantwortlich war. Wenn sie zuließ, dass der Fall unter den Teppich gekehrt wurde, könnten sich womöglich involvierte Behörden und Beamte reinwaschen, und damit würde sie Machenschaften unterstützten, gegen die sie ansonsten vehement vorging. Es gab keinen Georg Hansen, das war das eine. Ihr Vater dürfte seine lukrativen Geschäfte unter diesem Namen fortgesetzt haben – mit alten und neuen Partnern –, nachdem er seine Kameraden verraten hatte, das war das andere. Womöglich war er aufgeflogen, und jemand hatte kurzen Prozess gemacht. Diese Einschätzung klang nach dem bisherigen Verlauf ziemlich realistisch, auch wenn es zum Tatablauf noch keine gesicherten Erkenntnisse gab.

Als Sarah im Flieger saß, stand eine strahlende Morgensonne am Himmel. Sie setzte Kopfhörer auf und sah sich einen Film auf ihrem Tablet an. Als sie ihn Berlin landete, traf eine SMS von Bentsen ein, kaum dass sie ihr Handy eingeschaltet hatte. *Hannah hat erst im Herbst Geburtstag. Für wie blöd hältst du mich eigentlich?*

4

LKA-Kommissar Gregor Tiegel machte seinen Job gut. Wenn er tatsächlich etwas zu verbergen hatte, ging er sehr geschickt vor. Sein Alltag folgte einer strengen Routine, und in seiner Wohnung fanden sich keine Hinweise. Krølle hatte sie bislang zweimal stundenlang durchsucht und nichts entdeckt; so ähnlich war es Lennart Paulsen bei der Observation ergangen.

Krølle hatte dabei vorsichtshalber eine Gesichtsmaske und weite Kleidung getragen, die wenig Rückschlüsse auf seinen Körperbau zuließen. Er war sicher, dass die Wohnung überwacht wurde – mit Sonderanfertigungen aus dem militärischen Bereich, die sich eben nicht im Vorfeld mit Sensoren aufspüren ließen oder geschickt gesteuert wurden. Gregor Tiegels Post war gähnend langweilig, dennoch machte Krølle sich Kopien und ließ sie durch ein Entschlüsselungsprogramm laufen, während Paulsen sich mit seinem Laptop und den Handydaten befasste. Zugleich hatte Krølle stets, wie verabredet, ein Auge auf Paulsen. Aber auch hier: keine Auffälligkeiten. Falls jemand an ihm dran war, musste er über hervorragende Tarnfähigkeiten verfügen, sonst hätte Krølle ihn längst entdeckt.

Nach zehn Tagen trafen sie sich auf ein Bier in einer Kneipe in Charlottenburg, um gemeinsam festzustellen, dass dies ein überaus langweiliger Auftrag war. »Nichts«, meinte Paulsen. »Keine auffälligen Kontakte, kein Hinweis auf andere Aktivitäten. Ich lasse gerade sein gesamtes Umfeld und dazu noch jede einzelne Banküberweisung durchchecken. Wenn er einkaufen geht, bin ich dabei, wenn er beim Arzt sitzt, habe ich das im Blick. Entweder da ist tatsächlich nichts, oder er weiß längst, dass er überwacht wird.«

»Oder beides«, meinte Krølle in lapidarem Ton.

Paulsen stutzte kurz, dann nickte er. »Wie ist deine Einschätzung?«

Krølle lächelte. »Ich nehme an, du beziehst dich auf meine ganz besondere Menschenkenntnis.«

»Genau. Was sagt dir dein …«

»Innerer Sensor. Er schlägt nicht an. Allerdings heißt das nicht viel, ohne persönlichen Kontakt. Ich müsste mit ihm reden, ihm ein paar kritische Fragen stellen, ihn etwas unter Druck setzen, das könnte deutlich aufschlussreicher sein.«

»Wir müssen in Deckung bleiben«, entgegnete Paulsen. »Zumindest vorerst. Sobald ein Gespräch möglich oder nötig ist, werden wir es gemeinsam führen.« Er warf einen Blick in die Karte. »Hast du Hunger?«

»Immer.«

Sie bestellten Burger und Pommes. Krølle vertilgte sein Essen minutenlang schweigend. Gegen Ende der Mahlzeit hob er plötzlich den Kopf. »Vielleicht suchst du an der falschen Stelle.«

»Wie meinst du das?«

»Seine Wohnung ist blitzblank, nach dem Job ist er wenig unterwegs. Vielleicht agiert er während der Arbeitszeit.«

Paulsen runzelte die Stirn. »Mitten im LKA?«

»Ich würde es so machen, wenn ich wüsste, dass ich durchgecheckt werde oder besonders vorsichtig sein muss. Ganz einfach, weil kaum jemand damit rechnet. Er sitzt in der Verwaltung, das könnte ihm einigen Freiraum bieten.«

»Aber dort werden sie ihn auch durchleuchten.«

»Vielleicht. Vielleicht auch nicht, weil unser, genauer gesagt dein Auftrag unter dem Radar läuft.« Krølle zuckte mit den Achseln.

»Und womöglich ist der Mann tatsächlich so sauber, wie er vorgibt.«

Paulsen bestellte ein weiteres Bier, als sein Handy den Eingang einer Nachricht signalisierte. Er runzelte die Stirn.

Krølle behielt ihn im Blick. »Was Besonderes?«

Paulsen stand auf. »Ich muss telefonieren. Bin gleich wieder da.«

Krølle nickte gleichmütig. Ein bisschen Geheimnistuerei gehörte zum Job dazu, wenn man wie Paulsen Vorgesetzte hatte, die sich konkret vergewissern mussten, mit wem sie sprachen. Der Kollege kehrte wenige Minuten später zurück und setzte sich wieder. »Um deine Frage zu beantworten: Ja, es gibt besondere Neuigkeiten. Der Mann, der im Zeugenschutzprogramm untergetaucht oder auch schlicht verschwunden ist, lebt nicht mehr.«

»Was ist passiert?«

Paulsen wartete mit der Antwort, bis die Kellnerin die Getränke serviert hatte und wieder hinter der Theke verschwunden war. »Er wurde erschossen.«

»Das heißt wohl, dass er aufgeflogen ist und bezahlen musste – wer auch immer er war.«

»Anzunehmen.« Paulsen blickte einen Moment ins Leere.

»Gibt es noch mehr dazu?«

Kurzes Zögern, dann nickte Paulsen. »Das Ganze liegt bereits ein paar Tage zurück. Viel berichtet wurde darüber nicht. Ich konnte meinem Kontaktmann jedoch einen entscheidenden Hinweis entlocken – und der dürfte auch dich interessieren. Das Ganze ist auf Bornholm passiert.«

Krølle lehnte sich zurück. Das war in der Tat eine Überraschung – und ganz sicher kein Zufall. Er tauschte einen kurzen Blick mit Paulsen und griff nach seinem Smartphone. Im Netz fand sich tatsächlich nur wenig zu dem Fall, auch über die Ermittlungen wurde kaum berichtet. Knappe Zeilen zu einem Toten am Strand von Dueodde in der Nähe eines Leuchtturms; der Mann war gebürtiger Deutscher und hatte seit geraumer Zeit in Schweden gearbeitet. Die Polizei bat Zeugen, sich zu melden, falls ihnen in der fraglichen Nacht etwas aufgefallen war. Viel mehr war nicht zu finden, und das war einigermaßen erstaunlich, denn auf der Insel war Mord und Totschlag nicht unbedingt an der Tagesordnung – es sei denn, es ging um deutsche Konflikte, korrigierte sich Krølle im Stillen. Außerdem war das Foto von dem Opfer bemerkenswert nichtssagend. »Nicht mal ein vernünftiges Foto«, murmelte er.

»Was bei der Hintergrundgeschichte nicht weiter verwundern darf.«

»Kein vollständiger Name – nur ein lapidares Georg H.«, fuhr Krølle fort. »Hier wird komplett gedeckelt, um keine schlafenden Hunde zu wecken.«

Paulsen zuckte mit den Achseln. »Natürlich. Wahrscheinlich hätte es der Fall nie in die Medien geschafft, wenn es eine Chance gegeben hätte, die Tat komplett zu vertuschen. Nun versuchen sie, den Ball so flach wie möglich zu halten. Aber der Tatort ist hochinteressant.« Er nickte und hielt Krølles Blick fest. »Wenn ich mich an deine letzten Aktivitäten entsinne, dürftest du längst eine Idee dazu haben, um welchen Hintergrund es hier geht, oder?«

Krølle trank einen Schluck Bier und wischte sich den Schaum von den Lippen. »Mir fällt dazu spontan eigentlich nur ein Name ein.«

»Pirohl.«

Krølle nickte.

»Und was fällt dir noch dazu ein?«

»Ich könnte mir vorstellen, dass einer seiner Kameraden ausgepackt hat, was für einen Teil der Truppe lange Haftstrafen bedeutete. Dafür durfte der Verräter ins Zeugenschutzprogramm und hat eine neue Identität spendiert bekommen – bei einem schwedischen Arbeitgeber. Klingt wesentlich besser als Knast. Aber hundertprozentig sicher ist man nie, wie sich eindrucksvoll gezeigt hat.«

»So weit, so klar. Und dann? Ist ihm in Schweden langweilig geworden, und er hat sich auf Reisen begeben – ohne Absprache mit dem LKA?«, fragte Paulsen. »Und was wollte er ausgerechnet auf Bornholm? Dieser Pirohl-Tochter einheizen?«

»Warum nicht?«

»Der alte Pirohl ist tot, wenn ich richtig informiert bin.«

»Seine Tochter Sarah, die junge Kommissarin, hat vielen geschadet, nicht nur ihm und der Kanzlei – sie und der Journalist haben einiges an Dreck aufgewühlt.«

»Und du warst verdammt nah dran an dieser Geschichte.« Paulsen warf ihm einen langen Blick zu.

»Kann man so sagen.« Zu nah, um ganz ehrlich zu sein, dachte Krølle. Aber das war ich auch, als es darum ging, dir den Hintern zu retten, und da ging es ebenfalls um Nazis. Hätte ich das nicht getan, säßen wir beide heute nicht hier und würden bei einem Bier über alte Fälle sinnieren.

»Wenn ich mich weiter erinnere, sind damals noch zwei Typen aus Berlin auf der Straße erschossen worden, die auch aus Pirohls geschäftlichem Umfeld stammten. Weißt du dazu etwas Genaueres?«, fragte Paulsen weiter.

»Nö.«

»Aha.«

Paulsen glaubt mir kein Wort, dachte Krølle und erlaubte sich ein dezentes Lächeln. Er selbst hatte seinerzeit dafür gesorgt, dass die beiden – ein Anwalt und ein Unternehmensberater in den kriminellen Diensten von Pirohl – niemandem mehr gefährlich werden konnten. Da sie Hannah Jakob bereits ins Visier genommen hatten, war es ihm ein besonderes Vergnügen gewesen, für ein spontanes Ableben zu sorgen. »Wie geht es jetzt weiter?«

Paulsen zuckte mit den Achseln. »Ich soll noch ein paar Tage an Tiegel dranbleiben. Vielleicht erfahre ich noch etwas mehr über die Hintergrundgeschichte. Falls unser LKA-Mann in eine Vergeltungsaktion verstrickt ist, sollten wir dazu bald Hinweise entdecken.«

Oder auch nicht, dachte Krølle. Gregor Tiegel war womöglich schon vor Monaten geschmiert worden und hatte dann bereitwillig Einzelheiten zu dem Verräter und seinen Plänen ausgeplaudert. Das Geld dürfte längst geflossen sein. Es war auch kein allzu großes Kunststück, unter einem anderen Namen ein Bankkonto zu eröffnen, das ihm zur Verfügung stand, sobald der Auftrag erledigt war. Tiegel müsste sich lediglich noch etwas in Geduld üben und keinesfalls den Fehler machen, über seine Verhältnisse zu leben und Anschaffungen zu tätigen, die deutlich über seiner Gehaltsklasse lagen. Und Bornholm war tatsächlich ein überaus interessanter Tatort, überlegte Krølle weiter. Der Kommissarin dürfte der Zusammenhang längst klar geworden sein. Und was war mit Hannah Jakob? Wusste sie Bescheid?

Krølle verließ das Lokal eine gute halbe Stunde später und etliche Minuten nach Paulsen. Nach kurzem Überlegen fuhr er Richtung Zoo und weiter nach Friedrichshain-Kreuzberg; am Treptower Park bog er in eine Nebenstraße ein und stellte seinen Wagen auf dem Parkplatz hinter einer Postfiliale ab. Die spröde Kommissarin erledigte immer noch ihren Job beim BKA, aber sie tauchte kaum noch im Zusammenhang mit größeren Ermittlungen auf. Sie will sich den Stress sparen, dachte Krølle. Er stieg aus und ging Richtung Park. Hier drehte sie häufig ihre Runden mit ihrem Hund Kotti. Alle paar Monate erlaubte Krølle sich eine Annäherung aus der Ferne. Dann beobachtete er die beiden bei einem Rundgang im Park, und so manches Mal gewann er den Eindruck, dass Kotti die Nase hob und die Witterung in seine Richtung aufnahm. Das war kitschiger Unsinn, aber Krølle ließ ihn so stehen. Dieser Hund war ein besonderer Gefährte. Er würde sein Leben für Hannah lassen – ohne auch nur eine Sekunde zu zögern, und das rührte ihn auf fast schmerzlich intensive Weise.

Krølle sah auf die Uhr. Es war spät, vielleicht hatten die beiden ihre Abendrunde längst hinter sich. Er wartete noch einen Augenblick, dann wandte er sich um und ging zurück zu seinem Wagen. Er ließ sich Zeit mit der Heimfahrt. Als er zu Hause eintraf, fand er eine Nachricht von Paulsen vor. *Der Typ hieß Georg Hansen. Er war bei der Deutsch-Schwedischen Handelskammer angestellt. Vita klingt zwar überzeugend, weist aber Lücken auf. Denke, du hast recht mit deiner Einschätzung.*

Die killen sich gegenseitig – ich habe nichts dagegen, antwortete Krølle nach kurzem Überlegen.

Das bedeutet aber auch, dass noch genügend Kameraden rumlaufen, die so eine Aktion durchziehen, bemerkte Paulsen.

Nun, das war doch klar. Die Spitze des Eisberges.

Und die junge Kommissarin?

Der dürfte längst klar sein, dass sie auch wieder ins Visier geraten ist.

Davon ist auszugehen. Ich melde mich.

Krølle loggte sich aus und verstaute das Handy. Einen Moment kaute er auf seiner Unterlippe herum, dann ging er in den Gartenschuppen und holte seinen zweiten Laptop aus dem Versteck in einer schmuddeligen Werkzeugkiste mit doppeltem Boden. Frederik Thomsens letzte Nachricht war vier Wochen alt. Seinerzeit war er in den USA unterwegs gewesen. Da gibt es auch einiges für jemanden zu tun, der sich dem Kampf gegen Rechtsradikale verschworen hatte, dachte Krølle, aber das soll nicht mein Problem sein. Er aktivierte das Chatprogramm im Darknet und schrieb nur ein kurzes Hallo. Aufgrund der Zeitverschiebung rechnete er nicht mit einer schnellen Antwort, doch Thomsen meldete sich innerhalb von wenigen Minuten.

Welche Ehre, von dir zu hören!

Krølle verdrehte die Augen. Der Junge war wirklich anhänglich und noch dazu manchmal ziemlich überschwänglich. Das sollte er sich abgewöhnen. Gefühlsduselei war nicht Krølles Welt und sollte es auch nicht werden, es sei denn, es ging um Tiere.

Womit habe ich die denn verdient?

Wo bist du gerade?, fragte Krølle betont sachlich.

Hier und da. Zurzeit auf dem Weg nach Kanada. Aber ich denke nicht, dass du dich gemeldet hast, um mit mir zu plaudern. Wie spät ist es bei euch? Später Abend?

Ja. Informier dich mal, was auf Bornholm los war.

Pause.

Es gab einen Mord, und der könnte was mit deinem alten Erzfeind zu tun haben, berichtete Krølle.

Pirohl?

Genau der, auch wenn er längst tot ist. Krølle berichtete in Kurzform, was geschehen war und welche Schlussfolgerungen er daraus zog. *Ich nehme Kontakt zu dir auf, weil ich mir vorstellen kann …*

Dass mich der alte Scheiß noch interessiert?

Nun, deine Freundin …

Sie ist nicht mehr meine Freundin. Wir haben uns getrennt, das weißt du doch.

Okay, dann vergiss es einfach. Krølle verdrehte die Augen. Thomsen war immer noch beleidigt, dass seine Freundin ihm den Laufpass gegeben hatte. Er sollte sich mal langsam damit abfinden, dass die Frau sich für andere Schwerpunkte entschieden hatte – dieses Theater, wenn Paare auseinandergingen, hatte Krølle noch nie verstanden. Er verstand ja noch nicht mal, dass sie Paare wurden.

Nein, nein, schon gut. Sorry. Es ist ja immer noch auch meine Insel. Ich werde mich mal umhören, was da los ist. Aber wenn ein Nazi einen anderen ausschaltet, habe ich nichts dagegen – und die Gründe sind mir völlig egal.

So ähnlich sehe ich das auch.

Und Sarah wird selbst wissen, dass sie vorsichtig sein muss. Nicht nur heute oder nächste Woche. Da wird sich über Jahre nicht viel ändern. Es wird eher schlimmer. Auch das ist nicht neu.

Alles klar. Bis dann. Krølle loggte sich aus, bevor Thomsen doch auf die Idee kam, ausschweifend auf das Ende seiner Liebesgeschichte einzugehen. Nichts interessierte ihn weniger als das. Er hatte tatsächlich bis heute nicht begriffen, was Menschen bewog, sich paarweise zusammenzutun – am überzeugendsten schien ihm noch die Erklärung, dass es für viele bequemer war, gemeinsam durchs Leben zu gehen oder zumindest einige Zeit zu zweit zu verbringen und sich Aufgaben zu teilen. Aber selbst dieses Argument schien ihm bei näherer Betrachtung zweifelhaft – zumindest, wenn er von sich ausging. Ich bin kein Gradmesser, dachte er. Ich komme nur mit mir selbst klar. Ab und zu ein Besuch von Copper oder ein Bier mit Paulsen oder ein Blick auf Hannah und Kotti, mehr Kontakte musste er nicht haben. Ich genüge mir selbst. Lieber lausche ich dem Wind im Wald und genieße den Duft der Rosen in meinem Garten oder lasse mich im Roofensee treiben. Ich lasse wenig Nähe zu. Umso leichter fällt mir das Töten.

Es war spät, als er schlafen ging. Er ließ das Fenster ein Stück geöffnet und lauschte dem Zirpen der Grillen.

Frederik klappte den Laptop mit lautstarkem Knall zu. Krølle hatte ihn auf dem falschen Fuß erwischt. Alles, was mit den Pirohls zu tun hatte, erwischte ihn auf dem falschen Fuß. Immer noch. Immer wieder. Und das dürfte die Untertreibung schlechthin sein. Er sprang auf und trat ans Fenster. New York hatte er gestern verlassen. Das Leben dort war so teuer, dass ihm gar nichts anderes übrig geblieben war; nun befand er sich auf halber Strecke nach Toronto. Seine Ersparnisse waren inzwischen beträchtlich zusammengeschmolzen, denn die Honorare, die er durch regelmäßiges Artikelschreiben verdiente, waren zwar ganz ordentlich, aber für einen Trip durch die USA brauchte man mehr als das übliche Taschengeld. Nebenbei schrieb er an einer Reportage und hielt Kontakt zu Pressevertretern und TV-Agenturen.

Die Kontakte, die er geknüpft oder vertieft hatte, erwiesen sich als wertvoll und bereichernd. Die Erkenntnisse, die er täglich gewann, verstärkten seine Überzeugung, dass an keinem Ort der Welt genug getan wurde, um rechten Extremisten Paroli zu bieten, und das war leider wenig überraschend. Das große, angeblich ja so freiheitsliebende Amerika präsentierte ihm besonders bittere Einsichten – vieles war ihm im Vorfeld bekannt gewesen, aber die Entwicklung hautnah zu spüren, war etwas ganz anderes, als zu recherchieren und über Videocall miteinander zu reden. In kaum einer westlichen Demokratie war die militante Rechte, womöglich noch im Einklang mit religiösen Fanatikern, auch im öffentlichen Leben und Bewusstsein derart präsent. Und hier trugen sie in vielen Staaten auch mehr oder weniger offen ihre Waffen zur Schau. Das empfand Frederik als besonders verstörend. Der Aspekt war nicht neu für ihn, doch es war etwas anderes, darüber zu lesen oder sich eine Dokumentation anzusehen oder aber auf dem Parkplatz eines Discounters einem Mann entgegenzugehen, der mit einer Pistole im Holster einen Einkaufswagen vor sich herschob.

Bei einem Treffen mit einer linken Studentengruppe und etlichen amerikanischen Journalisten hatte ihn eine junge Frau gefragt, wie sich Deutschland in der Auseinandersetzung mit den Rechten schlug, wie eindringlich die Gegenwehr war – in dem Land, in dem bekannt sein dürfte, worum es tatsächlich ging.

»Dort sitzen sie sogar in den Parlamenten«, hatte Frederik geantwortet. »Hass, Rassismus und Gewaltphantasien dürfen verbreitet werden – auch von Abgeordneten. Es gibt Anschläge auf Flüchtlingseinrichtungen und Menschen, die sich für Demokratie und eine offene und bunte Gesellschaft einsetzen, die Polizei arbeitet mehr als schleppend und hat in ihren eigenen Reihen mit radikalen Kräften zu kämpfen.«

Das fand die junge Frau zwar erschreckend, aber nicht sonderlich aufregend. »Hier dürfen Frauen nicht mehr abtreiben, und die radikalen Trump-Anhänger sind nach wie vor zu allem bereit, wie inzwischen die ganze Welt wissen kann. Schwarze Männer und Frauen sind regelmäßig Opfer von Polizeigewalt. Das Land erstickt in Drogenproblemen und leidet unter sozialen Missständen der übelsten Sorte. Die Welt ist verrückt. Zu viele Fragen und Konflikte in einer Zeit, die keine Orientierung bietet. Also lässt man seine Hilflosigkeit und Angst an den Schwächeren aus und hält sich an die einfachen Antworten.«

»Die da wären?«

»Amerika first. Eine Frau ist eine Frau, ein Mann ist ein Mann, keine Zwischentöne, jeder hat seinen festen Platz, unverrückbar, und klar umrissene Aufgaben. Flüchtlinge sollten zu Hause bleiben und dort aufräumen, statt andere Länder mit ihrer Anwesenheit zu bedrängen und deren Bevölkerung in Mitleidenschaft zu ziehen. Jeder hat seinen eigenen Kummer. Wir können doch nicht die ganze Welt aufnehmen oder die ganze Welt finanzieren. Die müssen das schon selbst lösen. Mit solchen Aussagen können alle etwas anfangen, es erfordert keine tiefschürfende und womöglich intellektuelle Auseinandersetzung. Das klingt nach verlässlichen Ausgangsbedingungen.«

Ja, hatte Frederik gedacht, selbst in Dänemark und Schweden waren vergleichbare Stimmungen zu spüren. Und jetzt obendrauf der endgültige und unverschleierte Ausbruch der russischen Allmachtsphantasien, Krieg in der Ukraine, die Sorgen um die Frage, ob das Gas reichte und wer sich im Winter noch das Heizen leisten konnte, ergänzt um die zunehmend spürbaren Veränderungen durch den Klimawandel. Und da war ja auch immer noch dieses Virus, das sich nach wie vor in erstaunlicher Vielfalt und Geschwindigkeit durch die Welt fraß und mit immer neuen Abwandlungen Infektionen auslöste – doch die ganz große Aufregung, das blanke Erschrecken über seine Macht war längst abgeklungen. Tiefgreifende Erschütterungen und Belastungen, wohin man blickte. Und bei vielen Fragen standen linke und rechte Extremisten plötzlich Seite an Seite, um zu punkten. Eine Krise war die beste Möglichkeit, Stimmung zu machen, Stimmen zu gewinnen und durch das Bewusstmachen von Gefahr an sich zu binden.

Frederik wandte sich vom Fenster ab und packte seine Habseligkeiten. Der Wagen, den er seit Wochen benutzte, gehörte eigentlich auf den Schrott. Er hatte ihn für wenig Geld erworben, in einer kleinen Werkstatt zu einem Pauschalpreis ein bisschen zurechtmachen lassen und hoffte, dass er ihn noch ein paar tausend Kilometer durchs Land trug. Er aß eine Kleinigkeit und machte sich auf den Weg.

Erneut spürte er, wie die Erschöpfung an ihm nagte. Die unablässige Flut ständig bedrohlicher Nachrichten zermürbte ihn, und das seit Jahren. Unterwegs in einer Welt, die an sich selbst erkrankt und nicht oder nur unzureichend in der Lage war, wirksame Gegenmittel zu nutzen und sich zu schützen. Zwischendurch hatte auch ihn das Virus erwischt, und er hatte eine ganze Weile gebraucht, bis er wieder auf die Beine gekommen war. Und nun überraschte Krølle ihn mit der Nachricht, dass auf Bornholm ein Nazi erschossen worden war, sehr wahrscheinlich aus dem Dunstfeld von Pirohl, und Sarah womöglich auch in Gefahr war. Damit wollte er sich nicht mehr befassen. Nicht heute oder morgen und auch nicht in einem halben Jahr. Sarah war Geschichte, das Leben auf der Insel eigentlich auch. Das Blockhaus gehörte nun einem Einheimischen, und all das sollte ihn gar nicht mehr interessieren und berühren.

Als er über die Grenze fuhr, buchte er sich ein kleines Zimmer in einem Motel in Brighton am Ontariosee. Er traf am späten Abend ein, ging unter die Dusche und vertilgte einen Burger, den er von unterwegs mitgebracht hatte. Dann klappte er seinen Laptop auf und begann zu recherchieren – zunächst auf den üblichen und schließlich auf den weniger üblichen Kanälen. Viel fand sich nicht zu dem Fall, das hatte Krølle ja bereits betont. Und allein das war bemerkenswert und stützte dessen Einschätzung.

Frederiks alter Kontakt in der Polizeidienststelle Rønne existierte immer noch. Er sah auf die Uhr, wischte den Gedanken beiseite – und holte ihn ein paar Minuten später wieder hervor. Carl Jørgensen war der dienstälteste Polizist auf Bornholm, er hatte inzwischen die sechzig überschritten und ließ sich so gut wie nie aus der Ruhe bringen. Die sprichwörtliche Gelassenheit der Dänen und insbesondere der Bornholmer fand in ihm einen würdigen Repräsentanten. Hektik konnte er nicht mal schreiben – in keiner Sprache. Dass ausgerechnet er über die Jahre hinweg immer wieder Informationen zu Frederik durchgesteckt hatte, war auf den ersten Blick kaum zu glauben. Aber die Erklärung war recht einfach. Jørgensen hatte mal was mit Frederiks Mutter gehabt – sie kannten sich demnach privat, was aber glücklicherweise niemand wusste. Außerdem hatte der Mann ein Herz für Journalisten, die ihre Aufgabe ernst nahmen – und dazu zählte er Frederik –, und hatte keine Probleme damit, aus dem Nähkästchen zu plaudern, wenn es ihm sinnvoll schien.

Frederik zögerte noch einen Moment, dann wählte er Carls Nummer. Er fand kaum Zeit für einige belanglose Begrüßungsworte, als Carl ihn bereits unterbrach. »Ich frage mich schon die ganze Zeit, wann du dich endlich mal meldest – nach der Sache, die hier gerade abgelaufen ist.«

»Na ja, ich bin meistens unterwegs, und aus der Ferne sieht manches etwas anders aus. Doch dieser Mord …«

»Lässt dich dann doch aufhorchen? Du wirst gleich noch hellhöriger, das kann ich dir versprechen. Was hältst du davon, dass der Typ, der am Strand erschossen wurde, ausgerechnet dein Haus – besser dein ehemaliges Haus – als Ferienunterkunft gemietet hatte?«

Frederiks Augen weiteten sich, während ihm auffiel, dass Carl gerade ungewöhnlich aufgeregt wirkte.

»Da staunst du, was?«

»Allerdings. Kannst du mir mehr zu dem Fall sagen?«

»Nur wenig, aber das reicht dann auch schon, um einem die Laune zu verderben. Der Mann heißt Georg Hansen, ein Deutscher, der in Schweden gearbeitet hat. So viel dürfte dir bereits bekannt sein, nehme ich an. Es gibt keine einzige Spur zum Täter und Tathergang, und der Fall wurde sehr schnell von Kopenhagen und Stockholm übernommen, und die Deutschen spielen dabei natürlich auch eine Rolle. Wundert uns das?«

»Der Mann heißt wahrscheinlich anders. Es geht um einen Kronzeugen aus der Nazitruppe, die nicht zum ersten Mal auch unsere Insel unsicher macht. Seine neue Identität konnte nicht verhindern, dass er getötet wurde«, erklärte Frederik in leisem Ton.

Kurze Pause. »Also hast du dich doch eingehender mit der Sache befasst«, stellte Carl fest.

»Ein Kontakt hat sich gemeldet und mir davon berichtet.«

»Nun – damit liegt dein Kontakt wohl richtig. So etwas ist inzwischen auch bei uns durchgesickert. Geredet wird darüber aber nur hinter vorgehaltener Hand.«

Frederik kaute auf seinem Daumennagel herum, während ihn eine Welle von Wut durchströmte – einer dieser Nazis hatte es gewagt, sich in seinem Haus einzunisten! In seinem ehemaligen Haus, um genau zu sein, und das war alles, nur kein Zufall. Er hatte es zu einem stolzen Preis verkauft, mit dem er nun einen Teil seiner Reisen finanzierte – ein anderer Teil diente als Reserve und Notgroschen. Das war auch so ein deutsches Wort, dessen Klang ihn seltsam berührte.

»Noch was«, schob Carl hinterher. »Ich war dabei, habe den Tatort mit gesichert und die Techniker später bei der Auswertung unterstützt. Im Wagen hat man eine Visitenkarte gefunden – auf der Rückseite war die Adresse deines Hauses vermerkt und die neue Anschrift von der Kollegin Sarah … Also, wenn du mich fragst, stinkt da was zum Himmel. Die Kollegin hat übrigens inzwischen Urlaub eingereicht, falls dich das interessiert.« Leises Räuspern. »Außerdem hat sie ziemlich entsetzt reagiert. Es war nicht ihre erste Leiche, aber sie hatte große Mühe, die Fassung zu bewahren. Der Typ wurde ganz in der Nähe ihres Hauses erschossen. Da ist irgendein mieser Scheiß gelaufen. Ich denke, du bist ganz gut aufgehoben, da, wo du jetzt bist, kriegst allerdings auch nicht allzuviel mit, wenn du nicht willst.«

Frederik ließ das Handy sinken und hielt es wieder ans Ohr, als Carl seinen Namen rief. »Hat es dir die Sprache verschlagen?«

»Ja.«

»Kann ich verstehen.«

»Man hat euch den Fall sehr schnell entzogen.«

»Das sagte ich, ja – schneller als schnell«, bekräftigte Carl. »Und noch was – der Chef hat angeordnet, dass wir Sarahs Haus im Blick behalten sollen. Er wirkt ziemlich angespannt. Und der Rest im Team hat nur noch die Nase voll von diesem ganzen …«

»Nazischeiß.«

»Du sagst es.«

Frederik beendete das Gespräch kurz danach. Er legte sich aufs

Bett und starrte die Decke an. Schließlich stand er abrupt wieder auf und machte sich auf den Weg zu einer nahegelegenen Bar. Die Kellnerin machte ihm schöne Augen, und sie gefiel ihm. Die Ablenkung tat ihm gut. Er wusste, dass er am nächsten Morgen mit einem schalen Nachgeschmack aufwachen würde. Der schale Nachgeschmack gehörte inzwischen zu seinem Leben dazu.

5

Sarah hatte einen Mietwagen gebucht und ihre Sachen ins Apartment gebracht. Es war später Mittag, der ganze Tag lag noch vor ihr. Vom Balkon konnte sie das Tempelhofer Feld erahnen – eine beliebte wilde Oase inmitten der Großstadt. Für ihren Geschmack war das Gelände zu kahl und zu eintönig, landschaftlich völlig reizlos, und doch passierte viel dort. Die Menschen füllten es mit Leben; sie strömten zu jeder Jahreszeit auf den ehemaligen Flugplatz, den die Hauptstädter für sich beansprucht hatten – mit Hunden und Rädern, Grillgut und Trommeln, Inliners und Windboards. Sie nutzten die alten Start- und Landbahnen oder verteilten sich auf den wild wachsenden Wiesen. An einige Stellen verkauften Händler Kaffee und Snacks und wahrscheinlich Joints, und manchmal waren Schafe auf den Wiesen unterwegs.

Sarah zog sich um und machte sich auf den Weg nach Potsdam. Ihre Mutter wusste nicht, dass sie in der Stadt war. Es sollte eine Überraschung sein – oder Sarah auch die Hintertür offenlassen, sich spontan gegen eine Begegnung zu entscheiden. Als sie auf der anderen Straßenseite geparkt hatte und gerade aussteigen wollte, bemerkte sie, dass ihre Mutter das Haus verließ – mit dem Handy am Ohr. Sie trug Sportkleidung und betrat die Garage durch eine Seitentür. Wahrscheinlich war sie auf dem Weg zu einer Lauf- oder anderen Fitnessveranstaltung, überlegte Sarah und blieb regungslos sitzen. Einen Moment später fuhr der Wagen ihrer Mutter aus der Garage, das Tor schloss hinter ihr.

Sarah blieb eine Weile sitzen und kaute auf ihrer Unterlippe. Ihre

Eltern hatten den Ersatzschlüssel, mit dem man im Notfall durch den Keller ins Haus gelangen konnte, immer im Garten versteckt – in einem Vogelhäuschen, das noch aus Sarahs Kindheit stammte. Als ihr Vater verhaftet worden war, hatte ihre Mutter ein neues Versteck gewählt – auch im Garten, hinter einer Holzbohle des Gartenschuppens.

Sarah strich sich eine Haarsträhne aus dem Gesicht. Wollte sie ernsthaft ihre Mutter hintergehen und das Haus in ihrer Abwesenheit durchsuchen? Sie schloss kurz die Augen. Das klang furchtbar – weil es der Wahrheit entsprach. Ich will es doch gar nicht durchsuchen, hielt sie krampfhaft dagegen. Ich will mich doch nur nach den Unterlagen umsehen, die endgültig bestätigen würden, dass mein Vater eine neue Identität angenommen hatte und in der Nähe meines Hauses erschossen wurde. Wusste sie das nicht längst? Doch, aber ein endgültiger Beweis war etwas anderes als ihre Gewissheit, mochte sie noch so überzeugend sein.

Sie startete den Wagen und fuhr ein paar hundert Meter weiter in eine schmale Seitengasse, wo sie zwischen zwei SUVs parkte. Sie schnappte sich ihren Rucksack und ging über Umwege zum Grundstücksende zurück, an dem ein schmaler baumbewachsener Weg entlangführte. Der Zaun wirkte robust, aber er war nicht sonderlich hoch. Im Schatten eines hohen Busches überwand sie ihn mühelos und blieb einen Moment hocken. Ihr Herz klopfte lautstark. Ich kann nicht fassen, was ich hier tue. Warum habe ich sie nicht einfach angerufen? Sie hätte sicherlich vorgeschlagen, dass ich mir den Schlüssel hole und zu Hause auf sie warte.

Einen Augenblick war Sarah völlig perplex. Dieses Misstrauen werde ich nie wieder los, dachte sie dann. Ich hintergehe meine Mutter … Sie hat auch mich hintergangen und letztlich doch immer wieder zu ihm gehalten, ohne auch nur einmal darüber nachzudenken … Schluss!, befahl sie sich plötzlich selbst, und die Schärfe ihrer lautlosen Stimme klang unangenehm scharf. Tu es oder lass es und hör auf zu hadern. Sie stand auf und ging über den Rasen zum Gartenschuppen. Der Schlüssel befand sich am Platz. Minuten später betrat sie das Haus.

Das Arbeitszimmer ihres Vaters gab es nicht mehr, stellte sie kurz darauf fest. Ihre Mutter hatte es komplett geräumt und ihr Büro darin untergebracht. In einem Schrank mit Aktenordnern entdeckte sie alte Steuerbescheide – und Belege für die Einkommensteuererklärung, darunter Nachweise der privaten Krankenversicherung. Vor einigen Jahren hatte ihr Vater eine aufwändige Zahnbehandlung durchführen lassen. Der Abrechnung war eine CD mit Röntgenaufnahmen beigefügt. Der PC ihrer Mutter verfügte glücklicherweise noch über ein CD-Laufwerk. Sarah speicherte die Datei zunächst auf dem USB-Stick, übertrug sie anschließend auf ihren Laptop und glich sie dann mit der Zahndatei aus Bornholm ab. Sie war keine Expertin für die Auswertung von Röntgenbildern, aber dass es sich bei beiden Aufnahmen um das Zahnschema ihres Vaters handelte, war auf den ersten Blick erkennbar.

Sarah legte alles wieder an seinen Platz zurück, schloss den Aktenschrank und ging ins Wohnzimmer. Dann rief sie ihre Mutter an. »Ich bin in Berlin und stehe vor dem Haus, aber du bist ausgeflogen und …«

»Ach? Warum hast du nichts gesagt?«

»Es war nicht ganz klar, ob ich frei bekomme.«

»Ich bin gerade zu einem Lauf unterwegs … Geh doch einfach ins Haus und warte auf mich. Wo der Ersatzschlüssel ist, weißt du ja. Ich bin in ungefähr zwei Stunden zurück. Der Kühlschrank ist gut gefüllt. Bedien dich einfach.«

»Alles klar. So machen wir es.« Sarah atmete tief durch. Eine weitere Flunkerei. Das machte es einfacher, aber nicht besser. »Bis nachher.«

Sie hatte tatsächlich Hunger und inspizierte den Kühlschrank. Bioprodukte, wohin das Auge blickte, natürlich fettarm und kalorienreduziert, low carb … Warum isst sie überhaupt etwas? Sarah verdrückte schließlich zwei üppig belegte Baguettes und streckte sich auf der Veranda aus. Sie blickte über den Rasen zum Ende des Grundstücks. Hatte dort ihr Vater gestanden und auf das Haus gestarrt, seine Frau aus der Ferne angeblickt? Warum? Sarah stand auf. Was war in dem Mann vorgegangen? Sehnsucht? Verbitterung? Oder gar Rachegelüste? Von jedem etwas? Sarah würde niemals behaupten, ihren Vater gekannt zu haben – nach allem, was in den vergangenen Jahren ans Licht gekommen war. Dennoch lag es auf der Hand, dass ihm der Abschied aus seinem gewohnten Leben schwergefallen sein dürfte, auch wenn die Konsequenzen für ihn vergleichsweise milde waren. Ihm war das Gefängnis erspart geblieben – nach der langen Zeit in der JVA hatte er das wohl zu schätzen gewusst und war dafür sogar zum Verräter geworden. Und wenig später hatte er alles aufs Spiel gesetzt, war nach Berlin zurückgekehrt und schließlich sogar nach Bornholm gereist. Natürlich musste es dafür einen wichtigen Grund gegeben haben.

Sarah schüttelte den Kopf. Sie stand auf und ging erneut ins Arbeitszimmer. Doch weitere Unterlagen zu ihrem Vater entdeckte sie nicht. Die entscheidenden Nachweise, die den Prozess betrafen, waren von der Staatsanwaltschaft eingezogen worden, und es war nicht auszuschließen, dass sie inzwischen längst vernichtet waren – oder in geheimen Archiven aufbewahrt wurden. Belege zur Kronzeugenregelung und Einzelheiten, die die Scheinidentität betrafen, waren ohnehin nur einem kleinen Kreis von Mitwissern bekannt. All das ist unwichtig, überlegte Sarah. Die entscheidende Frage lautet, warum er sich in die Nähe seiner Familie begeben hatte und wem er damit aufgefallen war.

Sarah kochte sich noch einen Kaffee, und wenig später traf ihre

Mutter ein – erhitzt und rotwangig, mit blitzenden Augen und strahlendem Lächeln. Sie war in ihrer Altersklasse ganz vorne dabei gewesen.

»Das ist ja großartig«, entgegnete Sarah und hörte selbst, wie lahm das klang.

Ihre Mutter warf ihr einen ironischen Blick zu. »Wirklich? Ich glaube nicht, dass dich meine sportlichen Ambitionen je interessiert haben – dennoch: Danke für das Kompliment.«

»Na ja …«

»Das ist völlig in Ordnung.« Sie lächelte. »Du hast schon gegessen? Dann mache ich mir einen Salat.«

Was sonst? Immerhin genehmigte sie sich etwas später ein Glas Wein, und Sarah hatte nach langer Zeit mal wieder das Gefühl, dass sie es tatsächlich schafften, unverkrampft zusammenzusitzen. Als sie aufstand und sich verabschiedete, blickte sie erneut über den Rasen. »Dort hat er gestanden?«

Ihre Mutter nickte sofort. »Er starrte in meine Richtung, und ich hatte weiche Knie vor Aufregung. Und dann verschwand er wieder.« Sie schüttelte den Kopf. »Völlig absurd.«

Einen Moment blieb es still. »Aber lassen wir das. Ich habe dich gar nicht gefragt, wo du schläfst. Ich meine …«

»Ich besuche noch eine Freundin und werde dann dort übernachten«, erwiderte Sarah rasch. Schon wieder eine Lüge. Das muss aufhören, zumindest an den Stellen, an denen es komplett unnötig ist.

»Du kannst dich ja noch mal melden, bevor du zurückkehrst.«

»Das mache ich.«

Es herrschte lebhafter Sonntagsverkehr, als Sarah Richtung Berlin fuhr. In einem Bahnhof mit einem Discounter versorgte sie sich mit einigen Lebensmitteln – fettarm und low carb war keines davon. Sie wartete mit ihrem Anruf bei Hannah bis zum späteren Abend. Die Kollegin war ein Fan der Tagesschau, und danach würde sie möglicherweise eine frühe Abendrunde mit Kotti drehen. Sarah rief gegen neun an – und landete in der Mobilbox. Der Rückruf erfolgte eine halbe Stunde später.

»Ich bin in Berlin«, erklärte sie nach kurzer Begrüßung.

»Das habe ich mir fast gedacht.« Hannahs Stimme klang neutral. »Ich hoffe, es geht dir gut.«

»Können wir uns die Tage einmal treffen?«, überging Sarah die höfliche Bemerkung.

»Natürlich.«

Stille. Sie will tatsächlich nichts mehr mit diesen Fällen zu tun haben, dachte Sarah. Sie blickte kurz zum Fenster hinaus. »Hannah, es liegt einige Jahre zurück, dass du die Initiative ergriffen und mit dafür gesorgt hast, dass ich nach der Pleite in Rostock meinen Rückzug auf Bornholm beendet habe und als Ermittlerin meinen Job mache«, sagte sie dann. »Das war im Spätherbst 2018. Und seitdem ist viel passiert. Zu viel. Ich kann verstehen, dass du mit allem, auf dem Pirohl draufsteht, nichts mehr zu tun haben willst. Und dennoch werde ich versuchen, dich zu motivieren. Hier ist eine seltsame Geschichte passiert. Mein Vater ist ermordet worden. Und ich bin auch in Gefahr. Das kann dir unmöglich egal sein.« Sie hörte, dass die Kollegin tief und gleichmäßig atmete.

»Du weißt ganz genau, dass mir das nicht egal ist«, entgegnete Hannah schließlich. »Aber solche brisanten Ermittlungen sind nicht mehr mein Job. Der Fall wird von anderen Stellen bearbeitet. Lass es gut sein und akzeptiere meine Entscheidung.«

Das klang ruhig, sachlich und energisch und ein wenig kurz angebunden. Unmissverständlich. Sarah ließ die Worte sacken.

»Wollen wir zusammen frühstücken?«, ergriff Hannah dann wieder das Wort. »Ich habe auch ein paar Tage frei, bevor ich nach Kiel zu einem Seminar fahre. Worauf hast du Lust – Kreuzberg oder Mitte?«

»Mehringdamm«, antwortete Sarah.

»Gut – zehn Uhr? Und du schickst mir die Adresse?«

»Na klar. Schlaf gut und grüß Kotti.«

Hannah legte das Telefon beiseite. Sie hatte höchstens einen Moment an Sarahs Verdacht gezweifelt. Und natürlich hatte sie über den Kollegen Daniel Hihmler dann doch ein paar Erkundigungen einziehen lassen, obwohl ihr längst klar war, wohin sich das Ganze entwickelte.

Dass die Kollegen, die mit Kronzeugenregelungen und neuen Identitäten zu tun hatten, besonders verschwiegen waren, verstand sich von selbst – erst recht in diesem Fall, der so viel Schmutz aufgewühlt hatte und mit derart großen Risiken behaftet war. Es bedeutete jedoch nicht, dass gar keine Informationen flossen.

Daniel hatte mit Hilfe eines befreundeten Staatsanwalts in Erfahrung bringen können, dass es in diesem Fall keine Ermittlungen in der Verantwortung der üblicherweise zuständigen Dienststellen geben würde – was alles andere als eine Überraschung war. Eine interne Sondergruppe ging dem Fall bereits nach und prüfte in dem Zusammenhang selbstverständlich auch Indizien und Hinweise, dass alte Kameraden verstrickt sein könnten. Sämtliche Beamte, die seinerzeit damit beauftragt waren, Pirohl in seine neue Identität einzuführen, wurden auf Herz und Nieren geprüft, ebenso die anderen Angeklagten und der große Kreis der Beschuldigten sowie sonstige Beteiligte aus dem Umfeld der Prozesse. Falls die Ermittler fündig wurden, würde sehr wahrscheinlich nichts davon an die Öffentlichkeit gelangen; das Gleiche galt für den Fall, dass die Nachforschungen im Sande verliefen. Insofern war es das Beste, wenn Sarah sofort die Finger von dem Fall ließ – auch wenn ihre Sorge berechtigt war, dass sie selbst in Gefahr sein könnte. Daniel hatte Hannah versichert, dass sie längst unter Schutz stand, zumindest auf Bornholm.

Und nun war die Kollegin kurzerhand in die Hauptstadt gereist und hatte sich bereits am Telefon mit breiter Brust vor Hannah aufgestellt, um sie zu motivieren. Hannah musste unwillkürlich lächeln. Diesmal durfte sich niemand einmischen – das war gefährlicher als alles andere. Und genau das musste sie Sarah klar machen. Hannah blickte Kotti an, der den Kopf schief legte und sie aufmerksam betrachtete. »Frühstück mit Sarah – ich schätze, da hast du auch Lust drauf. Ich weiß ganz genau, dass sie immer irgendeinen Bissen für dich fallen lässt. Ganz zufällig natürlich.«

Sie setzte sich auf den Balkon. Die Hauptstadt aus größer Höhe war ein beschaulicher Anblick. Ihre Dienstwohnung war anfänglich als Zwischenlösung gedacht, mittlerweile fühlte sie sich hier rundherum wohl, und die Nähe zum BKA war bequem.

Paulsens Nachricht hatte Krølle am Nachmittag erreicht. Er musste kurzfristig bei einer anderen Observation für einen erkrankten Kollegen einspringen und bat ihn, Gregor Tiegel nochmals unter die Lupe zu nehmen und an ihm dranzubleiben. Krølle fuhr auf den üblichen Umwegen in die Hauptstadt und hatte sich sogar die Mühe gemacht, für die Tour seinen Zweitwagen aus dem Versteck zu holen. Die Maßnahme schien übertrieben, aber Krølle folgte seinen eigenen Routinen, die ihm seit mehr als zwei Jahrzehnten das Überleben sicherten. Und eine dieser bewährten Gewohnheiten hieß: Wechsle das Fahrzeug, wenn dein Auftrag länger als einige Tage umfasst, und ändere so oft wie möglich dein Outfit. Er lächelte – es wurde Zeit, dass die gute alte Lockenperücke mal wieder zum Einsatz kam. Dazu setzte er eine Brille auf und ein Cap mit dem Aufdruck von Union Berlin. Sein Shirt war weit geschnitten, und Schuhe und Hose machten den Eindruck, schon deutlich bessere Tage gesehen zu haben. Wer nicht genauer hinsah, dürfte ihn für einen Berliner in mittleren Jahren halten, der lässig mit nachlässig verwechselte – weder erfolgreich noch attraktiv, Fußball-Fan, höchstwahrscheinlich ohne feste Beziehung.

Gregor Tiegel verließ das Haus eine gute Stunde, nachdem Krølle seinen Beobachtungsposten eingenommen hatte. Er war zu Fuß unterwegs und ging Richtung Tempelhofer Damm, wo er in die U-Bahn stieg. Krølle setzte sich ins selbe Abteil ans andere Ende, mied jeden direkten Blickkontakt und gab vor, völlig in sein Smartphone vertieft zu sein – wie ungefähr zwei Drittel der Fahrgäste. Der LKA-Mann fuhr zunächst Richtung Zoo. Dass er vorsichtig agierte und etwaige Beschatter austricksen wollte, wurde in dem Moment klar, als er lediglich den Bahnsteig wechselte, zwischendurch noch in aller Ruhe einen Kaffee trank, während er mit versteckten Blicken die Mitreisenden inspizierte, und schließlich abrupt seinen Weg fortsetzte, um dann die Bahn Richtung Alexanderplatz zu nehmen.

Krølle war hellwach, entledigte sich zwischenzeitlich seiner Perücke und der Brille und folgte Tiegel in gleichmäßigem Abstand. Am Alex war viel los – Menschengewusel bei schönstem Sommerwetter. Krølle starrte auf sein Handy und hob nur kurz den Blick – Tiegel hatte inzwischen im Außenbereich eines Straßencafés gegenüber der Weltzeituhr Platz genommen. Fünf Minuten später gesellte sich ein Mann zu ihm. Krølle musste näher herangehen, wenn er ein vernünftiges Foto machen wollte, doch beide Männer scannten immer wieder die Umgebung.

Schließlich nutzte Krølle die Deckung in einer Gruppe Touristen, die mit hochgehaltenen Smartphones Panoramaaufnahmen machten, und schoss eine Serie von Bildern, bevor er sein Handy wieder einsteckte. Als Tiegel bezahlte, konnte er erkennen, dass der andere Mann ihm etwas in die Hand schob – eine nahezu unauffällige Bewegung oder Geste, die kaum jemand bewusst wahrnehmen würde, der nicht gelernt hatte, auf jedes Detail zu achten. Krølle schätzte, dass es sich um einen USB-Stick handelte. Die aufwändige Übergabeprozedur sprach dafür, dass Tiegel mit Beschattern rechnete, die auch seine Online-Aktivitäten im Blick behielten. Er wollte auf keinen Fall digitale Spuren hinterlassen.

Der Rückweg verlief ähnlich aufwändig – von Tiegels Seite. Er wechselte mehrfach die Bahn und änderte ebenso oft die Fahrtrichtung. Krølle schickte Paulsen zwischendurch die Schnappschüsse vom Alex, befürchtete allerdings, dass der Kollege während einer laufenden Observierung kaum Zeit haben würde, auf die neueste Entwicklung zu reagieren.

Tiegel verließ die Bahn am Hermannplatz; Krølle war gespannt, wie es weitergehen würde. Wenn die Daten brisant waren, sollte der Mann sich eine ebenso schlichte wie diskrete Möglichkeit suchen, den Inhalt des Sticks unbemerkt zu studieren. In einem Internetcafé zum Beispiel. Krølle lächelte, als der LKA-Mann tatsächlich in Richtung Sonnenallee weiterschlenderte und einen kleinen Shop betrat. Krølle wartete an der nächsten Ecke. Sein Handy vibrierte – es war Paulsen.

»Mit deiner Rückmeldung hätte ich so schnell kaum gerechnet«, begrüßte Krølle ihn und brachte ihn auf den neuesten Stand.

»Das ist eine hochinteressante Entwicklung«, murmelte Paulsen.

»Das heißt genauer?«

»Er wird in Kürze festgenommen.«

Krølle hob beide Brauen. »Ernsthaft?«

»Ja. Warte auf die Kollegen. Falls er sich vorher vom Acker machen will, darfst du ihn gerne daran hindern.«

»Und ihm den Stick abnehmen?«

Paulsen lachte. »Falls nötig.«

»Welche Kollegen werden hier auftauchen? Staatsschutz oder …«

»Eine Sondereinheit. Sie werden schnell vor Ort sein.«

Krølle war einigermaßen verblüfft. »Du hast mir wohl nicht alles gesagt, was den Kollegen Tiegel betrifft.«

»Es gab noch einen anderen Verdacht gegen ihn, der in dem Zusammenhang aber keine Rolle zu spielen schien. Doch das Foto, das du mir vorhin von seinem Treffen geschickt hast, hat die Alarmglocken schrillen lassen und den Einsatz ausgelöst. Später mehr davon – wenn du Wert darauf legst.«

»Aber ja doch.«

Krølle steckte sein Handy wieder ein, spähte um die Ecke und betrat den Shop. Tiegel saß im hinteren Bereich und starrte auf den Bildschirm. Krølle kaufte Zigaretten, einige Simkarten für Prepaidhandys und fragte nach den Toiletten. Der Verkäufer wies mit dem Daumen über seine Schulter. »Durch den Flur hinter den PC-Plätzen.«

Krølle schlenderte durch den schmalen Gang und blieb am Durchgang zu den Toiletten stehen. Von dort behielt er das Seitenfenster im Blick. Es vergingen nur wenige Minuten, als plötzlich ein schwarzer SUV am Straßenrand hielt, ein zweiter parkte auf dem Bürgersteig. Bremsen quietschten, Türen schlugen zu. Krølle beobachtete, wie Tiegel hochschrak und nach dem Stick griff, der noch im PC-Anschluss steckte. Krølle eilte mit leisen Schritten nach vorne, stellte sich neben ihn und schnalzte leise. Tiegels Kopf fuhr herum; er starrte ihn an.

»Lass es einfach«, sagte Krølle leise. »Wir wollen doch keine große böse Geschichte daraus machen, oder?«

Tiegel sprang so eilig auf, dass der Stuhl umkippte, Krølle packte seinen Arm und verdrehte ihn mit einer abrupten Bewegung, so dass sich seine Hand öffnete. Im gleichen Augenblick betraten drei Männer den Shop. »Nur die Ruhe«, sagte einer von ihnen. »Sie begleiten uns, Tiegel.« Er nickte Krølle zu, der ihm den Stick aushändigte. »Danke.« Die beiden Beamte führten den LKA-Mann ab, der kein Wort sagte, aber ziemlich bleich um die Nase war.

Eine Minute später war alles vorbei. Die Besucher des Shops tuschelten noch eine Weile, dann ging alles wieder seinen gewohnten Gang. Eine Festnahme war in Berlin kein großes Ding, schon gar nicht im Bereich Hermannplatz und Sonnenallee.

Krølle amüsierte sich einen Moment darüber, dass ausgerechnet er mit Spezialeinheiten zusammenarbeitete – das hätte er noch vor wenigen Jahren schlichtweg für unmöglich gehalten –, dann holte er sich eine Cola, setzte sich an Tiegels Platz und prüfte den Verlauf des PCs sowie die Aktivitäten. Lange musste er nicht suchen. Tiegel war nicht mehr dazu gekommen, seine Spuren zu verwischen. Ein Dokument vom Stick war in einem kleinen Schreibprogramm noch geöffnet. Krølle sicherte es auf seinem USB-Speicher, löschte die Daten vom PC und verließ den Shop. Die Jungs vom Einsatzteam waren schnell gewesen, aber nicht sonderlich gründlich.

Paulsen meldete sich, als Krølle wieder im Wagen saß und auf dem Heimweg war. »Danke.« Er klang zufrieden. »Hast was gut. Wieder einmal.«

»Ich sammle gerne Pluspunkte. Kann nicht schaden bei meinem Lebenslauf. Wie hast du eigentlich meine Anwesenheit erklärt? Die haben mich ganz offensichtlich für einen Kollegen gehalten.«

»Ganz einfach: Ich musste schnell handeln, als ich spontan für die andere Observation abgezogen wurde. Mein Chef hat das sofort geschluckt und ist jetzt doppelt zufrieden, dass du zur richtigen Zeit am richtigen Ort warst und die Initiative ergriffen hast. Und natürlich bist du ein Kollege – auf deine besondere Art.«

Das konnte man so stehen lassen, entschied Krølle. Er beschloss, zunächst Stillschweigen über die gesicherten Daten im Internetshop zu wahren. Es konnte nie schaden, einen Joker im Ärmel zu haben, von dem niemand sonst etwas ahnte. Paulsen agierte zudem in ähnlicher Weise, und das tat ihrer Zusammenarbeit keinerlei Abbruch. »Und weiter?«, fragte Krølle. »Was genau hat euch aufgescheucht?«

»Tiegel spielt ein doppeltes Spiel – das wird schon seit einiger Zeit vermutet, ohne dass es bislang einen überzeugenden Beweis gab. Er ist beim BND mal zufällig in den Fokus geraten, als es um eine Sicherheitsfirma mit brisanten Auslandseinsätzen ging und sein Name auftauchte – auf einer Namensliste eines anderen Geheimdienstes.«

»Und wie kommt ausgerechnet so ein Typ an einen Job mit Kronzeugenregelung?«

»Die Frage ist berechtigt.« Paulsen seufzte. »Die Sache liegt etliche Jahre zurück. Tiegel hat sich nichts zuschulden kommen lassen und auch nicht gegen Dienstvorschriften verstoßen. Das war wohl das Ergebnis nach einigen Recherchen zu ihm. Warum genau sein Name auf dieser Liste gelandet war, ließ sich auch nicht mehr zurückverfolgen. Und es sprach einiges dafür, ihn in das Team des Zeugenschutzprogramms aufzunehmen. Dennoch dürften sich mit der Entscheidung für Tiegel inzwischen einige Verantwortliche alles andere als wohl fühlen.«

»Sie werden es unter den Teppich kehren«, meinte Krølle in lakonischem Ton. »Wie üblich. Und weiter?«

»Der Typ, mit dem er sich am Alex getroffen hat, ist einer von drei Geschäftsführern dieser Sicherheitsfirma, soweit bislang nachvollziehbar – ein ehemaliger Polizist aus Niedersachsen, der bereits zu seiner aktiven Zeit dort eingestiegen ist. Außerdem gibt es etliche Dienststellen, die Fragen zu den Umtrieben der Securityfirma haben – unter anderem auch die Finanzbehörden.«

»Wo sind die Jungs tätig?«

»Überall auf der Welt, wo es brennt – im Nahen Osten, Irak, in Saudi-Arabien, Afrika«, erläuterte Paulsen. »Sie beschützen Diplomaten, hochrangige Beamte, vermögende Geschäftsleute und Pipelines, nicht zuletzt korrupte Politiker, mischen in Bürgerkriegen mit oder wo immer viel Geld fließt, bei Waffen- und Drogengeschäften zum Beispiel. Eigentlich ist es eine Söldnergruppe. Und dass solche Truppen sich gerne mit deutschen Wehrmachtsparolen schmücken, dürfte auch nicht großartig verwundern.«

Womit sich der Kreis fast wieder schließt, dachte Krølle. Aber wo war der Zusammenhang mit den Pirohl-Fällen? »Ein bemerkenswerter Hintergrund für einen Beamten, und ich bin gespannt, was da noch so alles rauskommt.«

»Ich auch. Wir hören uns.«

Krølle stellte das Radio ein und entschied, einen weiten Umweg in Kauf zu nehmen. Als er nach Hause kam, wurde es gerade dunkel. Er kontrollierte sein Haus und holte zu später Stunde den Laptop aus dem Gartenschuppen. Das gesicherte Dokument enthielt eine Auflistung von Namen und Firmen – Tarnnamen und mehr oder weniger phantasievolle Pseudonyme, wie er rasch feststellte. Dazu waren Geldbeträge und Konten verzeichnet – auch sie waren verschlüsselt. Soweit Krølle es beurteilen konnte, war kein einziger Klarname aufgeführt, doch die Höhe der Beträge dürfte echt sein.

Er pfiff leise durch die Zähne. Hier ging es um Millionen. Verdiente man mit einer Sicherheitsfirma so viel Geld? Sie arbeiten überall dort, wo es brennt, rief sich Krølle Paulsens Worte in Erinnerung. Er selbst hatte in den vergangenen Jahren hin und wieder auch mit solchen Leuten zu tun gehabt, allerdings auf einem anderen Level, regional begrenzt. Hier ging es um das ganz große Geschäft im weltweiten Geschehen. Kriegsgewinnler. Multimillionäre oder Milliardäre, die Angst hatten; Rüstungsindustrie; korrupte Beamte und geschmierte Geschäftsleute; Schwarzgeld, das auf besonders geschickte Weise gewaschen wurde. Tiegel war offenbar an schmutzigen Deals beteiligt oder ließ sich für sein Wissen bezahlen. Womöglich gehörte ihm seit Jahren ein Teil dieser Firma, ohne dass man es ihm bislang nachweisen konnte. Doch erneut: Was hatte diese Geschichte mit Pirohls Tod zu tun? Womöglich gar nichts oder vieles. Hier überschnitten sich zufällig zwei unterschiedliche Aspekte. Oder die Wahrheit war wesentlich tiefer vergraben.

Krølle wachte am nächsten Morgen noch vor fünf Uhr auf. Er trank seinen ersten Kaffee auf der Terrasse und nahm sich erneut das Dokument vor. Ein Konto war ihm schon am Abend aufgefallen, ohne dass er sich erklären konnte, was ihn stutzig gemacht hatte. Er sah sich die Zahlenkombination noch einmal genauer an. Solange er nicht wusste, mit welchem Code die Kontoangaben verschlüsselt waren, würde er nicht weiterkommen. Er schrieb die einzelnen Bankkonten auf ein Blatt Papier und hielt nach Übereinstimmungen Ausschau. Sie werden Banken auf der ganzen Welt nutzen, vermutete Krølle. Dort wird das Geld geparkt, und nur die Inhaber hatten Zugriff. Beim Verschlüsseln wird man sicherlich die jeweilige Länderkennung in der IBAN berücksichtigen.

Krølle kaute zwei Stunden auf der Denkaufgabe herum, dann klappte er den Laptop zu und kümmerte sich um sein Frühstück. Den Zettel mit den Notizen verbrannte er.

Paulsen tauchte am späten Nachmittag auf, als Krølle seine Rosen beschnitt. Er blieb eine ganze Weile am Gartenzaun stehen und sah ihm bei der Arbeit zu. »Ich bin immer wieder fasziniert, wie liebevoll du mit deinen Pflanzen umgehst.«

Krølle lächelte. »Soll ich dir einen hübschen Strauß zurechtmachen?«

»Ein Bier wäre mir lieber.«

»Komm rein.«

Krølle holte zwei Flaschen und setzte sich zu Paulsen. »Hat er geredet?«

Paulsen trank einen großen Schluck. »Hat er – irgendwann heute Nacht.« Er griff in seine Brusttasche. »Stört es dich, wenn ich eine rauche?«

»Tu dir keinen Zwang an.« Krølle reichte ihm einen Aschenbecher.

»Kommt nicht oft vor, aber hin und wieder brauche ich eine Kippe.« Paulsen inhalierte tief. »Tiegels Beteiligung ist gut versteckt über einen Mittelsmann in der Sicherheitsfirma, weil er als Beamter natürlich nur verdeckt agieren kann. Vielleicht gehört er sogar zum Geschäftsführer-Trio. Zu den einzelnen Aufträgen dieses Clubs liegen noch keine gesicherten Erkenntnisse vor, aber die Kollegen sind dran – schmutzig ist das Ganze allemal. Interessant ist aber noch etwas ganz anderes.« Er lächelte. »In der Firma wurde auch jede Menge Schwarzgeld gewaschen und hohe Summen in alle möglichen Kanäle umgeleitet – mit üppigen Abschlägen. Das ist jedenfalls der dringende Verdacht nach den ersten Überprüfungen und nach dem, was sich Tiegel entlocken ließ. Und nun rate mal, wer deren Berater war.«

Krølle runzelte die Brauen.

»Bernd Pirohl.«

»Das ist in der Tat interessant. Man kann also davon ausgehen, dass diese Jungs als Eingreiftruppe für alle möglichen Einsätze in Frage kommen.«

»Natürlich. Aber es kommt noch viel besser.« Paulsen strich die Asche ab. »Es gibt ein Konto bei einer argentinischen Bank – soweit hat unser Experte sich schon mal festgelegt. Da liegt ein nettes Sümmchen unter dem beiläufigen Stichwort ›Finca‹ – die Bezeichnung ist unauffällig, aber hier sind Rückschlüsse möglich.«

Krølle nickte langsam. Genau darüber war er gestolpert. »Argentinien ist schon immer ein Schlaraffenland für Nazis gewesen, bereits am Ende des Zweiten Weltkrieges zog es viele Kameraden über die Rattenlinien nach Südamerika, wo sie mit offenen Armen empfangen wurden.«

»So ist es. Die letzte Auszahlung beziehungsweise Überweisung liegt übrigens nur ein paar Wochen zurück«, fuhr Paulsen fort. »Auch in dem Punkt ist sich unser Experte nach grober Einschätzung sicher – zumindest lassen die Daten diese Schlussfolgerung zu. Auf das Konto selbst haben wir natürlich noch keinen Zugriff. Dürfte ein paar Tage dauern. Oder Wochen.«

Krølle zuckte mit den Achseln. »Okay. Und?«

»Nur Bernd Pirohl hatte Zugang zu bestimmten Konten. Das hat uns Tiegel auch verraten.«

Krølle hielt inne. »Das kann ja nicht sein. Es muss bereits einen Nachfolger geben. Der Mann ist tot …«

Paulsen lächelte. »Ja, das ist er, doch noch nicht allzu lange. Er wurde vor zwei Wochen auf Bornholm erschossen.«

Krølle war tatsächlich verblüfft. »Er war der Kronzeuge mit der neuen Identität? Das ist dann aber ein spektakulärer Deal gewesen.«

»Unbedingt. Er hat einiges ausgepackt. Man hat sich entschieden, ihm ein Reset zu gönnen sowie den Start in ein vergleichsweise ruhiges Leben in einem netten Umfeld. Schweden ist schön. Aber der Mann wollte sich komplett absetzen – in Richtung Argentinien. So jedenfalls lautet die bisherige Schlussfolgerung, und sie klingt sehr überzeugend. Mal sehen, was die Kollegen noch dazu ausgraben und inwieweit Tiegel dabei eine Hilfe ist.«

Krølle ließ die Informationen einen Moment sacken. »So weit, so klar. Aber was wollte er auf Bornholm?«, fragte er einen Moment später. »Sich von seiner Tochter verabschieden?«

»Würde ich nicht ausschließen.«

Krølle schüttelte den Kopf. »Das kann ich mir nicht vorstellen – nach allem, was sie angestellt hat, um ihn zu Fall zu bringen. Das klingt eher bedrohlich – für die Tochter. Abgesehen davon: Warum sollte er dieses Risiko eingehen?«

»Er fühlte sich wahrscheinlich absolut sicher mit der neuen Identität, und wer weiß, was ihn plötzlich umgetrieben hat.« Paulsen zog ein letztes Mal an seiner Zigarette und drückte sie dann aus. »Man steckt nicht drin in solchen Typen, besser ist es. Vielleicht …« Er winkte ab. »Ist auch egal. Irgendjemand war ihm jedenfalls auf den Fersen, hat ihm einen Strich durch die Rechnung und kurzen Prozess gemacht.«

»Dazu weiß Tiegel nichts?«

»Angeblich nicht.«

»Glaubst du ihm?«

»Eher nicht. Immerhin hat er zugegeben, dass Pirohl Pläne geschmiedet hat, über die er Bescheid wusste. Für den Mord an ihm kommt er nachweislich nicht infrage. Sein Alibi ist unumstößlich, und er hat auch tatsächlich kein nachvollziehbares Motiv. Alles Weitere kann uns egal sein. Auftrag erledigt.«

Auftrag erledigt, wiederholte Krølle stumm, als Paulsen sich verabschiedet hatte. Ein seltsamer Auftrag. Wer konnte eine Ahnung haben, wer noch von Pirohls Plänen gewusst hatte – und womöglich geschmiert worden war. Der Anwalt hatte den Rest seines Lebens auf einer hübschen Finca auf der anderen Seite des Kontinents verbringen wollen – natürlich unter einer neuen Identität und fernab der alten Heimat. In einer deutschen Gemeinde, womöglich mit Anschluss an wohlverdiente Kameraden. Krølle runzelte die Stirn. Wäre das ganze Vorhaben nicht doch ein bisschen gefährlich, weil offensichtlich gewesen? Er war ein Verräter, und einigen Kameraden dürfte schnell klar geworden sein, dass Interna durchgesteckt worden waren, die nur von einer bestimmten Person stammen konnten. Andererseits – Argentinien war weit weg, und der Mann hatte sein Leben lang eine ganze Menge davon verstanden, sein Umfeld perfekt zu täuschen und den Schein zu wahren. Womöglich war dieser Absprung sehr gut geplant gewesen – und wäre perfekt aufgegangen, wenn er sich nicht hätte erschießen lassen. Tja, irgendwas kommt immer dazwischen.

Krølle stand auf und räumte die leeren Flaschen weg. Damit musste er sich nicht mehr befassen. Die Frage lautete allerdings immer noch, ob sich Pirohls Tochter auch unter diesen Umständen weiterhin in Gefahr befand. Bevor er schlafen ging, entschied er, Frederik eine Nachricht zu schreiben – nur der Vollständigkeit halber.

6

Gregor Tiegels zweite Vernehmung, diesmal durch Leute des Staatsschutzes – davon ging er zumindest aus –, begann zunächst fast harmlos. Er schätzte das Alter der Beamtin auf Anfang bis Mitte vierzig – sie war ausgesprochen attraktiv und wirkte in ihrem eleganten Outfit eher wie eine erfolgreiche Finanzberaterin oder Anwältin in einer angesehenen Kanzlei für Wirtschaftsrecht. Sie setzte sich zu ihm, nachdem sie ihn mit einem breiten Lächeln begrüßt hatte. »Es geht nur noch um ein paar Formalitäten«, erklärte sie gutgelaunt. »Mein Name ist übrigens Kathleen Bischoph, ich arbeite in einer ressortübergreifenden Ermittlungsgruppe, und ich zeichne unser Gespräch auf.«

Ressortübergreifende Ermittlungsgruppe – das klang vollmundig, fast ein wenig arrogant und sollte ihn womöglich beeindrucken, dachte Tiegel. »Sie sprechen mit einem Kollegen«, erklärte er. »Es ist völlig unnötig …«

»Nein«, warf sie sofort energisch ein. »Ich widerspreche Ihnen ausdrücklich. Sie sind alles Mögliche, aber ganz bestimmt nicht mein Kollege.« Das Lächeln wurde noch breiter, ihre dunkelgrünen Augen blitzten hell auf.

Sie geht mir jetzt schon auf die Nerven mit ihren Spitzfindigkeiten, dachte Tiegel. Eine von diesen Spezialistinnen mit besonderen Sicherheitsfreigaben – tätig für BKA, BND, Staatsschutz und einige andere Behörden. Nun gut, sie lassen die Profis ran. Leute, die immer dann losgeschickt wurden, wenn nicht ganz klar war, aus welcher Ecke der Wind wehte und darüber hinaus ein paar undichte Stellen abgedeckt werden mussten. »Was genau meinen Sie mit Formalitäten?«

»Nachdem in ersten Gesprächen geklärt werden konnte, dass Sie und Pirohl sich offenbar sehr gut verstanden haben und seine Pläne kaum neu für Sie waren, sollten wir uns mal genauer mit diesem Stick und Ihrem Partner beschäftigen. Warum diese konspirative Übergabe am Alex?«

In ersten Gesprächen, wiederholte Tiegel stumm. Die halbe Nacht hatten sie ihn gelöchert und immer wieder vernommen – ein Dutzendmal waren ihm dieselben Fragen gestellt worden, ein Dutzendmal hatten sie ihn Aussagen wiederholen und Fotos ansehen lassen. Nun, das Prozedere war keine Überraschung gewesen, nachdem er aufgeflogen war, aber die Strapazen einer verschärften Befragung sollte niemand unterschätzen, auch kein Beamter, der selbst oft genug am anderen Ende des Tisches gesessen hatte. Außerdem war die Überraschung gelungen. Der Zugriff hatte ihn kalt erwischt – und seinen Partner natürlich auch.

Die Kommissarin hielt seinen Blick fest. »Wie war sein Name gleich noch?«

Er warf ihr einen unwilligen Blick zu. »Wollen wir diese albernen Spielchen nicht lassen? Ich verhalte mich doch längst kooperativ.«

»Nun, so wirkt es. Aber das kann ja auch ein Spiel sein, ob albern oder nicht«, erwiderte sie. »Ansonsten: Was bleibt Ihnen anderes übrig? Die Fakten sprechen eine unmissverständliche Sprache. Nichtsdestotrotz wird es Bereiche geben, in denen Sie es mit Zurückhaltung zumindest versuchen werden – davon bin ich überzeugt. Ich würde es genauso machen.«

Wieder dieses breite Lächeln. Sie hielt sich für verdammt schlau. Tiegel war erschöpft und niedergeschlagen – sein Leben hatte sich innerhalb weniger Stunden in einen einzigen Scherbenhaufen verwandelt. Dabei hatte sich alles so leicht angehört, so verführerisch einfach. Als klar war, dass Pirohl in den Zeugenschutz gehen würde und Tiegel im Team war, hatte er quasi nur noch die Hand ausstrecken und zupacken müssen. Kein Mensch wusste von dieser Verbindung über die Sicherheitsfirma – sah man von seinen dortigen Kontakten ab. Und nichts hatte darauf hingewiesen, dass irgendetwas schiefgehen könnte. Pirohl wollte nicht in Schweden bleiben, sondern sich mit seinem beiseitegeschafften Vermögen etwas Neues aufbauen – fernab von Europa. Keine schlechte Aussicht, wenn man bedachte, dass er letztlich nichts weiter als ein besonders raffinierter Verräter war. Tiegel sollte seine Flucht decken und dafür eine ordentliche Summe einstreichen. Im Hintergrund würde die Sicherheitsfirma das Ganze absichern, und auch diese Geschäfte würden weiterlaufen – gegen eine noch üppigere Beteiligung. Das klang verdammt gut.

»Also?« Bischoph blickte ihn an.

»Harald Neudorf war auch mal im Polizeidienst und hat sich ein zweites Standbein aufgebaut – mit einem weiteren Partner in den Niederlanden, den ich kaum kenne«, erklärte Tiegel zum gefühlt zwanzigsten Mal. »Ich bin vor einigen Jahren mit eingestiegen, als Externer mit einem Job beim LKA. Diese Aussage können Sie wahrscheinlich schon rückwärts auf der Luftpumpe pfeifen, zumal es im Bericht Ihrer Kollegen aus den ersten Vernehmungen steht und Neudorf sicherlich Ähnliches ausgesagt hat.«

»Das hat er nicht. Aber wir wissen natürlich längst über die Hintergründe Bescheid.«

Neudorf schwieg demnach, dachte Tiegel – oder die Kommissarin gab nur vor, dass er nicht redete. Spielte das noch eine Rolle? Wahrscheinlich nicht.

»Wie sind Sie auf die Firma aufmerksam geworden?«

»Ich habe in einem Polizeibericht von ihr gelesen.«

Sie hob eine Braue, und er musste zugeben, dass ihr die ironische

Mimik hervorragend gelang. »Tatsächlich? Eine Sicherheitsfirma, die tunlichst darauf achtet, in keinen Fokus zu geraten, taucht in einem Polizeibericht auf? Das weckte Ihre Neugier, und schwupps gehörten Sie zum Team? Nicht Ihr Ernst.«

»Klingt blöd, aber so war es nun mal. Ein Securitytyp ist erschossen worden. Ich gehörte zur Ermittlungsgruppe. Und der Mann hatte Kontakt zu der Firma. Ich bin der Sache nachgegangen, obwohl sie bei dem Fall überhaupt keine Rolle spielte. Ich fand interessant, was die machten, habe da ein bisschen nachgehakt, und das war es auch schon.« Er hob beide Hände. Das war die Kurzform, noch dazu im zeitlichen Raffer betrachtet; die Einzelheiten würde er außen vorlassen, um sich nicht in noch größere Schwierigkeiten zu bringen.

»Okay. Kommen wir auf den Stick zu sprechen.«

»Sie wissen, was drauf ist, und Sie werden wahrscheinlich bald im Einzelnen herausgefunden haben, worum es geht.«

»Selbstverständlich. Unsere Experten entschlüsseln zurzeit die Details. Wir wissen bereits jetzt, dass es um viel Geld geht, um lukrative Aufträge, diverse Konten und Unterkonten, Geschäftspartner ohne Klarnamen – kurzum: Betrug und verschleierte kriminelle Geschäfte in ganz großem Stil. Auftragsmorde und Erpressung dürften auch dazu gehören. Doch woher hatte Neudorf die Dateien?«

»Warum fragen Sie nicht ihn?«

»Längst geschehen, wie Sie nur allzu gut wissen.« Breites Lächeln. »Ich bin nun gespannt auf Ihre Antwort.«

Tiegel zuckte mit den Achseln. »Es war eine Sicherheitskopie – so hat es mir Neudorf gesagt. Pirohl hatte ihm den Stick zugeschickt und das Passwort per selbstlöschender SMS, als er Stockholm verlassen hatte und bereits unterwegs war.«

Kommissarin Bischoph runzelte die Stirn. »Warum hätte er das tun sollen?«

»Reine Sicherheitsmaßnahme.«

»Und warum hat er den Stick nicht einfach Ihnen ausgehändigt? Sie waren doch viel näher an ihm dran.«

»Eben.« Diesmal zog Tiegel eine Braue hoch – ob das so gut aussah wie bei der Beamtin, bezweifelte er allerdings. »Das wäre zu gefährlich gewesen angesichts seiner Pläne. Die Beamten im Zeugenschutz sind natürlich auf Herz und Nieren geprüft worden. Und es hätte sich wohl nicht gut gemacht, wenn man bei mir auf irgendetwas gestoßen wäre.« Er hob die Hand. »Und jetzt erzählen Sie mir bitte nicht, dass ein Stick leicht zu verstecken ist. Es gibt inzwischen Suchhunde, die so was aufspüren. Und wenn erst mal ein Verdacht entstanden ist, kann es schnell eng werden. Das sollte unbedingt verhindert werden. Pirohl hat im Übrigen immer Haken geschlagen, manchmal sehr große, die auf den ersten Blick umständlich und sogar unnötig wirkten. Und genau deshalb war er über Jahrzehnte so erfolgreich.«

Kommissarin Kathleen Bischoph lehnte sich zurück. Das aufgesetzte Lächeln war deutlich verblasst. Tiegel hatte den Eindruck, dass sie zum ersten Mal nachdenklich geworden war und seine Darstellung der Abläufe zumindest als realistische Möglichkeit in Betracht zog. »Na schön, fassen wir mal zusammen: Der Mann speichert eine Kopie seiner geschäftlichen Aktivitäten und nimmt sie mit auf Reisen. Sie sind so was wie die Basis seiner Zukunft. Unterwegs kommt er auf die Idee, den Stick weiterzuleiten, und nennt das Ganze eine Sicherheitsmaßnahme. So landet der Datenspeicher bei Ihrem Partner und sollte in einem zweiten Schritt schließlich Ihnen ausgehändigt werden. Klingt nach wie vor ein bisschen unglaubwürdig, wenn Sie mich fragen.«

»Neudorf konnte mit den meisten Konten und verschlüsselten Stichworten nichts anfangen.«

»Und warum dann das Ganze?«

»Nach Pirohls Tod sollte ich mein Glück versuchen.«

»Ich verstehe. Aber noch einmal zwei Schritte zurück: Warum hat er den Stick überhaupt auf die Reise geschickt?«

»Er war unruhig.«

»Tatsächlich?«

»So beschrieb es Neudorf«, erklärte Tiegel. »Pirohl wollte uns bei einem späteren Treffen in die Einzelheiten seiner Geschäftsabwicklungen einweihen. So war es geplant, aber dazu kam es ja nicht mehr.«

»Bleiben wir mal bei dem genannten Stichwort. Was genau hat ihn beunruhigt?«

»Keine Ahnung. Fragen Sie Neudorf.«

Kathleen Bischoph lächelte.

»Vielleicht war er angesichts seines Vorhabens auch einfach nur ein bisschen aufgeregt.«

»Aufregung passt so gar nicht zu Pirohl.«

»Nennen Sie es, wie Sie wollen. Immerhin war er im Begriff, komplett unterzutauchen – die letzten Jahre hatten alles verändert und ihn an den Rand des kompletten Zusammenbruchs gebracht, persönlich, geschäftlich, in allen Belangen. Auch ein Bernd Pirohl gerät mal in Anspannung – unter diesen Bedingungen –, und dieser Stick brannte ihm unter den Nägeln. Er konnte nicht wissen, ob er wirklich alle Risiken bedacht hatte«, führte Tiegel aus.

»Hatte er tatsächlich nicht, sonst würde er wohl noch leben«, entgegnete Bischoph in lapidarem Tonfall. »Wie sah seine Reiseroute im Einzelnen aus – vor dem ganz großen Trip? Gab es dazu irgendeine Andeutung?«

»Sie wissen doch, dass er auf Bornholm war.«

»Er war nicht nur dort.«

Tiegel hob beide Hände. »Ich habe keine Ahnung. Wir haben nicht viel miteinander geredet. Im Übrigen gehörte ich zu dem Team, das ihn lediglich die erste Zeit in Schweden begleitet hat. Die letzten Monate war ich ...«

»Er ist auch in Berlin gewesen. Das konnten wir inzwischen nachvollziehen.«

Tiegel runzelte die Stirn. »Dann wissen Sie mehr als ich. Davon hatte ich keine Ahnung.«

»Nein? Ich denke, Sie haben sich mit ihm getroffen.«

»Natürlich nicht! Dann wäre die Stickübergabe wohl anders gelaufen, oder?«

»Ja, möglich, das ist aber keine zwingende Schlussfolgerung«, wandte Bischoph ein. »Er hat den USB-Speicher ja bereits vor einiger Zeit zur Sicherheit weitergeleitet, wie Sie gerade und zum wiederholten Mal anschaulich ausgeführt haben. Wenn ich Ihnen das mal abnehme ...«

»Das dürfen Sie getrost.«

»Also kein Treffen mit Ihnen?«

»Nein!«

»Wer wusste von seinen Reiseplänen?«

»Dazu kann ich Ihnen nichts sagen.«

Kommissarin Bischoph beugte sich vor. »Okay, lassen wir das vorerst so stehen. Ich fasse fürs Erste zusammen: Es war Teil der geschäftlichen Vereinbarung, dass Pirohl den Stick aushändigt, und zwar noch bevor er in Argentinien landet – im Gegenzug hat die Sicherheitsfirma sein Untertauchen und seine Reise vorbereitet. Das Ganze musste in der Tat sorgsam und von langer Hand sowie logistisch minutiös vorbereitet werden. Nichts durfte nach außen dringen. Nun ist Pirohl allerdings tot, und es wäre ja schade, wenn sich nicht jemand fände, der seine höchst lukrativen Geschäfte weiterführt und seine Verbindungen pflegt, oder?« Sie lächelte kühl. »Oder anders ausgedrückt – das Ganze wäre auch gut ohne ihn weitergelaufen, sobald die Daten auf dem Stick entschlüsselt worden wären. Und wenn ich es recht bedenke – da kann man glatt noch auf ganz andere Ideen kommen.«

Tiegel winkte ab. »Die Zusammenarbeit besteht seit vielen Jahren. Er war der Spezialist in seiner Branche, das wissen Sie sehr genau. Wenn Sie aus der Situation ein Mordmotiv ableiten wollen, denken Sie verdammt kurzsichtig. Wir hätten uns doch ins eigene Knie geschossen …«

»Interessanter Aspekt«, warf Bischoph ein. »Dennoch – Pirohl war inzwischen ein Schatten seiner selbst, das haben Sie auch angedeutet. Die letzten Jahre haben ihm schwer zu schaffen gemacht, und auch ein abgebrühter Typ wie er gerät einmal an seine Grenzen. So ähnlich lauteten Ihre Worte. Ein Großteil seiner Aktivitäten war zum Erliegen gekommen beziehungsweise aufgedeckt. Er hatte sich den Behörden angedient, als kein anderer Ausweg mehr blieb, der ihm eine womöglich lebenslange Gefängnisstrafe ersparte. So einem vertraut so schnell niemand mehr, weil das ziemlich übel nach hinten losgehen könnte.«

Tiegel erwiderte ihren Blick. »Er betrieb Geschäfte, von denen niemand je etwas geahnt hat«, entgegnete er ruhig. »Auch seine eigenen Leute nicht. Pirohl hat sich immer abgesichert, nach allen Seiten. Und ja – wir wollten daran mitverdienen. Auch nach seinem Tod. So einfach ist das. Aber wir wollten ihn auf keinen Fall loswerden – und wäre das eine Option gewesen, hätten wir es kaum so kompliziert gehandhabt. So was funktioniert mit deutlich weniger Aufwand. Das dürfen Sie mir gerne glauben.«

»Wie dem auch sei – nun sind Sie ebenfalls aufgeflogen.« Die Kommissarin lächelte wieder. »Trotz aller Vorsicht und ohne Spürhund. Eine schlichte Übergabe mitten in Berlin ist gescheitert, weil Sie nicht bemerkt haben, dass ein Beschatter alter Schule Sie im Visier hatte. Hat Ihre Pläne komplett durchkreuzt. Der Kollege hat sich einen üppigen Bonus verdient, meinen Sie nicht auch?«

Tiegel bemühte sich um einen gleichgültigen Gesichtsausdruck. Aber sie hatte natürlich ins Schwarze getroffen – so aufgeflogen zu sein war verdammt schmerzhaft.

Sie lehnte sich zurück. »Schauen wir wieder nach vorne: Sie sollten versuchen, die Namen auf dem Stick zu entschlüsseln, sowie die Zugangscodes für Konten und Geschäfte der besonderen Art – als LKA-Beamter standen ihnen andere Möglichkeiten zur Verfügung, heimlich zu recherchieren. Das zumindest war der Plan zur weiteren Vorgehensweise.«

Ja, das war der Plan, dachte Tiegel. Und in zwei Jahren hätte ich den Job an den Nagel gehängt und mich zur Ruhe gesetzt. Auf irgendeiner schönen Insel. Mit genügend Taschengeld für fünfzig bequeme Jahre in einer zauberhaften Umgebung. Er schloss kurz die Augen.

»Pirohl war also unruhig«, ergriff Bischoph einen Moment später wieder das Wort. »Ich komme noch einmal auf diese Bemerkung zurück. Könnte es sein, dass er sich verfolgt fühlte?«

Tiegel runzelte die Stirn. »Das kann man nicht ausschließen. Seine ehemaligen Kameraden dürften längst mitgekriegt haben, warum die Prozesse so mies für sie gelaufen waren und woher die Detailkenntnisse stammten. Sein angeblicher Tod könnte Zweifel geweckt haben. Eine derartige Inszenierung ist ja keine ganz neue Idee.«

»Vielleicht wurde er erpresst.«

Dazu sagte Tiegel nichts.

»Von Ihnen und Neudorf zum Beispiel«, fuhr Bischoph fort.

Tiegel verdrehte die Augen. »Das ist blanker Unsinn. Warum sollten wir das tun? Auch wenn Sie der Gedanke offenbar nicht loslässt und Sie immer wieder darauf zurückkommen – wir haben kein Motiv, denn wir hatten doch alles, was wir wollten: einen nahezu perfekten Deal mit dem Typen, der eine Menge Schotter versprach, auch in der Zukunft. Er hatte sich uns ja quasi ausgeliefert.«

»Nun, aus purer Gier zum Beispiel. Mehr geht immer, oder? Wo eine Million ergattert werden kann, findet sich auch eine zweite. Man kann es doch zumindest versuchen.«

»Sie liegen falsch.«

Die Kommissarin lächelte. »Ich denke nicht. Ja, stimmt, Pirohl hatte sich Ihnen ausgeliefert. Es war ihm nichts anderes übrig geblieben, als sich in diese Abhängigkeit zu begeben – das war der Preis für seine angebliche Freiheit, die er hoffte, auf verschlungenen Wegen zu erreichen. Dass sie mit seinem gewaltsamen Tod endete, klingt ja nahezu tragisch.«

Stimmt, dachte Tiegel. Und ihr werdet nie herausbekommen, wer dafür verantwortlich ist. Ich wüsste selbst gerne, wer dahintersteckt. Wahrscheinlich hatte Pirohl versucht, einen weiteren Haken zu schlagen und seine Spur zu verwischen. Und er war jemandem direkt in die Arme gelaufen. Ein Schuss ins Herz hatte allem ein Ende gesetzt. Warum ins Herz? Er rieb sich über die Stirn. Verräter wurden anders bestraft. Womöglich hat der Täter genau deshalb so und nicht anders gemordet. Fest stand, dass Pirohl jemanden unterschätzt hatte, der sich ganz in seiner Nähe befunden hatte und niemandem aufgefallen war. Und die Ermittlungen dürften ins Leere laufen.

»Hat er je von seiner Familie gesprochen?«

»Wenig.«

»Geht das etwas genauer?«

Tiegel überlegte. »Na ja, die Entscheidung, in den Zeugenschutz zu gehen und alles hinter sich zu lassen, mag zunächst ein willkommener Ausweg oder auch der letzte Rettungsanker gewesen sein – angesichts der Bedrohung, viele Jahre im Gefängnis zu verbringen oder sogar den Rest seines Lebens. Er war ja kein junger Mann mehr. Aber wenn es dann so weit ist und der neue Alltag gelebt werden muss – mit allen Konsequenzen, die dazugehören –, stellt sich Ernüchterung ein.«

»Das war bei Pirohl auch so?«

»Das ist bei fast allen so. Manche finden sich schneller damit ab, suchen sich neue Ziele, gehen Kompromisse ein, die sie ohnehin nicht umgehen können, andere hören nie auf zu hadern. Der Bruch mit seinem vorherigen Leben war groß. Und das hat man ihm durchaus angemerkt.«

Kommissarin Bischoph nickte höflich. Ihr Mitgefühl hielt sich höchstwahrscheinlich in Grenzen.

»Wie stand er zu seiner Tochter?«

»Keine Ahnung. Aber wenn ich raten sollte, würde ich darauf tippen, dass er sie für den dramatischen Wendepunkt verantwortlich gemacht hat – sie und ihren Journalistenfreund.«

»Pirohl hat also doch darüber gesprochen.«

Tiegel seufzte. »Die Fälle gingen damals durch die Medien, und Polizisten informieren sich auch. So viel habe ich jedenfalls mitbekommen.«

»Was wollte er auf Bornholm? Seine Tochter zur Rechenschaft ziehen? Zur Rede stellen? Aber jemand war an ihm dran und hat ihn daran gehindert? Erzählen Sie mal – was denken Sie?«

»Dass Sie ganz schön im Trüben stochern«, stellte Tiegel fest. »An ihrer Stelle würde ich den Journalisten überprüfen – und die Tochter. Ein Schuss mitten ins Herz – das lässt doch tief blicken.«

Bischoph warf ihm einen ironischen Blick zu. »Danke für den Tipp. Was würde ich nur ohne Sie machen?«

Er starrte sie einen Moment feindselig an. »Was ist eigentlich mit Neudorf?«, stieß er dann hervor.

»Er wird befragt, genau wie Sie. Mehr werde ich Ihnen kaum zu ihm sagen.«

Natürlich nicht.

»Eine Frage noch.«

Tiegel verdrehte die Augen. Wie oft er den Hinweis in den letzten Stunden bereits gehört hatte, konnte er kaum mitzählen.

»Warum genau sind Sie in den Internetshop gegangen?«

»Ich wollte auf keinen Fall das Risiko eingehen, mir irgendeinen Virus hochzuladen. Man kann nicht vorsichtig genug sein.«

»War Pirohl so ein Fuchs?«

»Er hat ständig dazugelernt.«

»Aber Ihre Vorsicht hat nicht ausgereicht.«

»Gut, dass Sie es erwähnen. Wäre mir sonst gar nicht aufgefallen.«

Als Kommissarin Bischoph endlich den Raum verließ, war eine gute Stunde vergangen. Nun würden sie Tiegel schmoren lassen, vielleicht eine weitere Stunde oder auch zwei. Später würde er mit seinem Anwalt sprechen. Eine weitere Vernehmung blieb ihm dadurch nicht erspart. Irgendwann würde ihm ein Beamter mit weitreichenden Kompetenzen anbieten, komplett auszupacken und im Gegenzug mildernde Umstände zu erhalten. Selbst diese milden Umstände dürften es kaum besser machen. Er hatte hoch gepokert und alles verspielt. Und Neudorf auch. Der ehemalige Polizist hatte sich viel davon versprochen, mit den verifizierten Inhalten des Sticks so richtig Kasse machen zu können. Auf welche Weise auch immer. Soweit Tiegel wusste, hatte er geplant, in absehbarer Zeit nach Portugal auszuwandern. Auch ein schöner Ort. Was den Partner in den Niederlanden anging, so dürfte er ebenfalls längst verhaftet worden sein. Wenn es ihn überhaupt gab. Der Gedanke kam Tiegel nicht zum ersten Mal. Er hatte den Typen nie persönlich kennengelernt.

Dorothea Pirohl genoss die Unbeschwertheit, die der unangekündigte Besuch ihrer Tochter ausgelöst hatte. Wenn man am wenigsten mit ihr rechnete, war sie plötzlich da, und diesmal hatte sie sich sogar Zeit genommen und sehr viel Mühe gegeben. Es war kein Streit aufgekommen, und die wenigen Gesprächspausen, die sich zwischenzeitlich eingeschlichen hatten, waren kaum der Rede wert gewesen. Vielleicht wird ja doch noch alles wieder gut, und ein Friede zwischen ihnen war vorstellbar – eine zarte familiäre Bindung, die sie nach all dem Schrecken, dem Aufruhr und bösen Wahrheiten noch hatten retten können. Immerhin waren sie die letzten Pirohls. Auch Dorotheas Eltern lebten nicht mehr, Geschwister hatte sie keine – zumindest keine, von denen sie wusste. Ihr Vater war ein Schürzenjäger gewesen – nach Ansicht ihrer Mutter jedenfalls, die nie eine andere als diese altmodische Bezeichnung benutzt hatte, und auch sie nur selten. Aber vielleicht war da doch etwas dran gewesen, und irgendwann würde womöglich jemand vor ihr stehen und behaupten, ihr Bruder oder ihre Schwester zu sein. Dorothea winkte ab. Merkwürdige Gedanken. Zeit abzuschalten.

Sie setzte sich vor den Fernseher und rief in der Mediathek eine Serie auf. Dazu knabberte sie ein Schälchen Nüsse – nach dem anstrengenden Lauf waren die zusätzlichen Kalorien erlaubt. Sarah würde sich köstlich amüsieren oder den Kopf schütteln, wenn sie wüsste, dass ihre Mutter jede Mahlzeit abwog, ihren Kalorienverbrauch genau berechnete und sich selten – sehr selten – erlaubte, über die Stränge zu schlagen. Und das tat sie nicht, weil sie gerne diszipliniert aß und als Leiterin eines Fitnessstudios selbstverständlich auf ihre Gesundheit und auf körperliche Idealmaße achtete. Sie litt seit Jahrzehnten unter einer Essstörung, hatte sie aber inzwischen gut im Griff. Sie war nur noch dezent untergewichtig und bewegte sich lediglich im unteren BMI-Bereich. Ihr Muskelanteil war bemerkenswert für eine Frau in den Fünfzigern, von ihren Ausdauerleistungen träumte manche Dreißigjährige. Nie hatte jemand mitbekommen, wie sehr sie oftmals kämpfte – ankämpfte gegen einen Kontrollzwang, der ihr Leben beherrschte, ohne dass etwas nach außen drang. Als Bernd inhaftiert wurde, war einer ihrer ersten Gedanken gewesen, dass nun beim Essen vieles leichter wurde; sie musste keine Tricks mehr anwenden oder halbe Tage hungern, um bei einem Geschäftsessen, das sie kaum absagen konnte, nicht aufzufallen. Einen Augenblick später wurde ihr bewusst, wie absurd ihr Gedanke war, wie erschreckend – und wie sehr er zu ihr passte.

Ein Leben unter vollständiger Kontrolle, Abweichungen waren nur zugelassen, wenn ein Ausgleich stattfand. Wie bei einer perfekt austarierten Buchhaltung. Dorothea konnte sich an keine Mahlzeit in den letzten Jahrzehnten erinnern, die sie ohne Nahrungsanalyse zu sich genommen hatte. Wenn es tatsächlich einmal vorgekommen war, dass sie sich nicht unter Kontrolle hatte, war sie mitten in der Nacht aufgestanden und hatte die überzähligen Kalorien auf dem Laufband oder dem Ergometer verbrannt. Einmal hatte Bernd sie ertappt. Sie könne nicht schlafen, hatte sie rasch erzählt – Hitzewallungen. Sport helfe ihr dabei, auch mitten in der Nacht. Er war kopfschüttelnd wieder ins Bett gegangen und hatte sie auch am nächsten Morgen nicht darauf angesprochen. Es war ihm wohl egal gewesen. Er hatte immer gemocht, wie sie aussah – sportlich schlank, drahtig, eine aktive Frau und ein Hingucker, gerade als sie älter wurde und andere Frauen üppiger wurden. Und sie war stolz darauf. Doch dieser Stolz hatte einen bitteren Nachgeschmack. Je länger sie allein war, desto intensiver schmeckte sie ihn. Manchmal musterte sie ihr Gesicht im Spiegel mit schonungsloser Genauigkeit. Die Linien um den Mund und unter den Augen waren kaum zu übersehen. Ihr Gesicht wirkte kantig und hager. Eine rundere Form würde es glätten können. Zwei, drei Kilo mehr täten ihr gut. Sie war nicht in der Lage, sie zuzulassen. Vielleicht in einigen Jahren, mit sechzig.

Bevor sie ins Bett ging, trat sie noch einmal auf die Terrasse, sah hinüber zu der Stelle, wo der Mann mit den sehnsüchtigen Augen gestanden und sie angeblickt hatte. Jemand, der ausgesehen hatte wie Bernd, der sie tief berührt hatte wie Bernd in seinen jungen Jahren. Und doch bin ich froh, dass es ihn nicht mehr gibt, dachte Dorothea – so viel Ehrlichkeit sollte sie sich zugestehen. Dazu gehörte auch die Einsicht, dass eine Lücke in ihrem Leben entstanden war. Ich sollte einer neuen Partnerschaft eine Chance geben, dachte sie. Es war längst Zeit für einen Aufbruch.

Das Telefon klingelte mitten in der Nacht. Sie schreckte hoch und griff nach ihrem Smartphone, als sie bemerkte, dass es der Festnetzanschluss war. Sie stand auf und eilte zur Kommode im Flur. Eine unbekannte Nummer leuchtete auf dem Display auf. Sie zögerte einen langen Moment, dann griff sie zum Hörer. »Hallo?«

Schweigen am anderen Ende.

»Wer ist da?«

Stille.

Sie wollte gerade wieder auflegen, als plötzlich eine verzerrte Stimme erklang. »Er hat genau diesen Tod verdient. Das sollten Sie wissen.«

Dorothea stutzte. Die Zeit der anonymen Anrufe im Zusammenhang mit den Verhaftungen war längst vorbei.

»Ein Schuss mitten ins Herz. So sollte es sein. Der gerechte Tod eines Lügners und Betrügers.«

Dorothea stutzte. »Was reden Sie denn da für einen Unsinn? Mein Mann hat eine Not-OP nicht überlebt, und das liegt schon eine ganze Weile zurück.«

Raues Lachen. »Sie sind tatsächlich eine perfekte Schauspielerin.« Dann klickte es in der Leitung.

Dorothea ließ das Telefon sinken. Ihre Knie zitterten. Sie wusste nicht, wie lange sie ins Leere gestarrt hatte. Das war keiner dieser üblichen Anrufe gewesen, dessen war sie sich auf einmal absolut sicher. Sie ging langsam ins Bad und holte sich ein Glas Wasser. Dann griff sie nach ihrem Handy und legte es einen Augenblick später wieder auf den Nachttisch zurück. Das hat Zeit bis morgen. Und vielleicht würde sie morgen beschließen, den Anruf für sich zu behalten.

7

Sie hatten sich ein ausgiebiges Frühstück gegönnt, angeregt geplaudert und anschließend zur großen Freude von Kotti einen Spaziergang unternommen – nicht mehr, aber auch nicht weniger. Hannah hatte Sarah keinerlei Spielraum gelassen, auf den Bornholmer Fall einzugehen – das war nach den Gesprächen im Vorfeld nicht sonderlich überraschend, doch die Unbeirrbarkeit der Kollegin, die längst auch eine Freundin war, machte Sarah durchaus zu schaffen. Gegen Mittag verabschiedeten sich voneinander, und Sarah kehrte in ihr Apartment zurück. Einen Moment lang überlegte sie, vorzeitig auf die Insel zurückzukehren, dann holte sie ihren Laptop und rief die Datei vom Stick auf. Auch nach ein paar Tagen Abstand wurde sie nicht schlauer aus den Listen und Beträgen. Geldströme – so viel dürfte klar sein.

Seinerzeit hatte ihr Vater mit raffinierten Winkelzügen dafür gesorgt, dass ausreichend Kapital sowohl für Aktionen als auch zur Unterstützung der Bewegung zur Verfügung stand und ein ansehnliches Vermögen im Ausland gebunkert wurde – für welche Zwecke auch immer. Diese Aufgabe hatte er entweder immer noch ausgeübt – und/oder dafür gesorgt, dass es ihm an nichts mangelte. Sie starrte auf die Zahlen und Querverweise unter seltsam klingenden Stichpunkten, dann klappte sie den Laptop wieder zu.

Es war wenig sinnvoll, dass Sarah sich an der Stelle ohne zusätzliches Hintergrundwissen das Hirn zermarterte – und wozu auch? Was nützte es, wenn sich herausstellte, dass Konten in Liechtenstein aufgelöst und irgendwo anders auf der Welt neu eingerichtet worden waren? Ein Hinweis zum Mörder würde sich nur finden, wenn sich Überschneidungen fanden, ein Name mehrfach auftauchte und eine Spur ableitbar war. Abgesehen davon war die rechte Szene möglicherweise gar nicht an irgendwelchen Transaktionen interessiert, sondern hatte ausschließlich auf Rache gesonnen. Das eine musste das andere allerdings nicht ausschließen. Wie könnten sie erfahren haben, dass Pirohl zum Verräter geworden war? Das dürfte wohl auf der Hand liegen: Das Detailwissen, mit dem die Staatsanwaltschaft plötzlich im Prozess geglänzt hatte, und die Nachricht von Pirohls plötzlichem Tod waren vermutlich eine Spur zu auffällig gewesen. Der Rest dürfte sich in der Szene abgespielt haben – dann war ein Auftrag über einen der Anwälte oder andere verschlungene Kanäle erfolgt.

Die Gedankengänge bis hierher waren alles andere als neu und gut nachvollziehbar. Sarah lehnte sich zurück. Allerdings dürfte es eine besondere Herausforderung darstellen, die Spur eines Kronzeugen mit neuer Identität aufzudecken. Dazu gehörte mindestens ein Hinweis aus dem Kreis der intern Eingeweihten – womöglich hatte sich ein Beamter schmieren lassen. Da das Netz der Pirohl-Gruppe und ihrer Mitstreiter seit Jahrzehnten höchst verschlungen, auch in Polizeikreisen, weitgefächert und professionell aufgezogen war, durfte Sarah sich keine allzu großen Hoffnungen machen, an der Stelle weiterzukommen. Und selbst wenn Hannah sich hätte einspannen lassen, war damit noch längst nicht klar, dass sie mit inoffiziellen Recherchen weitere Informationen würde beschaffen können. Die Behörde, die sich nun mit dem Fall und seinen Hintergründen beschäftigte, würde in aller Stille ihre Arbeit machen – zu einem Ergebnis gelangen und die Akte dann schließen. In der Hoffnung, dass sich der Fall damit endgültig erledigt hatte und keine weiteren Kreise zog.

Sarah nickte. Lass es einfach, dachte sie zum wiederholten Mal.

Die Zusammenhänge würden sich ohnehin nicht komplett erschließen lassen. Ihr Vater war tot – ermordet von seinen eigenen Leuten. Ein Schuss ins Herz. In direkter Nachbarschaft zu seiner Tochter. Das durfte sie getrost als Warnung auffassen. Doch mit der Gefahr lebte Sarah seit Jahren. Und was Frederik anging, so war der gerade völlig außen vor, auch wenn sein Name ebenfalls gefallen war und die Örtlichkeiten weitere Fragen aufwarfen. Sie streckte sich auf dem Sofa aus und schloss die Augen. Sie war kurz davor einzunicken, als ihr Handy klingelte – ein unbekannter Anrufer. Sie zögerte nur einen Moment, dann stellte sie die Verbindung her. »Hallo?«

»Frau Pirohl? Sarah Pirohl? Mein Name ist Kathleen Bischoph. Ich bin Ermittlungsbeamtin. Ich würde gerne mit Ihnen sprechen.«

Sarah richtete sich auf. Das könnte auch ein Trick sein.

»Möchten Sie sich erst vergewissern?«

»Allerdings.«

»Gut, bis gleich.« Das klang fast fröhlich. »Rufen Sie mich einfach unter der Nummer zurück.«

»Das kriege ich hin.« Sarah loggte sich in die Polizeidatenbank ein und überprüfte den Namen. Das Porträtfoto zeigte eine gut aussehende Frau mit wachem Blick und dunkelblondem halblangem Haar. Sie war für ein Spezialressort tätig. Und irgendwie kam sie ihr bekannt vor.

Sarah rief zurück. »Worum geht es, Kommissarin Bischoph?«

»Das ahnen Sie sicher längst. Wir gehen einem seltsamen Mordfall auf Bornholm nach. Können wir uns treffen, um darüber zu sprechen?«

Sie weiß natürlich längst, dass ich in Berlin bin, dachte Sarah. »Ich habe ein paar Tage Urlaub«, erwiderte sie ausweichend. »Also noch einmal: Was veranlasst Sie zu der Kontaktaufnahme?«

Leises Lachen. »Sie machen selten Urlaub – nach dem, was ich so auf die Schnelle über Ihren beruflichen Werdegang erfahren habe. Übrigens können wir uns auch gerne außerhalb von Büroräumen und Dienststellen treffen. Was ich mit Ihnen erörtern möchte, wandert höchstens auf Umwegen in irgendeine Akte.«

Das klang gar nicht uninteressant, überlegte Sarah. Es könnte höchst aufschlussreich sein, zu erfahren, wie weit die Ermittlungen vorangekommen waren und welche Gedanken sich eine sehr wahrscheinlich hochrangige Beamtin aus einem Spezialressort dazu machte. »Na schön. Eine Bar in Mitte? Oder lieber rustikaler und bodenständiger? Ich bin für Neukölln.«

»Sehr gerne. Schicken Sie mir die Adresse aufs Handy. Ich werde pünktlich sein. In zwei Stunden?«

»Einverstanden.« Sarah stieg unter die Dusche und zog sich um. Es war immer noch sommerlich warm.

Sie traf zwanzig Minuten vor der verabredeten Zeit im Bistro am Herrfurthplatz ein und sicherte sich einen Platz im Außenbereich. Sie bestellte ein alkoholfreies Weizen und hatte gerade den ersten Schluck getrunken, als Kathleen Bischoph auftauchte. Sie war lässig gekleidet – Jeans, Sneaker und Leinenhemd – und lächelte freundlich. Sarah stellte fest, dass sie noch besser als auf dem Foto aussah. Die Beamtin ergriff ihre Hand mit festem Druck und setzte sich. Einen Moment sahen sie sich schweigend an.

»Sind wir uns schon mal über den Weg gelaufen?«, ergriff Sarah plötzlich das Wort. Verlegenheit war in ihr aufgestiegen; das Gefühl, intensiv taxiert zu werden, durchströmte sie. »Und das meine ich völlig ernst.«

»Glaube ich Ihnen. Und Sie haben recht. Sie haben es vor Ihrer Polizeiausbildung mit Jura versucht – und ich hatte seinerzeit beim Strafrecht vertretungsweise eine Vorlesung übernommen. Ich bin gelernte Juristin und hatte zunächst die Unilaufbahn eingeschlagen.« Erneutes Lächeln.

Sarah nickte. »Ja, stimmt.« Sie war verblüfft. »Ich spare mir die Bemerkung darüber, wie klein die Welt ist.«

»Unbedingt. Ich brauche etwas zu trinken, und Hunger habe ich auch.«

Sie bestellten Flammkuchen und Salat, und Sarah hoffte, dass sie nicht zu lange warten mussten. Bischoph machte sie auf besondere Weise nervös; das war ihr schon lange nicht mehr bei einer Frau passiert, und sie sollte gerade jetzt sachlich und aufmerksam bleiben und sich keineswegs ablenken lassen.

»Hat Ihr Vater je Kontakt zu Ihnen aufgenommen?«, fragte Bischoph schließlich in beiläufigem Plauderton, nachdem das Essen serviert worden war.

Sarah hielt kurz inne; der direkte Vorstoß überraschte sie. »Wir machen es anders, Kollegin. Erzählen Sie mir zunächst, worum es geht und was genau Sie veranlasst, den Kontakt zu mir aufzunehmen. Was ist das für ein Spezialressort, für das Sie tätig sind?«

»Ach, das klingt großartiger, als es ist«, wiegelte Bischoph ab und nahm einen Bissen. Einen Moment schloss sie genüsslich die Augen. »Köstlich«, meinte sie dann. »Mein Ressort wird immer dann tätig, wenn die Zuständigkeiten nicht oder noch nicht geklärt sind oder mehrere Dezernate betroffen sind, was meist zu langatmigen Verzögerungen führt«, fuhr sie dann fort. »Wir sortieren ein bisschen vor, könnte man sagen, wägen ab, welche Verantwortlichkeiten wichtig werden könnten. Ich bin außerdem richtig gut und schnell darin, mich parallel in mehrere Fälle gleichzeitig einzulesen und innerhalb kürzester Zeit die Zusammenhänge herzustellen. Für eine Juristin ist das eine besonders hilfreiche Begabung, um Aktenberge zu bewältigen, und da ich darüber hinaus in der Regel nicht ruhe, bis ich herausgefunden habe, was tatsächlich passiert ist, habe ich inzwischen genau den Job, der mich rundherum fordert.«

Du versuchst, mich abzulenken und einzulullen, dachte Sarah.

Auch wenn die Begründung gut klang. Spezialressort bedeutete auch immer, mit größeren Freiheiten und gut abgeschirmt agieren zu können. Und manchmal mussten Lösungen abseits der üblichen juristischen Rahmenbedingungen gefunden werden.

»Der Fall auf Bornholm hat einige Untiefen, wie Sie längst wissen.«

»Er wurde uns schnell entzogen, und hinter einer solchen Maßnahme steckt immer etwas anderes«, erwiderte Sarah. »Dass ich als BKA-Verbindungsbeamtin mit durchaus weitreichenden Befugnissen ebenfalls außen vor bleiben sollte, war allerdings ein deutlicher Hinweis.«

Kathleen Bischoph hielt ihren Blick fest. »Lassen Sie uns mit offenen Karten spielen«, sagte sie leise. »Sie wissen längst, worum es hier geht. Sie haben ihn erkannt, als die Leiche geborgen wurde, und Sie ahnen auch, was dahintersteckt.«

Sarah griff nach ihrem Glas und stellte es wieder ab.

»Ich verfüge über eine weitere besondere Begabung«, fügte Bischoph in leisem Ton hinzu. »Ich kriege Zwischentöne sehr schnell mit. Das ist bei Vernehmungen sehr hilfreich.«

»Wir treffen uns hier zum Essen. Es geht nicht um eine offizielle Vernehmung«, entgegnete Sarah ruhig. »Was immer wir hier besprechen, ist offiziell ohnehin nicht bedeutsam. Insofern spielen Zwischentöne eine untergeordnete Rolle.«

»Stimmt. Touché.«

»Also – was genau wollen Sie von mir?«

»Hat er Kontakt zu Ihnen aufgenommen?«

»Ja – als er noch in der JVA saß. Später nicht mehr.«

»Was ist mit Ihrer Mutter?«

»Was soll mit ihr sein?«

»Sie wissen, was ich meine.«

Sarah griff wieder ihr Glas, trank einen Schluck und biss von ihrem Flammkuchen ab. Sie kaute einen Moment und hob dann den Blick. »Ich werde auf Ihre Frage eingehen, und danach sind Sie mit einigen Antworten dran.«

»Einverstanden.« Bischoph lächelte.

Das ist ein überaus bezauberndes Lächeln, dachte Sarah und schob den Gedanken schnell beiseite. »Meine Mutter hatte den Eindruck, dass jemand vor ihrem Haus stand und sie beobachtete – ein Typ, der ihrem Mann sehr ähnlich sah. Das war vor etlichen Wochen.«

Bischoph lehnte sich zurück.

»Sie hat das Ganze als Hirngespinst abgetan.«

»Das tun Sie aber nicht.«

»Nein, keineswegs. Gut möglich, dass mein Vater tatsächlich dort war und sie aus der Ferne beobachtet hat.«

»Haben Sie Ihrer Mutter von Ihren Überlegungen berichtet?«

»Nein, natürlich nicht.«

»Und was denken Sie, wollte er dort?«

»Vielleicht hatte er Sehnsucht nach seiner Frau«, antwortete Sarah nach längerem Überlegen und mit deutlichem Zögern. »Das kann ich nicht ausschließen – und ich sollte mir auch kein Urteil dazu erlauben. Was er allerdings auf Bornholm wollte …« Sie schüttelte den Kopf. »Unser Verhältnis war feindselig, unversöhnlich, zerstört, und das ist keine Übertreibung, wie Sie natürlich längst wissen.«

Bischoph nickte. »Und Sie haben überhaupt keine Idee, was ihn bewogen haben könnte, auf die Insel zu reisen?«

»Nein.«

»Ich schon.«

Sarah sah sie verblüfft an.

»Trotz Ihrer Vorgeschichte halte ich es für vorstellbar, dass er sich auch von Ihnen verabschieden wollte – zumindest aus der Ferne.«

Sarah schüttelte sofort den Kopf. »Erstens: Unsinn! Und zweitens:

Was genau meinen Sie mit Verabschieden? Das war doch längst geschehen …«

»Er wollte sich absetzen – nach Südamerika.«

Sarah blickte sie perplex an.

»Das wissen wir inzwischen relativ sicher. Schweden hat ihm nicht gereicht. Finanziell hatte er bestens vorgesorgt, es war alles vorbereitet. Der ganz große Aufbruch in die ganz große Freiheit. Und ich denke, man kann tatsächlich nicht ausschließen, dass er eine letzte Rundreise unternommen hat, um sich von seiner Familie zu verabschieden – auch wenn dieses Szenario nach allem, was geschehen ist, nicht sonderlich überzeugend auf Sie wirkt.«

»Und wieso schreibt er sich die Anschrift von Frederik Thomsens ehemaligem Haus auf? Ich gehe davon aus, dass Sie die Akte aus Bornholm kennen und vom Fund der Visitenkarte wissen.«

Kathleen Bischoph nickte.

»Das war doch kein Zufall, dass er sich ausgerechnet dort eingemietet hat«, fuhr Sarah fort. »Selbst wenn ich mich mal auf das Gedankenspiel einlasse und ihm trotz allem eine gewisse Abschiedsmelancholie nicht gänzlich abspreche – das wäre nun wirklich verdammt dick aufgetragen. Frederik hat ihn komplett vorgeführt, und mein Vater hat im Gegenzug dafür gesorgt, dass ihm übel mitgespielt wurde. Und auch das wissen Sie doch längst.«

Die Kommissarin griff nach ihrer Serviette und nickte erneut. »Wo ist er eigentlich?«

»Frederik? Auf großer Reise, immer unterwegs. Er hatte sich zu Beginn von Corona auf den Weg gemacht.«

»Sie sind ein Paar?«

Sarah kniff die Augen zusammen. »Spielt das eine Rolle?«

»Vielleicht.«

»Worauf wollen Sie hinaus?«

»Halten Sie es für möglich, dass Ihr Freund …«

»Das reicht jetzt!« Sarah stand abrupt auf. »Wir haben uns längst getrennt, das ist das eine.«

»Und das andere?«

»Lasst euch mal was anderes einfallen!«, fuhr Sarah sie an. »Frederik stand schon einmal unter Verdacht, und es stellte sich heraus, dass jemand anders die ganz dicken Fäden gezogen und auf höchst perfide Weise dafür gesorgt hat, dass sich die Ermittlungen auf ihn konzentrierten. Sie wollten ihn entführen, zerstören, und wahrscheinlich hätten sie ihn früher oder später auch getötet, wenn es ihm nicht gelungen wäre, sich zu befreien. Und ich bin erpresst worden, verstehen Sie?«

»Ja, natürlich. Setzen Sie sich doch bitte wieder.« Kathleen Bischoph lächelte versöhnlich. »Es besteht kein Grund zur Aufregung, finde ich. Ich muss alle Möglichkeiten abwägen, sämtliche Fragen stellen, auch die unbequemen, alle Optionen durchgehen, auch wenn sie unangenehm klingen, das kennen Sie doch selbst. Und Ihr Freund …«

»Exfreund.« Am Nachbartisch hatte Sarah bereits Aufmerksamkeit erregt, wie sie aus den Augenwinkeln mitbekam. Sie nahm wieder Platz.

»Und Ihr Exfreund hat ein überzeugendes Motiv, das werden Sie zweifellos zugeben«, fuhr Bischoph ungerührt fort. »Pirohl hat dafür gesorgt, dass er in große Bedrängnis geriet, wie Sie selbst gerade erläutert haben. Er konnte sich nur aus dieser Schlinge befreien, weil er an der richtigen Stelle gute Freunde und Helfer hatte.«

Das traf es auf den Punkt, aber dazu sagte Sarah lieber nichts. Sie hatte so sehr gehofft, dass diese Geschehnisse inzwischen Geschichte waren. Wie es aussah, hatte sie sich geirrt. Irgendwas blieb immer zurück.

Kathleen Bischoph lächelte. »Lassen Sie uns doch mal gemeinsam darüber nachdenken, welchen anderen Grund es gegeben haben könnte, dass Ihr Vater sich als Ferienunterkunft ausgerechnet das ehemalige Haus Ihres Expartners aussuchte.«

»Dazu habe ich keine Idee. Das passt einfach nicht zusammen. Oder er fand es spaßig. Das kann ich wohl nicht ausschließen.« Sie schüttelte den Kopf. »Ich weiß einfach nicht, was in ihm vorgegangen ist.«

»Vielleicht hat jemand dafür gesorgt, dass genau diese Verwirrung um die Hintergründe entsteht.«

Sarah runzelte die Stirn. »Der Mörder kommt aus seinem alten Umfeld und lässt die Tat nach einem Racheakt aussehen, nach Vergeltung womöglich in noch größerem Stil – okay. Mein Name und der von Frederik fällt auch – passt ja ebenfalls zum Rachegedanken. Aber es bleibt dabei: Allein der Anlass für die Reise …«

»Könnte tatsächlich der Wunsch gewesen sein, einen letzten Blick auf seine einzige Tochter zu werfen«, schlug Bischoph vor. »Und Sie haben selbst darauf hingewiesen, dass Frederik sein Haus längst verkauft hat. Vielleicht kannte Ihr Vater die Anschrift tatsächlich nicht und …«

»Das wäre schon ein bemerkenswerter Zufall, der zudem nicht zu der Tatsache passt, dass die Adressen notiert wurden«, warf Sarah ein.

»Wirkt fast ein bisschen arg dick aufgetragen, nicht wahr?«

Sarah zog die Augen zusammen.

»Der Mörder könnte die Visitenkarte deponiert haben, so dass die Ermittler ganz bestimmte Schlussfolgerungen ziehen und den Kreis der Verdächtigen sofort einschränken. Und womöglich hat er die Buchung des Hauses gar nicht selbst vorgenommen.«

Sarah lehnte sich zurück und ließ die Gedanken sacken.

»Wie würden Sie vorgehen, um mehr zu erfahren?«, ergriff die Kommissarin einen Moment später wieder das Wort.

»Ich würde versuchen, die Reiseroute so genau wie möglich nachzuvollziehen. Wer immer ihn im Blick hatte, wird ihm gefolgt sein und hat vielleicht Spuren hinterlassen.«

»Oder der Täter befand sich bereits vor Ort, weil ihm die einzelnen Stationen längst bekannt waren.«

Sarah nickte langsam. »Nicht auszuschließen. Aber auch er muss angereist sein. Um das genauer zu durchleuchten, sind umfangreiche Checks erforderlich – Prüfung von Passagierlisten auf den üblichen Flugrouten und Fähren, Autokennzeichen und so weiter. Dazu würde ich die Stockholmer Kollegen um die Kontaktdaten aller Personen bitten, die mit ihm zu tun hatten. Doch das gehört ja zu den Routineabfragen, und damit dürften Sie längst begonnen haben.«

»So ist es. Bislang ohne Erfolg.«

»Wenn im ersten Durchgang nichts Auffälliges festzustellen ist, würde ich mir alle Namen noch einmal ansehen«, fuhr Sarah fort. »Und ein drittes Mal. Fest steht, dass der Mörder am Tatabend in Dueodde unterwegs war. Es fiel ein Schuss, aus unmittelbarer Nähe. Danach ist er auf und davon – unter welchem Namen auch immer. Er hat sich als Tourist getarnt und ist ein paar Tage später abgereist. So würde ich es machen, um in kein Raster zu geraten. Und wenn er richtig geschickt war, hat er eine bestehende Identität benutzt, die keinerlei Aufsehen erregt. Ein gut gefälschter Ausweis macht vieles möglich, und wenn der Rest auch noch stimmt, bleibt der Täter auf diese Weise unentdeckt.«

Bischoph nickte nachdenklich. »Wo waren Sie eigentlich an dem Abend?«

»Nicht weit entfernt auf einer Strandparty«, erwiderte Sarah prompt. »Und falls Ihnen die Frage durch den Kopf schießt, ob mir irgendetwas aufgefallen ist – nein. Es war ein schönes Fest – ausgelassen, fröhlich. Ich habe es in vollen Zügen genossen und keinen einzigen Gedanken an irgendetwas anderes verschwendet. Und mindestens ein Dutzend Leute kann bezeugen, dass ich die ganze Zeit dort war und auch nicht durch zeitweise Abwesenheit geglänzt habe – falls Sie darauf hinauswollen.«

Eine Pause trat ein. Kathleen Bischoph lächelte. »Mögen Sie noch etwas trinken? Einen Absacker?«

Lieber nicht, dachte Sarah. Sie schüttelte den Kopf und blickte auf die Uhr.

»Wie lange bleiben Sie in Berlin?«

»Das steht noch nicht fest.«

»Ich würde mich gerne noch einmal bei Ihnen melden – falls Sie nichts dagegen haben.«

Sarah zögerte. »Warum nicht?«

Bischoph lächelte. »Womöglich finde ich in der Zwischenzeit etwas heraus.«

Was du garantiert höchstens punktuell mit mir teilen wirst, dachte Sarah. Selbst wenn du deinen ganzen Charme spielen lässt – ihr wollt doch nur abklopfen, ob ich als Täterin auch in Frage komme. Der Ansatz sollte Sarah nicht empören, wie sie fairerweise zugeben musste. Sie selbst als neutrale Ermittlerin hätte diesen Aspekt genauer unter die Lupe genommen, denn sie hatte unbestreitbar ein starkes Motiv.

Wenig später brach Sarah auf. Als sie ins Apartment zurückgekehrt war, antwortete sie auf eine Kurznachricht ihrer Mutter, die wissen wollte, ob Sarah vor ihrer Abreise noch einmal Zeit für ein Treffen finden würde. *Es war so schön entspannt mit dir. Das würde ich gerne wiederholen.*

Gute Idee, antwortete Sarah.

Sie ging ins Bett und schreckte mitten in der Nacht hoch. Ihr Herz raste, sie schwitzte. Der Traum war intensiv gewesen – hitzig, erotisch, aufwühlend realistisch – und ließ sich nur mit großer Anstrengung abstreifen. Sie stand auf und holte sich ein Glas Wasser, das sie herunterstürzte. Dann durchströmte sie plötzlich ein anderer Gedanke – Südamerika. Eine Flucht nach Südamerika. Das passte. Abgesehen davon, dass ihr Vater wahrscheinlich gehofft hatte, seine Verfolger – aus welcher Ecke auch immer sie stammten – beim Wechseln des Kontinents erfolgreicher abschütteln zu können, erinnerte sie sich auf einmal mit frappierender Deutlichkeit an eine gemeinsame Reise mit ihren Eltern. Sie war vielleicht fünf Jahre alt gewesen – noch nicht schulpflichtig –, und sie waren damals eine halbe Ewigkeit unterwegs gewesen. So war es ihr vorgenommen – die große Amerikareise, einschließlich eines Trips nach Südamerika. Argentinien. Sie war sicher, dass es noch Fotomaterial dazu gab. Vielleicht hatte ihre Mutter die Bände im Keller verstaut, weil sie nicht mit den Erinnerungen konfrontiert werden wollte, doch Sarah war sicher, dass sie nicht im Müll gelandet waren.

Kathleen Bischoph gönnte sich den Absacker, den die Pirohl-Tochter leider verschmäht hatte, und blieb noch eine Weile sitzen, während sie das Gespräch in Gedanken sortierte. Hundertprozentig sicher war sie nicht, was die Rolle von Sarah Pirohl anging. Eine ungewöhnliche Kommissarin mit einem bemerkenswerten Werdegang, die sich nach ihrem beruflichen Absturz in Rostock vor einigen Jahren tatsächlich wie der berühmte Phönix aus der Asche erhoben und nicht mehr lockergelassen hatte. Sie schien völlig unberührt, was den Mord anging – immerhin war es ihr Vater gewesen, der hinterrücks getötet worden war. Dabei war sie ein durchaus emotionaler Typ Frau und Kommissarin, zugleich aufrichtig und engagiert, das spiegelte sich nicht nur in ihrer Ermittlungsarbeit wider.

Ein Vater, mit dem sie vor Jahren abgeschlossen hatte und dessen Missetaten viele Aktenmeter füllten, wandte Bischoph selbst ein. Dass er von Kameraden zur Strecke gebracht worden sein könnte, hatte seine Tochter wahrscheinlich nur im ersten Moment schockiert. Die Annahme, damit auch wieder ins Visier geraten zu sein, worauf einige Anzeichen hindeuteten, ließ Sarah Pirohl offenbar kalt – sie erweckte diesen Eindruck, oder sie spielte die Abgeklärte. Sie lebt schon lange mit dieser Gefahr, hielt sich Bischoph vor Augen. Irgendwann ebbt die Aufregung ab, man wird ruhiger, sachlich, wirft von Weitem in Verbindung mit der nötigen Anspannung einen scharfen Blick – anders konnte man nicht weitermachen. Oder man muss sich ein anderes Leben suchen. Und doch schien Sarah Pirohl an den Hintergründen durchaus interessiert – natürlich. Sie war zu sehr Polizistin, um nicht herausfinden zu wollen, wer hier die Fäden gesponnen hatte. Sonst wäre sie kaum gerade zu diesem Zeitpunkt nach Berlin gereist.

Kathleen Bischoph bezahlte und brach auf. Ihr Wagen stand in einer Querstraße. Sie griff nach ihrem Diensthandy und gab die Anweisung weiter, Sarah Pirohl im Blick zu behalten – Anlass: nach wie vor erhöhte Gefahrenlage. Damit ließ sich alles Mögliche begründen, und sie würden nicht nur mitkriegen, ob die Kommissarin gefährdet war, sondern womöglich doch selbst Teil der Bedrohung gewesen war. Bischoph hielt die Annahme für wenig überzeugend, aber ausschließen konnten und durften sie an der Stelle gar nichts.

Als sie in ihrer Wohnung in Schmargendorf eintraf, war es nach Mitternacht. Sie trat auf den Balkon und zündete sich eine Zigarette an. Bei diesem Fall hatte sich ein Missklang eingeschlichen, der von den meisten Beamten in welchen Dienststellen auch immer gar nicht wahrgenommen wurde – oder wahrgenommen werden sollte, sofern rein faktenbasierte Ermittlungen ohne sonderliche Tiefe angestrebt waren. Doch die Fakten machten hier nur einen Teil des Geschehens aus. Die Bühne war entscheidend, der Versuch, in die Irre zu leiten und mit greller Beleuchtung oder auch lautem Getöse für Ablenkung zu sorgen. Als Bischoph den Fall übernommen hatte, war klar gewesen, dass es um die Zwischentöne gehen sollte. Das hatte ihr Chef genauso gesagt, und Oliver Mahler neigte nicht zu vorschnellen Einschätzungen.

»Häng dich da mal rein. Wer weiß, was uns da sonst noch so alles um die Ohren fliegt«, hatte er gesagt.

Mahler war einer der Beamten, die bereits vor etlichen Jahren dafür plädiert hatten, endlich ein bundesweites Ressort zu schaffen, das ebenso übergreifend wie schnell agieren konnte und sowohl technisch als auch personell bestens ausgestattet war, um sowohl organisierten Verbrechern wie politisch motivierten Tätern mit großem Gefährdungspotential und weitverzweigten Verbindungen besser gewachsen zu sein – womöglich sogar im Vorfeld von Straftaten. Dagegen hatte es immer Einwände gegeben – es gäbe hinreichend Dezernate für derlei Aufgaben, gerade im Bereich des Staatsschutzes, und Zuständigkeiten müssten zudem neu geklärt und nachvollziehbar sein. Die Bedenkenträger aus den oberen Dienstetagen von BKA und BND hatten sich mit vielen Argumenten dagegen verwahrt. Natürlich, es ging ja auch immer um die eigenen Belange und Karrieren. Diese bürokratischen Engstirnigkeiten werden uns eines Tages das Genick brechen, hatte Mahler stets in kleinem Kreis betont, weil zu viel durchsickerte und langatmige Prozesse, in die viele Beamte eingriffen, nur einer Seite dienten – den intelligent agierenden Straftätern.

Aber nun hatte er ja sein Ressort – wenn auch in etwas bescheidenerem Umfang als gewünscht. Ein Team von Spezialisten, das in der Regel aus dem LKA oder BKA sowie dem Staatsschutz stammte und durch externe Berater ergänzt wurde. Es war mit einer entsprechenden Geheimhaltungsstufe ausgestattet und verfügte über einen erfreulich großen Entscheidungsradius. Mahler durfte Einsätze koordinieren, ohne sie bei drei übergeordneten Dienststellen offiziell absegnen lassen zu müssen. Auch die jeweilige Entscheidung, wen er für welche Aufgabe aus welchen Gründen einsetzte, musste er nicht rechtfertigen. Nun galt der kurze Dienstweg – und dazu war nur eines nötig: eine Gefährdungslage im besonderen Fall. Das Risiko in Verbindung mit dieser schlagkräftigen Freiheit lag auf der Hand: Ermittler und Beamtinnen könnten vorschnelle und eigenmächtige Entscheidungen treffen, Vorschriften umgehen und hinter der Deckung ihrer besonderen Befugnisse ihre eigene Suppe köcheln – geheim agierende Kollegen, die sich um keine Vorschrift scherten und auch ihren persönlichen Vorteil nutzten.

Dieses Risiko hat es allerdings schon immer gegeben und wird es immer geben, überlegte Bischoph nicht zum ersten Mal – in sämtlichen Dienststellen. Aber wir sind schneller, wir verhindern womöglich noch schlimmere Taten, indem wir Einblick in Hintergründe erhalten, die uns durch den üblichen langwierigen Dienstweg verwehrt geblieben wären. Ja, das klang ein bisschen nach dem berühmten Zweck, der die Mittel heiligte und billigend in Kauf nahm, dass sie auch mal schmutzig sein konnten. Rechtfertigungsversuche, die tiefere Zweifel ausräumen sollten. Gerade als Juristin nahm Kathleen Bischoph damit eine höchst gewagte Position ein, das war ihr bewusst. Letztlich ist immer alles eine Abwägungssache, hielt sie sich erneut vor Augen. Die Geheimdienste agierten auch auf diese Weise, und offiziell sollte und durfte niemand genauer wissen, was eigentlich los war. Wenn ein Anschlag abgewendet werden konnte, spielten die Nebengeräusche der Verhinderungstaktik nur noch eine Nebenrolle. Das Gleiche sollte bei grausamen Gewaltdelikten oder Betrug in ganz großem Stil mit millionenschwerem Schaden gelten – Stichwort: Organisierte Kriminalität.

Alles, was mit Bernd Pirohl zusammenhing, fiel unter die besondere Gefährdungslage – er hatte gemeinsam mit seiner Gruppe staatsgefährdende Taten vorbereitet, darüber hinaus Millionen hinterzogen und war in kriminelle Machenschaften jeglicher Colour verwickelt gewesen. Als erfolgreicher Wirtschaftsjurist mit großen

Blenderqualitäten war es ihm über Jahrzehnte gelungen, die Behörden zu täuschen. Geschäfte, die bereits von seinem Vater und der Kanzlei eingefädelt worden waren, hatte er mit seinem Team und den treuen Kameraden in brillanter Weise fortgesetzt – und mit Hilfe moderner Strategie ausgeweitet. Gescheitert war er lediglich, weil er seine Tochter und die ebenso engagierte wie akribische Arbeit ihres Teams unterschätzt hatte. Und das hatte ihn tief getroffen.

Dass dann ausgerechnet Bernd Pirohl die Möglichkeit erhalten hatte, einen Notausgang zu benutzen, war bemerkenswert. Ja – er hatte den Behörden hochbrisantes Belastungsmaterial geliefert, und doch dürfte es sich dabei höchstens um die Spitze des Eisberges gehandelt haben. Wie dünn diese Spitze gewesen war, zeigte sich jetzt: Seine Verbindungen waren immer noch so exzellent gewesen, dass er Pläne für Südamerika in die Tat umgesetzt hatte, ohne dass etwas nach außen gedrungen war, zumindest hatte von verantwortlicher Behördenseite niemand etwas geahnt. Und kurz vor dem Absprung war er nach Bornholm gereist und erschossen worden. Kathleen Bischoph schüttelte den Kopf. Was für eine Wendung! Hatte er erneut jemanden unterschätzt oder falsch eingeschätzt? So wie wir ihn unterschätzt haben? Das dürfte die wahrscheinlichste Erklärung sein. Sie ging in die Wohnung zurück.

Der Abschied von seiner Frau, ein letzter Blick auf die Tochter, die ihm so übel mitgespielt hatte, seine ärgste Feindin, wenn man so wollte. Warum nicht? Bischoph ließ die beiden Szenen einen Moment vor ihrem inneren Auge abspielen und auf sich wirken. Es war viel passiert in den vergangenen Jahren, und Menschen änderten sich im Gefängnis – vielleicht. Doch Sarah hatte diese Erklärung vehement bestritten, zumindest was sie persönlich anging. Und der Punkt wog schwer, das musste Bischoph zugeben. Immerhin hatte Sarah ihrem Vater den Boden unter den Füßen weggezogen und sich auch nicht beirren lassen, als er sie und ihren Freund bedroht hatte, seine Frau war stets im Hintergrund geblieben. Doch auch sie hatte zumindest in einem Fall Beweismaterial an die Behörden übergeben – das dürfte ihm klar gewesen sein. Verabschiedet man sich von diesen Verrätern aus der eigenen Familie? Noch dazu, wenn die Reise mit einem hohen Risiko verbunden war? Oder will man sie ein letztes Mal erschrecken, und das war jedes Risiko wert?

Der Aspekt rief sehr viel Irritation hervor, und hier schienen etliche Erklärungen möglich, die ohne weitere Hinweise jedoch kaum klar zugeordnet werden konnten. Bernd Pirohl war in jedem Fall ein überragender Taktiker gewesen, der es immer verstanden hatte, Leute in die Irre zu führen. Sie selbst war ihm vor etlichen Jahren bei einer Univeranstaltung über den Weg gelaufen. Er hatte einen Vortrag gehalten, und die Studentinnen und Studenten waren völlig hingerissen gewesen. Ein gutaussehender, hochintelligenter Mann, dem auf seinem Gebiet nur wenige gewachsen waren und dem der Erfolg wie ein eindringliches Parfüm anhaftete. Er hatte sie keines Blickes gewürdigt. Und nun gehöre ausgerechnet ich zu dem Team, das den Mord an dir untersucht, dachte Kathleen Bischoph, und ich zerpflücke nicht nur dein Lebenswerk, sondern durchdringe auch deinen kompletten Absturz. Ein schöner Zufall. Und wir werden die letzten Verräter und korrupten Mitläufer ausfindig machen.

Bevor sie ins Bett ging, setzte sie sich an ihren Laptop, loggte sich ein und schrieb eine interne Dienstanweisung: Wer immer in den Tagen vor und nach Pirohls Kurztrip auf Bornholm unterwegs gewesen war, musste erneut durchgecheckt werden. Die Prüfungen waren ausgesprochen gründlich gewesen, und falls der Täter sich im Windschatten solcher Maßnahmen zu bewegen verstand, dürfte er sich längst abgesetzt haben. Dennoch war nicht auszuschließen, dass er an irgendeiner Stelle einen Fehler gemacht hatte – ein winziges Versäumnis, eine unbedachte Äußerung, die erst in der wiederholten Analyse auffallen würden.

8

Sarah hatte sich am nächsten Morgen direkt nach dem Frühstück auf den Weg nach Potsdam gemacht und ihre Mutter von unterwegs angerufen. Sie reagierte verblüfft, als Sarah sie auf die Reise ansprach.

»Wie kommst du denn ausgerechnet jetzt darauf?«

»Schwer zu sagen, wenn ich ehrlich bin.«

»Würdest du es trotzdem versuchen?«

Sarah biss sich auf die Unterlippe. Es war klar, dass sie ihre Mutter nicht einweihen durfte, andererseits fielen ihr vielleicht noch andere Hinweise ein, die sie bislang beiseitegeschoben hatte und die noch bedeutsam werden könnten. Sie hielt an der nächsten Ampel. Ist das alles tatsächlich noch wichtig? Kann es mir nicht völlig egal sein, wer ihn erschossen hat, fuhr es Sarah zum wiederholten Mal durch den Kopf. Nein. Ein Mörder im Hintergrund war immer ein Risiko, und das galt für diesen Fall ganz besonders – sonst wären Spezialisten wie Bischoph und ihr Team kaum damit befasst.

»Lass uns darüber sprechen, wenn ich da bin«, erwiderte sie ausweichend.

»Gut, aber ich muss demnächst ins Studio. Viel Zeit haben wir nicht.«

Als Sarah eintraf, hatte ihre Mutter drei dicke Bildbände bereitgelegt, die Fotos der Amerika-Reise enthielten, und Sarah entschied sich dagegen, die Karten auf den Tisch zu legen, aber so nah wie möglich an der Wahrheit zu bleiben.

»Es wird immer noch und immer wieder ermittelt«, erklärte sie, während ihre Mutter ihr eine Tasse Kaffee einschenkte. »In viele Richtungen. Sie haben damals längst nicht alle Täter und Beteiligte gefasst, und noch immer gibt es Spuren und Indizien, die nicht abschließend zugeordnet werden konnten.« Sie zuckte betont gelassen die Schultern. »In einer Ermittlungsgruppe sind offenbar Hinweise aufgegriffen worden, die bislang keine Beachtung fanden.«

»Und dazu gehört auch eine Reise, die inzwischen sage und schreibe ... siebenundzwanzig Jahre zurückliegt?« Die Stimme ihrer Mutter klang perplex. »Wirklich?«

Sarah nickte langsam und zog einen der Bände heran. Ihre Mutter hatte das Fotobuch liebevoll ausgestaltet – Flugtickets und Restaurant- sowie Hotelrechnungen eingeklebt und Reisedaten mit ihrer sauberen Handschrift akribisch eingetragen. Ergänzt wurden die Fotos zudem durch tagebuchartige Bemerkungen und kleine Zeichnungen.

»Das war ein großartiges Erlebnis«, sagte sie leise. »Wir waren zwei Monate unterwegs und haben viele Menschen kennengelernt.«

»Kannst du dich genauer an Argentinien erinnern?«

»Ja, natürlich. Wir waren dort an einem Ort, in dem viele Deutsche leben.« Sarahs Mutter blätterte im dritten Band. »Bariloche«, fügte sie hinzu. »Die Stadt liegt in einem Tal der südlichen Anden. Traumhaft schön ist es dort.«

Ein schon immer beliebtes Versteck für deutsche Nazis, dachte Sarah, während sie die Urlaubsfotos betrachtete – sie selbst als kleines Kind, ihre Eltern mit jungen und glatten, meist gut gelaunten Gesichtern, dazu ein grandioses Landschaftspanorama und unzählige Aufnahmen, die an den üblichen Touristenorten entstanden waren.

»Habt Ihr Freundschaften geschlossen, die über die Reise hinaus Bestand hatten?«

Ihre Mutter überlegte einen Moment. »Dein Vater hatte anschließend mit zwei, drei Leuten Briefkontakt, soweit ich mich erinnere.«

»Weißt du dazu Genaueres?«

»Nein – das ist ewig her … Es ging, glaube ich, auch um Berufliches.«

Sarah kniff die Augen zusammen.

»Unikram. Ich glaube, er hat mal jemandem einen Job vermittelt …« Sie hob die Hände. »Dein Vater hat ja auch an der juristischen Fakultät unterrichtet – zumindest zeitweise.« Sie hob den Blick. »Aber das ist wirklich lange her, und über berufliche Themen hat er mit mir nur selten gesprochen.« Sie zuckte mit den Achseln und blickte auf die Uhr. »Ich muss jetzt erst mal los. Bleib doch einfach noch und sieh dir alles in Ruhe an.«

Sarah nickte. »Ja, danke.« Sie öffnete den dritten Band, während ihre Mutter sich auf den Weg machte. Alles wie gehabt – großartige Landschaftskulissen, eine Reiseroute quer durchs Land. Einige Gesichter tauchten nun wiederholt auf – Reisebegleiter, Tourguides. Sarah notierte sich Orte und Namen, soweit aufgelistet, und scannte Dutzende von Bildern. Ob sie das in irgendeiner Weise weiterbringen würde, war mehr als fraglich. Anschließend stellte sie die Bände zurück ins Regal und nahm sich einen weiteren Kaffee. Ihr Blick schweifte über die Einbände der Alben, deren Farben inzwischen verblasst waren. Sie überlegte einen Moment, dann griff sie zum Handy und rief ihre Mutter an. »Weißt du, ob er später auch mal alleine nach Argentinien gereist ist?«

»Nein, dazu kann ich nichts sagen.«

»Hätte er eine solche Reise vor dir verheimlichen können?«

»Warum hätte er das tun sollen?«

Damit niemand etwas davon mitbekommt, dachte Sarah, verkniff sich jedoch die Antwort.

»Gut, ich ziehe die Frage zurück«, erklärte ihre Mutter nach kurzer Pause. »Ja, er war häufiger auch für längere Zeit alleine unterwegs, ohne dass ich genauer wusste, wo er war. Ich könnte eine längere Reise nach Argentinien wohl kaum ausschließen.«

»Gibt es noch einen alten Reisepass?«

»Nein. Die Staatsanwaltschaft hat sämtliche Dokumente an sich genommen.«

Er müsste ein Visum beantragt haben, überlegte Sarah. Es sei denn …

»Man kann sich drei Monate in Argentinien aufhalten – ohne ein Visum zu benötigen«, unterbrach ihre Mutter die Überlegung. »Das weiß ich noch. Es hat vieles vereinfacht.«

»Verstehe. Danke.«

Sarah wollte sich eben verabschieden, als ihre Mutter noch einmal das Wort ergriff. »Warte, da ist noch was. Vielleicht sollte ich dir doch davon erzählen.« Ihre Stimme klang plötzlich gedrängt. »Ich dachte erst, dass es … Egal jetzt, es gab nach langer Zeit mal wieder einen anonymen Anruf. Das war in der Nacht nach deinem Besuch, und es war etwas seltsam.«

Sarahs Augen weiteten sich. »Warum hast du mich nicht sofort informiert?«

»Es schien mir nicht mehr so wichtig. Am Anfang erreichten mich häufiger solche Anrufe. Ich habe mich irgendwann daran gewöhnt und nicht mehr viel darauf gegeben. Und inzwischen geschah es ja kaum noch. Die Leute sind mit anderen Themen befasst.«

»Und was hat der Anrufer gesagt, dass dir seltsam vorkam?«

»Dass er diesen Tod verdient hat.«

Sarah stutzte. »Diesen Tod?«

»Ein Schuss mitten ins Herz. Das wäre gerecht. Verstehst du, was das bedeutet?«

Allerdings. Sarah ließ das Handy kurz sinken, dann hob sie es wieder ans Ohr. »Und weiter?«, fragte sie leise. »Versuch dich bitte so genau wie möglich zu erinnern.«

»Er hat mich als perfekte Schauspielerin bezeichnet, als ich ihn darauf hinwies, dass Bernd bereits vor längerer Zeit bei einer Not-OP gestorben sei. Dann hat er aufgelegt.«

Sarah starrte ins Leere. »Wir müssen den Anruf zurückfolgen«, sagte sie schließlich. »Wo ist er eingegangen?«

»Aber warum? Das ist doch alles Blödsinn ...«

»Kein Blödsinn, Mama. Alles, nur kein Blödsinn.«

Stille.

»Der Anruf kam vom Festnetz.«

»Verstellte Stimme?«

»Ja.«

Ihre Mutter räusperte sich. »Dann stimmt es also? Und er war wirklich hier?«

»Ich darf nicht darüber sprechen.«

»Wieder einmal nicht.«

»Ich kann es nicht ändern.«

»Aber ...«

»Bernd war im Zeugenschutzprogramm, nachdem er eine umfassende Aussage gemacht hat!«, fiel Sarah ihr schnell ins Wort. »Diese Freiheit hat ihm offenbar nicht gereicht. Er hat sein eigenes Süppchen gekocht, und das ist ihm nicht bekommen.«

Sarah hörte das angestrengte Atmen ihrer Mutter. »Du darfst mit niemandem auch nur ein Wort darüber sprechen«, schob sie in beschwörendem Ton hinterher.

»Nein, natürlich nicht. Aber ... Warum bezeichnet der Anrufer mich als Schauspielerin? Was soll das?«

»Für mich klingt es so, als ginge er davon aus, dass du Bescheid wusstest.«

»Worüber genau?«

»Dass es keine Not-OP, sondern ein Weiterleben im Zeugenschutzprogramm gab.«

»Dann ist der Anrufer der Mörder?«

»Keine Ahnung.«

»Woher sonst könnte er das so genau wissen?«

»Da ist was dran, aber die Geschichte hat wahrscheinlich Kreise gezogen.«

Erneut trat eine Pause ein. »Ich bin jetzt am Studio«, fügte ihre Mutter schließlich hinzu. Das klang hilflos und beiläufig zugleich.

»Okay. Wir reden später noch mal. Ich brauche dein Passwort für die Telefonanlage.«

»Findest du in den Unterlagen im Technikordner.«

Sarah ließ das Handy sinken. Einen Augenblick war sie völlig perplex. Dann informierte sie kurzerhand Kathleen Bischoph. Sarah war sicher, dass bei der Rückverfolgung nichts herauskommen würde – der Anrufer dürfte äußerst geschickt vorgegangen sein und mehrere Haken geschlagen haben, um keine Rückschlüsse zuzulassen.

Der Täter kommt aus den Reihen der Polizei, fuhr es Sarah später auf der Rückfahrt nach Tempelhof durch den Kopf. Jemand aus dem internen Kreis der Beamten, die vom Zeugenschutzprogramm wussten. Der Täter hat sich einen Deal mit ihrem Vater versprochen. Als er mitbekam, dass Bernd Pirohl längst andere, eigene Pläne geschmiedet hatte, bedeutete das sein Todesurteil.

Sarah schob den Gedanken eine Weile hin und her und schüttelte dann den Kopf. Hätte ein Täter aus dem Umfeld keine unauffälligere Variante gewählt? Ein Interner wusste sehr genau, dass ein Mord gerade in diesem Fall Spezialisten auf den Plan rufen würde und eingehende Überprüfungen die unmittelbare Folge wären. Fühlte er sich womöglich sicher und hatte die Lage falsch eingeschätzt? Nicht auszuschließen, doch was sollte dann der Anruf bei der Witwe? Unruhe um jeden Preis stiften? Eine falsche Fährte legen. Das passte nicht. Der Anrufer ging offenbar davon aus, dass ihre Mutter von dem Deal mit den Behörden gewusst oder sogar unter einer Decke mit ihm gesteckt hatte. Andererseits mussten Anrufer und Mörder nicht unbedingt eine Person sein. Das jedoch bedeutete, dass sich der Fall längst ausgeweitet und viele Facetten hatte.

Sarah parkte in einer Nebenstraße vom Tempelhofer Feld und beobachtete einen Moment den Verkehr im Rückspiegel. Ein Wagen, der ihr bereits auf der Hinfahrt aufgefallen war, fuhr langsam an ihr vorbei und bog auf den T-Damm ab. Sarah war sicher, dass man sie im Blick behielt. Sie stieg aus, wechselte die Straßenseite und betrat einen türkischen Supermarkt. Sie holte sich einen Einkaufswagen und spähte durch das Fenster auf die Straße. Der Fahrer des Wagens – ein junger blonder Typ mit Dreitagebart und einem engsitzenden Shirt, das seinen muskulösen Bauch betonte – betrat wenige Minuten später den Laden. Er pfiff leise, kaufte Brot und Oliven und etwas Gemüse, während er sich immer wieder umsah. Sarah war sicher, dass der Mann sie observierte und sich keine besondere Mühe gab, seinen Job unauffällig zu erledigen. Es war nur die Frage, welche Dienststelle ihn geschickt hatte.

Sarah kaufte in aller Ruhe ein, verstaute die Lebensmittel in ihrem Rucksack und wartete draußen, bis der Sixpack-Typ ebenfalls seine Einkäufe eingetütet hatte und das Geschäft verließ. Dann schlenderte sie vor ihm zu seinem Wagen, drehte sich um und sah ihm entgegen. Sie konnte sich ein Lächeln nicht verkneifen, als er beim Überqueren der Straße kurz zögerte und sie irritiert ansah. Sie hielt seinen Blick fest. Er kam langsam näher. »Wie genau lautet Ihr Auftrag?«

Er seufzte. »Die Chefin meint, es kann nicht schaden …«

»Ich nehme an, Sie sprechen von Kathleen Bischoph?«

Er nickte. »Wir können nicht ausschließen, dass Sie auch in Gefahr sind. Sie sollten froh sein, dass wir uns kümmern.«

»Ja, ich bin sogar wahnsinnig froh. Ich kann mir kaum etwas Schöneres vorstellen als ständige Begleitung, noch dazu so unauffällig.« Das klang betont ironisch. »Wo ich gerade wohne, wissen Sie wohl auch. Ich werde mir jetzt etwas zu essen machen und eine Pause einlegen. Nur damit Sie schon mal Bescheid wissen.«

Sie schulterte ihren Rucksack, nickte ihm zu und überquerte erneut die Straße, während sie die Blicke des jungen Beamten im Rücken spürte. Sie wusste, dass ihr Verhalten unfair war. Der Typ machte seinen Job, und Bischoph wollte kein Risiko eingehen. Ihr Hintergrundwissen dürfte groß genug sein, um die Lage realistisch einzuschätzen. Und doch ging es nicht allein darum. Ein letzter leiser Verdacht gegen sie dürfte immer noch bestehen, und davon abgesehen traute Bischoph ihr höchstwahrscheinlich eigenmächtige Nachforschungen zu.

Sarah aß Pide und Salat und lud während des Essens die Fotos auf einen Stick. Ohne Zugang zu einer Datenbank würde sie an der Stelle keinen Schritt weiterkommen. Die Bilder waren mehr als ein Vierteljahrhundert alt und zudem am anderen Ende des Kontinents entstanden. Hannah würde sich nach wie vor nicht erweichen lassen, sie zu unterstützen, da war Sarah sicher. Aber vielleicht ließ sich Lone Geising überreden. Die LKA-Recherchefrau im Berliner Team hatte bei mehreren gemeinsamen Fällen in den letzten Jahren bewiesen, dass sie genügend Schlupflöcher zu nutzen verstand, wenn es darum ging, verdeckte Recherchen anzustellen. Der Gedanke schien Sarah auch eine Stunde später noch sinnvoll. Gleichzeitig war ihr klar, dass eine Kontaktaufnahme so unauffällig wie möglich erfolgen musste. Und warum informierte sie nicht einfach Bischoph und händigte ihr die Fotos aus? Die ressortübergreifende Spezialermittlerin hatte alle Möglichkeiten, schnell zu agieren, ohne auf Beschlüsse warten zu müssen.

Noch sind diese alten Bilder Privatsache, überlegte Sarah – Urlaubsfotos, die auch ihrer Mutter etwas bedeuteten. Bischoph konnte aktiv werden, sobald sich tatsächlich ein relevanter Hinweis ableiten ließ. Die Begründung klang überzeugend, aber sie war nicht der einzige Grund, wie Sarah längst klar war. Sie wollte höchstpersönlich in Erfahrung bringen, wer hier ein falsches Spiel trieb, und zwar vollständig, ohne Lücken in den Ermittlungsergebnissen, die eine Spezialermittlerin Sarah gegenüber unter Umständen für nötig hielt – aus welchen Gründen auch immer.

Sie kopierte die Fotos sowie – nach kurzem Zögern – auch die Dateien vom Laptop ihres Vaters auf einen Stick und verließ zwei Stunden später das Apartment über den Kellerausgang auf der rückwärtigen Seite. Der Wagen ihres Beobachters war nicht zu sehen. Sie lief über das Tempelhofer Feld in Richtung Mehringdamm und griff auf halber Strecke nach ihrem Handy. Lones Telefonnummer befand sich immer noch unter ihren beruflichen Kontakten. Aber war es schlau, sie direkt anzurufen? War ihr Smartphone womöglich längst angezapft? Das klang ein wenig übertrieben, möglicherweise sogar etwas paranoid, dennoch konnte es nicht schaden, an dieser Stelle besonders vorsichtig zu sein. Auf Höhe der Manfred-von-Richthofen-Straße entdeckte sie ein öffentliches Telefon.

Lone nahm nach dem dritten Klingeln ab und meldete sich mit ihrer üblichen Dienststimme – sachlich, etwas spröde, höchstens halblaut, den Blick hatte sie garantiert auf mindestens einen Monitor gerichtet. »LKA, Recherche. Lone Geising.«

»Hallo, Lone, ich bin es, Sarah.«

»Bornholm-Sarah«, erwiderte Lone ohne Zögern.

»Genau die. Ich brauche deine Hilfe.«

Kurze Pause.

»Wahrscheinlich hat Hannah dich vorgewarnt.«

Keine Antwort.

»Mein Anliegen dürfte dir trotzdem gefallen«, fuhr Sarah fort.

»Es geht um Fotos, die älter als ein Vierteljahrhundert sind und aus mehreren Privatalben meiner Eltern stammen. Ich wette, du könntest zumindest einige Leute identifizieren und hättest sogar noch Spaß an der Aufgabe. Ist ein bisschen knifflig, also genau dein Ding.« Übertreib es nicht mit der Lobhudelei, ermahnte Sarah sich stumm. »Hinzu kommen Dateien, die ich von einem Laptop sicherstellen konnte, der meinem Vater gehörte.«

»Und weiter?«, fragte Lone schließlich.

»Na ja, es sollte niemand mitkriegen, dass wir an der Stelle nachhaken, zumindest vorerst.«

»Warum nicht?«

»Ich will zuerst wissen, woran ich bin.«

»Verstehe.«

Wieder trat eine Pause ein.

»Gibt es das alte Archiv noch?«, fragte Sarah in leisem Ton.

»Natürlich.«

Vor einiger Zeit hatte sich Lone in einem abgelegenen Keller des alten LKA-Gebäudes einen zusätzlichen Raum eingerichtet, von dem nur einige wenige Vertraute wussten und den sie ausschließlich für verdeckte Nachforschungen oder auch als kühlen und einsamen Rückzugsort nutzte, um in aller Ruhe arbeiten zu können, wenn es bei einer Ermittlung wieder einmal besonders hektisch zuging.

Lone räusperte sich. »Ich habe da nachher ganz zufällig etwas zu erledigen.«

»Verstehe.« Sarah atmete tief durch. »Bis später.«

Sie legte auf und lief den Mehringdamm hinunter. An einer Eisdiele standen die Leute Schlange. Sie stellte sich hinten an und sah sich verstohlen um. Kein Verfolger – soweit sie es mitbekam. Womöglich überschätzte sie ihre Fähigkeiten, Beschatter zu erkennen, und wo einer sich auffällig verhielt, konnte sich ein zweiter gut verstecken. So wichtig bin ich nun auch wieder nicht, dachte sie. Nach gut zehn Minuten war sie an der Reihe. Sie bestellte zwei Kugeln und schlenderte den Mehringdamm wieder hoch, während sie ihr Eis und das bunte Treiben in Kreuzberg genoss – das Geschiebe und Gedränge an einer Baustelle, Leute auf E-Rollern und schnellen Fahrrädern, lautes Gehupe. Sie wechselte die Straßenseite und ging hinunter in die U-Bahn, um sie auf der anderen Seite wieder zu verlassen. Anschließend schlug sie einen Haken über eine Nebenstraße und beschleunigte ihre Schritte.

Der Eingang zum Archiv lag an der rückwärtigen Seite des Gebäudes. Der Abgang zur Kellertür war verdreckt und zugemüllt. Kein Mensch käme auf die Idee, dass sich dahinter der Zugang zu einem gut funktionierenden Büro verbarg, wo Lone sich inmitten aussortierter Akten, abgelegtem Büromaterial aus zwei Jahrhunderten, Rechnern und dickbäuchigen Monitoren aus den Achtzigern in schmutzig mattem Grau ein zusätzliches Büro eingerichtet hatte.

Sarah schlüpfte durch die Tür und lief den langen düsteren Gang entlang. Nach zweimaligem Abbiegen stand sie vor der Tür mit der Aufschrift »Altes Archiv«. Sie klopfte zweimal, und einen Augenblick später öffnete Lone. Sie nickte ihr beiläufig zu und schloss hinter ihr ab. Es duftete nach Tee, zwei Monitore liefen sich gerade warm, ein Smartphone vibrierte, doch Lone reagierte nicht darauf.

»Setz dich doch«, sagte sie und wies auf einen alten Sessel mit unbestimmbarer Farbe, während sie selbst hinter ihrem Schreibtisch verschwand – einem wurmstichigen Ungetüm, auf dem einst garantiert mechanische Schreibmaschinen gestanden hatten.

»Danke, dass du zumindest ein offenes Ohr für mich hast«, sagte Sarah.

Lone nickte beiläufig. »Mein Job ist gerade etwas öde. Jede Abwechslung ist willkommen. Und unsere Zusammenarbeit hat sich ja bewährt.«

Sarah lächelte. Das war Lones zurückhaltende Art zu sagen, dass sie gespannt auf eine knifflige Herausforderung war und zudem gerne half.

»Und natürlich hat Hannah dich erwähnt«, fügte Lone hinzu. Wer sie nicht kannte, hätte kaum bemerkt, dass der Hauch eines zarten Lächelns über ihr Gesicht flog. »Ich weiß also so ungefähr, worum es geht, aber ich kenne die Einzelheiten natürlich nicht. Ein Update kann wohl nicht schaden.«

»Okay.« Sarah reichte ihr den Stick und setzte Lone umfassend ins Bild.

Die Kollegin hörte konzentriert zu, stellte hier und da knappe Zwischenfragen zum Geschehen auf Bornholm und den gesicherten Erkenntnissen bezüglich der Flucht in Richtung Südamerika, rief schließlich die Fotos auf den Bildschirm und ließ sie in einer Diashow durchlaufen. »Und du denkst, es könnte einen Zusammenhang geben zwischen dieser Reise mit deinen Eltern vor so langer Zeit und den Plänen deines Vaters nach seinem Untertauchen?«

Sarah nickte. »Ich weiß, das klingt äußerst vage, aber es ist zumindest ein Anhaltspunkt. Unter Umständen ist er nicht auf den ersten Blick zu erkennen und auch nicht auf den zweiten, weil so viel Zeit dazwischen liegt. Andererseits wissen wir vielleicht nur noch nicht, dass es über all die Jahre Kontakte gab. Das Stichwort Südamerika ist jedenfalls gefallen, und ich denke, mein Vater dürfte nicht von ungefähr auf Argentinien gekommen sein. Die verschlüsselten Daten von seinem Laptop sagen dir vielleicht auch mehr als mir. Ich kann dazu bislang nur schlussfolgern, dass es mal wieder um viel Geld geht, das über zig Kanäle umgeschleust wird, illegale Geschäfte – womöglich die Finanzierung von kriminellen Taten im rechtsextremen Spektrum, aber nicht nur dort. Vielleicht wollte mein Vater sich mit diesen Kenntnissen und Kontakten auch lediglich seine neue Freiheit erkaufen. Zu diesen Details dürften Spezialisten bald mehr herausfinden, aber das dauert natürlich, und außerdem werden die

Rechercheergebnisse nicht mit offiziellen Stellen geteilt. Wie auch immer – ich möchte wissen, was hinter dem Mord steckt, bevor ich diese unsägliche Familiengeschichte zu den Akten lege, und zwar endgültig. Es lässt mir einfach keine Ruhe«, betonte sie.

Lone nickte.

»Sag mal, kennst du die Kollegin Kathleen Bischoph aus dem Spezialressort näher?«, schob Sarah hinterher.

»Nur vom Hörensagen. Die machen komplett ihr eigenes Ding – und beschäftigen sich mit den Fällen, für die niemand so gerne den Kopf hinhält.«

»Sie ist Juristin.« Und ziemlich attraktiv, fügte Sarah stumm hinzu. »Wir sind uns vor Jahren an der Uni einmal über den Weg gelaufen.«

Lone zuckte mit den Achseln. »Auch in Berlin läuft man sich früher oder später über den Weg.« Sie blickte wieder auf den Monitor. »Ich schlage vor, ich lasse die Fotos zuerst durch meine Gesichtserkennung laufen, rufe für den Namensabgleich auch die alten Ermittlungsakten auf, soweit ich eine Möglichkeit finde, da unbemerkt heranzukommen …«

»Daran zweifle ich keinen Moment.«

»Und sehe mir die Dateien vom Laptop dann genauer an«, fuhr Lone unbeirrt fort. »Und danach sehen wir weiter.«

Sarah lächelte. »Das hatte ich gehofft zu hören. Es klingt großartig. Ich danke dir.«

»Vielleicht kommt nichts dabei heraus.«

»Dann hätte ich dich umsonst bemüht.«

Lone winkte ab. »Wie gesagt – im Moment fühle ich mich etwas unterfordert.« Ihr Gesichtsausdruck war schwer zu deuten.

Wenig später machte Sarah sich auf dem Rückweg. In der Straße vor dem Apartmenthaus war der Wagen ihres Bewachers – oder auch Beschützers – nicht mehr zu sehen.

9

Frederik hatte unruhig geschlafen und war früh aufgestanden. Er besorgte sich ein kleines Frühstück in der Nähe des Motels und fuhr zum Ontariosee. In aller Frühe war es noch angenehm still und friedlich. Er setzte sich auf eine Bank und ließ einen Moment den Blick schweifen. Seine Anspannung wollte nicht weichen.

Krølles letzte ausführliche Nachricht – das ganze Thema – ließ sich nicht einfach abstreifen oder gar ignorieren, egal, wie viel Mühe er sich gab und wie sehr er sich einzureden versuchte, dass ihn all das seit Jahren nichts mehr anging. Was interessierte ihn noch der Tod dieses Nazis, wie auch immer er gestorben war? Die Sorge um Sarah? Ja, das auch, andererseits wusste sie sich zu helfen, das hatte sie immer wieder bewiesen, und sie hatte sich darüber hinaus klar positioniert, was Frederiks Entscheidung anging, einen anderen Weg zu gehen.

Aber es war ein anderer Punkt, der an ihm nagte: Pirohl war es trotz jahrelanger Nachforschungen und Recherchen von Behörden und Dienststellen, zig Ermittlern, taffen Kommissarinnen, Hackern und Expertenteams offenbar gelungen, einen Teil seiner Umtriebe vor allen geheim zu halten. Und als es richtig eng geworden war, hatte er mit seinem Hintergrundwissen gepokert und gewonnen – weil die Staatsanwaltschaft froh war, weiteres betörend stichhaltiges Beweismaterial frei Haus geliefert zu bekommen. Mit einem letzten spektakulären Deal hatte Pirohl schließlich versucht, seinen persönlichen Absprung zu kreieren. Und beinahe wäre ihm das auch gelungen. So gesehen hatte er letztlich seinen Tod mit sehr viel Aufwand lediglich um ein paar Jahre verschoben. Nicht mehr, aber auch nicht weniger.

Südamerika – womöglich Argentinien. Das war nachvollziehbar. Schmutziges Geld, eine involvierte Sicherheitsfirma mit fragwürdigem Hintergrund. Passte ebenfalls und war wenig überraschend. Zwei Typen waren bei einer Übergabe mit brisantem Datenmaterial geschnappt worden – bemerkenswerterweise auch mit Unterstützung von Krølle –, und nun konnte das gesamte Projekt endgültig durchleuchtet und abgewickelt werden. Tatsächlich? Vielleicht entdeckten die Ermittler eine Spur, die zum Mörder von Pirohl führte. Oder auch nicht. Doch die dunklen Umtriebe und Aktivitäten all der Leute, die im Zusammenhang mit der Sicherheitsfirma in Argentinien und wo auch immer auf der Welt weiter ihre Geschäfte abwickelten, ihre Ziele womöglich neu definierten oder lediglich mit anderen Tarnungen versahen, dürften höchstens am Rande beeinträchtigt werden.

Frederik trank einen Schluck Kaffee. Argentinien. Das Schlaraffenland für Nazis. Jemand hatte Pirohl kurz vor seinem Aufbruch gestellt und getötet. Und natürlich wäre es wichtig, zu erfahren, ob es sich um einen ehemaligen Mitstreiter handelte, der aus Vergeltung aktiv geworden war – oder um einen Rächer aus anderen Zusammenhängen. Dem müsste man dann glatt gratulieren, dachte Frederik ungerührt. Er schob sich den letzten Bissen seines Sandwichs in den Mund, leerte seinen Becher und stand auf, um sich auf den Rückweg ins Motel zu machen.

Es konnte nicht schaden, genauer nachzuforschen. Das war eine behutsame Umschreibung für die Tatsache, dass er sich längst entschieden hatte, trotz aller Bedenken, in diesem Fall doch noch einmal in die Tiefe zu gehen. Mit Krølles Informationen und Schlussfolgerungen ließ sich schon einiges anfangen – und womöglich würde er an der Stelle bald noch mehr erfahren. Sein alter Freund

Marvin, der in Berlin als Anwalt arbeitete, stand als phantasievoller Hacker leider nicht mehr zur Verfügung. Doch Frederik hatte auf seiner Skandinavienreise inzwischen eine würdige Nachfolgerin kennengelernt, eine gebürtige Berlinerin – soweit ihre Angaben zutrafen –, die bei Recherchen zu Wirtschaftsbetrug tätig wurde und sich im Umfeld politischer Aktionen gegen rechts sowie im Klimaschutz engagierte. Im Netz nannte sie sich Piratica, was zugegebenermaßen etwas melodramatisch und platt klang, aber wen das störte, der sollte sich jemand anderen suchen – so ihre Worte, als sie bei einem Treffen mit Recherchespezialisten in Norwegen ins Gespräch gekommen waren. Abseits der digitalen Welt nannte sie sich Nelly. Ob das allerdings ihr echter Name war, durfte bezweifelt werden, was aber auch keine Rolle spielte, und wo sie lebte, wusste niemand.

Nelly war äußerlich das genaue Gegenteil vom Bild eines Hackernerds, das gerne immer mal wieder heraufbeschworen wurde und häufig auch zutraf. Nelly war schätzungsweise um die fünfzig, klein und von kompakter Statur; sie hatte zauberhaft schiefe Zähne und Sommersprossen und trug unauffällige Klamotten mit einer Note ins Schlampige. Sie könnte als Putzfrau, Verkäuferin oder Pflegerin durchgehen oder auch als Angestellte in einem Callcenter. Seltsamerweise kam Frederik irgendetwas an ihr bekannt vor – sie lächelte auf eine Art, die eine Erinnerung in ihm auslöste, die er nicht zuordnen konnte. Vielleicht sind wir uns doch schon einmal begegnet, hatte er gedacht. Nelly konnte sich in vier Fremdsprachen verständigen, wenn es sein musste; sie liebte Marzipankugeln und Vanilleeis und hielt sich eine Ratte als Haustier – wie die frühen Punker in Deutschland.

»Ratten wirken anfangs auf viele Menschen nicht sonderlich adrett, aber das entspringt einem Vorurteil«, hatte sie bereitwillig erläutert. »Sie sind hochintelligent sowie äußerst anhänglich und loyal, was man von sehr vielen Menschen nicht behaupten kann, schon gar nicht in dieser Kombination«, hatte sie breit lächelnd hinzugefügt. »Wusstest du, dass es Ratten gibt, die als Minenaufspürer tätig sind?«

»Ich habe mal was davon gehört«, hatte Frederik vage geantwortet und entgeistert auf Nellys Schulter gestarrt, wo plötzlich ein feines Näschen und spitze Ohren aus dem Kragen ihrer Jacke lugten.

»Spürratten arbeiten schneller und präziser als Metalldetektoren und sind so leicht, dass die Minen nicht detonieren. Die berühmteste hieß Magawa, ist mit einem Orden ausgezeichnet worden und leider inzwischen tot. Sie war fünf Jahre in Kambodscha im Einsatz, wo sie über hundert Landminen und andere Sprengstoffe gefunden hat. Derzeit helfen übrigens weltweit knapp hundert sogenannte HeroRATs dabei, Sprengkörper zu finden, bevor sie Menschen verletzen oder töten.«

»Das klingt spannend.«

»O ja. Magawa hat dazu beigetragen, zigtausend Quadratmeter Land wieder zugänglich zu machen. Kambodscha zählt noch immer zu den am stärksten verminten Ländern der Welt – ein Ergebnis der jahrzehntelangen Schreckensherrschaft der Roten Khmer. Magawa hat übrigens 2020 als erste Ratte überhaupt den höchsten britischen Tierorden erhalten.«

»Ich bin beeindruckt.«

»Sieht man dir an. Ich finde übrigens, dass eine Ratte zu mir passt. Noch dazu mit diesem Job.«

»Nun …«

»Ich habe mir erlaubt, sie nach der Minensuch-Heldin zu benennen.«

»Das ist nachvollziehbar.«

Nelly hatte schallend gelacht. »Du gibst dir Mühe, das erkenne ich an.«

Wenn Nelly für jemanden in größerem Umfang aktiv wurde oder sich kurzfristig einer neuen Gruppe anschloss, suchte sie nach Möglichkeit zunächst die persönliche Begegnung, auch wenn Treffen immer ein Risiko bedeuteten. Aber sie brauchte den direkten Blickkontakt, ein Lachen, die echte Stimme, bevor sie zu Leuten ins Boot stieg, mit denen sie etwas Größeres ausheckte – so hatte sie es beschrieben. Und erst wenn für sie eine gemeinsame Basis erkennbar war, ließ sie sich auf eine Mitarbeit ein. Sympathie konnte eine Rolle spielen, war aber nicht allein ausschlaggebend, wenn das Projekt das richtige war. Frederik hielt es für denkbar, dass ihre Ratte bei der Entscheidung ein Wörtchen mitzureden hatte. Vielleicht erkannte Nellys Magawa menschliche Minen. Interessante Vorstellung.

Frederik hatte darüber hinaus in Erfahrung gebracht, dass Nelly in Deutschland für einen Hackerangriff auf eine Partei verantwortlich war und für einigen Wirbel gesorgt hatte, als sie Verbindungen zu Geschäftsleuten ins Netz stellte, dazu Protokolle, die rassistische Statements enthielten, Spendenbelege und einiges mehr. Ähnliches war ihr bei einer Bauträgergesellschaft gelungen, die mit schillernden Verbindungen europa- und weltweit agierte und nebenbei auf phantasievolle Weise schmutziges Geld wusch. Inzwischen war im Darknet ein Kopfgeld auf sie ausgesetzt. Aber niemand suchte nach der Frau, die Frederik kennengelernt hatte. Nelly hatte für ein eigenes Fakeprofil gesorgt und beobachtete voller Vergnügen, dass nach einem zirka fünfundzwanzig- bis dreißigjährigen Deutschen mit iranischen Wurzeln gesucht wurde. »Ein bildschöner Mann«, hatte sie im Gespräch hinzugefügt und Frederik das Profilbild eines in der Tat attraktiven Typen gezeigt. »So wollte ich schon immer mal aussehen.« Erneut hatte sie schallend gelacht.

Soweit Frederik wusste, benutzte Nelly seit Jahren unterschiedliche Identitäten, die sogar einer intensiveren Überprüfung standhielten und ihr stets ein rasches Untertauchen ermöglichten.

Sie ist die Richtige, dachte er, als er schließlich ins Motel zurückkehrte. Er klappte seinen Laptop auf und loggte sich in den Chat mit Krølle ein. In Deutschland war es mitten in der Nacht. Krølle war ein Nachtmensch, und vielleicht antwortete er umgehend. *Ich brauche mehr Infos zu der ganzen Sache. Sämtliche Details, wenn möglich.*

Krølle meldete sich tatsächlich wenig später. *Woher das plötzliche Interesse?*

Ich denke, ich möchte es doch ganz genau wissen.

Gib es zu, du willst Pirohls Mörder gratulieren.

Möglich – sofern er nicht nur ein Kumpel von ihm ist, der absahnen will.

Schon klar. Ich schick dir eine verschlüsselte Datei, aber sei bloß vorsichtig. Hier sind viele Stellen involviert – auch von Polizeiseite.

Immer.

Während Frederik auf Krølles Informationen wartete, packte er seine Sachen. Ein zärtliches Pling ertönte. Frederik sicherte die Datei auf einem Stick und vertiefte sich in den Bericht und die Belege. Zwei Stunden später schickte er Nelly eine Nachricht und checkte aus. Als er in den Wagen stieg und sich auf den Weg zum Flughafen machte, schlug sein Herz gleichmäßig und kraftvoll.

Ich bin an einer heißen Sache dran. Stichwort: Pirohl. Nicht zum ersten Mal, wie du ja weißt. Kannst du mir helfen?

Nelly nahm sich einen Augenblick Zeit, die Nachricht zu verdauen. Wie sie darauf reagieren sollte, war ihr im Moment schleierhaft. Frederik, dieser junge, engagierte Journalist, über den sie so viel mehr wusste, als er auch nur im Ansatz ahnte, wollte tatsächlich an Pirohl dranbleiben – genauer gesagt: an seinem Erbe, den Verstrickungen und Verknüpfungen, Kontakten und miesen Geschäften, die wohl zumindest teilweise auch ohne ihn gut funktionieren dürften. Weil sie längst auf den Weg gebracht waren – bestens vorbereitet, logistisch für Außenstehende kaum nachvollziehbar, nach vielen Seiten professionell abgesichert. Pirohl hatte vieles bedacht – schon vor Jahren Unwägbarkeiten eingeordnet, Risiken abgewogen, Unterstützung mit neuen Partnern im Hintergrund organisiert und Vorsorge getroffen für alle möglichen Fälle. Nur mit einem hatte er nicht gerechnet – mit seinem plötzlichen Tod. Ein Mord aus einem Hinterhalt, den er nie für möglich gehalten hätte. Das war umso amüsanter, als er eigentlich schon vor zwei Jahren sein Leben beendet hatte. Und mitten in der größten Finte, die er je geplant hatte, war der Schuss aus dem Nichts gekommen.

Nelly war immer wieder aufs Neue beeindruckt, zu welch grandiosen Kapriolen das Leben in der Lage war – ebenso überraschend wie elegant und oft genug tragisch. Frederik hatte bei ihrer Begegnung von den Ermittlungen und Recherchen berichtet; dass sie seinerzeit weit über ein allgemeines Interesse hinaus selbst hervorragend informiert gewesen war und die Geschehnisse verdeckt aus der Ferne im Blick behalten hatte, hätte ihn wahrscheinlich überrascht – und sie hatte dazu geschwiegen. Noch verblüffter wäre er, wenn er wüsste, wie umfassend und im Detail sie Bescheid wusste.

Nelly stand kopfschüttelnd auf und ging hinüber in die kleine Küche, wo sie eine Schüssel aus dem Schrank griff und Futter für Magawa bereitstellte – nur das Beste vom Besten. Ratten wurden leider nicht sehr alt – manche schafften gerade mal zwei, drei Jahre –, und Nelly hoffte, mit ausgewählter und hochwertiger Ernährung gegensteuern zu können. Das hatte schon bei den Vorgängerinnen gut geklappt. Magawa drei und vier hatten fünf Jahre geschafft, und Nummer sieben war ohnehin etwas Besonderes. Sie hatte wunderschöne Augen und schien noch intelligenter als ihre Vorgängerinnen. Während Magawa ihre Mahlzeit mit leisem Schmatzen und hochzufrieden vertilgte, kochte sich Nelly einen

Früchtetee. Lass die Finger davon, fuhr es ihr plötzlich durch den Kopf. Es ist genug.

Nelly lebte seit geraumer Zeit in der Nähe von Trondheim in einem Häuschen am Fjord – ein wunderschöner friedlicher Ort, von dem kaum jemand etwas wusste. Die Zeiten des monatelangen Herumreisens an die buntesten Orte der Welt waren längst vorbei. Sie beschränkte sich inzwischen auf kurze Trips und freute sich jedes Mal auf die Rückkehr. Die letzte lag noch nicht lange zurück, und sie war gefahrvoll gewesen. Die Welt war nicht mehr bunt. Zu viele Schatten und Risiken, Grautöne und düstere Aussichten. Pandemien, Kriege, Unterdrückung, Aufruhr, wohin man blickte, Gefahren von zu vielen Seiten, Überraschungsmomente, die das Potential beinhalteten, alles zu verändern; manchmal spürte man sie erst, wenn sie sich direkt vor einem aufgebaut hatten.

Sie gehörte mittlerweile zu einem Team von gutbezahlten Hackern, die zurzeit den Auftrag hatten, eine Bank anzugreifen, um die Schwachstellen zu lokalisieren. Je mehr sie entdeckten, umso besser. Das war ein guter und noch dazu bequemer Job. Frederik wird enttäuscht und vielleicht sogar überrascht reagieren, wenn ich ihm eine Absage erteile, dachte sie. Er hält mich für eine große Nummer im Kampf gegen die schlimmsten Scheusale der Welt, insbesondere die aus dem Kreis der Nazis, Geldsäcke und Umweltverschmutzer. Das war und das bin ich immer noch – mit beherztem Einsatz, auch wenn der sich hin und wieder als zu waghalsig herausstellte und auf unerwartet dramatische Wege führen konnte. Und an der Stelle sollte damit nun endgültig Schluss sein. Sie war keine dreißig mehr, und das Leben hatte viele tiefe Spuren hinterlassen.

Magawa hob plötzlich den Kopf und sah sie mit ihren blitzblanken Knopfaugen nachdenklich an. »Schon gut, du kluge Kämpferin«, flüsterte Nelly und strich ihr übers Näschen. Die Sache war womöglich noch nicht beendet, und das Risiko war es wert. So dürfte es

Frederik betrachten. Hör dir wenigstens an, was genau dahintersteckt und ihn dazu bewogen hat, beim Stichwort Pirohl doch noch einmal durchzustarten.

Frederik meldete sich zwei Tage später. Nelly war gerade von einem Spaziergang am Jonsvatnet zurückgekehrt und bereitete sich ihr Mittagessen zu – Fisch- und Gemüseauflauf. Es duftete köstlich. Sie wischte ihre Hände ab, klappte den Laptop auf und las die Nachricht. *Können wir reden?*

Ich hätte gerne zunächst ein paar Stichpunkte, antwortete sie nach kurzem Überlegen.

Ich bin in Argentinien – auf den Spuren von Pirohl.

Nelly atmete tief aus. Er hatte nicht lange gefackelt.

Und bevor du dich wunderst – der Mann ist erst kürzlich gestorben und nicht etwa im Herbst vor zwei Jahren, fuhr Frederik fort. *Er hatte sich als Kronzeuge angeboten. Aber ein neues Leben in Schweden hat ihm nicht gereicht, nachdem die engsten Kameraden mit seiner Hilfe zu langjährigen Haftstrafen verdonnert wurden. Unter Umständen weißt du ja längst davon – würde mich fast wundern, wenn das neu für dich ist. Er hatte andere Pläne, die nach Südamerika führen sollten. Diese Verbindung gab es schon seit geraumer Zeit, und niemand hat dazu bisher etwas gewusst. Außerdem hängen da Leute mit drin, die man nicht einfach so davonkommen lassen sollte. Abgesehen davon, dass der Mord an ihm ja auch noch einige Fragen aufwirft.*

Woher weißt du das alles?, dachte Nelly. Aber die Frage war überflüssig – Frederik hatte gute Kontakte, und dabei dürfte es sich um ähnlich zuverlässige Quellen wie ihre eigenen handeln. Das Spezialthema Pirohl war für ihn wahrscheinlich nur so lange beendet gewesen, wie er davon überzeugt war, dass der Mann vor zwei Jahren plötzlich und unerwartet verstorben war und seine krummen Geschäfte in den Akten der Staatsanwaltschaft gesichert waren.

Und all das muss endgültig beendet werden. Finde ich.

Er ist tot, dachte Nelly. Du solltest ihn endgültig begraben und dich um andere kümmern. Ein ebenso frommer wie vergeblicher Wunsch, den sie selbst kaum ernst nahm, denn das eine hing sehr wahrscheinlich direkt mit dem anderen zusammen, und sie wusste, was in ihm vorging. Nelly teilte Frederik eine Mobilnummer mit, und er rief eine halbe Stunde später an.

»Verrat mir mal, was genau du eigentlich unternehmen willst«, forderte sie ihn auf, nachdem sie seinem ausführlichen Bericht gelauscht hatte. »Die Beteiligten in Argentinien ausfindig machen – okay, die Hintergründe aufdecken – alles klar, Namen nennen und Zusammenhänge recherchieren – und dann? Es wird kaum zu polizeilichen Ermittlungen kommen, das dürfte dir bewusst sein – in diesem Teil der Welt noch weniger als an anderen Orten. Und ich wage auch zu bezweifeln, dass ein großer Aufschrei erfolgen wird, wenn du das Ganze publik machst. Die Leute haben gerade andere Sorgen oder sind noch mehr darin interessiert, alles unter den Teppich zu kehren, was sie in ihrer Routine stören könnte.«

»Das weiß ich doch.«

»Aha. Und?«

»Ich will dieses Netzwerk zerstören. Endgültig. Es lässt mir einfach keine Ruhe.«

Zerstören. Wie wörtlich war das zu verstehen? Nelly sparte sich eine diesbezügliche Nachfrage und lehnte sich in ihren Sessel zurück. »Du dürftest dir über die Gefahren bewusst sein.«

»Selbstverständlich.«

»Na gut – ich unterstütze dich. Aus der Ferne. Was brauchst du?«

»Ich will wissen, wo Pirohl hinwollte – sein neues Zuhause, wahrscheinlich eine hübsche Finca an einem Ort, wo Deutsche willkommen sind. Welche Identität wollte er annehmen? Wer spielt da mit? Wer wäscht die Gelder, woher kommen sie und wohin fließen sie – jetzt nach seinem Tod?«

»Hast du Quellen?«

»Natürlich. Die schicke ich dir gleich. Verschlüsselte Konten direkt von Pirohl, mit denen du wahrscheinlich einiges anfangen kannst, wenn du dich eine Weile damit beschäftigst. Die Daten stammen übrigens aus Ermittlerkreisen.«

»Das klingt interessant.« Wie er da herangekommen war, fragte sie nicht.

»Wenn jemand etwas dazu herausfinden kann, dann du.«

»Wir werden sehen.«

Wenig später beendete Nelly das Gespräch und verwischte sämtliche digitalen Hinweise auf den Kontakt. Kurz darauf lud sie die Datei herunter und speicherte sie in einer Cloud, die auch in ihren Kreisen als absolut sicher galt. Am frühen Abend begann sie sich mit Pirohls gesicherten Aufzeichnungen zu befassen. Dass die Informationen aus dem Umfeld von Ermittlungen stammten und sich somit bereits andere damit befasst hatten, war ein immens wichtiger Hinweis. Womöglich lagen erste Ergebnisse vor, auch wenn nichts davon öffentlich zugänglich war und intern lediglich einer kleinen Gruppe zur Verfügung stand. Was sich nach einem ersten Check herauskristallisierte und im Gespräch mit Frederik bereits thematisiert worden war, bestätigte sich nach einer weiteren intensiven Überprüfung: Südamerika, Geldströme in viele Richtungen, ein Sicherheitsunternehmen mit großem Spielraum, weitreichenden Verbindungen und besonders schmutzigen Deals.

Gegen drei Uhr früh legte Nelly sich ein paar Stunden schlafen, bevor sie einen Kontakt zum LKA aktivierte.

10

Sarah hatte sich die halbe Nacht unruhig herumgewälzt und war erst gegen Morgen eingeschlafen. Das Handyklingeln weckte sie am späten Vormittag. Sie griff nach ihrem Smartphone – eine unbekannte Nummer. »Ja?«

»Ich bin es, Lone.«

Sarah richtete sich auf.

»Ich habe was entdeckt. Interessant. Wir sollten uns treffen.«

Sarah war mit einem Schlag hellwach. »Im Archiv?«

»In zwei Stunden.«

»Ich werde pünktlich sein.«

Sarah sprang unter die Dusche und ging am Mehringdamm frühstücken. Auf dem Weg zum Archiv wechselte sie mehrfach die Richtung. Falls es einen Verfolger oder Beschatter gab, erledigte er seinen Job diesmal besser, denn sie entdeckte niemanden.

Lone saß bereits hinter ihrem Schreibtisch, als sie eintraf, und sie hielt sich nicht lange mit Begrüßungsworten auf, sondern drehte einen der Monitore herum. »Die beiden tauchen mehrfach auf.«

Ein junges Paar Mitte, Ende zwanzig, überlegte Sarah, während sie die Aufnahmen musterte.

»Ich habe die Fotos für die weitere Recherche bearbeitet und durch die Gesichtserkennung geschickt«, fuhr Lone fort.

Sarah fragte nicht, wie sie es anstellte, ihre Nachforschungen verdeckt vorzunehmen. »Und es gibt Namen?«

»Sonst hätte ich mich kaum gemeldet.« Lone warf ihr einen kurzen Blick zu. »Die Frau heißt Isabell Herder, Jahrgang 1970, eine

Juristin aus Berlin, die in einer kleinen Kanzlei in Steglitz arbeitet. Ihr Profil weist allerdings darauf hin, dass sie kein zweites Staatsexamen gemacht hat.«

Sarah hob eine Braue. Das ist natürlich unverzeihlich, dachte sie amüsiert; sie selbst hatte ihr Jurastudium abgebrochen, um Kommissarin zu werden.

»Ich werde da noch mal genauer nachfassen, wenn es wichtig werden sollte.«

Sarah lächelte. »Nun, ich denke ...«

»Das lässt sich im Moment keineswegs auszuschließen, denn sie war mal bei deinem Vater beschäftigt.«

»Ach?«

»Das liegt aber lange zurück und war auch nur für kurze Zeit.«

»Sie könnten sich während der Reise näher kennengelernt haben«, überlegte Sarah. »Meine Mutter erwähnte, dass es anschließend den einen oder anderen Briefkontakt gab.«

Lone nickte beiläufig und platzierte das nächste Foto auf dem Bildschirm. »Stefan Krohm, fünf Jahre älter, war Herders Partner. Er arbeitete als Chemiker in einer Firma für Chemie- und Labortechnik und verschwand vor sechs Jahren spurlos. Gemeinsam mit ihm wurde eine weitere Mitarbeiterin aus der Firma vermisst – Caroline Seifert. Isabell Herder wurde mehrfach dazu befragt, und zwar durch unsere Kollegin Hannah, die seinerzeit hauptsächlich für Vermisstenfälle zuständig war.«

Sarah war verblüfft. »Und?«

»Die Ermittlungen wurden wenig später eingestellt. Es hatten sich keinerlei Hinweise auf ein Verbrechen gefunden. Hannah hatte den Eindruck gewonnen, dass Seifert und Krohm eine Affäre hatten und durchgebrannt waren.«

»Interessanter Aspekt«, meinte Sarah nachdenklich. Was immer er auch zu bedeuten hatte. Außerdem könnten sie mit Hannah sprechen. Deren besonderes Gedächtnis für Dialoge – ihre Fähigkeit, auch nach vielen Jahren Befragungen wörtlich wiederzugeben – könnte an der Stelle weiterhelfen.

»Ich habe bereits mit Hannah gesprochen«, warf Lone ein und sah auf die Uhr. »Sie ist unterwegs.«

Sarah heftete den Blick auf den Monitor. Bilder aus einer längst vergangenen Zeit, die eine Reise nach Südamerika dokumentierten und siebenundzwanzig Jahre später unvermutet in den Fokus rückten. Sie schüttelte den Kopf. »Und es gab nie wieder eine Spur von den Vermissten?«

»Nein.«

Vielleicht haben sie sich in Argentinien niedergelassen, dachte Sarah. Sie schob den Gedanken beiseite, als es an der Tür klopfte. Augenblicke später schlüpfte Hannah zur Tür herein, und Kotti stürmte Sarah entgegen – aufgeregt herumwuselnd, als hätten sie sich zwanzig Jahre nicht gesehen. Sarah lachte und nahm sich Zeit für die Begrüßung. »Es geht doch nichts über eine feuchte Hundenase im Gesicht«, sagte sie schließlich und sah Hannah an.

»Damit kann ich nicht dienen«, meinte die Kollegin und erwiderte Sarahs Blick. »Ich hätte schwören können, dass es mir diesmal gelingen würde, mich aus sämtlichen Ermittlungen herauszuhalten«, meinte sie dann und seufzte leise.

»Glaub mir, es war nicht so geplant. Ich respektiere deine Entscheidung, auch wenn es mir schwerfällt.«

Hannah winkte ab. »Als Lone mich anrief, war mir klar, dass es doch noch das eine oder andere für mich zu erledigen gibt. Ich hoffe allerdings, dass meine damaligen Nachforschungen in dieser Vermisstensache für deine aktuellen Recherchen keine Bedeutung haben.«

Sarah zuckte mit den Achseln. »Wir werden sehen. Argentinien scheint ein spannendes Land zu sein, und als Stichwort fällt es immer wieder. Wie es aussieht, hatte mein Vater Kontakte geknüpft, die über all die Jahre nicht abgerissen sind und die er immer verbergen konnte – bis jetzt.«

Hannah nickte, als Lone ihr einen Tee anbot. »Nun, zu der Vermisstensache gibt es nicht allzuviel zu berichten«, erklärte sie wenig später, nachdem Sarah sie kurz und knapp auf den neuesten Stand gebracht hatte. »Stefan Herder und seine Kollegin Caroline Seifert verschwanden zum selben Zeitpunkt vor sechs Jahren – im Anschluss an ein Betriebsfest, das die Firma anlässlich des zwanzigjährigen Bestehens an einem Freitagabend im Juni ausgerichtet hatte. Sämtliche Angestellte einschließlich Partnerinnen und Partner waren eingeladen. Die letzten Gäste verließen in den frühen Stunden am Samstagmorgen das Betriebsgelände. Zu ihnen gehörten auch Stefan Krohm und Caroline Seifert. Krohms Partnerin Isabell Herder hatte sich bereits früher verabschiedet. Als sie am darauffolgenden Mittag feststellte, dass Krohm weder nach Hause gekommen noch erreichbar war, wandte sie sich an die Polizei.« Hannah unterbrach kurz, um einen Schluck Tee zu trinken. »Und viel mehr lässt sich nicht zu ihrem Verbleib sagen.«

»Es gab keine Spur?«

»Nein, aber eine, wenn auch vage Vermutung. Eine Kollegin sagte aus, dass die beiden das Fest gemeinsam verlassen hatten – um auf ein Taxi zu warten. Ein anderer erklärte, er hätte sie zusammen am Ausgang gesehen. Das konnte jedoch nicht bestätigt werden – kein Taxiunternehmen hatte die beiden gefahren.«

»Und du hältst es nach wie vor für wahrscheinlich, dass die beiden gemeinsam verschwunden beziehungsweise untergetaucht sind?«, fragte Sarah.

Hannah nickte. »Es gab versteckte Andeutungen, dass sie sich sehr gut verstanden hätten. Auch Isabell Herder gab zu, dass sie eine Affäre nicht ausschließen könnte, und Caroline Seifert war seit längerer Zeit Single. Hinzu kam, dass von zwei Konten größere Geldbeträge abgehoben worden waren. In Seiferts Wohnung fehlten Papiere und zwei Reisetaschen, Isabell Herder meinte ebenfalls, dass sie Kleidungsstücke und Unterlagen von ihrem Partner vermisste.«

Sarah schüttelte den Kopf. »Na schön. Die beiden haben gemeinsam ein neues Leben begonnen. Das kommt vor. Aber warum diese Aktion?«

»Das ist die entscheidende Frage, die ich natürlich auch Isabell Herder gestellt habe. Sie hatte keine Erklärung dafür. Wir haben die Nachforschungen sehr schnell eingestellt – einstellen müssen«, fuhr Hannah nach kurzem Überlegen fort. »Zwei erwachsene Menschen dürfen sich ohne weitere Erklärung auf und davon machen, und es geht uns nichts an, warum und wie sie das tun oder ob uns ihre Vorgehensweise gefällt oder verwundert – sofern keine Anzeichen für eine Straftat vorliegen.«

Sarah lehnte sich zurück. »Ist womöglich ein anderes Motiv denkbar? Gab es Ärger in der Firma?«

»Die Frage hat mich natürlich auch beschäftigt. Doch da war nichts. Es fanden sich keine Anzeichen für größere Konflikte, weder im persönlichen Bereich noch hinsichtlich beruflicher Aktivitäten, und für ein intensiveres Nachfassen bestand kein Anlass.« Hannah blickte einen Moment ins Leere. »Ich gebe zu, dass mir das nicht gefiel, aber was sollte ich machen? Ich habe Isabell Herder ein paar Wochen später noch einmal kontaktiert. Sie hatte mir nichts Neues zu sagen. Und das war es. Sie wirkte übrigens erstaunlich gelassen.«

»Sie hat sich schnell damit abgefunden?«, fragte Sarah verblüfft. »Innerhalb kürzester Zeit?«

»So kam es bei mir an. Sie verschwendete keine Gedanken mehr an ihr altes Leben. Das waren ihre Worte. Dabei war sie viele Jahre mit Stefan Krohm zusammen gewesen. Die mögliche Erklärung, dass sie mir ihre souverän abgeklärte Haltung nur vorspielte und im Inneren zutiefst verletzt war, konnte ich natürlich nicht ausschließen. Doch irgendwie blieb das eine oder andere Fragezeichen zurück bei diesem Fall.«

»Und vielleicht hatte die Geschichte doch einen anderen Hintergrund«, warf Lone plötzlich ein.

Sarah blickte zur Kollegin hinüber.

»Vor kurzem gab es eine Durchsuchung in der Berliner Chemiefirma, in der Krohm und Seifert tätig waren, sowie in einer Zweigstelle in Niedersachsen«, führte Lone aus. »Die Medien haben nur kurz darüber berichtet. Sehr wahrscheinlich gibt es eine Nachrichtensperre. Das würde mich nicht wundern. Die Zollfahndung ist dem Verdacht nachgegangen, dass hochgiftige Chemikalien sowie spezieller Laborbedarf seit Jahren ohne Genehmigung nach Russland ausgeführt wurden.«

Sarahs Augen weiteten sich, und sie hörte, dass Hannah scharf einatmete.

»Dazu gehören Substanzen, die als Grundstoffe für die Herstellung von chemischen und biologischen Kampfstoffen wie etwa Senfgas genutzt werden können«, fuhr Lone in bemerkenswert unaufgeregtem Ton fort. »Als Partnerunternehmen konnte ein russischer Großhändler für Chemikalien und Labortechnik aus Moskau identifiziert werden. Weitergehende Informationen weisen darauf hin, dass von dort in der Vergangenheit auch Speziallabore des russischen Militärs und des russischen Inlands-Nachrichtendienstes FSB beliefert wurden.«

Schweigen.

»Ergebnisse liegen bisher nicht vor oder bleiben unter Verschluss«, ergänzte Lone ihren Bericht. »Die Untersuchungen laufen noch. An diese Akten komme ich selbstverständlich nicht heran. Aber es steht fest, dass der Verdacht gegen die Firma seit etlichen

Jahren bestand – und es gab in diesem Zusammenhang Unregelmäßigkeiten im Zahlungsverkehr, dem die Zollfahnder auch nachgegangen sind.«

»Es ist Geld versickert?«, fragte Sarah.

»Davon würde ich ausgehen.«

»Und ich würde mich nicht sonderlich wundern, wenn diese Geschichte auf eine besonders hässliche oder auch nur vertrackte Weise mit dem Verschwinden von Krohm und Seifert zusammenhängt und darüber hinaus womöglich auch mit den aktuellen Geschehnissen.«

»Ich hatte einen ähnlichen Gedanken«, pflichtete Lone bei. »Und es kann wohl nicht schaden, die Konten, über die wir bereits sprachen, abzugleichen und auf Übereinstimmungen zu überprüfen«, fügte sie dann noch hinzu und warf Sarah einen vieldeutigen Blick zu.

Sarah nickte. Es war klar, welche Konten sie meinte.

Hannah schaute verblüfft von einer Kollegin zur anderen. »Ihr vermutet tatsächlich einen Zusammenhang mit Pirohl? Ist das nicht ein bisschen weit …«

»Hergeholt?« Sarah hob beide Brauen. »Die bisherigen Erkenntnisse zum Treiben meines Vaters dürften ausreichen, um zumindest einen Check in Erwägung zu ziehen. Darüber hinaus fallen hier einige Namen und Orte einfach zu oft.«

Dazu sagte Hannah nichts.

»Ich werde mit der Spezialermittlerin sprechen.« Das Antlitz von Kathleen Bischoph tauchte vor Sarahs innerem Auge auf.

»Das halte ich für eine gute Idee.«

Sarah überlegte nur einen Moment. »Siehst du eine Möglichkeit, noch einmal das Gespräch mit Isabell Herder zu suchen?«, fragte sie dann.

Hannah zögerte.

»Eine letzte Überprüfung in deiner Eigenschaft als leitende Ermittlerin der Vermisstensuche, bevor die Akte endgültig geschlossen wird«, schlug Sarah vor.

»Was erhoffst du dir davon?«

»Falls Krohm und Seifert in diese kriminellen Ausfuhrgeschichten verwickelt waren – oder etwas mitbekommen haben –, hat sie möglicherweise auch etwas dazu aufgeschnappt.«

»Das ihr nach sechs Jahren plötzlich wieder einfällt?«

»Damals gab es diesen Fokus noch nicht.«

»Stimmt. Dennoch – das sollte die Spezialermittlerin entscheiden«, entgegnete Hannah. »Sie wird ohnehin die Akte anfordern, falls sie einen Zusammenhang vermutet.«

Sarah unterdrückte ein Seufzen.

»Lass uns abwarten.«

»Okay.«

Einen Moment blieb es still. Schließlich ergriff Hannah noch einmal das Wort. »Es tut mir gut, mich ganz und gar auf meine Aufgaben als Dozentin und Beraterin zu konzentrieren«, erklärte sie leise und suchte Sarahs Blick. »Die letzten Jahren waren aufregend und anstrengend, und mein Bedarf an brisanten Ermittlungen, die mich rund um die Uhr beschäftigen, ist gedeckt. Ich möchte das erneut betonen.«

»Ich verstehe.«

»Wirklich?«

»Natürlich. Das heißt aber nicht, dass ich begeistert bin.«

Hannah lächelte. »Du hast eher den Verdacht, dass ich mich allmählich auf den Ruhestand vorbereite und es mir in einem bequemen Sessel gemütlich machen will, oder?«

»Ach, du liebe Güte – nein! Apropos: Wie alt bist du eigentlich?«

»Ich feiere demnächst meinen zweiundfünfzigsten Geburtstag. Die besten Jahre kommen erst noch? Vielleicht. Aber glaub mir, diese Entscheidung hat nicht das Geringste mit meinem Alter zu tun.«

Sarah nickte. Das klang eindeutig nicht nach einem lediglich vorübergehenden Abschied von einem Konzept, das Sarah gut gefallen hatte. Sie sah Lone an. »Und du? Kann ich dich weiterhin …«

»Klar. Sofern mein Schreibtisch nicht gerade überquillt und die Aufgabe reizvoll klingt, bin ich dabei.«

Sarah verließ das Archiv eine Viertelstunde später gemeinsam mit Hannah und Kotti. Lone wollte noch in Ruhe Details zu Isabell Herder recherchieren. Am Ausgang blieben sie einen Moment still voreinander stehen. Kotti drückte seine Nase in Sarahs Kniekehle.

»Melde dich, bevor du wieder abreist. Vielleicht bin ich dann aus Kiel zurück, und wir könnten noch mal essen gehen«, meinte Hannah. »Und pass auf dich auf.«

»Klar.« Sarah umarmte sie einer plötzlichen Eingebung folgend und wandte sich dann rasch um. Sie hatte einen Kloß im Hals.

Hannah war fest entschlossen, sich weiterhin zu einhundert Prozent an ihre selbstgefassten und ebenso vernünftig wie gut klingenden Vorsätze zu halten – keine Beteiligung an Ermittlungen, schon gar nicht in einer obskuren Grauzone abseits offizieller Beschlüsse. Und das hieß: abschalten, das Seminar und die Reise nach Kiel vorbereiten.

Dass Sarah sie liebend gerne ins Boot zurückgeholt hätte und enttäuscht reagierte, war nicht zu übersehen gewesen – und natürlich nachvollziehbar. Sie hatten in den letzten Jahren einiges gemeinsam gestemmt, zu zweit sowie im Team. Dass Hannah die kräftezehrenden Einsätze inzwischen aus ihren beruflichen Ambitionen gestrichen hatte und anderen den Vortritt ließ, änderte nichts daran, wie erfolgreich sie gewesen waren. Sie hätte beim BKA bereits mehrfach aufsteigen können – tatsächlich war die Stelle ihres ehemaligen

Chefs immer wieder in greifbare Nähe gerückt. Aber genau diesen Weg hatte sie nicht einschlagen wollen. Und Henrik – ihr zehn Jahre jüngerer Lebensgefährte – hatte sicherlich nichts dagegen, dass sie weiterhin darauf bestand, Distanz zu wahren.

Hannah strich sich über die Stirn. Das war eindeutig Quatsch. Henrik würde jede berufliche Entscheidung akzeptieren. Es wurde höchste Zeit, dass sie die Motive für ihren Entschluss klar benannte und aufhörte, Umstände einzubeziehen, die höchstens am Rande eine Rolle spielten, sowie ein ums andere Mal ihre Beweggründe wiederzukäuen – als müsste sie sich dafür entschuldigen. Im Grunde war es ganz einfach: Es hatte zu viele persönliche Verluste und hohe Risiken gegeben, dachte sie, begleitet von grenzüberschreitenden Erfahrungen, die sich nicht einfach abstreifen ließen. Bernd Krüger, ein korrupter Chef, der sie und alle anderen Kolleginnen und Kollegen jahrelang hintergangen hatte; eine ermordete junge Kommissarin, die Hannah nicht vergessen konnte; der Beschatter, der zahlreiche Ermittlungen begleitet hatte, ohne dass sie ihn oder sein Eingreifen zeitnah bemerkt hatte; immer wieder ernste Gefahr aus dem Kreis der Organisierten Kriminalität sowie dem rechtsradikalen Spektrum. So wollte sie nicht mehr leben.

Als sie zu Hause eintraf, entschied sie sich, eine Runde durch den Treptower Park zu laufen – zu Kottis grenzenloser Begeisterung, der trotz der Wärme losstürmte, als wären Hunderunden ab dem nächsten Tag verboten. Eine gute halbe Stunde später kehrte sie zurück. Kotti, der sich eine wilde Jagd mit zwei Labradordamen geliefert hatte, stürzte sich über seinen Wassernapf, und Hannah trank eine Apfelsaftschorle.

Das Gesicht von Isabell Herder tauchte plötzlich vor ihr auf. »Ich verschwende keine Gedanken mehr an mein altes Leben«, hatte sie wortwörtlich in energischem Tonfall gesagt und den Mund dabei auf seltsame Weise verzogen. Nur wenige Wochen nachdem

Stefan Krohm spurlos verschwunden war, womöglich mit seiner Geliebten oder auch im Zusammenhang mit einer Straftat, hatte sie ihre jahrzehntelange Beziehung abgestreift wie ein altes, löchriges Kleidungsstück.

Hannah stellte ihr Glas ab und blickte einen Moment ins Leere. Isabell Herder hatte ihrem Blick mühelos Stand gehalten, und wenig später war das Gespräch beendet gewesen. Sie wollte stark sein und sich nicht mit den Hintergründen befassen, hatte Hannah damals gedacht. Vielleicht war sie tatsächlich so abgeklärt, weil sie längst über die Affäre Bescheid gewusst hatte. Und Jahre später stellte sich heraus, dass Isabell Herder Bernd Pirohl kannte und sogar eine Zeit lang bei ihm beschäftigt gewesen war. Ein bemerkenswerter Schnittpunkt, das musste Hannah zugeben.

Sollte sich im weiteren Verlauf herausstellen, dass der alte Vermisstenfall tatsächlich mit den Vorgängen in dem Chemieunternehmen zusammenhing, auf die Lone gestoßen war, hatte Hannah seinerzeit etwas übersehen – etwas womöglich Entscheidendes. Es gab damals keinen fundierten Ermittlungsansatz, rief sie sich erneut in Erinnerung und ging ins Schlafzimmer. Sie zog ihre Reisetasche vom Kleiderschrank und begann zu packen. Kotti lugte um die Ecke und beäugte ihr Treiben aufmerksam. Schließlich setzte sie sich aufs Bett und atmete tief aus. Das ist nicht das Ende der Geschichte, dachte sie. Vielleicht sollte ich sofort Richtung Küste aufbrechen.

11

Kathleen Bischoph hatte sowohl Gregor Tiegel als auch Harald Neudorf ein weiteres Mal vernommen. Neues war nicht dabei herausgekommen. Neudorf war vor über zehn Jahren aus dem Polizeidienst ausgeschieden, und die bisherigen Nachforschungen hatten ergeben, dass er seit dieser Zeit mit der Sicherheitsfirma in Verbindung gebracht werden konnte. Er ließ sich nicht aus der Reserve locken und wiederholte lediglich seine bisherigen Aussagen. Über den dritten Mann im Bunde hatten sie bislang nichts herausgefunden – auch Neudorf kannte ihn angeblich kaum. Womöglich gab es diesen Mann gar nicht, oder es verbarg sich ein gut getarnter Kollege dahinter, und der Hinweis auf einen Niederländer im Hintergrund diente als Verwirrspiel und Ablenkungsmanöver. Bischoph brach am späten Nachmittag die Befragungen ab und verließ das LKA für ein spätes Mittagessen.

Sie las die aktuellen Berichte der IT und der Recherchespezialisten, während sie in einem türkischen Imbiss auf ihre Bestellung wartete. Auch hier verdichteten sich die Annahmen auf ausländische Konten und Geldbewegungen, aber weitere Festnahmen und Zugriffe waren auf Grundlage dieser Erkenntnisse bislang nicht möglich, schon gar nicht im Ausland. Im Moment war es äußerst wahrscheinlich, dass Pirohls geplante Flucht und seine Unterstützer zwar aufgeflogen waren, doch der Mord an ihm würde nebulös bleiben, wenn sie keine neuen Verbindungen entdeckten. Inwieweit die Durchleuchtung der Sicherheitsfirma weitere Aktivitäten von strafrechtlicher Relevanz aufdecken konnte, ließ sich zurzeit nicht abschätzen. Wahrscheinlich hatten die Verantwortlichen und Strippenzieher im Hintergrund längst ihre Spuren verwischt. Es blieb zu hoffen, dass Tiegel und Neudorf bald etwas gesprächiger wurden.

Kathleen Bischoph wollte das Lokal gerade wieder verlassen, als sich Sarah Pirohl mit einer Kurznachricht meldete.

Ich habe Neuigkeiten. Unmittelbar danach traf ein Foto ein. *Schon mal gesehen?*

Nein, dachte Kathleen, während sie das Gesicht der Frau musterte – ungefähr fünfzig Jahre alt, direkter Blick, energisches Kinn.

So sah sie vor zwei bis drei Jahrzehnten aus, erklärte Pirohl weiter, nachdem sie ein zweites Foto geschickt hatte.

Kathleen stutzte. *Gibt es auch einen Namen dazu?*

Isabell Herder. Eine alte Bekannte meines Vaters. Sie taucht auf Bildern einer Argentinien-Reise meiner Eltern auf, und sie hat mal in seiner Kanzlei gearbeitet. Außerdem gibt es in diesem Zusammenhang die Querverbindung zu einem Vermisstenfall, der etliche Fragen aufwirft.

Kathleen hob beide Brauen. Interessant. Und woher weiß Sarah das? *Wir sollten uns treffen.*

Später.

Warum nicht sofort? Kathleen kannte die Antwort, kaum dass sie die Kurznachricht verschickt hatte. Sarah Pirohl hielt sich lieber zurück, bis Kathleen die Hintergründe mit ihrem Team überprüft hatte. So konnte sie Fragen nach ihren eigenen Quellen ausweichen und außerdem sicher sein, dass eine Tiefenrecherche erfolgte.

Keine Zeit.

Na schön. Ich melde mich.

Kathleen fuhr ins LKA zurück und gab die Stichworte weiter. Als die ersten Informationen zu Isabell Herder eintrafen, erinnerte sie sich plötzlich an die Hintergrundchecks. Der Name war bei der Überprüfung sämtlicher Kontakte von Pirohl gefallen, die auch seine

Zeit als Gastdozent an der Uni einschlossen. Kathleen hatte sich noch darüber amüsiert, dass ihr Recherche-Spezialist tatsächlich so weit in die Vergangenheit zurückgegangen war und eine ellenlange Liste mit Personen angelegt hatte, mit denen Pirohl im Laufe von mehreren Jahrzehnten zu tun gehabt hatte. »Der Typ war Anwalt und Geschäftsmann – ein überaus gefragter Jurist und geschäftlich in vielen Branchen unterwegs. Das müssen Hunderte von Kontakten sein, eher Tausende!«, hatte sie verblüfft festgestellt.

Der Kollege hatte nur mit den Achseln gezuckt. »Es ist dem Programm glücklicherweise völlig egal, ob ich hundert oder fünfhundert Namen speichere oder eine Million. Irgendwann suchst du eine Verbindung und bist froh, wenn du innerhalb von Sekunden einen Treffer landest oder eine Bestätigung entdeckst.«

Stimmt, dachte Kathleen und nahm sich fest vor, dem Kollegen zu danken.

Isabell Herder hatte Pirohl demnach an der Uni kennengelernt, ihr Name war dann später noch einmal aufgetaucht, als sie kurzfristig in seiner Kanzlei beschäftigt gewesen war. Kathleen vertiefte sich in die Biographie und stieß schließlich auf den Vermisstenfall, den eine Kollegin bearbeitet hatte, deren Name auch nicht zum ersten Mal fiel. Hannah Jakob.

Kathleen hielt inne, als die Chemiefirma genannt wurde, in der beide Vermissten gearbeitet hatten, und griff nach ihrem Telefon. »Ich brauche alles, was ihr zu dem Unternehmen findet«, erklärte sie ihrem IT-Mann. »Und ich brauche es sehr schnell. Da gab es letztens Ärger. Richtig Ärger. Nimm auch Kontakt zur Zollfahndung auf. Versuch herauszufinden, was die Ermittlungen ergeben haben. Nachrichtensperre und Sicherheitsstufen sind mir völlig egal. Und falls wir etwas finden sollten, profitieren die Kollegen auch davon. Sag ihnen das.«

»Geht klar. Noch was?«

»Im zweiten Schritt nimm bitte einen Abgleich mit allen Informationen vor, die bislang zu Pirohl vorliegen.«

»Das hatte ich bereits auf dem Schirm.«

»Und noch was, Ben – gute Arbeit. Ich werde nie wieder deine Akribie in Frage stellen.«

»Okay.« Das klang beiläufig. Es war ihm egal, ob sie seine Herangehensweise gut oder fragwürdig fand.

Kathleen unterbrach die Verbindung. Sie überlegte einen Moment, dann ließ sie sich mit dem Büro von Hannah Jakob verbinden. Dort meldete sich nur die Mobilbox, wo eine zweite Rufnummer für eine Weiterleitung aktiviert war. Die Kriminalpsychologin meldete sich nach dem dritten Rufsignal. Kathleen Bischoph stellte sich kurz vor, und einen Augenblick blieb es still. Sie hat längst mit meinem Anruf gerechnet, dachte Kathleen. Natürlich. Das spart Zeit. »Ich denke, Sie wissen, worum es geht.«

»Ich habe so eine Ahnung.«

»Könnten Sie sich vorstellen, erneut mit Isabell Herder zu sprechen?«, fragte Kathleen ohne Umschweife. »Der Vermisstenfall scheint wesentlich größere Kreise zu ziehen, als es seinerzeit den Anschein hatte.«

»Ich fahre morgen nach Kiel«, entgegnete Hannah Jakob, und ihr Zögern war deutlich zu hören.

»Ein einzelner Gesprächsversuch würde mir reichen. Herder kennt Sie. Das erleichtert den Einstieg. Alles Weitere übernehmen wir dann. Das Ganze kostet Sie höchstens eine Stunde.«

Erneut Pause. »Gibt es Punkte, auf die ich achten soll?«, fragte Jakob schließlich.

»Tasten Sie mal vor, ob Herder sich an Konflikte in der Firma erinnert, an Auffälligkeiten. Mir ist bewusst, dass Sie seinerzeit natürlich auch danach gefragt haben. Aber vielleicht ändert sich etwas im Ton, was Ihnen auffällt und gerade jetzt bedeutsam werden könnte.«

»Ich verstehe. Gut, ich versuche mein Glück. Sie hören von mir.«

»Danke für Ihre Unterstützung.«

Kathleen hatte noch gut zwei Stunden im Büro zu tun. Schließlich schickte sie ihrem Chef ein Update und machte sich auf den Weg. Sie saß kaum im Wagen, als sich Ben meldete.

»Würde mich schon sehr wundern, wenn Pirohl nichts damit zu tun hatte«, erklärte er ohne einleitende Worte.

»Womit genau?«

»Die Kampfstoffgeschichte in der Chemiefirma. Da ist ein großer Deal eingefädelt worden, und das wahrscheinlich nicht zum ersten Mal. Ich konnte beim ersten Abgleich mit den Daten vom Stick ein Konto identifizieren, das Pirohl zum Durchlauf genutzt haben dürfte.«

»Wie sicher bist du?«

»Zu achtzig Prozent.«

»Was steckt hinter den fehlenden zwanzig Prozent?«

»Es könnten auch andere Zugang zum Konto gehabt haben. Immerhin liegt der Deal ein paar Jahre zurück. Mein Tipp …«

»Die Sicherheitsfirma?«

»Klar.«

Kathleen nickte. »Such weiter. Die Namen der vermissten Angestellten …«

»Die habe ich längst auf dem Schirm.«

»Gut. Bis dann.« Kathleen ließ das Handy sinken, dann nahm sie es wieder zur Hand und wählte Sarah Pirohls Nummer. Sie meldete sich nach dem zweiten Klingeln. »Hätten Sie demnächst Zeit?«

»Ich bin im Park am Gleisdreieck, aber das wissen Sie wohl längst, falls mein Beschatter mir gefolgt ist.«

Kathleen lächelte. »Ich hatte ohnehin vor, mir die Beine zu vertreten. Bis gleich – also in etwa einer guten halben Stunde.«

Hannah hatte eigentlich vorgehabt, Isabell Herder am nächsten Tag aufzusuchen – als Zwischenstation auf dem Weg nach Kiel. Sie würde ihr ein paar Fragen stellen, auf Misstöne und auffällige Mimik achten, schließlich die Befragung weiterleiten und das Ganze abhaken, während sie Richtung Küste weiterfuhr. Eine Stunde. Das war der Plan. Er klang unkompliziert, ein Auftrag quasi im Vorbeilaufen, nichts Besonderes. Dann hatte sie sich doch anders entschieden. Sie würde ruhiger schlafen, wenn das Gespräch erledigt war. So hatte sie sich kurzerhand noch einmal auf den Weg gemacht, nachdem sie Lone um die Kontaktdaten gebeten hatte, und fuhr Richtung Mariendorf, wo Isabell Herder inzwischen in der Nähe des Volksparks wohnte.

Hannah hielt am Straßenrand und überlegte einen Moment, ob sie sich telefonisch ankündigen sollte, dann entschied sie sich dagegen und stieg aus. Kotti richtete sich auf und fixierte sie so lange, bis sie nachgab und ihn anleinte. »Ja, schon gut. Du hast recht, es ist immer noch zu warm im Auto.«

Isabell Herder wohnte in einem Reihenhäuschen mit winzigem Vorgarten. Die Haustür war halbgeöffnet, Hannah blieb am Zaun stehen, Herder trat einen Moment später ins Freie und warf ihr einen fragenden Blick zu. »Kann ich Ihnen helfen?«

Sie trug ein luftiges Sommeroutfit und hatte sich wenig verändert. Die Haare waren etwas kürzer geschnitten, und bei genauerem Hinsehen entdeckte Hannah Schatten unter den Augen. »Hallo, Frau Herder. Vielleicht erinnern Sie sich noch an mich.« Hannah zückte ihren Ausweis. »Vor einigen Jahren habe ich Sie im Zusammenhang mit dem Verschwinden Ihres Partners befragt …«

»Ja, richtig«, warf Herder ein und sah sie verblüfft an. »Gibt es etwa Neuigkeiten?«

»Hätten Sie Zeit für ein kurzes Gespräch?«

»Ja, natürlich. Treten Sie ein.« Herder schob die Gartentür auf und lächelte, als sie Kotti entdeckte. »Ihn gibt es immer noch. Wie schön.« Sie strich Kotti über den Kopf, dann blickte sie Hannah wieder an. »Setzen wir uns nach hinten auf die Terrasse?«

»Sehr gerne.«

Der Garten im hinteren Bereich war kaum größer als vorne, aber dicht bewachsen und mit üppigen Pflanzen ausgestattet. Auf einem kleinen Holztisch stand eine Karaffe mit Eistee. Ein Sonnenschirm spendete Schatten. Herder holte ein weiteres Glas und stellte eine Wasserschale für Kotti bereit. Sie wirkte nach dem kurzen Überraschungsmoment bemerkenswert entspannt. Allenfalls spiegelte sich Neugier in ihren Augen, als sie nun den Blick hob. »Haben Sie eine Spur entdeckt?«

»Nein«, entgegnete Hannah und überlegte kurz. Kommissarin Bischoph hatte ihr völlig freie Hand gelassen, was die Begründung für eine erneute Befragung anging – insofern konnte sie auf Ausweichmanöver verzichten und unmittelbar zum Punkt kommen. »In der Firma Ihres verschwundenen Lebensgefährten und seiner Kollegin fand kürzlich eine Durchsuchung statt. Vielleicht haben Sie davon gelesen.«

Herder nahm ihr Glas zur Hand, trank einen Schluck und stellte es wieder ab. Sie nickte. »Ja. Das habe ich mitbekommen. Ausfuhr von verbotenen Stoffen nach Russland.« Herder hob eine Braue. »Das klingt gefährlich.«

»Da stimme Ihnen zu. Und wir stellen uns nun die Frage, ob das Verschwinden von Stefan Krohm und Caroline Seifert womöglich damit zusammenhängen könnte.«

Isabell Herder runzelte die Stirn. »Zwischen den Geschehnissen liegen Jahre.«

»Geschäfte dieser Art bedürfen einer aufwändigen Vorbereitung. Man kann wohl davon ausgehen, dass es bereits damals entsprechende Aktivitäten gab.«

Herder wartete ab. Ihre Mimik blieb unbewegt. Mehr als dezente Überraschung war ihr kaum zu entnehmen.

»Vielleicht mussten unliebsame Zeugen beseitigt werden«, fuhr Hannah fort. Die Möglichkeit, dass die beiden an dem Deal für die russische Firma beteiligt gewesen waren und sich aus diesem Grund spurlos aus dem Staub gemacht hatten, stand natürlich ebenfalls im Raum. Doch Hannah hielt es für sinnvoll, diese Variante zunächst nicht anzusprechen.

Isabell Herder griff erneut ihr Glas und umfasste es mit beiden Händen. »Ach du liebe Güte«, sagte sie leise.

»Und vor diesem Hintergrund stellt sich nun erneut die Frage, ob Sie seinerzeit womöglich doch etwas beobachtet oder mitbekommen haben – eine besondere Anspannung Ihres Partners, Telefonate, die Ihnen seltsam vorkamen, auf die Sie damals jedoch nichts gegeben haben, die Sie aber nun stutzen lassen. Vielleicht sind Stichworte gefallen, die jetzt bedeutsam werden könnten.«

Isabell Herder sah sie eine Weile nachdenklich an. »Ehrlich gesagt – nein. Stefan war immer engagiert bei der Sache und hat viel gearbeitet. Es hat ihm Spaß gemacht, auch wenn Anspannung damit verbunden war. Er war mit der Firma verheiratet und …« Sie räusperte leise. Dann zuckte sie die Achseln. »Na ja, darüber sprachen wir ja damals auch schon. Eine Affäre in der Firma würde ich nach wie vor keineswegs ausschließen.«

Hannah nickte. »Und dennoch wirft das spurlose Verschwinden nach wie vor Fragen auf.«

»Ich habe längst mit diesem Kapitel meines Lebens abgeschlossen.« Isabell Herder zuckte mit den Achseln. »Heutzutage nennt man so etwas Ghosting.«

»Sie waren über zwanzig Jahre ein Paar«, entgegnete Hannah verblüfft. »Und niemand hat je wieder von Stefan Krohm und seiner Kollegin gehört.«

»Was soll ich dazu sagen? So ist es nun mal geschehen.«

»Wie hätten Sie reagiert, wenn Ihr Partner Ihnen gesagt hätte, dass er die Beziehung zu Ihnen beenden will, weil es eine andere Frau in seinem Leben gibt?«

»Ganz ehrlich? Ich weiß es nicht«, erwiderte Herder nach kurzem Überlegen.

»Hatten Sie das Gefühl, dass Ihre Partnerschaft glücklich war?«

»Nun, wahrscheinlich war sie das nicht. Sonst hätte er sich kaum auf diese Weise verabschiedet, oder?«

Hannah nickte. Falls nichts anderes passiert ist, dachte sie. Isabell Herder blickte einen Moment ins Leere, dann sah sie Hannah wieder an. »Tut mir leid, Frau Kommissarin. Ich kann Ihnen nicht mehr sagen als damals, und was seine Firma angeht ...« Sie schüttelte den Kopf. »Wenn Sie keine weiteren Fragen mehr ...«

»Eine Sache wäre da noch. Sie haben mal für den Wirtschaftsjuristen Bernd Pirohl gearbeitet.«

»Stimmt. Ich war kurz in seiner Kanzlei beschäftigt. Das liegt aber sehr lange zurück«, erwiderte Herder prompt. »Ich kannte ihn von der Uni.«

»Nur von dort?«

»Ja.«

Warum verschweigt sie die Reise? Weil sie ein Vierteljahrhundert zurücklag und keine Rolle mehr spielte? Nicht mal mehr in längst verschütteten Erinnerungen. »Sie sind sich während einer Reise begegnet«, fuhr Hannah fort.

Herder stutzte, und ein Schatten flog über ihr Gesicht.

»Argentinien«, fuhr Hannah fort.

»Das liegt so lange zurück ... Wir haben uns bei einer Tour getroffen, ganz zufällig.«

Was für ein Zufall, dachte Hannah. »Wenig später haben Sie in seiner Kanzlei angefangen, nicht wahr?«

»Stimmt.« Herder hob das Kinn. »Worauf wollen Sie hinaus, Kommissarin Jakob?«

Gute Frage, dachte Hannah. »Bernd Pirohl war eine schillernde Gestalt und stand im Mittelpunkt aufwändiger Ermittlungen …«

»Das habe ich natürlich mitbekommen«, unterbrach Isabell Herder. »Aber inzwischen ist er längst tot, und viele Urteile sind gefällt worden. Warum graben Sie diese alten Geschichten aus? Ich dachte, es geht um die Vermisstenfälle.« Sie bemühte sich um einen gelassenen oder zumindest sachlichen Ton, aber der Schwenk hatte sie eindeutig überrascht.

Hannah nickte beiläufig. »Zwei Menschen sind vor einigen Jahren spurlos verschwunden – in einer Firma, die nunmehr unter dem Verdacht steht, verbotene Kampfstoffe nach Russland ausgeführt zu haben …«

»Das haben Sie bereits erläutert. Und ich habe Ihnen versichert, dass ich seinerzeit nichts bemerkt habe, was auf einen solchen Zusammenhang hindeuten könnte. Im Übrigen erklärt das noch nicht, warum Sie mich auf Pirohl ansprechen. Viele Menschen haben für ihn gearbeitet oder sind ihm irgendwann begegnet. Das dürfte doch inzwischen ein völlig bedeutungsloser Aspekt sein. Der Mann ist seit Jahren tot.«

Eben nicht seit Jahren, dachte Hannah. Und falls sich bei den weiteren Ermittlungen herausstellte, dass der Anwalt mit dem Kampfstoff-Geschäft tatsächlich in Verbindung gebracht werden konnte, dürfte Isabell Herder erneut zur Befragung gebeten werden.

Hannah verabschiedete sich wenig später. Noch im Wagen speicherte sie das Gespräch als Memo in einer Audiodatei und schickte es an Bischoph. Dann fuhr sie nach Hause. Zeit abzuschalten.

Sarah erkannte Kathleen Bischoph bereits von Weitem. Sie hatte den Park auf der Nordseite betreten und lief mit energischen Schritten weiter Richtung Café Eule. Sarah hatte am Spielplatz im Schatten gewartet und beobachtete, wie die Kommissarin plötzlich stoppte und nach ihrem Handy griff. Wie es aussah, gab es eine ganze Menge zu besprechen, dachte Sarah, während sie Bischoph nicht aus den Augen ließ. Die Spezialermittlerin setzte sich einen Moment später abseits des Weges auf eine Bank und lauschte angestrengt. Zwischendurch tippte sie einige Nachrichten – eine davon war für Sarah bestimmt. *Es wird etwas später. Tut mir leid.*

Es verging noch eine Viertelstunde, bis Kathleen Bischoph schließlich aufstand, das Handy einsteckte und ihren Weg fortsetzte. Sarah folgte ihr und schloss dann zu ihr auf. Bischoph sah sie verdutzt von der Seite an und blieb abrupt stehen.

»Wichtige Nachrichten?«, fragte Sarah.

Bischoph hielt ihren Blick fest. »Sie sind sehr gut informiert. Das stelle ich nicht zum ersten Mal fest«, sagte sie leise. »Und Ihre Kollegin Hannah Jakob ebenfalls.«

Und das gefällt ihr nicht, dachte Sarah.

»Sie sollten die Finger von diesem Fall lassen.«

»Warum? Weil er noch schmutziger wird als befürchtet?«

»Zum Beispiel.«

»Darf ich mal raten? Mein Vater hatte auch mit dem Chemiedeal zu tun, und diese Sache zieht nun noch deutlich größere Kreise?«

Bischoph atmete scharf ein.

Treffer, dachte Sarah und deutete ein winziges Lächeln an. »Ja, diesen Zusammenhang habe ich ebenfalls schon in Betracht gezogen. Zufällige Überschneidungen lasse ich hier so gut wie nie gelten. Und mein Vater war schon immer für die ganz bösen Überraschungen gut, sogar nach seinem Tod – nach welchem auch immer.«

Bischoph wandte plötzlich den Blick ab, und sie gingen langsam weiter. »Auch wenn ich mich wiederhole: Ich kann Sie wohl nicht überreden, die Nachforschungen einzustellen?« Sie berührte kurz ihren Arm.

Sarah hob den Blick. »Dazu ist es längst zu spät. Das wissen Sie auch.« Die Berührung klang nach wie ein leises Flüstern.

»Es geht um internationalen Terrorismus, wenn sich die aktuellen Ansätze bestätigen.«

»Soll mich diese Einschätzung beeindrucken oder abschrecken?« Sarah zuckte mit den Achseln. »Überrascht bin ich jedenfalls nicht – nicht mehr, nachdem sich herausstellte, dass er mit behördlicher Unterstützung einen Neuanfang spendiert bekam und längst mit ganz anderen Plänen beschäftigt war. Höchstens verwundert, wie sehr man ihn unterschätzt hat.« Sarah schärfte den Blick. »Was hat er den Behörden angeboten, dass man ausgerechnet ihn in das Zeugenschutzprogramm genommen hat?« Die Ironie in ihrer Stimme war unüberhörbar. Sie hätte auch direkt nachfragen können, wer wohl an dem Geschäft mitverdient hatte. Kathleen Bischoph blieb ungerührt und sparte sich eine Entgegnung.

»Und niemand um ihn herum hat bemerkt, was er vorhatte?«

»Das prüfen wir gerade eingehend.«

»Dessen bin ich sicher.«

Bis sie das Café erreichten, vergingen noch einige Minuten, die sie schweigend zurücklegten. Sie setzten sich an einen gerade frei werdenden Tisch im Freien. Bischoph zog ihr Handy heraus, prüfte zwei Nachrichten und suchte wieder Sarahs Blick. »Kaffee und Kuchen?«

»Gerne.«

»Irgendwelche Vorlieben?«

Sarah spitzte kurz die Lippen. »Sie werden sicherlich die richtige Wahl treffen.«

Bischoph lächelte amüsiert und stand auf. »Mal sehen. Möchten Sie sich in der Zwischenzeit das Gespräch von Hannah Jakob mit Isabell Herder anhören?«

»Natürlich.«

Bischoph griff nach ihrem Handy, und Sarahs Smartphone summte, als die Datei eintraf. Sarah stöpselte ihre Kopfhörer ein und vertiefte sich in die Befragung, während Bischoph das Café betrat. Hannah hatte das Gespräch im Anschluss aus dem Gedächtnis wiedergegeben. Ihre Begabung für die außerordentliche Fähigkeit, Dialoge auch Jahre später zitatgenau wiederholen zu können, war immer wieder verblüffend und hilfreich. Den letzten Abschnitt hörte Sarah sich zweimal an, beim letzten Mal mit geschlossenen Augen. Isabell Herder war unangenehm berührt, auf Pirohl angesprochen zu werden, dachte sie. Als sie die Augen öffnete, stand Bischoph mit einem Tablett vor ihr. »Es steckt mehr dahinter, oder?« Sie reichte Sarah eine Tasse und ein Stück Obstkuchen mit Sahne.

»Danke.« Sarah nickte und griff ihre Kuchengabel.

»Vielleicht hatten die beiden eine Affäre. Wissen Sie, ob Ihr Vater fremdgegangen ist?«, fragte Kathleen Bischoph, während sie sich setzte.

»Nein. Keine Ahnung.«

Bischoph kostete den Kuchen und blickte einen Moment in die Ferne, dann wandte sie Sarah das Gesicht zu. »Sie wissen von dem gesicherten Laptop, der sich in Stockholm befand, nicht wahr?«

Sarah zögerte. Hier galt es, Bentsen herauszuhalten.

»Es ist mir egal, wie das möglich war, doch ich finde, wir sollten zusammenarbeiten – wenn Sie schon nicht bereit sind, sich herauszuhalten«, fuhr Bischoph fort. »Es hat wenig Sinn, wenn hier jede und jeder sein eigenes Süppchen kocht, womöglich aus unterschiedlichen Beweggründen. Die Sache ist brisant genug, und wir verstricken uns, wenn wir die Erkenntnisse nicht an einer Stelle bündeln.«

Damit hat sie unbedingt recht, dachte Sarah. Außerdem habt ihr mich dann besser im Blick. »Was genau meinen Sie eigentlich mit unterschiedlichen Beweggründen?«

»Sie agieren als Tochter und Kommissarin, und diese Doppelrolle können Sie nicht abstreifen, egal, wie sehr Sie sich anstrengen. Und die jeweils involvierten Behörden und Ermittlerteams dürften auch mehrere Motive haben – eigenes Verschulden und die Befürchtung, dass hochbrisante Entwicklungen in gleich mehreren Schreckensszenarien ablaufen könnten, gehören unbedingt dazu. Die Lieferung dieser Kampfstoffe ist womöglich nur ein Deal von mehreren gewesen.« Bischoph unterbrach kurz. »Wie dem auch sei. Die Lage ist brenzlig, und ich möchte meinem Chef den Vorschlag unterbreiten, Sie ins Team zu holen. Voraussetzung: Sie legen alle Karten auf den Tisch.«

»Und Sie tun das ebenfalls?«

»Natürlich – vollumfänglich.«

Sarah lächelte. Wer es glaubt. »Ich gehöre bereits einem Team an.«

»Das BKA müsste zustimmen, aber ich sehe da kein Problem. Schließlich haben wir doch alle mit dem BKA zu tun, und als Verbindungsbeamtin mit dem Dänemark-Hintergrund passen Sie perfekt. Das Ganze wäre zudem eine projektbezogene Kooperation. Mein Team arbeitet darüber hinaus häufig auch mit Externen zusammen.«

Sarah beugte sich vor. »Und was genau wollen wir aufklären?«

Bischoph hob eine Braue. »Stellt sich die Frage tatsächlich noch?«

»Ich bin nicht naiv. Es gibt Aspekte, die …«

»Nicht in die Öffentlichkeit gehören – das stimmt zweifellos. Dennoch müssen sie restlos aufgeklärt werden, und zwar so zügig wie möglich. Dazu gehört auch der Mord an Pirohl und das Tatmotiv. Wir werden mit mehreren Teams und Dezernaten zusammenarbeiten, auch bezüglich des alten Vermisstenfalls müssen wir wohl nacharbeiten – angesichts der neuen Entwicklung in der Chemiefirma. Falls du zu uns stößt, musst du eine Verschwiegenheitsvereinbarung unterschreiben.«

Nun sind wir beim Du, dachte Sarah.

»Und ich bin deine Vorgesetzte.« Bischoph beugte sich vor. »Könntest du damit leben?«

»Vielleicht.«

»Schlaf eine Nacht darüber und sag mir Bescheid.«

Sarah nickte, obwohl ihre Entscheidung trotz einiger Bedenken längst gefallen war. Nur wenn wir an einem Strick ziehen, dürfte es gelingen, den Fall Bernd Pirohl endgültig zu klären und diese Akte endlich zu schließen.

Bischoph trank ihren Kaffee aus und stand auf. »Mit uns hast du die Chance, alles zu beenden und wieder nach vorne zu blicken. Wie klingt das?«

Richtig gut, dachte Sarah.

»Du meldest dich?«

»Ja.«

Bischoph nickte. »Bevor ich es vergesse – wie war der Kuchen?«

»Die richtige Wahl.«

Bischoph lächelte und verabschiedete sich. Sarah blickte ihr einen Moment hinterher. Dann rief sie Mikkel Bentsen an. Er sollte als Erster erfahren, wie es weitergehen könnte.

12

Nelly war es gelungen, eine Überweisung zu entschlüsseln, die auf einen Immobilienkauf in der Gegend um Bariloche sowie Renovierungsarbeiten hindeutete. Die beauftragte Firma zu hacken und die Daten auszulesen, war wohl eine ihrer leichtesten Übungen gewesen, überlegte Frederik. Er hatte vor einigen Tagen unter einem anderen Namen in einem kleinen Hotel eingecheckt und inspizierte seitdem die Gegend – ein atemberaubendes Panorama, das musste er neidlos anerkennen. Wasser, Gebirge, Wälder, hier gab es alles in spektakulärem Überfluss. Das Anwesen war gut geschützt und befand sich in direkter Nähe zum Lago Gutierrez.

Frederik versuchte mehrfach, näher heranzukommen und ein paar Fotos zu schießen, doch an der Zufahrtsstraße gab es versteckte Kameras, und die Toreinfahrt und die umgrenzende Mauer waren nicht nur hoch, sondern wirkten ausgesprochen wehrhaft. Das Gelände auf der Rückseite war zusätzlich dicht bepflanzt. Hier wollte sich jemand verschanzen und jederzeit im Blick behalten, was sich im direkten Umfeld tat. Sobald man sich dem Anwesen auf unter hundert Meter näherte, geriet man ins Visier einer Kamera, und Frederik war sicher, dass auch ein Überflug mit einer Drohne nicht unbemerkt bleiben würde.

Bei seinem dritten Besuch in der Gegend machte er Rast auf dem Parkplatz unmittelbar vor dem Abzweig zur Zufahrtsstraße. Er rauchte eine Zigarette und vertrat sich die Beine, während er sich mit versteckten Blicken umsah. Wer immer zum Haus hochfuhr, musste die Straße passieren – sofern kein versteckter Zugang auf der Rückseite existierte, doch der dürfte kaum für Fahrzeuge geeignet sein. Womöglich könnte eine gut getarnte Wildtierkamera Aufschluss darüber geben, ob und wer den Weg zum Haus einschlug und ob es rund um die Uhr bewacht wurde. Pirohl war tot – gab es bereits Erben für sein Anwesen? Hatte er Vorkehrungen für diesen Fall getroffen? Welche Beweise für seine Umtriebe könnten dort gesichert werden? Und was nützte es Frederik, wenn er – zum Beispiel – eine Baufirma oder Angestellte der Sicherheitsfirma identifizieren konnte? Informationen waren immer hilfreich.

Wenige Stunden später befestigte er in der hereinbrechenden Dämmerung eine Kamera mit der Ausrichtung Zufahrtstraße. Die Bilder wurden direkt an sein Smartphone gesendet. Als er die Aufnahmen am nächsten Morgen kontrollierte, konnte er einen Jeep identifizieren, der den Weg zum Grundstück einschlug und in dem sich zwei Personen befanden. Nach zwei Stunden kehrte der Wagen wieder zurück. Um die Mittagszeit wiederholte sich der Ablauf. Frederik schickte Nelly die Bilddateien. Sie meldete sich wenig später mit der Information, dass die Fahrzeuge zu der Sicherheitsfirma gehörten. *Halt dich fern von denen*, fügte sie noch hinzu. *Vermeide jeglichen Kontakt.*

Ich bin nicht hierhergereist, um mich fernzuhalten, warf Frederik nach kurzem Überlegen ein.

Nelly ließ sich Zeit mit der Antwort. *Wenn sie dich beim Herumschnüffeln erwischen, werden sie dich töten,* antwortete sie schließlich. *Und niemand wird je ermitteln.*

Frederik biss sich auf die Unterlippe. Nelly war nicht dafür bekannt, vorschnell in Panik zu geraten und jeden Teufel in schrillen Farben an die Wand zu malen; sie wusste darüber hinaus nur allzu gut, dass nicht immer jegliches Risiko ausgeschlossen werden konnte. Ihre Warnung war absolut ernst gemeint.

Schon klar, und ich muss da trotzdem rein, erwiderte er schließlich. *Du musst mir helfen, die Überwachung und das Alarmsystem auszuschalten.*

Aus der Ferne?

Aus der Ferne. Ich mache mich über deren System in allen Details schlau, und du erklärst mir, wie ich vorgehen muss. Ihr habt schon ganz andere Systeme gehackt – erzähl mir nicht, dass du das nicht kannst!

Und weiter?

Wir schicken denen Fakeaufnahmen, und ich steige dort ein.

Pause. *Und dann?*

Sehe ich mich um. Filme alles, nehme mit, was ich an Datenträgern in die Finger kriege und verschwinde wieder – eine Stunde höchstens, mitten in der Nacht.

Lange Pause. Frederik war plötzlich fest davon überzeugt, dass Nelly ihm eine Absage erteilen würde, im nächsten Moment bewegte sich der Cursor wieder. *Gut. Ich warte auf deine Informationen. Dann sehen wir weiter. Ich brauche Aufnahmen von der Kamera und muss die üblichen Hintergrundinformationen haben, auch was die Kontrollrundgänge der Firma betrifft. Die Vorbereitungen werden ein paar Tage dauern, und das Ganze ist kein Spaziergang.*

Damit rechne ich auch nicht. Danke, Nelly!

Damit warte mal lieber ab, bis alles vorbei ist. Und noch ein kleiner Tipp – wechsle das Hotel und benutz erneut einen anderen Namen, wenn du irgendwo anders eincheckst.

Natürlich.

Noch was, Frederik – falls du irgendeine Spur hinterlässt, die es denen ermöglicht, dich zu identifizieren, ist dein Leben keinen Cent mehr wert. Und du musst dir unbedingt klarmachen, ob es das tatsächlich wert ist. Niemand kann dir noch helfen, wenn du plötzlich verschollen bist. Hast du das kapiert?

Ja.

Gut. Damit verließ Nelly den Chat.

Frederik starrte einen Moment ins Leere. War es das wert?

Nelly brauchte zwei Tage für die Vorbereitungen. Punkt drei Uhr in der darauffolgenden Nacht lockte sie das Überwachungssystem in eine Falle und lud gestellte Bilder ins System. Nur ein winziges Flackern auf den Monitoren verriet für Sekundenbruchteile die Abweichung. Frederik überquerte Augenblicke später die Mauer auf der rückwärtigen Hausseite. Zeichnungen vom Haus und dem Geländezuschnitt hatte Nelly ihm ebenfalls zur Verfügung gestellt. Selbst wenn die Angaben nicht hundertprozentig stimmten, waren sie als Orientierungshilfe überaus wertvoll.

Frederik war dunkel gekleidet und trug eine Maske. Er durchquerte das Grundstück im Laufschritt; eine Bodycam zeichnete seine Route auf und filmte die unmittelbare Umgebung. Er suchte den Zugang zum Haus über den rückwärtigen Eingang. Alles blieb still und dunkel, nur die Bewegungsmelder direkt am Haus verströmten ein mattes und warmes Licht. Im Souterrain befanden sich Wirtschafts- und Lagerräume und – so hoffte Frederik – ein Büro. Die Tür ließ sich mit einem Code öffnen, den Nelly ihm geschickt hatte. Frederik vertippte sich einmal und hielt kurz die Luft an, bis er den zweiten Versuch startete. Er ließ die Luft laut und mit leisem Zittern entweichen, als sich die Tür öffnete, dann schlüpfte er in einen dunklen Flur, den die Nachtlichtkamera erfasste.

Weißgekalkte Wände. Leises Summen, wahrscheinlich von der Klimaanlage. Frederik war sicher, dass sich niemand im Haus befand, dennoch schlich er auf Zehenspitzen durch den Gang und hielt immer wieder inne, um zu lauschen und sich den Schweiß von der Stirn zu wischen. Die Nacht war warm, und er schwitzte unter der Maske. Nelly hatte ihn beschworen, sie nicht abzusetzen – für den

Fall, dass zusätzliche Kameras installiert waren, die nicht in das Gesamtsystem integriert waren.

Er lief gut fünfzehn Minuten durchs Untergeschoss, ohne etwas Besonderes zu entdecken, bis er nach oben ging und Raum für Raum inspizierte, während seine Kamera das Geschehen dokumentierte. Große helle Räume, geschmackvolle Einrichtung, einige wenige Landschaftsbilder an den Wänden. Auf den ersten Blick fanden sich keine Anhaltspunkte, die Rückschlüsse auf den Besitzer zuließen. Entweder waren sie bereits beseitigt worden, oder Pirohl war klug genug gewesen, Hinweise auf seine Identität von vornherein zu tilgen.

Frederik wanderte von Raum zu Raum, öffnete Schränke und Kommoden, ohne Auffälligkeiten zu entdecken. Das Haus war unbewohnt wie ein leerstehendes Hotel – edel und großzügig, ohne persönliche Note. Ernüchterung machte sich allmählich in ihm breit. Er nahm eine Sprachnachricht für Nelly auf, bevor er seinen Rundgang von vorne begann. Am Schluss ging er noch einmal in die Küche. Neben dem Kühlschrank hing eine Korkwand. An ihr waren einige Kochrezepte gepinnt. Frederik beugte sich vor. Plötzlich flog ein Lächeln über sein Gesicht. Sie waren auf Deutsch verfasst. Das allein besagte natürlich noch nicht viel, aber immerhin gab es damit einen ersten zarten Hinweis.

Frederik zog eine Schublade auf – sie enthielt Krempelkram: Stifte, einen Block, Tesafilm, Heftklammern, Briefumschläge, Servietten, in der hintersten Ecke befand sich ein vergilbtes Foto von einem lächelnden Paar; die Ränder waren bereits eingerissen. Er musterte es gründlich. Wenn ihn nicht alles täuschte, handelte es sich bei dem Mann um den jungen Bernd Pirohl, die Frau kannte er nicht. Vielleicht eine Jugendliebe oder auch nur eine gute Freundin, Kollegin oder Kameradin – wobei sich unmittelbar die Frage anschloss, was es bedeutete, dass sich das Foto ausgerechnet in diesem Haus befand. Frederik beugte sich darüber, zog sein Handy aus der Tasche und scannte es ein. Nelly würde bestimmt etwas dazu einfallen.

Anschließend begab er sich erneut ins Souterrain. Die Hoffnung, auf stichhaltiges Beweismaterial zu Pirohls Umtrieben, Partner und neue Pläne zu stoßen, erlosch zusehends. Frederik blieb auch nicht mehr ausreichend Zeit, die er für eine gründliche Suche benötigte – zum Beispiel nach einem versteckten Tresor oder geheimen Räumlichkeiten, die auf dem Grundriss nicht zu erkennen waren. Fast fünfzig Minuten waren bereits verstrichen. Er musste das Haus verlassen, wenn er nicht Gefahr laufen wollte, aufzufliegen. So war es vereinbart.

Als er schließlich ins Hotel zurückkehrte, waren mehrere Stunden vergangen, und die Morgendämmerung hatte gerade eingesetzt. Er trank eine Flasche Wasser und stellte sich unter die Dusche. Dann ließ er sich aufs Bett fallen und schlief innerhalb weniger Augenblicke ein.

Als er aufwachte, war es später Vormittag. Er war durchgeschwitzt, duschte erneut und verließ dann das Hotel. In einem Café ein paar Straße weiter bestellte er ein Frühstück und ließ das bunte Treiben auf sich wirken. Die Sonne stand an einem tiefblauen Himmel, Menschen strömten vorüber. Lachen, Hupen, Kindergeschrei. Er lächelte. Für einen Moment konnte er vergessen, warum er hier war. Plötzlich stand die Kellnerin neben ihm und fragte, ob er noch einen Kaffee trinken wolle. Ihr Lächeln war zauberhaft.

»Muchos Gracias«, erwiderte er in gar nicht mal so schlechtem Spanisch.

Eine Viertelstunde später kehrte er ins Hotel zurück. Müdigkeit hatte ihn schlagartig überfallen; jeder Schritt war plötzlich anstrengend, und er hatte Mühe, sein Zimmer aufzuschließen. Er wischte sich den Schweiß von der Stirn. Die Anspannung der letzten Tage forderte offenbar ihren Tribut, und das Klima war ungewohnt. Er ließ sich aufs Bett fallen und stürzte augenblicklich in einen tiefschwarzen Abgrund.

Nelly hatte die Fotos durch ihre Datenbank laufen lassen. Die Männer, die das Haus kontrollierten, gehörten zu der Sicherheitsfirma, die auch ein Büro in der Region Bariloche unterhielt. Das war keine große Überraschung. Nach Pirohls Tod waren sie offenbar besonders vorsichtig. Hoffentlich hat Frederik keine Spuren hinterlassen, dachte sie erneut. Da sind Profis am Werk, die nichts dem Zufall überlassen, und sie werden nicht lange zögern, einen Schnüffler auszuschalten. Sie wischte den Gedanken beiseite. Frederik war erwachsen und erfahren genug. Er musste die Verantwortung für sein Handeln selbst übernehmen. Ende. Sie seufzte.

Das alte Foto dürfte die Ermittler in Berlin – und auch auf Bornholm – brennend interessieren, überlegte Nelly. Pirohl als junger Mann – an seiner Seite eine Frau, die nicht seine Gattin war, und die beiden kannten sich seit Jahrzehnten. Fairerweise sollte Nelly an der Stelle mit offenen Karten spielen, aber einen Moment war sie unschlüssig, wie sie verfahren sollte. Der Name würde früher oder später ohnehin eine Rolle spielen, dessen war sie sicher – vielleicht tat er es längst. Sie kaute einen Moment auf dem Gedanken herum, dann übermittelte sie Wolf Karow, ihrem Kontaktmann beim LKA, die Dateien. Dass sie vor unzähligen Jahren für kurze Zeit ein Paar gewesen waren und Eltern eines Kindes, das längst nicht mehr lebte, wusste kaum jemand, und so sollte es auch bleiben. Nelly wunderte sich nicht, dass er wenig später zurückrief.

»Isabell Herder«, sagte er leise. »Das ist ja hochinteressant. Sie ist in der Hauptstadt gerade in den Fokus gerückt.«

»Ach ja?«

Wolf lachte leise. »Ach komm – du dürftest längst wissen, dass sie in einen älteren Vermisstenfall verwickelt ist, bei dem noch dazu eine Chemiefirma mit fragwürdigen Geschäftsverbindungen nach Russland eine Rolle spielt. Einer der Vermissten war ihr Lebensgefährte.«

Nelly hob beide Brauen.

»Oder hattest du das gar nicht auf dem Schirm, und ich erzähle dir damit Neuigkeiten?«

»Und weiter?«, überging Nelly die Frage.

»Und nun taucht sie auf einem uralten Foto mit Pirohl auf, in seinem Haus in Argentinien, wenn ich hier eins und eins richtig zusammenzähle. Der Zusammenhang dürfte auf der Hand liegen – sie ist eine treue und bislang unsichtbar gebliebene Kameradin, mit der er neu anfangen wollte.«

Nelly konnte Wolf Karow förmlich vor sich sehen – wie er sich die Hände rieb und sich zugleich lächelnd daran erfreute, dass sich einzelne Aspekte plötzlich zusammenfügten. Wenn er wüsste, wie gut sich hier alles fügte, dachte Nelly, doch an der Stelle entschied sie, sich noch bedeckt zu halten. Es war besser, einen Joker in der Hinterhand zu behalten – insbesondere um ihn zu schützen. Immerhin war er ein hochrangiger Beamter in einer Ermittlungsbehörde. Das sollten sie beide nicht vergessen. »Und du willst mir wirklich nicht verraten, wie du …«

Sie lachte. Das alte Spiel zwischen ihnen. »Wie immer – nein. Was du nicht weißt, kann dich und uns nicht in Gefahr bringen …«

»Natürlich. Pass auf dich auf.«

»Du auch.«

Wolf würde die Informationen durchstecken, die der Aufklärung dienlich waren, und niemand würde erfahren, woher sie stammten. Notfalls berief er sich auf die Erkenntnisse eines verdeckten Ermittlers, was ja nicht mal gelogen war.

Wenig später versuchte Nelly Frederik zu erreichen, doch der ging nicht an sein Handy. Nelly blickte auf die Uhr. Er wird Schlaf nachholen, dachte sie und ging in die Küche, um Magawa zu füttern. Dann setzte sie sich an ihren Rechner und begann, die restlichen Aufnahmen aus dem Haus zu sichten.

13

Zwei Tage lang war Sarah mit kaum etwas anderem beschäftigt, als das Aktenmaterial zu sichten, das ihr als Teammitglied in Kathleens Gruppe zur Verfügung stand, sich mit den einzelnen Ermittlungsergebnissen sowie mit den Kolleginnen und Kollegen und deren Vorgehensweise vertraut zu machen. Sie stellte ihre Arbeit auf Bornholm vor sowie ihre eigenen Nachforschungen in den letzten Jahren und natürlich insbesondere im Anschluss an den Mord an ihrem Vater auf der Insel.

Der Erkenntnisgewinn dürfte für beide Seiten von Vorteil sein, schätzte sie, und da weder ihre BKA-Vorgesetzten noch Mikkel Bentsen etwas gegen ihren Einsatz in der Sondereinheit einzuwenden hatten, stand hier einer fruchtbaren Zusammenarbeit nichts im Weg. Völlige Offenheit würde es nicht geben. So kannte Sarah die Namen der externen Leute nicht, die Beschattungsaufgaben übernahmen; allerdings war es durchaus üblich, dass verdeckte Ermittler nur einem beschränkten Kreis bekannt waren, manchmal lediglich einem einzigen Kontakt. Was sie persönlich besonders freute und auch erleichterte, war die Tatsache, dass es augenscheinlich überhaupt keine Rolle spielte, dass sie die Pirohl-Tochter war. Sie fühlte sich weder misstrauisch noch scharf beäugt. Womöglich hatte Kathleen Bischoph im Vorfeld dazu ein paar klare Worte gefunden.

Die Arbeit im Team wurde inzwischen aufgeteilt, um so effizient wie möglich Ergebnisse zu bündeln. Zwei Kollegen beschäftigten sich ausschließlich mit der Sicherheitsfirma und deren weltweite Verbindungen – mit besonderem Fokus auf Pirohl, seine Geschäfte und Partner. Eine junge Kommissarin arbeitete sich durch die dicke Akte, die Einzelheiten zur Kronzeugenregelung enthielt und suchte nach Verknüpfungen, die möglicherweise zum Pirohl-Mörder führen könnten. An der Stelle unterstützte Sarah die Recherchen. Zwei andere Beamte arbeiteten direkt mit der Zollfahndung und weiteren Dezernaten zusammen, um gemeinsam die Geschäfte der Chemiefirma und Pirohls Engagement an der Stelle so gründlich wie möglich zu durchleuchten, und behielten dabei gleichzeitig die beiden Vermisstenfälle im Blick. In welchem Umfeld hatten die beiden sich seinerzeit bewegt? Waren finanzielle Auffälligkeiten bislang übersehen worden? Gab es Kontakte, die mit den Geschäften in Russland in einen Zusammenhang gebracht werden konnten – sowohl zum Zeitpunkt des Verschwindens der beiden Mitarbeiter als auch aktuell? Konnte Isabell Herders bisherige Darstellung erschüttert werden? Wie war es der Juristin gelungen, so lange unter dem Radar zu bleiben? Zufall oder Absicht? Diese Frage beschäftigte Sarah ganz besonders.

Als das Team am Tag darauf zur Morgenbesprechung zusammenkam, wirkte Kathleen angespannt. »Seid ihr endlich alle mit Kaffee versorgt und habt Zeit für ein Update?«, fragte sie in die Runde, und das klang höchstens ansatzweise humorvoll.

Sie aktivierte den Wandbildschirm, noch während die letzten Stühle gerückt wurden. Ein körniges Porträtfoto ploppte auf. Sarah kniff die Augen zusammen.

»Bernd Pirohl und Isabell Herder«, erklärte Kathleen. »Das Bild wurde in einer Villa in Argentinien entdeckt, übrigens in der Gegend um Bariloche. Wir gehen davon aus, dass es sich um Pirohls Domizil handelt.« Sie warf Sarah einen Blick zu. »Das Foto ist allerdings Jahrzehnte alt.«

»Es dürfte im Zusammenhang mit der Reise meiner Eltern entstanden sein«, meinte Sarah.

»Die beiden wirken sehr vertraut.«

Stimmt, dachte Sarah, während sie die Aufnahme musterte. Ihre Mutter hatte im Gespräch betont, dass es sich um eine zufällige Begegnung von Bekannten aus Berlin gehandelt hatte, der sie keinerlei Bedeutung beigemessen hatte, und Bernd auch nicht. Doch die abgebildete Szene ließ anderes vermuten. Isabell Herder und ihr Vater standen dicht zusammen, sie blickte ihn von der Seite an. »Sie himmelt ihn an«, stellte Sarah fest. »Sie war seine Studentin ... Vielleicht ist es harmlos, zu diesem Zeitpunkt jedenfalls. Und der Schnappschuss erinnert an diese persönliche Begegnung.«

»Und landet Jahrzehnte später in Pirohls Haus in Bariloche«, ergänzte Kathleen. »Das ist in der Tat bemerkenswert.«

Sarah nickte. »Ich denke auch, dass es eine tiefere Verbindung zwischen den beiden gibt beziehungsweise gab. Umso bedeutsamer, als offensichtlich bislang kein einziges Indiz darauf hinwies. Sie haben ein großes Geheimnis daraus gemacht – Herder tut es ja immer noch –, und es kann erst jetzt gelüftet werden.«

»Inzwischen gibt es noch mehr zu ihr«, fuhr Kathleen fort. »Wir haben zum wiederholten Mal die Reiseaktivitäten über einen erweiterten Zeitraum von und nach Bornholm checken lassen und mit Mobilfunkdaten sowie Aufnahmen von Überwachungskameras abgeglichen. Die Kollegen aus Bornholm waren entsprechend hilfsbereit und haben sich da noch mal reingehängt.« Sie rief ein weiteres Foto auf. »Und nun schaut mal.«

Sarah beugte sich vor. Das Bild stammte vom Hafen in Sassnitz, und es mangelte erheblich an Tiefenschärfe. Bei der Frau könnte es sich um Isabell Herder handeln, die gerade von der Fähre fuhr und zum Seitenfenster hinaussah. Aber eine eindeutige Identifizierung war das nicht, und vor Gericht würde diese Beweisführung allein kaum ausreichen.

»Ich weiß, die Qualität lässt zu wünschen übrig. Aber achtet mal auf die Reisetasche auf dem Rücksitz«, forderte Kathleen das Team auf und zoomte das Bild heran. »Das ist ein ziemliches Schmuckstück, eine schön gearbeitete Ledertasche. Wir konnten sie ein weiteres Mal auf einem anderen Überwachungsbild identifizieren und Isabell Herder zuordnen …« Sie zögerte kurz und sah in die Runde. »Lasst uns das abkürzen. Wir können inzwischen gesichert davon ausgehen, dass Frau Herder im zeitlichen Umfeld des Mordes unter anderem Namen nach Bornholm gereist ist, um etliche Tage nach den Geschehnissen nach Berlin zurückzukehren – erneut unter anderem Namen. Wir wissen inzwischen auch, dass sie Urlaub eingereicht hatte.« Kathleen lächelte plötzlich. »Und ich bin sehr gespannt, wie sie sich dazu äußern wird. Wir erwarten sie in Kürze. Es wäre hinreißend, wenn bis dahin noch mehr Erkenntnisse vorlägen. Ich würde nämlich gerne eine Hausdurchsuchung durchkriegen.«

Sarah war verblüfft. Um sie herum entstand plötzlich Bewegung und Hektik. Die Kolleginnen und Kollegen eilten an ihre Schreibtische zurück. Kathleen hielt ihren Blick fest. »Manchmal geht alles sehr schnell.«

»In der Tat, aber …«

»Wollen wir die Vernehmung zusammen durchführen?«

Sarah zögerte keinen Augenblick. »Natürlich.« Sie stand auf und trat zu ihr. »Was denkst du, was passiert ist?«

»Sie war Pirohls Vertraute, vielleicht seine Geliebte, und sie ist eine wichtige Zeugin.«

»Mehr nicht?«

»Was meinst du?«

»Sie könnte die Täterin sein – so professionell, wie sie ihre Reiseaktivitäten verschleiert hat, finde ich diesen Gedanken durchaus naheliegend.«

Kathleen schüttelte den Kopf. »Sie hat Jahrzehnte heimlich an seiner Seite verbracht. Warum sollte sie Pirohl töten? Sie wollte mit ihm zusammen ein neues Leben beginnen.«

Das war ein guter Einwand.

»Da steckt etwas anderes dahinter. Sie weiß, was passiert ist, kennt alle möglichen Interna, und wir müssen Sie davon überzeugen, die Karten auf den Tisch zu legen. Ein wenig Druck kann dabei wohl nicht schaden. Wir haben noch eine gute Stunde. Lass uns die Befragung vorbereiten.«

»Okay.«

Kathleen griff auf dem Weg in ihr Büro zum Handy und rief ihren Recherchespezialisten an. »Ben, ich brauche unbedingt etwas …«

»Hier braucht gerade jeder etwas, und das ganz schnell«, erklärte er so laut und unwirsch, dass Sarah seine Entgegnung gut verstehen konnte.

»Isabell Herder und die beiden Vermissten – dazu muss es irgendwas geben, auf jeden Fall mehr als bisher.«

»Das wird es. Aber ob und wann wir das entdecken …«

»Ben!«

»Ja, ich gebe noch mal Gas.«

»Gut, mehr wollte ich gar nicht.« Sie beendete das Gespräch und steckte ihr Handy ein, während sie Sarahs Blick festhielt. »Wir sind auf dem richtigen Weg.«

»Wer hat euch das Foto geliefert?«

»Ein LKA-Spitzenmann mit besten Kontakten, über die er nie ein Wort verlauten lässt, und das ist auch gut so. Mehr kann ich an der Stelle nicht sagen.« Kathleen hob beide Hände. »Ganz ehrlich, ich weiß es nicht.«

Sarah lächelte.

»Du glaubst mir nicht?«

Sie wiegte den Kopf. »Das spielt wohl keine Rolle. Dieses Foto wird Isabell Herder verblüffen.«

»Dessen bin ich mir sicher. Ich hoffe darüber hinaus, dass es sie in größte Unruhe versetzen wird und uns eine Angriffsfläche bietet.«

Kathleens Büro war ein kleiner gemütlicher Raum – Pflanzen, eine Sitzecke am Fenster, einige Bilder, auf denen kaum mehr als explodierende Farben zu erkennen waren. Nirgendwo Hinweise auf andere Menschen, dachte Sarah und ließ sich in einen Sessel fallen. Was treibt dich an?, dachte sie und hob den Blick. Kathleen sah sie ruhig an. »Wir werden diesen Fall lösen, auch wenn Fragen offenbleiben oder von anderen Ressorts zur abschließenden Bearbeitung übernommen werden – Stichwort: Geschäfte mit chemischen und biologischen Substanzen. Ich werde alles dafür tun, so viel Licht wie irgend möglich ins Dunkel zu bringen. Wie klingt das?«

Sarah lächelte. »Gut. Darauf kann ich mich einlassen.«

14

Sein Kopf schmerzte, der Gaumen brannte, und er hatte Mühe, die Augen zu öffnen. Es war dunkel. Wie spät war es eigentlich? Wie lange hatte er geschlafen? Einen Moment war er verwirrt, dann spürte er, dass seine Augen verbunden waren und er sich nicht bewegen konnte. Seine Hände waren gefesselt. Sie haben mich erwischt. Schlagartig schnellte sein Puls nach oben. Plötzlich waren Schritte zu hören, dann ein Räuspern und ein kurzer Wortwechsel auf Spanisch. Männerstimmen. Er hielt den Atem an.

»Hast du ausgeschlafen?«, fragte plötzlich jemand. Er sprach Deutsch mit dezent spanischem Akzent.

Frederik spürte, wie die Angst seinen Hals zuschnürte. »Wo bin ich?«, flüsterte er. Im gleichen Moment wurde ihm die Binde von den Augen gezogen.

Zwei Männer, ein älterer um die fünfzig oder sechzig, ein junger Typ Mitte zwanzig blickten ihn an. Der Ältere hatte faszinierend grüne Augen und volles graues Haar. Er lächelte milde, fast herzlich, Lachfältchen zeigten sich im ganzen Gesicht. Frederik lag auf dem Boden in einem fremden Zimmer. »Was ist passiert?«, fragte er, obwohl er längst wusste, was geschehen war, und in seiner Stimme vibrierte eine mühsam unterdrückte Panik.

»Lassen wir das«, entgegnete der Grünäugige in gelassenem Ton. »Erzähl uns einfach, was du in dem Haus wolltest.«

»Nichts Besonderes«, erwiderte Frederik. »Ich …«

Der ältere Mann hob rasch eine Hand. »Bitte – halte uns nicht mit irgendwelchen Lügengeschichten auf. Wir wissen, dass du dort herumgeschnüffelt hast, und wir wissen auch, woher du kommst. Also – was genau hat dich in dem Haus interessiert?«

Frederik blickte in die grünen Augen, die ihm mit großer Neugier entgegenstrahlten, und abgrundtiefe Verzweiflung stieg in ihm auf. Es war vorbei. Er war nicht vorsichtig genug gewesen. Er hätte Nellys Warnungen beherzigen und niemals in dieses Land reisen sollen. Was für eine verrückte Idee – und wie arrogant anzunehmen, ausgerechnet ihm könnte es quasi im Alleingang gelingen, dieses schmutzige Nest auszuheben. Er war weit gekommen, zweifellos, aber nicht einmal annähernd weit genug. Sie würden ihn nicht wieder laufen lassen, so viel stand fest – die Tatsache, dass sie ihm die Augenbinde abgenommen hatten und riskierten, dass er sie identifizieren konnte, war ein verdammt schlechtes Zeichen.

»Ich heiße übrigens Sebastian, zumindest im Moment – er ist einer von vielen Namen, die ich mir zugelegt habe. Doch er gefällt mir besonders gut«, fuhr der Grünäugige einen Moment später fort, und seine Stimme klang beinahe sanft. »Mein junger Kollege hier übrigens hat auch viele Namen. Sie spielen alle keine Rolle. Du kannst ihn zum Beispiel Stephan nennen, wenn du magst. Vielleicht ist es einfacher für dich, offen zu reden, wenn du Gesichter einen Namen geben kannst.« Er nickte nachdenklich. »Das ist für die meisten Menschen leichter.« Erneutes Nicken. »Mach dir übrigens unbedingt klar, dass es ein fataler Fehler wäre, diese freundliche Aufforderung, mit uns zu kooperieren, auszuschlagen. Sie ist die vernünftigste und beste Lösung, denn du wirst so oder so reden, verstehst du?«

Ja, dachte Frederik, ich verstehe sehr gut. Sebastians Stimme klang einschmeichelnd und warm, seine eigene flatterte.

»Ich bin ganz und gar kein Freund von Gewalt und Schmerz, aber manchmal muss man Dinge tun, von denen man wenig hält, um ans Ziel zu kommen. Warum? Weil nur dieses Ziel zählt. Mein junger

Kollege, ja, nenn ihn einfach Stephan, wird dir notfalls tagelang Qualen bescheren, deren Ausmaß dir bislang unbekannt sein dürften – sofern du Glück hattest in deinem bisherigen Leben. Ich persönlich bin davon überzeugt, dass wir uns diesen grausam dornigen Weg sparen sollten. Noch einmal: Warum genau interessiert dich das Haus?«

Frederik räusperte sich erneut. »Kann ich etwas zu trinken bekommen?«

»Ja, natürlich.« Sebastian nickte Stephan zu. »Bring ihm ein Glas Wasser.«

Stephan stand auf und wandte sich um. Leises Sprudeln erklang. Mit einem Glas in der Hand beugte er sich zu Frederik herunter und hielt es ihm an die Lippen. Ich werde sterben, dachte Frederik, und ein Zittern durchfuhr ihn. Es ist nur die Frage, wie. Er schloss für einen Moment die Augen. »Mein Vater war ein Studienkollege von Bernd Pirohls Vater«, sagte er schließlich.

Sebastian sah ihn erstaunt an. »Wirklich?«

»Ja. Aber ihre Wege haben sich getrennt.«

»Warum?«

»Mein Vater hatte andere Ideale.«

»Das ist zugegebenermaßen interessant.« Sebastian nickte. »Und weiter?«

»Ich bin Journalist.«

»Das wissen wir längst.«

»Als Pirohl verhaftet wurde, schien alles vorbei zu sein«, fuhr Frederik fort. Er sprach langsam. »Aber das war es nicht. Er ist ermordet worden – vor einigen Wochen. Doch das wisst ihr bestimmt auch schon.«

»Richtig. Die Frage ist immer noch: Was wolltest du hier?«

»Seinen Plan für die Zukunft entdecken.«

»Den kennst du doch längst. Es ist immer derselbe, auch wenn sich die Umstände ändern.«

»Ich wollte wissen, wie es ihm gelingen konnte …«

Sebastian schüttelte den Kopf. »Es ist ihm gelungen, alle zu narren. Bis auf einen – seinen Mörder. Wer hat ihn getötet? Du?«

Frederik blinzelte verwirrt. »Nein!«

»Warum sollen wir dir glauben?«

»Ich wusste doch gar nicht, dass Pirohl noch lebt und …«

»Wie hast du davon erfahren?«

»Es hatte sich im Netz herumgesprochen – in Kreisen, in denen niemand seinen richtigen Namen nennt.«

Sebastian lächelte. »Ich verstehe. Was hatte sich noch herumgesprochen?«

»Das kann ich nicht realistisch einschätzen.«

Sebastians Lächeln vertiefte sich. »Bist du sicher, dass diese Antwort klug ist?«

»Argentinien war ein Stichwort.«

»Woher stammt diese Information?«

»Das kann ich nicht sagen – weil ich es nicht weiß.«

Sebastian beugte sich vor. »Willst du wirklich bei dieser Antwort bleiben?«

»Ja – sie ist die Wahrheit.«

»Große Worte. Nun gut. Wir werden sehen. Mein junger Kollege Stephan wird sich zehn Minuten mit dir beschäftigen. Es werden die längsten zehn Minuten deines Lebens, das kann ich dir versprechen. Dann wird sich zeigen, was du weißt und bereit bist, preiszugeben. Ich werde in der Zwischenzeit einen Kaffee trinken und einen Zigarillo rauchen, und dann reden wir weiter.«

Sebastian sollte recht behalten. Frederik hatte bereits nach drei Minuten nur noch einen Wunsch: schnell sterben zu dürfen.

Isabell Herder war pünktlich gewesen. Sarah beobachtete durch die verspiegelte Scheibe im Technikraum, wie sie etwas steifbeinig Platz nahm und Kathleen Bischoph nicht aus den Augen ließ. Herder gab sich große Mühe, aber es gelang ihr nicht, überzeugend die Gleichmütige zu spielen. Sie war deutlich angespannt. Ihr Mund wirkte hart, und ihr Blick war eisig, während Kathleen ihrerseits einen aufgeräumten, fast fröhlichen Eindruck machte. Sie setzte sich und grüßte in munterem Ton. »Können Sie sich denken, warum wir Sie befragen möchten?«, fragte sie schließlich.

Isabell Herder deutete ein ärgerliches Kopfschütteln an. »Was soll das? Lassen Sie uns direkt zum Punkt kommen. Stellen Sie einfach Ihre Fragen.«

Kathleen nickte höflich. »Sie sind kürzlich von der Kollegin Hannah Jakob befragt worden.«

»Richtig. Es gab in der Vermisstensache nichts Neues von meiner Seite zu berichten«, erklärte Herder. »Die Kommissarin wird Ihnen das bestätigt haben. Mir ist auch nicht bekannt, ob es damals Unregelmäßigkeiten oder Auffälligkeiten in der Chemiefirma gab, die ja ganz aktuell eine Rolle spielen. Stefan hat nicht oder nur am Rande über seine Arbeit gesprochen.«

»Er scheint ja über einiges nicht mit Ihnen gesprochen zu haben«, erwiderte Kathleen in unterschwellig süffisantem Ton.

Herder stutzte nur einen Moment, dann zuckte sie die Achseln. »Das ist ein alter Hut. Längst vergessen und völlig bedeutungslos.«

Sie hätte auch sagen können – geben Sie sich keine Mühe, damit erreichen Sie gar nichts bei mir. Sarah war nur einen Moment verblüfft, wie lässig Herder mit der Tatsache umging, dass ihr Lebensgefährte sie möglicherweise seit Jahren betrogen hatte, um dann mit einer anderen Frau unterzutauchen – ein Aspekt, den eine Kommissarin benutzte, um sie mit einem Seitenhieb zu provozieren. Doch Herder selbst führte, sofern sie mit ihren Vermutungen richtig lagen, seit Jahrzehnten ein Doppelleben. Und wer wusste, was vor sechs Jahren passiert war.

»Ich verstehe. Sie haben sich damit abgefunden«, stellte Kathleen fest.

»Es ist schlau und spart Energie, sich mit Dingen abzufinden, die man nicht mehr ändern kann.«

Auf die Bemerkung ging Kathleen nicht ein; sie blickte mit konzentrierter Miene auf ihr Smartphone, wo offenbar gerade eine Nachricht eingegangen war. »Aber vielleicht war es ja auch ganz anders«, ergriff sie schließlich wieder das Wort und blickte hoch.

»Wie meinen Sie das?«

»Stefans Liebesleben außerhalb Ihrer Partnerschaft hat sie womöglich gar nicht gestört. Das schafft Freiräume für beide Seiten.«

»Ist das jetzt nicht völlig egal?«

»Sind Sie tatsächlich so tolerant? Besser gesagt – waren Sie es? Stichwort: offene Beziehung?«

Herder zuckte mit den Achseln. »Keine Ahnung. Damals war mir das nicht klar. Und danach ist es unwichtig gewesen.«

»Oder es war anders.«

»Wie meinen Sie das?«

»Vielleicht spielte Ihr Partner schon immer eine Nebenrolle, zumindest nachdem sie einem anderen Mann begegnet waren.« Kathleen drehte das Tablet herum und schob es in Herders Richtung über den Tisch. »Eine hübsche Momentaufnahme, oder? Wie lange liegt das zurück? Ein gutes Vierteljahrhundert, schätze ich. Es ist während einer Reise entstanden. Wissen Sie noch, wo das war?«

Isabell Herder starrte unbewegt auf das Foto von sich und Pirohl und brauchte mehrere Augenblicke, bis sie in der Lage war, den Kopf zu heben und Kathleens Blick zu erwidern.

»Falls nicht – helfen wir Ihnen gerne auf die Sprünge.«

Das war Sarahs Stichwort. Sie erhob sich und ging hinüber in den Befragungsraum. Herder blickte ihr verdutzt entgegen. In ihren

Augen blitzte es auf, und Sarah war sicher, dass die Frau sie kannte. Sie setzte sich neben Kathleen. »Mein Name ist Sarah Pirohl, ich bin Hauptkommissarin beim BKA und gehöre zurzeit der Sonderermittlungsgruppe an«, erklärte sie betont sachlich. »Außerdem war ich auf dieser Reise auch dabei – als kleines Kind, gemeinsam mit meinen Eltern vor so ziemlich genau siebenundzwanzig Jahren. Erinnern Sie sich?«

Herder schwieg gefühlt mehrere Minuten. Schließlich atmete sie tief durch. »Woher haben Sie das Foto?«

»Das wissen Sie ganz genau«, entgegnete Kathleen. »Wir haben es in dem Haus entdeckt – in Ihrer neuen Heimat in Bariloche. Ein schöner Plan, den Sie geschmiedet haben, Sie und Pirohl und einige andere, der allerdings vereitelt wurde. Wir wüssten gerne genauer, was geschehen ist und wie das alles miteinander zusammenhängt. Sie sind selbst Juristin – Sie können sich denken, dass wir keine Anstrengung scheuen, für umfangreiche Aufklärung zu sorgen. Und hier geht es um einiges mehr als um einen alternden Nazi, der sich mit seiner Freundin und Kameradin noch ein paar schöne Jahre machen wollte – in einem Land, das ihn mit offenen Armen aufgenommen hätte.«

Erneutes Schweigen.

»Sie sind mehrere Jahrzehnte ein Paar gewesen«, fuhr Kathleen fort. »Wahrscheinlich seit Ihrer Studienzeit, später haben Sie eine Weile in seiner Kanzlei gearbeitet. Und nie hat es den kleinsten Verdacht gegeben. Zu keinem Zeitpunkt sind Sie in den Mittelpunkt gerückt, sondern immer die stille, heimliche Kameradin geblieben, die erst nach seinem Tod aufgefallen ist, als viele Fragen plötzlich neu gestellt wurden.«

Isabell Herder blickte auf ihre Hände. Sie atmete tief aus.

Sie wird nicht reden, dachte Sarah. Das ist ihr gutes Recht. Und bislang haben wir nichts als dieses Foto und einige Verdachtsmomente. Das reicht aber nicht. »Was ist auf Bornholm passiert?«, ergriff sie plötzlich das Wort.

Herder sah auf. »Ich weiß es nicht. Warum sollte ich Genaueres dazu wissen?«

»Weil Sie dort waren«, warf Kathleen ein. »Sie tauchen auf Überwachungsvideos auf und können eindeutig identifiziert werden – trotz der falschen Namen. Also bitte verschonen Sie uns mit weiteren Ausflüchten und Lügen. Hat sich jemand gerächt?«

Isabell Herder blickte zur Seite, dann fasste sie Sarah ins Auge und hob das Kinn. »Davon gehe ich aus.«

»Geht das etwas genauer?«

»Nein. Hören Sie auf, mich zu bedrängen. Ich muss nicht …«

»Warum Bornholm?«, fragte Sarah. »Was sollte der Besuch ausgerechnet dort? Warum die Nähe zu mir und sogar Frederik Thomsen? Die Wahl des Ferienhauses ist alles andere, nur kein Zufall. Nach all der Geheimnistuerei und sorgfältigen Planung wagt mein Vater sich in meine Nähe und auch in die Nähe seiner Frau in Potsdam. Warum? Was hat ihn angetrieben?«

Sarah hörte selbst, dass ihre Stimme drängend klang, betroffen, persönlich, und Herder entging das auch nicht. »Ich weiß es nicht. Wir wollten uns dort treffen. Ich habe das nicht in Frage gestellt. Ich habe nie etwas in Frage gestellt.«

Sarah öffnete den Mund – und schloss ihn wieder. Ich habe nie etwas in Frage gestellt. Eine treue Kameradin, die ihm einfach gefolgt ist. »Was ist passiert?«

»Ich habe keine Ahnung …«

Kathleen schlug so heftig mit der flachen Hand auf den Tisch, dass selbst Sarah zusammenzuckte. »Erzählen Sie doch nicht so einen Mist!«

»Dann beweisen Sie mir doch das Gegenteil, wenn Sie schon so eine dicke Lippe riskieren«, entgegnete Herder fast genauso laut.

»Er ist mitten in der Nacht aufgebrochen und kehrte nicht zurück. Am nächsten Morgen erfuhr ich von dem Mord am Strand unter dem Leuchtturm und habe ...«

»Wo haben Sie gewohnt?«

»Ich war in einem kleinen Hotel gemeldet. Wir waren immer vorsichtig.«

»Lassen Sie uns beim Tatabend bleiben«, forderte Kathleen sie auf. »Sie waren bei ihm im Haus?«

»Ja.«

»Und weiter?«

»Ich bin auf dem Sofa eingeschlafen, und als ich aufwachte, war er weg«, erklärte Herder. »Ich dachte, dass er noch einen Spaziergang macht, und bin ins Bett gegangen. Aber als er am nächsten Morgen nicht da war, ahnte ich, dass etwas passiert ist. Später gab es erste Nachrichten zu einem Polizeieinsatz. Ich habe meine Spuren beseitigt und das Haus verlassen. Ich bin sehr gründlich und war es gewohnt, immer darauf zu achten, dass keine Rückschlüsse auf mich möglich waren.«

Die Geschichte stimmte hinten und vorne nicht, dachte Sarah – bis auf diesen letzten Punkt. Sie war gründlich und hatte sich aus dem Staub gemacht, und zwar auf höchst professionelle Weise. Entweder sie kannte den Mörder und hatte Angst vor Rache, oder sie steckte mit ihm unter einer Decke oder ... Sarah runzelte die Stirn. »Da passt einiges nicht zusammen, Frau Herder. Noch einmal: Was wollte mein Vater auf Bornholm?«

»Er wollte sich verabschieden.«

»Von mir?«

»Ja. Es war klar, dass er Sie nie wiedersehen würde.«

Sarah tauschte einen kurzen Blick mit Kathleen, die genau dieses Argument angeführt hatte. Und es überzeugt mich trotzdem nicht, dachte sie, nicht auf den zweiten Blick.

»Das war schon vorher klar«, entgegnete Sarah. »Wir haben uns das letzte Mal von Angesicht zu Angesicht in der JVA gesehen. Und spätestens bei diesem Zusammentreffen war endgültig klargeworden, dass ich nie wieder etwas mit ihm zu tun haben wollte. Und was später geschah, hat diesen Entschluss nur verstärkt. Mein Vater hat Frederik Thomsen entführen lassen, um mich unter Druck zu setzen. Er hätte nicht gescheut, ihn töten zu lassen. Also: Ein melodramatischer Abschied von seiner Tochter passt so gar nicht in dieses Bild, noch dazu im ehemaligen Haus des Journalisten, der mit seinen Recherchen ganz erheblich dazu beigetragen hatte, dass die Umtriebe seines Netzwerks aufgedeckt werden konnten. Ich wiederhole mich an der Stelle gerne: Was sollte der Aufenthalt auf Bornholm, und wer wusste davon?«

Isabell Herder lehnte sich zurück. Sarah spürte ihre Anspannung wie einen kalten Luftzug. »Haben Sie ihn getötet? Hat er vielleicht seine Pläne geändert?«

Herder zuckte zusammen. Ihr Gesicht wurde plötzlich kalkweiß. Treffer, dachte Sarah, und Kathleen schoss mit Sicherheit ein ähnlicher Gedanke durch den Kopf, auch wenn sie die Reaktion verblüffen dürfte.

»Wir werden in Kürze eine Hausdurchsuchung durchführen«, erklärte Kathleen einen Moment später. »Wäre es nicht klüger, vorher die Karten auf den Tisch zu legen?«

Isabell Herder hob das Kinn. »Ich habe ihn nicht getötet. Warum sollte ich das tun? Nichts lag mir ferner. Es gab einen gemeinsamen Lebensplan.«

So hatte Kathleen im Vorfeld auch argumentiert, dachte Sarah.

»Und was ist passiert?«

»Er wollte mich töten.«

»Wie bitte?« Sarahs Augen weiteten sich. »Warum …«

»Aber es ist ihm jemand zuvorgekommen«, fuhr Herder eilig fort.

»Und nein: Ich weiß nicht, wer das war. Und wenn ich es wüsste, würde ich ebenfalls dazu schweigen. Der Täter hat mir das Leben gerettet.«

Das war eine raffinierte und höchst überraschende Finte, dachte Sarah. »Warum sollte er Sie töten wollen?«

Herder hob das Kinn. »Dazu will ich nichts sagen.«

»Sehr überzeugend klingt das nicht.«

»Das ist mir egal.«

»Na schön. Dann versuchen wir es anders. Sie haben nicht bemerkt, dass jemand in Ihrer Nähe war?«, fragte Sarah.

»Nein. Er tauchte aus dem Nichts auf, und ich habe die Tat nicht einmal mitbekommen.«

Sarah beugte sich vor. »Geht das genauer?«

Herders Augen begannen zu funkeln. »Sie wollen unbedingt wissen, was da los war, oder?«, entfuhr es ihr. »Natürlich wollen Sie das – Sie sind seine Tochter – die, die nicht eher ruhte, bis … Aber offiziell erfahren Sie gar nichts von mir. Und lange festhalten können Sie mich hier auch nicht. Ich werde als Zeugin befragt oder als Verdächtige – und dafür gelten jeweils klare Regeln und Vorschriften, wie ich Ihnen kaum darlegen muss.«

Sie hat sich wieder gefangen und versucht sogar auszuteilen, dachte Sarah. Und wenn sie diese Strategie durchhält, müssen wir sie ohne handfeste Beweise ziehen lassen.

»Interessante Einlassung«, ergriff Kathleen wieder das Wort. »Etwas ganz anderes, Frau Herder: Ich denke, Sie wissen sehr viel von diesem Deal mit den Russen, der gerade einige Dezernate auf den Plan ruft. Wie sagten Sie vorhin so schön – Sie haben nie etwas in Frage gestellt, was Pirohl entschieden hat. Egal, worum es ging? Obskure Ideen, Straftatbestände, Wirtschaftsbetrug in ganz großem Stil, Vorbereitung von Anschlägen – völlig egal? Hm, ja, wahrscheinlich.« Kathleen überlegte einen Moment. »Stefan Krohm hing da womöglich auch mit drin. Aber dann ist wohl einiges anders gelaufen als ursprünglich geplant. Hat die Kollegin etwas mitbekommen? Mussten deshalb beide verschwinden oder sogar sterben, und der Verdacht, dass die beiden ein Paar waren und durchgebrannt sind, war nie etwas anderes als ein perfekt inszeniertes Ablenkungsmanöver?«

Das war interessanter Vorstoß, dachte Sarah. Kathleen verfügte wahrscheinlich längst über neue Hinweise aus ihrem Team. Sarah beobachtete die erneute Veränderung in Herders Mimik. Der Themenwechsel behagte ihr ganz und gar nicht. »Wie kommen Sie denn plötzlich auf solche Ideen?«, wehrte sie fahrig ab, doch ihr Einwand klang bemerkenswert matt.

»Mein Team recherchiert auf besonders gründliche Art. Und wir haben etwas entdeckt.«

Sarah war ebenfalls gespannt.

»Der Wagen, in den Stefan Krohm und Caroline Seifert damals nach der Betriebsfeier eingestiegen sind, war kein Taxi – er sah nur so aus beziehungsweise sollte so aussehen.«

»Woher wollen Sie das wissen?«

»Auf diesem Fest entstanden viele Fotos – auch im Hof, an der Straße, auf dem Parkplatz, beim Abschied und so weiter. Mit denen haben wir uns eingehend beschäftigt, mehrfach. Und wir haben Dutzende von Kennzeichen überprüft. Dieses war eine Fälschung. Das hat uns natürlich aufhorchen lassen. Und wir haben nachgefasst.«

»Und was habe ich damit zu tun?«

»Das wissen Sie doch längst.« Kathleen lächelte plötzlich. »Ich erkläre es aber gerne im Detail, wenn Sie Wert darauflegen. Wir haben die Spur des Wagens weiterverfolgt. Er gehörte einem Studenten, der ein Praktikum in der Kanzlei absolviert hat, in der Sie arbeiten.«

Sarah war beeindruckt.

»Und falls Sie an unserer Vorgehensweise zweifeln möchten – wir haben sämtliche Kennzeichen im Umfeld der Chemiefirma, ihrer Angestellten sowie der Angehörigen überprüft, nachdem sich herausgestellt hatte, dass eine Manipulation vorlag. Wir werden demnächst mit dem Besitzer des Wagens sprechen. Ich schätze, er hat Ihnen das Fahrzeug für einen sehr guten Preis ausgeliehen. Darüber hinaus …« Kathleen blickte kurz auf die Uhr. »Die Hausdurchsuchung hat auch gerade begonnen. Möchten Sie uns vielleicht doch vorab etwas sagen? Oder erst in Ruhe einen Kaffee trinken und ein paar Minuten nachdenken?«

Isabell Herder rührte sich nicht und starrte ins Leere. Kathleen warf Sarah einen Seitenblick zu, und sie erhoben sich gleichzeitig und verließen den Raum.

»Wo habt ihr all diese Fotos plötzlich ausgegraben?«, fragte Sarah, kaum dass sie den Technikraum betreten hatten.

Kathleen zuckte mit den Achseln. »Ich habe die Recherche an der Stelle ein bisschen aufgebauscht dargestellt. Wir haben nur dieses falsche Kennzeichen entdeckt. Daraufhin hat Ben Dutzende von Fahrzeugen im Umfeld der Firma und der Gäste überprüft. Da das Ganze ja sechs Jahre zurückliegt, gestaltete sich die Suche ziemlich aufwändig. Der Student mit seinem alten Mercedes war schließlich ein Treffer – und der Rest der Darstellung basiert auf höchst realistischer Spekulation, ein bisschen Stochern im Nebel und …«

»Soll Herder beeindrucken und verunsichern«, vervollständigte Sarah den Satz. »Sie ist Juristin – das könnte …«

»Sie hat so viel auf dem Kerbholz, dessen bin ich inzwischen ganz sicher, dass es keine Rolle mehr spielen wird, ob und wie viele Fotos tatsächlich überprüft wurden und ob dazu Ermittlungsbefugnisse vorlagen oder Datenschutzrichtlinien verletzt wurden.« Kathleen goss zwei Tassen Kaffee ein. »Sie steckt da mit drin!«

Sarah schwieg einen Moment und ließ die neuen Erkenntnisse sacken.

»Wir haben bislang nur vermutet, dass Isabell Herder etwas mit all dem zu tun haben könnte. Jetzt haben wir einen Beweis.«

Sarah trank einen Schluck Kaffee. »Die Zollfahndung wird sich auch freuen – sofern Isabell Herder aussagt.«

»Sie wird aussagen – und einen Deal aushandeln. Ihre Position ist ja gar nicht mal schlecht – sie kann dem toten Pirohl alles Mögliche in die Schuhe schieben. Vieles lässt sich nicht mehr nachweisen, und ansonsten wäscht sie ihre Hände in Unschuld.«

Und wir werden nie erfahren, was tatsächlich passiert ist, dachte Sarah.

»Es ist nicht perfekt, ich weiß, aber …«

»Sie kennt den Mörder!«

»Vielleicht. Vielleicht war sie es doch selbst, oder sie ahnt, wer dahintersteckt – und hält den Mund. Aus guten Gründen.«

»Ja, schon klar – aber zum wiederholten Mal: Was genau sollte der Bornholmtrip?«, hielt Sarah dagegen. »Und warum behauptet sie plötzlich, dass mein Vater sie töten wollte?«

»Das ist eine dreiste Lüge«, wandte Kathleen ein. »Ein geschicktes Ausweichmanöver, das einen neuen Tathergang und Hintergrund kreieren soll.«

»Ist das wirklich alles?«

»Ich denke schon. Wir haben sie ziemlich in die Enge getrieben.«

»Und dennoch sollten wir gründlich darüber nachdenken«, meinte Sarah. »Hier passt ja an einigen Stellen so manches nicht zusammen. Und es fängt an mit dem Schuss ins Herz.«

»Das spricht für sie als Täterin.«

»Oder für einen Täter, der die Hintergründe kennt.«

Kathleen runzelte die Stirn. »Willst du versuchen, ihr an der Stelle mehr zu entlocken? Im Alleingang? Ich könnte in der Zwischenzeit mit den Kollegen sprechen, die die Hausdurchsuchung durchführen, und das Team der Zollfahndung auf den neuesten Stand bringen.«

»Und falls sie nur inoffiziell aussagen will?«

»Schalten wir ein anderes Mikro dazu. Sag dem Techniker Bescheid.«

»Gut. So machen wir es.«

Kathleen Bischoph stand auf. »Bis später.« An der Tür drehte sie sich noch mal um. »Wir klären die Fälle auf, da bin ich sicher.« Dann fiel die Tür ins Schloss.

Sarah trank ihren Kaffee aus. Ich bin nicht sicher, dachte sie. Fünf Minuten später nahm sie wieder im Vernehmungsraum Platz. »Meine Kollegin lässt sich entschuldigen. Teambesprechung.«

Isabell Herders rechtes Augenlid zuckte überdeutlich.

Sie weiß, dass es ernst wird, dachte Sarah. Kathleen hatte womöglich nicht hundertprozentig ins Schwarze getroffen, war aber den tatsächlichen Geschehnissen sehr nahegekommen. Die Beteiligung an einem Chemiewaffen-Deal mit den Russen war eine richtig große Sache; und falls sich in der Folge herausstellte, dass die beiden Vermissten einem Verbrechen zum Opfer gefallen waren, würde Herders Rolle auch an der Stelle völlig neu betrachtet und gewichtet werden.

»Ich denke, dass Bernd mit diesem Geschäft viele Fliegen mit einer Klappe schlagen wollte«, meinte Sarah schließlich. »Ein ebenso lukratives wie hochbrisantes Geschäft, von dem nur ein ausgewählter Kreis wissen sollte und von dem er sich Unabhängigkeit versprach – in alle möglichen Richtungen. Ich bin sicher, dass die weiteren Ermittlungen …«

»Sie nennen ihn Bernd?«

»Oder Pirohl, wie auch immer. ›Mein Vater‹ kommt mir ziemlich schwer über die Lippen«, bestätigte Sarah.

Herder deutete ein Nicken an.

»Warum haben Sie vorhin behauptet, dass er sie töten wollte?«

»Weil es die Wahrheit ist, auch wenn es noch so absurd klingt.« Isabell Herder hob eine Hand. »Und mir ist bewusst, welch großes Wort ich hier benutze.«

»Aber warum …«

»Stellen Sie das Mikrofon aus, wenn Sie erfahren wollen, was geschehen ist.«

»Wieso? Die Wahrheit könnte Ihnen helfen.«

»Nein. Ich kenne den Täter nicht und will keineswegs Gefahr laufen, durch eine Aussage in sein Visier zu gelangen«, entgegnete Herder. »Ich weiß nicht, wie dieser Typ tickt und aus welcher Ecke der Wind weht. Er war jedenfalls bestens informiert, so viel dürfte feststehen. Und bestens informierte Menschen, die Einfluss auf mich haben, ohne dass ich weiß, um wen es sich handelt, beunruhigen mich – insbesondere in meiner derzeitigen Situation. Ich denke, Sie verstehen mich.«

Sarah überlegte nur einen Moment, dann stellte sie das Mikro aus. Der Techniker hatte längst ein zweites aktiviert, und Herder dürfte klar sein, dass ihr Gespräch weiterhin aufgezeichnet wurde. Doch die Aussage konnten sie vor Gericht nicht nutzen. Nur war der Aspekt in diesem Moment zweitrangig.

15

Die Kriminaltechniker waren gründlich gewesen und dürften noch eine ganze Weile beschäftigt sein. Das kleine Reihenhaus war übersichtlich und ordentlich, das erleichterte die Durchsuchung und war gleichzeitig ein Hinweis darauf, wie Isabell Herder tickte.

Kathleen ging an der Seite des KT-Chefs durchs Haus. Im Obergeschoss hatten die Beamten eine Kiste mit Fotos entdeckt und darunter verborgen eine Festplatte. Inzwischen lagen weitere Informationen zu Isabell Herder vor. Ihr Großvater väterlicherseits war kurz vor Ende des Zweiten Krieges nach Argentinien ausgewandert. Es bestanden demnach schon immer gute Verbindungen ins Schlaraffenland der Nazis. Das passte hervorragend zusammen.

»Könnt ihr die Festplatte sofort entsperren?«, fragte Kathleen den Techniker.

Er schüttelte den Kopf. »Aber wir können sie vorab ins Präsidium bringen.«

»Ben soll sich sofort darum kümmern.«

»Geht klar.«

Kathleen griff nach ihrem vibrierenden Handy – eine junge Kollegin aus dem Team. »Wir haben inzwischen den ehemaligen Studenten aus der Kanzlei von Herder erreicht«, berichtete sie. »Er war ziemlich verblüfft und hat die Sache mit dem Wagen bestätigt. Du hast richtig gelegen: Sie hat sich das Fahrzeug von ihm ausgeliehen.«

Kathleen nickte. »Ein alter weißer Benz – wie gemalt für einen solchen Einsatz als Taxi. Und niemand hat da später großartig nachgehakt, erst recht nicht, als sich abzeichnete, dass die beiden schlicht durchgebrannt sein könnten. Ich wüsste zu gerne ...«

»Wer am Steuer saß?«

»Wie konntest du das erahnen? Ja – das wäre das Sahnehäubchen zu den Ermittlungen an der Stelle. Bleib da mal dran – die falschen Kennzeichen, ein Taxi, das vor zirka sechs Jahren durch die Nacht gerast ist. Vielleicht findet sich doch etwas, wenn man die Suche nach bestimmten Stichworten strukturiert. Geh alte Verkehrsmeldungen durch und frag Ben, falls du nicht weiterkommst ... Und noch was: Ist dem Wagenhalter an seinem Auto hinterher etwas aufgefallen?«

»Na endlich, ich dachte, du fragst nie danach.«

Kathleen hielt inne.

»Er hat ihn nicht zurückbekommen.«

»Wie bitte?«

»Herder hat ihm gesagt, dass der Wagen gestohlen wurde. Sie hat ihm einen ordentlichen Preis dafür gezahlt und versichert, dass sie sich um alles Weitere kümmern würde. Er möge bitte kein Wort darüber verlieren. Auch dafür hat sie ihn fürstlich entlohnt.«

»Aber jetzt hat er doch geredet.«

»Mit polizeilichen Ermittlungen wollte er nichts zu tun haben. Verständlich.«

»Bleib da dran«, sagte sie schließlich und unterbrach die Verbindung. Dann schickte sie ein Update in die Runde.

Wir haben eine Festplatte entdeckt und wissen, dass der Wagen des ehemaligen Studenten nach der nächtlichen Taxifahrt verschwunden ist. Isabell Herder hat behauptet, er sei gestohlen worden. Außerdem gibt es über ihren Großvater eine alte Verbindung nach Argentinien.

Sarah überflog die Nachricht von Kathleen und hob wieder den Kopf. Isabell Herder suchte immer noch nach den richtigen Worten.

So wirkte es jedenfalls. Sarah aktivierte ihr Tablet und rief das alte Foto mit Herder und Pirohl auf. »Wer hat eigentlich fotografiert? Die Zeit der Selfies lag ja noch in weiter Ferne.«

»Es ist bei einem Ausflug entstanden, den wir unternommen haben – allein, also ohne Frau und Kind … Ein Scout hat uns fotografiert.«

Das Kind war ich, und ich war währenddessen mit meiner Mutter im Hotel, dachte Sarah, oder wo auch immer. Und knapp dreißig Jahre später schließt sich ein großer Kreis.

»Sie haben sich als Studentin in ihn verliebt, nicht wahr?«

Herder nickte sofort. »Ja. Er hatte Charisma. Ich habe ihn verehrt – von der ersten Begegnung an.« Sie senkte kurz den Kopf. »Ich hätte alles für ihn getan.«

»Sie haben alles für ihn getan.«

»So könnte man es auch formulieren.« Ein feines Lächeln glitt über Isabell Herders Gesicht.

»Bis zu jenem Abend auf Bornholm.«

Das Lächeln erlosch.

Sie bereut nichts, dachte Sarah verblüfft, abgesehen davon, dass am Ende alles anders gelaufen ist und sie nun doch enttarnt wurde – nach all den Jahren. »Sie haben nie etwas in Frage gestellt – bis dahin.«

»Richtig.« Isabell Herder beugte sich vor. »Damit wir uns richtig verstehen – seine Weltanschauung, seine Überzeugungen, politische Vorstellungen und Verbindungen waren mir völlig egal. Auch seine Strategien, Pläne und Taten haben mich lediglich sekundär interessiert – weil all das so wichtig für ihn war. Um es auf den Punkt zu bringen: Ich bin keine Kameradin aus Überzeugung gewesen, keine glühende und hasserfüllte oder auch eiskalte Rechtsradikale, die jeden Auftrag erfüllt, falls Sie das vermuten.«

Sarah blinzelte irritiert.

»Er hätte auch als Klimaaktivist Bäume besetzen oder sich irgendwo an die Straße kleben, Gemälde mit Gemüsesuppe attackieren, als Linksextremer Anschläge planen oder als überzeugter Reichsbürger seinen Personalausweis verbrennen können – ich hätte es einfach so stehen gelassen. Es ging mir immer nur um ihn.«

Das kann doch nicht sein, dachte Sarah. »Sie sind Juristin!«, warf sie ein, als wäre das ein gewichtiges Argument.

»Das war Bernd auch.«

»Mein Vater war ein gefährlicher Krimineller, ein Rechtsextremer, der für zahlreiche Straftaten und Anschläge …«

»Noch einmal: Das war mir völlig egal«, entgegnete Herder schnell. »Und ich sage nur, wie es ist. Ich war ihm … tja, verfallen? Und zwar von Anfang an. Ich denke, das trifft es. Ich hätte alles für ihn getan.«

Sarah benötigte einen Moment, um diese Worte und die Wahrheit dahinter zu verdauen. Herder klang an dieser Stelle völlig aufrichtig – darüber hinaus: Was hätte eine Lüge oder auch nur verzerrte Darstellung gebracht? »Ihr Großvater ist nach Argentinien ausgewandert«, fuhr Sarah schließlich fort.

»Das ist richtig. Und dieser Aspekt hat Bernd auch interessiert. Noch einmal – ich wollte nur ihn, seine Nähe, die Verbundenheit, sein Vertrauen, ein Geheimnis, das wir teilten. Und ein großes Versprechen, ein gemeinsames Ziel, dem ich alles andere untergeordnet habe – die Zukunft mit ihm in Bariloche.«

»Und Ihr Expartner?«

»Stefan war unwichtig geworden – für mich. Ich bin bei ihm geblieben, weil es ein Geheimnis zu wahren galt. Es war das Einfachste und Sinnvollste, eine perfekte Tarnung, die nie jemand in Frage gestellt hat. Ihre Mutter hat auch nie etwas geahnt, oder?«

Sarah atmete tief ein. »Das kann ich schlecht einschätzen. Ist

Ihnen eigentlich je der Gedanke gekommen, dass mein Vater Sie die ganze Zeit einfach nur benutzt hat, weil Sie ganz hervorragend in seine Pläne passten?«

»Wir haben einander gesucht, gebraucht und gefunden. Da passte so viel zusammen, das konnte kein Zufall sein, verstehen Sie? So habe ich es immer empfunden, auch als er schließlich verhaftet wurde. Ich war davon überzeugt, dass es einen Ausweg geben würde. Und den gab es dann ja auch …« Sie brach ab und blickte einen Moment auf ihre Hände. Ihre Fingerspitzen zitterten.

Sarah behielt sie im Blick. »Aber dann kam es schließlich doch anders.«

»Ja. Ganz anders.« Herder nickte und sah wieder auf. »Ich hatte nie auch nur den Hauch eines Zweifels daran, dass er sein Versprechen halten würde.« Ihre Stimme vibrierte. Sie legte die Hände zusammen und knetete ihre Finger. »Ich war hundertprozentig davon überzeugt, dass unsere Pläne perfekt waren, und zwar in jeder Hinsicht.« Von einem Moment zum nächsten schimmerte in ihren Augen ein abgrundtiefer Schmerz. »Und dabei habe ich wohl etwas Entscheidendes übersehen.« Sie brach ab.

»Warum das Treffen auf Bornholm?«, fragte Sarah einen Moment später.

»Er wollte ein Abschiedsgeschenk für Sie hinterlassen.«

Sarah kniff die Augen zusammen.

»Ich sollte das Abschiedsgeschenk sein.« Herders Stimme klang plötzlich fremd. »Er wollte mich töten und dafür sorgen, dass Sie in Verdacht geraten.«

Sarah lehnte sich zurück und starrte sie entsetzt an. Ein halbes Dutzend Fragen schossen ihr gleichzeitig durch den Kopf. »Wie bitte? Aber warum …«

»Eine späte Rache, die er voller Genugtuung aus der Ferne beobachten wollte. So drückte er es aus.«

»Warum?«, wiederholte Sarah. »Was hat ihn bewegt, perfiderweise ausgerechnet Sie nach Jahrzehnten …«

Herder schüttelte heftig den Kopf. Ihre Lippen bildeten eine weiße harte Linie. »Er hatte nie vor, mich mitzunehmen. Oder er hatte es am Anfang vor und hat sich später dagegen entschieden. Aber ich war nach wie vor nützlich für ihn in all den Jahren. Er hat mich benutzt, das haben Sie ganz richtig erkannt.« Sie starrte kurz zur Wand, dann suchte sie Sarahs Blick. »Seine Frau war seine große Liebe. So hat er es mir gesagt – mitten ins Gesicht, ohne mit der Wimper zu zucken. Zu dem Zeitpunkt wirkte bereits das Mittel, das er mir verabreicht hatte, und mir blieb nicht mal die Kraft, ihn anzuschreien. Er hatte vor, mich an den Strand zu fahren und dort zu töten – ganz in Ihrer Nähe, Frau Kommissarin. Alles war vorbereitet. Und Minuten vor meinem geplanten Tod legte er mir in grausam kalter Ausführlichkeit dar, dass Bariloche nichts als eine Seifenblase gewesen sei – also für mich.« Ihre Hände zitterten. »Er habe mich nie geliebt. Aber ich sei perfekt für ihn gewesen. Eine nützliche Idiotin.«

»Das hat er so gesagt?«

Isabell Herder nickte. »Das waren seine Worte. Meine hündische Anhänglichkeit habe ihn seit Jahren angewidert.« Ihre Stimme drohte zu brechen. »Aber es wäre dumm gewesen, mir vorher den Laufpass zu geben.«

Sarah spürte, wie es ihr eiskalt den Rücken herunterlief.

»Und falls Sie an meiner Darstellung und seiner perfekten Maskerade zweifeln – Sie haben doch auch eine ganze Weile benötigt, bis Sie begriffen haben, wer er wirklich war, oder?«

Das war ein gewichtiges Argument. Nie hätte Sarah es für möglich gehalten, dass ihr Vater seine eigene kranke Mutter bedrohen würde. Doch genau das hatte er getan. Sarah deutete ein Nicken an. »Was ist dann passiert?«

»Ich habe das Bewusstsein verloren. Als ich wieder zu mir kam, lag ich im Wohnzimmer des Bungalows auf dem Sofa. Ich brauchte eine ganze Weile, bis mir klar wurde, was geschehen war und dass der ganze Abend, eine halbe Nacht vergangen war, viele Stunden. Dann erhielt ich einen Anruf – unbekannte Nummer, verzerrte Stimme.«

Sarah ließ sie nicht aus den Augen.

»Es war der Täter«, fuhr Isabell Herder fort. »Er erzählte mir, dass er Bernd seit geraumer Zeit beobachtet habe und ahnte, was er vorhatte. Er sei ihm zuvorgekommen – mit einem Schuss ins Herz.«

»Moment – er befand sich in Ihrer unmittelbaren Nähe, hat Pirohl getötet und Sie ins Haus zurückgebracht?«, fragte Sarah perplex. »Das ist doch …«

»Ja, auch wenn es absurd klingt: Genau das hat er getan. Dann hat er mir noch geraten, für eine Spurenlage zu sorgen, die die Ermittler ablenken und in eine bestimmte Richtung führen würde.«

»Die Hinweise auf mich und Frederik Thomsen?«

Herder nickte.

»Es sollte der Eindruck einer Vergeltungstat aus den eigenen Reihen entstehen, mit der früher oder später auch ich und Frederik Thomsen rechnen müssten?«

»So könnte man es zumindest deuten – der Verräter, der dran glauben musste, seine Tochter und der Freund, die der Bewegung massiv geschadet hatten. Keine schlechte Idee, oder?«

»Dennoch sind dabei Fragen offengeblieben.«

»Dass gerade Sie sehr genau hinsehen würden, ist keine große Überraschung. Dennoch … es hätte so durchgehen können, wenn nicht andere Hinweise zu mir geführt hätten.«

Sarah ließ das Szenario vor ihrem inneren Auge ablaufen. Klang diese Darstellung auch nur ansatzweise glaubwürdig? Zumindest ergaben nun einige Aspekte einen Sinn. Doch womöglich führte Isabell Herder sie auf besonders arglistige Weise in die Irre.

»Vielleicht war es anders«, ergriff Sarah schließlich wieder das

Wort. »Sie haben sich an ihm gerächt, als Ihnen bewusst wurde, dass er seine Frau nicht vergessen kann und Sie immer nur die zweite Wahl waren – eine überaus nützliche Begleiterin in guten wie in schlechten Zeiten, die ihn nie hinterfragt hatte, aber früher oder später doch abserviert werden sollte.«

Isabell Herder zuckte mit keiner Wimper.

»Sie haben bei meiner Mutter angerufen«, fuhr Sarah in eindringlichem Ton fort. »Sie waren zutiefst verletzt, und Ihr Leben hatte plötzlich keinen Sinn mehr – ein durchaus eindrucksvolles Motiv für einen Mord. Und die Inszenierung fiel Ihnen nicht schwer – nach all den Jahren gemeinsamer Pläne und versteckter Aktivitäten sind Sie vertraut damit, Haken zu schlagen und Spuren zu verwischen.«

»Ihre Darstellung hat einen entscheidenden Haken: Ich wäre nicht in der Lage gewesen, ihn zu töten«, erwiderte Herder schlicht. »Nicht einmal nach einer solchen Ankündigung von ihm. Ich wäre am Boden zerstört gewesen … Ich bin am Boden zerstört, auch wenn man es mir nicht auf den ersten Blick ansieht.«

»Dann war also tatsächlich der große unbekannte Rächer unterwegs, der Ihnen auf Schritt und Tritt gefolgt war, über jede Menge Hintergrundwissen verfügte und schließlich auf Bornholm zuschlug, ohne dass sich bislang auch nur der geringste Hinweis auf einen solchen Ablauf gefunden hat?«, führte Sarah in skeptischem Ton aus. »Wie wahrscheinlich ist das? Und warum hat diese Rache nicht auch Sie getroffen? Wer Pirohl beseitigen wollte, weil er ein Verräter war, hätte doch auch ein Motiv gehabt, Sie zu töten – seine treue Freundin und damit natürlich auch eine Verräterin? Und warum erst auf Bornholm?«

Isabell Herder zuckte die Achseln. »Eine gute Gelegenheit? Wer weiß das schon? Jemand, der seit Jahren an ihm dran war und auch dranbleiben wollte?«

»Und spontan aktiv wurde, als er begriff, dass Pirohl Sie töten wollte? Wie nah war er Ihnen, ohne dass Sie es bemerkten? Das passt doch einfach nicht. Und dann tötet er mit einem Schuss ins Herz! Auch das ist ein Aspekt, der stutzig macht. Ein Täter im Schatten, den niemand bemerkt, der viele Fäden zieht und alles weiß, und dann handelt er plötzlich aus der Situation heraus, bringt Sie in Sicherheit und meldet sich noch dazu Stunden später anonym, um die weitere Vorgehensweise mit Ihnen zu erläutern?«

Isabell Herder blickte kurz zur Seite. »Ich gebe zu, das klingt ziemlich weit hergeholt. Aber so war es. Vielleicht …«

»Ja?«

»Unter Umständen spielte der Mörder mit der Möglichkeit, dass ich früher oder später ins Blickfeld der Ermittlungen geraten würde. Die enttäuschte Geliebte. Dann passt es wieder.«

Das wäre in der Tat ein kluger Schachzug, dachte Sarah – und doch ziemlich weit hergeholt.

»Oder es war sogar von Anfang so oder so ähnlich geplant, weil der Täter längst wusste oder ahnte, was Pirohl vorhatte.«

»Wer könnte solche Pläne auf welche Weise mitbekommen haben?«

»Ich weiß es nicht.«

Sarah blickte auf ihr Smartphone. Eine Nachricht von Kathleen, die inzwischen die Vernehmung aus dem Nebenraum verfolgte: *Frag sie nach Stefan!*

Gleich, antwortete Sarah. »Wie hätte er Sie getötet?«, wandte sie sich dann wieder an Isabell Herder.

»Ich nehme an, er hatte eine Waffe dabei.«

Die der Mörder anschließend mitnahm, überlegte Sarah. Das heißt, er hat die Leiche durchsucht. Und sehr wahrscheinlich trug er dabei Handschuhe – falls es sich tatsächlich so abgespielt hatte.

»Ich wette, Bernd hätte mir einen Kopfschuss verpasst«, flüsterte Herder leise.

Der Satz vibrierte nach.

»Lassen Sie uns über das Taxi sprechen«, wechselte Sarah nach kurzem Überlegen das Thema. »Und dazu möchten wir Ihre offizielle Stellungnahme.« Sie schaltete das Mikrofon wieder ein.

Isabell blinzelte irritiert.

Sarah beugte sich über den Tisch vor. »Der Wagen, in den Ihr Partner Stefan Krohm und seine Kollegin in der Nacht nach der Betriebsfeier eingestiegen sind, war mit falschen Kennzeichen präpariert, und es handelte sich auch nicht um ein Taxi. Sie haben das Fahrzeug besorgt. Darüber sprach meine Kollegin bereits mit Ihnen.«

Isabell Herder blieb stumm.

»Was war vorgefallen? Warum mussten die beiden verschwinden? Hatte Stefan etwas bemerkt, was er nicht mitbekommen sollte? Oder wollte er nicht mehr mitspielen – genau wie seine Kollegin Caroline Seifert? Oder hatten die beiden schlicht ausgedient? Erklären Sie es mir. Welche Rollen spielten die beiden?«

Herder presste die Lippen zusammen. Die Ermittlungsergebnisse in diesem Punkt hatten sie eindeutig überrascht; auch der plötzliche Umschwung in der Vernehmung irritierte sie.

»Es wird Zeit, die Karten auf den Tisch zu legen, und zwar bevor …«

»Sie sollten verschwinden!«, warf Isabell Herder abrupt ein und hob kurz die Hände. »Sie haben bei den Vorbereitungen für das Geschäft mitgewirkt. Aber das war eine brisante Geschichte, die zu kippen drohte.«

»Geht das etwas konkreter?«

»Ich kenne die Einzelheiten nicht.«

»Was genau verstehen Sie unter verschwinden?«

»Ein Neubeginn im Ausland.«

Sarah sah hoch, als die Tür plötzlich aufschwang. Kathleen trat mit schnellen Schritten ein. »Blödsinn«, erklärte sie und setzte sich neben Sarah. »Lassen Sie doch endlich diese Lügengeschichten. Sie langweilen mich. Sie müssen niemanden mehr beschützen.«

Sie muss sich selbst beschützen, dachte Sarah.

»Unsere Spezialisten sind dabei, die Festplatte, die Sie gut versteckt hatten, auszulesen. Was werden wir darauf alles entdecken – neben all dem, worüber wir bereits verfügen? Persönliche Notizen? Anweisungen? Mordaufträge? Namen? Verbindungen? Wir könnten viel Zeit und Energie sparen, und wenn Sie kooperieren, schaffen Sie sich eindeutig eine bessere Position. Das wissen Sie.«

Isabell Herder blickte eine Weile ins Leere. »Ich habe sie für ihn versteckt. Das war auch schon alles.«

»Natürlich«, erwiderte Kathleen in ironischem Ton. »Was auch sonst?«

»Und was die beiden angeht – ich weiß nicht, wo sie sind. Bernd meinte, dass es Ihnen gut geht. Daran habe ich nie gezweifelt.«

»Sie haben überhaupt wenig gezweifelt – zu wenig. Das fällt Ihnen gerade auf die Füße, wie Ihnen unschwer entgangen sein dürfte«, meinte Kathleen. »Die beiden haben die ganze Zeit mit Ihnen und den Pirohl-Leuten unter einer Decke gesteckt?«

»Es ging um viel Geld.«

Ich glaube dir kein Wort, dachte Sarah.

»Sie haben am Steuer gesessen«, betonte Kathleen. »Wohin ging die Fahrt in der Nacht?«

»Ich habe sie zu einem vereinbarten Treffpunkt gebracht. Dann bin ich nach Hause zurückgekehrt. Mehr kann ich Ihnen nicht dazu sagen.«

»Wo war der Treffpunkt?«

»Das habe ich vergessen.«

Kathleen lächelte kalt. »Es dürfte Ihnen doch längst klar geworden sein, dass wir auch an der Stelle sehr tief graben und ganz sicher fündig werden – wir und andere Dienststellen und Behörden. Wir haben ohne große Mühe herausgefunden, dass Sie mit dem Wagen des Studenten unterwegs waren. Was glauben Sie, wie lange wir brauchen, um weitere Details aufzudecken?«

Isabell Herder zuckte mit den Achseln. »Ich habe es vergessen«, wiederholte sie dann.

»Die beiden haben etwas mitbekommen und mussten beseitigt werden, und zwar auf sehr professionelle Weise. Die Vermisstensuche hat seinerzeit keine Anhaltspunkte entdeckt, die auf eine Straftat hindeuteten – bis die Zollfahndung sich ein paar Jahre später einschaltet, während eine Soko bereits im Umfeld ermittelt und sich Verknüpfungen ergeben. Sie tun sich selbst einen Gefallen, wenn Sie …«

»Ganz sicher nicht«, wandte Herder ein. »Ich weiß weder, wo sich die beiden befinden, noch habe ich Bernd Pirohl getötet. Meine Aussage hier basiert zu einem großen Teil auf einem inoffiziellen Gespräch, dessen Inhalte Sie gar nicht nutzen dürfen – das dürfte Ihnen doch klar sein. Nichts davon werde ich unterschreiben.« Sie warf Sarah einen langen Blick zu. »Und jetzt hören Sie kein Wort mehr von mir. Ich möchte mich anwaltlich beraten lassen.«

Kathleen nickte. »Kann ich verstehen.« Sie stand auf. »Wir kümmern uns darum.«

Sarah erhob sich ebenfalls. Sie zögerte. An der Tür drehte sie sich noch einmal um und fixierte Herder. »Der große Unbekannte auf Bornholm – können Sie mir irgendetwas sagen, was Ihre Aussage ein wenig glaubwürdiger macht?«

Isabell Herder hob kurz den Blick, sah an ihr vorbei und schwieg.

Sarah spürte für einen Moment Kathleens Hand auf ihrem Unterarm. Dann verließen sie den Raum.

16

»Die Geschichte ist völlig abstrus«, meinte Kathleen, als sie wenig später in ihrem Büro ankamen. »Und doch … ich traue ihm so ein mieses Szenario durchaus zu.«

Sie wandte sich um und goss zwei Tassen Kaffee ein, bevor sie den Blick wieder hob. »Dein Vater hat sich im Windschatten seiner neuen Identität und aufgrund der Tatsache, dass er offiziell tot war, höchstwahrscheinlich komplett sicher gefühlt. Soweit kann ich mich auf Herders Darstellung einlassen. Niemand wäre auf die Idee gekommen, dass er persönlich etwas damit zu tun haben könnte, wenn eine ermordete Berlinerin auf Bornholm entdeckt wird. Man hätte die platzierten Hinweise sicher geschluckt und dich und sehr wahrscheinlich auch Thomsen zumindest erst mal ins Visier genommen.«

»Ja, schon.« Sarah wiegte den Kopf. »Aber bei einem gründlichen Check wäre doch ganz schnell klar geworden, dass …«

»Isabell Herder hat nur wenige Monate in seiner Kanzlei gearbeitet«, warf Kathleen ein. »Falls du darauf hinauswillst. Und Pirohl selbst wäre als Täter nicht in Betracht gezogen worden.«

»Nicht unmittelbar und schon gar nicht offiziell, da stimme ich dir zu. Ich sollte in Verdacht geraten, wenn wir dem Szenario, wie mein Vater es angeblich geplant und Herder dargelegt hatte, glauben dürfen. Doch damit wäre der Hintergrund schnell deutlich geworden – mein Motiv musste schließlich überzeugen. Warum sollte sonst irgendjemand auch nur im Traum auf den Gedanken kommen, ich könnte etwas mit dem Mord an der Frau zu tun haben?«, wandte

Sarah ein. »Eine Tat, die noch dazu in meiner direkten Nachbarschaft stattgefunden hatte.«

»Stimmt.« Kathleen nickte nachdenklich.

»Hinzu kommt, dass Bernd das Zeugenschutzprogramm inzwischen verlassen hatte und seinen Absprung nach Bariloche vorbereitete – klammheimlich und mit krimineller Energie, wie wir ja inzwischen auch wissen«, erläuterte Sarah weiter. »Das hätte doch zumindest intern einige Fragen ausgelöst – und Nachforschungen, die womöglich doch in Richtung Bornholm erweitert worden wären, erst recht im Zusammenhang mit den Erkenntnissen zu der Sicherheitsfirma.«

»Der Einwand ist berechtigt«, entgegnete Kathleen nach kurzem Überlegen. »Wie weit wir damit allerdings gekommen wären, steht auf einem anderen Blatt, denn Pirohls Aufenthalt auf der Insel wäre vermutlich kaum nachweisbar gewesen.«

»Dann können wir wohl festhalten, dass mein Vater … dass Bernd tatsächlich vorhatte, seine Geliebte zu töten und die Behörden damit auf mich zu lenken. Nur dieser Aspekt erklärt den gewählten Tatort Bornholm auf einigermaßen nachvollziehbare Weise.«

Kathleen nickte nachdenklich. »Okay, bis zu diesem Punkt nehme ich Isabell Herder die Geschichte ab, sie ist in vielen Punkten schlüssig, wenn auch die harten Beweise fehlen und wir auf viele Mutmaßungen angewiesen sind. Doch in einem entscheidenden Punkt widerspreche ich der Aussage: Es gibt keinen dritten Unbekannten.«

Kathleen hielt Sarahs Blick fest. »Sie hat ihn selbst erschossen. Und sie taktiert gerade sehr geschickt mit dieser Strategie aus einer inoffiziellen Darstellung während der Vernehmung und sehr dünnen offiziellen Belegen. Trotzdem werden wir ihr die Tat nachweisen«, betonte sie eindringlich. »Die Sache mit der Chemiefirma kommt für sie zur Unzeit – die Verbindung spielt uns in die Hände. Und wenn wir nun noch weitere eindeutige Hinweise zum Verschwinden von Stefan Krohm und Caroline Seifert finden, haben wir mehrere Fliegen mit einer Klappe geschlagen. Früher oder später wird sie auspacken. Einzelheiten beispielsweise zu den Aktivitäten der Sicherheitsfirma sind natürlich auch hochinteressant für uns – und andere Behörden.« Sie lächelte plötzlich. »Wie klingt das?«

»Nach Ermittlungsergebnissen, die sich durchaus sehen lassen können, noch dazu in der Kürze der Zeit. Sie werden die Hintergründe beträchtlich aufhellen und dazu beitragen, weitere Mitstreiter schwer zu belasten. Deine Vorgesetzten werden sich freuen.«

Kathleen lächelte amüsiert. »O ja, und doch habe ich den Eindruck, dass sich deine Begeisterung in Grenzen hält. Was stört dich?«

Sarah umschloss ihre Tasse mit beiden Händen. »Es ist noch nicht vollständig. Wir übersehen etwas.«

Kathleen verschränkte die Arme vor der Brust.

Sarah hob den Blick. »Lass uns mal ganz konkret werden. Wie soll das abgelaufen sein in der Nacht? Isabell Herder müsste – deiner Überzeugung vom tatsächlichen Geschehen folgend – demnach rechtzeitig den Braten gerochen und den Spieß umgedreht haben, und zwar als sie mit meinem Vater am Strand ankam. Im Haus selbst fanden sich nämlich keinerlei Spuren, die auf einen Kampf oder Handgreiflichkeiten hindeuteten. Auch wenn sie die später beseitigt haben könnte, hätten die Techniker in dem Fall sicherlich den einen oder anderen Hinweis gefunden.«

»Nicht unbedingt, aber erzähl weiter.«

»Es kam demnach erst später zum Showdown, nämlich am Tatort unter dem Leuchtturm. Aber wie genau soll der ausgesehen haben? Ein Kampf gegen einen Mann, für den sie alles gegeben hatte und der sie nun entsorgen und zugleich für seine miesen Pläne benutzen wollte?«

Kathleen zuckte mit den Achseln. »Zugegeben – sie wirkt nicht besonders athletisch oder kämpferisch, aber was heißt das schon in einer lebensbedrohlichen Situation, die sie komplett überrascht hatte? Sie hat ihre Chance genutzt, ihn überrascht, ihm die Waffe entwunden und aus direkter Nähe sofort geschossen. Anschließend hat sie alles in die Wege geleitet, um es nach einer Vergeltungsaktion gegen einen Verräter aussehen zu lassen. Der Verweis auf dich und Frederik diente als zusätzliche und ziemlich schlaue List, die mehrere Deutungen zulässt und für Ablenkung gesorgt hat. Hältst du diesen Ablauf für komplett ausgeschlossen?«

Sarah ließ die Szene vor ihrem inneren Auge ablaufen. »Isabell Herder ist keine Persönlichkeit, die spontan handelt«, wandte sie dann ein. »Sie hat fast dreißig Jahre jeden einzelnen Schritt ihres Tuns gründlich durchdenken und immer behutsam agieren müssen. Sie wäre sonst längst in den Fokus geraten.«

»Sie befand sich in Lebensgefahr und musste spontan handeln!«, beharrte Kathleen. »Oder es war anders – sie wusste von seinen Absichten und ist ihm schlicht zuvorgekommen.«

»Sie war ihm hörig«, widersprach Sarah. »Sie hätte sich nicht auf diese Art zur Wehr gesetzt, geschweige denn einen Mord geplant. Sie war am Boden zerstört. Er hat sie bereits mit seinen Worten vernichtet. Außerdem stand sie unter Betäubungsmitteln.«

»Behauptet sie! Das passt hervorragend in ihre Darstellung.«

»Ja, schon, aber ich glaube ihr an der Stelle«, wandte Sarah ein. »Sie hat ihn nicht getötet – weder spontan und auch nicht geplant.«

»Ich bin gespannt auf deine Begründung.«

Sarah überlegte nur kurz. »Hätte sie die Tat tatsächlich begangen – in dem angenommenen Szenario einer Auseinandersetzung unter dem Leuchtturm –, hätte sie die Leiche verschwinden lassen, und zwar so schnell wie möglich. Das wäre sehr viel schlauer gewesen in ihrer Situation.«

»Warum genau?«

»Der Leichenfund hat Ermittlungen ausgelöst, die nicht in ihrem Sinne waren, auch wenn sie zunächst außen vor blieb«, fuhr Sarah fort. »Es dürfte ihr klar gewesen sein, dass ich meinen Vater wiedererkennen würde und damit den Stein ins Rollen bringen könnte. Und nun sitzt sie tatsächlich nebenan. So ein Wagnis wäre sie kaum freiwillig eingegangen. Und selbst wenn sie vom gesamten Ablauf mehr mitbekommen hat, als sie zugibt, und das Ganze an einigen Stellen geschönt oder lückenhaft ist, konnte sie es auch nicht wagen, später an den Tatort zurückzukehren, um die Leiche verschwinden zu lassen. Sie räumt stattdessen auf und platziert Hinweise, in der Hoffnung, durch das große Raster der Ermittlungen zu fallen. Und die Chancen standen ziemlich gut.«

»Und all das war ihr in der Kürze der Zeit klargeworden – noch dazu in dieser außergewöhnlich stressigen Situation?« Kathleen setzte eine skeptische Miene auf.

»Sie ist klug und taktisch versiert, sie musste eine Lösung finden, und sie hatte durchaus genug Zeit, sich die weitere Vorgehensweise genau zu überlegen.«

Kathleen blies die Wangen auf. »Das ist hochspekulativ. Also doch der große allwissende Unbekannte, der inzwischen über alle Berge entschwunden ist und sich ins Fäustchen lacht, weil er gleich mehrere Teams beschäftigt, die nun eine ganze Menge Dreck aufwirbeln, ohne zu wissen, woran sie sind?«

Sarah zuckte die Achseln. »Tja … Ich will nicht ausschließen, dass sie ahnt, wer dahintersteckt, aber sie äußert sich nicht dazu, weil die Beweise fehlen oder sie ihren Retter keinesfalls verraten will. Vorsicht? Angst? Wie auch immer – falls es zur Mordanklage kommt, wird sie vielleicht etwas gesprächiger.«

»Kannst du darüber hinaus Punkte anführen, die deine These stützen?«

Sarah überlegte kurz. »Der Anruf«, sagte sie dann. »Isabell Herder war die anonyme Anruferin bei meiner Mutter. Die Aktion war ihrer tiefen Verletzung geschuldet. Das ist das eine, das andere ist eine Äußerung am Telefon. Sie hat meiner Mutter gegenüber von einem gerechten Tod gesprochen, den Bernd gestorben sei, und sie als Lügnerin bezeichnet. Warum?«

Kathleen lehnte sich zurück.

»Sie ging davon aus, dass meine Mutter Bescheid wusste und Pläne mit Bernd geschmiedet hatte«, fuhr Sarah fort.

»Na und?« Kathleen kniff die Augen zusammen. »Das muss nicht gegen sie als Täterin sprechen, ganz im Gegenteil.«

»Doch. Sie würde sich kaum auf diese Weise aus der Deckung wagen. Ein völlig unnötiges Risiko, wenn sie selbst die Täterin war.«

Kathleen schlug ein Bein über das andere. »Überzeugt mich nicht. Sie wusste, dass es ein Schuss ins Herz war. Glaubst du tatsächlich, dass der Täter ihr davon berichtet hat?«

»Durchaus. Der Täter hat ein sehr persönliches Motiv, davon bin ich überzeugt. Und Isabell Herder hätte den Schuss ins Herz kaum zugegeben, wenn sie ihn selbst abgefeuert hätte.«

»Das kann ein schlaues Manöver sein.«

Sarah schüttelte den Kopf. »Nein. Ich bin sicher, dass etwas anderes dahintersteckt. Und womöglich geht es nicht oder nicht nur um die üblichen Geschichten aus dem Umfeld seiner ehemaligen Gefolgsleute.«

Kathleen runzelte die Stirn.

»Was würde dich überzeugen?«

»Eindeutige Beweise.«

»Dazu muss ich auf die Insel zurück.«

Kathleen lächelte. »Tatsächlich? Warum?«

»Ich muss den Tatablauf, wie ihn Isabell Herder schildert, in allen Details prüfen. Schritt für Schritt und mit eigenen Augen und im Abgleich mit sämtlichen Berichten und Untersuchungsergebnissen vor Ort. Ich hoffe, dabei mehr zu entdecken, als wir bisher haben.«

»Und wie geht es weiter, wenn du feststellst, dass es den unbekannten Rächer tatsächlich gibt, wir ihn aber nicht identifizieren und schon gar nicht fassen können?«

»Gute Frage.«

»Sind wir es Isabell Herder schuldig, dass wir sie in dem Punkt entlasten?«, fragte Kathleen nach kurzer Pause weiter.

»Verdient hat es sie nicht – willst du darauf hinaus?«

Kathleen nickte. »So ähnlich, falls der Gedanke erlaubt ist – falls nicht, vergiss ihn sofort wieder. Das ist nun mal unser Job. Und ich hege die Hoffnung, dass sie früher oder später doch bereit sein wird, unsere Ermittlungen zu unterstützen. Damit wäre viel gewonnen.«

Da wäre ich nicht so sicher, aber das spielt keine Rolle, überlegte Sarah. Sie hat Bernd nicht erschossen. Dazu wäre sie nicht in der Lage gewesen. Ein gezielter Herzschuss. Es gibt jemanden im Hintergrund, der vieles weiß und sich perfekt zu tarnen versteht. Ein Täter aus dem inneren Zirkel, der womöglich ein doppeltes Spiel treibt und sich über die allgemeine Verwirrung köstlich amüsiert.

»Na schön. Ich fürchte, du hast recht, was die weitere Untersuchung angeht. Kehr auf die Insel zurück, denn nur dort wirst du Anhaltspunkte entdecken, falls es sie gibt. Wir bleiben in Kontakt«, meinte Kathleen abschließend. »Wann brichst du auf?«

»So schnell wie möglich.«

Kathleen hielt ihren Blick fest. »Hast du Lust, heute Abend noch einmal essen zu gehen?«

Sarah zögerte.

»Überleg es dir und sag mir einfach Bescheid.«

»Das mach ich.« Einen Moment später verließ Sarah das Büro und eilte den Gang hinunter. Als sie an den Vernehmungsräumen vorbeikam, verlangsamte sie ihre Schritte. Isabell Herder wartete noch auf ihren Anwalt. Sarah betrat erneut den Raum und nickte dem Beamten an der Tür zu. »Nur eine Minute.«

»Was wollen Sie noch?«, fragte Isabell Herder.

»Nur eine kurze Frage – Sie sprachen davon, dass Bernd Ihnen ein Betäubungsmittel verabreicht hatte.«

»Wir haben ein Glas Sekt getrunken. Darin muss es sich befunden haben, wenig später setzte die Wirkung ein.«

»Haben Sie später eine Schachtel gefunden?«

Isabell Herder nickte. »Aber das nützt mir nichts. Ich habe sie entsorgt.«

»Können Sie sich an den Namen erinnern?«

Herder schüttelte den Kopf. »Ich nehme an, es handelte sich um ein Benzodiazepin, und zwar hochdosiert. Es wirkte langsam, versetzte mich jedoch in einen stundenlangen Tiefschlaf.«

»Der Täter hat Sie ins Haus zurückgebracht. Er muss Sie demnach getragen haben.«

»Davon gehe ich aus. Ich kann mich an nichts entsinnen. Vielleicht waren sie auch zu zweit. Das kann ich wohl nicht ausschließen, auch wenn ich mich in keiner Weise erinnere. Ich bin allerdings nicht besonders groß und schwer, das schafft auch ein Einzelner, zumindest über ein paar Meter.«

Ein schlafender oder bewusstloser Mensch ist ziemlich schwer, dachte Sarah, doch Herder hatte recht – sie war klein und leicht. Eine kurze Strecke würde man sie tragen können. »Fällt Ihnen zu dem Anruf noch etwas ein?«

»Nein. Ich kann meinen Angaben nichts mehr hinzufügen. Der Täter hat mit verstellter Stimme gesprochen und mir genau erklärt, wie ich mich verhalten soll.«

Als Sarah das Gebäude wenige Minuten später verließ, war sie tief in Gedanken versunken. Wir übersehen etwas, dachte sie erneut. In der Ferienunterkunft angekommen, informierte sie Lone und buchte für den nächsten Tag einen Flug. Sie zögerte einen langen Moment, dann entschied sie sich gegen ein abendliches Treffen mit Kathleen. Sie war sicher, dass sie sich näherkommen würden, und das war zum gegebenen Zeitpunkt keine gute Idee.

17

Frederik hatte vor vielen Jahren miterlebt, wie tiefgreifend erschöpfend eine Geburt war. Eine Kommilitonin hatte ihr Baby ein paar Wochen zu früh bekommen – während eines gemeinsamen Urlaubs, den sie in einer Gruppe mit mehreren Freunden in den Bergen verbracht hatten. Es hatte eine Ewigkeit gedauert, bis sie einen Arzt ausfindig gemacht hatten, und zwei Stunden später war das Kind geboren. Die Mutter war grau vor Erschöpfung gewesen. So ähnlich hatte er sich nach zehn Minuten Folter gefühlt. Der Vergleich war völlig unangemessen – wie kam er darauf, die Schmerzen, die eine Geburt begleiteten und zu einem glücklichen Ende geführt hatten, mit grausamsten Qualen zu vergleichen, die ihm ein junger Mann mit stoischem Gesichtsausdruck zugefügt hatte? Er wusste es nicht, und er schämte sich dafür.

Nach der dritten oder vierten Runde am nächsten oder übernächsten Tag – Frederik war nicht sicher, wie viel Zeit vergangen war – erzählte er alles, was Sebastian wissen wollte. Oder wie immer der Mann hieß. Frederik berichtete über seinen Werdegang, gab sämtliche Kontakte, Recherchen und Logindaten preis, und die Tatsache, dass er von den wenigsten Verbündeten die Klarnamen kannte, tröstete ihn nur für Momente. Sebastian würde seinen Account nutzen – oder jemand, für den er arbeitete, würde so lange verdeckt und unerkannt hinter dem Schutzschild von Frederiks Namen agieren, bis womöglich doch Misstrauen aufkam. Das allerdings konnte dauern. Zu dem Zeitpunkt würde Frederik nicht mehr leben, und die Widersacher, gegen die er so viele Jahre erschöpfend gekämpft hatte, konnten sich an seiner Niederlage ergötzen und bittere Rache nehmen. Es war alles umsonst gewesen – schlimmer noch: Sein riskantes Vorgehen zerstörte alles und gefährdete nun auch andere.

Es war Mittag, als Sebastian ihn das nächste Mal aufsuchte – die warmen Sonnenstrahlen, die durchs Fenster fielen, ließen diese Schlussfolgerung zu. Frederik zitterte, als der Mann mit den schönen grünen Augen sich zu ihm setzte. Es ist so weit, dachte er. Ich werde in diesem fernen Land sterben, nachdem ich alles verraten habe, was mir je wichtig war.

Sebastian Blick glitt über sein zerschundenes Gesicht. Er nickte verständnisvoll. »Ich kann verstehen, dass du kämpfen wolltest«, meinte er in sanftem Ton. »Auch wenn es sinnlos war. Doch Freunde und Vertraute verrät man nicht ohne Gegenwehr. Ich hätte es wohl ähnlich gemacht.«

Hör auf zu reden, dachte Frederik. Bring mich einfach um. Er blinzelte, und selbst diese winzige Bewegung schmerzte. Sebastian drehte sich um und griff nach einem Glas Wasser. Er hielt es Frederik an die Lippen, und er trank durstig. Schließlich blickte er auf. »Wie werdet ihr mich töten?«, flüsterte er.

»Das kommt ganz darauf an.«

»Worauf?«

»Ob du bereit bist zu kooperieren.«

Einen Moment lang dachte Frederik, dass er sich verhört hatte. Sebastian lächelte. »Jemand wie du kann viel für uns in Erfahrung bringen.«

Sein Puls schnellte sprunghaft in die Höhe.

»Du kannst deinen Verrat krönen, indem du in deine Heimat zurückkehrst und alles an uns weiterleitest, was für uns von Interesse ist. Details zu deinen Kontakten und euren Erkenntnissen, Strategien und Vorgehensweisen zum Beispiel. Du hast uns bereits einiges erzählt, aber wir können noch beträchtlich mehr erfahren, wenn du in unserem Sinne unterwegs bist. Und natürlich wollen wir wissen, wer hinter Bernds Tod steckt. Du weißt es nicht, dessen sind wir sicher. Sonst hättest du längst geredet. Aber du hast Möglichkeiten, vor Ort mehr zu erfahren.«

Frederik starrte ihn an. Seine Gedanken überschlugen sich, das Zittern war für Augenblicke verstummt.

Sebastians Lächeln vertiefte sich. »Ich weiß, was in dir vorgeht. Du wirst diese Chance ergreifen und natürlich nach einer Möglichkeit suchen, uns zu narren. Es ist ganz normal in deiner Situation, nach jedem Strohhalm greifen zu wollen. Aber ich rate dir dringend davon ab. Wir bekommen natürlich mit, wenn du uns hintergehst. Und die Konsequenzen wären ... ja: besonders schrecklich. Nicht nur du würdest einen grausamen Foltertod sterben, vorher müsstest du zusehen, was wir zum Beispiel mit Sarah Pirohl anstellen. Oder mit deinem Anwaltsfreund und seiner Familie. Er hat mehrere Kinder, nicht wahr?«

Frederik spürte, wie Übelkeit in ihm aufstieg.

»Verstehst du?«

»Ja«, flüsterte er. »Ich verstehe.«

»Das ist gut, und du solltest nicht einen Moment an der Ernsthaftigkeit meiner Worte zweifeln. Wir haben alle Möglichkeiten, dir den Rest deines Lebens zur Hölle zu machen. Hast du das wirklich verstanden?«

»Ja.«

»Du wirst herausbekommen, wer Bernd auf dem Gewissen hat. Wenn du dich geschickt verhältst ...« Sebastian hob die Hände und strahlte. »Wer weiß, wie wertvoll sich die Zusammenarbeit mit dir noch gestaltet. Du könntest überleben. Das ist eine Chance. Denk darüber nach.«

Überleben. Für wie lange und zu welchem Preis?

»Über die Einzelheiten reden wir, wenn du eine Weile nachgedacht und dich endgültig entschieden hast.« Sebastian stand auf.

Die Tür klappte, und Frederik war wieder allein. Das war keine Chance. Das war ein Pakt mit dem Teufel. Sebastian wusste längst, dass Frederik die Gelegenheit ergreifen – und zugleich verzweifelt nach einem Ausweg suchen würde, seine Kontakte zu warnen, insbesondere Nelly und Krølle. Er zweifelte keinen einzigen Augenblick daran, dass die Drohung ernst gemeint war. Jemand würde sterben – qualvoll sterben –, sobald er versuchte, ein doppeltes Spiel zu treiben und damit aufflog. Und wenn alles vorbei war, würde man ihn beseitigen.

Frederik richtete sich langsam auf und stöhnte leise. Es dürfte ein paar Tage dauern, bis er wieder so hergerichtet war, dass die Folterspuren verblasst waren und sein körperlicher Zustand kein Aufsehen erregte. Der Sicherheitscode, durchfuhr es ihn plötzlich. Mit Nelly hatte er einmal darüber gesprochen, wie sie ein Schlüsselwort verwenden könnten, um sich zu warnen. Das hatte er natürlich längst preisgeben müssen. Er musste sich etwas Neues ausdenken, dass sie stutzig machte, ohne dass jemand Verdacht schöpfte. Sie würden jeden seiner Schritte überwachen, jede Nachricht, egal, in welchem Chat, mitlesen. Und er wusste nicht, wo Nelly lebte und wie sie tatsächlich hieß. Inzwischen dürfte sie davon ausgehen, dass er alles erledigt hatte und auf dem Rückweg war. Diese Nachricht hatte er zumindest verschicken müssen. Niemand war beunruhigt oder wartete auf Rückmeldung. Und falls doch jemand nachfragte, würde Sebastian ihn auffordern, die passende und zugleich unauffällige Erklärung zu liefern. Natürlich könnte er sich klammheimlich irgendwo ein Handy besorgen und versuchen, auf anderen Wegen Kontakt aufzunehmen, doch wie lange würde es dauern, bis es Sebastian mitbekam? Frederik zweifelte nicht daran, dass sie ihn umfassend observierten und zusätzliche Sicherheitsmaßnahmen nutzen würden. Die Vorstellung, dass Sarah oder Marvin oder eines seiner Kinder büßen mussten, wenn er ein weiteres Risiko einging oder schlicht versagte, raubte ihm den Atem. Ich werde herausfinden, wer diesen Nazi auf dem Gewissen hat und mich dann aus dem Staub machen, überlegte er. Danach organisiere ich eine Flucht quer durch Europa, weiter Richtung Asien. Irgendeine Insel im Nirgendwo. Mir wird schon etwas einfallen.

Die Sonne stand deutlich tiefer, als Sebastian erneut das Zimmer betrat, Stephan begleitete ihn und blieb an der Tür stehen. Frederik zuckte zusammen. Vielleicht habe ich nur einen wirren Traum durchlebt, dachte er. Sie holen und töten mich, lassen meine Leiche irgendwo verscharren – in dieser grandiosen Gegend um Bariloche.

»Hast du dich entschieden?«

Frederik wischte sich mit dem Handrücken über den Mund. »Ja. Ich bin dabei«, sagte er leise.

Sebastian lächelte. »Das klingt gut.« Er wandte sich kurz zu Stephan um. »Hol den Arzt.«

Die Tür klappte. Sebastian sah Frederik an. »Der Mann ist eine Koryphäe. Er wird dafür sorgen, dass nach deiner Rückkehr niemand daran zweifelt, dass du eine gute Zeit hattest.«

Frederik durchfuhr ein Frösteln.

»Und er wird dir einen winzigen Chip implantieren. Wir haben die Mittel, hochmoderne Technologie zu verwenden.«

Natürlich, dachte Frederik, was auch sonst? Oder es ist ein Trick, der mich zusätzlich einschüchtern soll.

»Und selbst wenn du früher oder später kritisch hinterfragen wirst, ob das Ding tatsächlich mehr kann, als GPS-Daten zu versenden, kannst du nie sicher sein, was es uns über deine Aktivitäten verrät.« Sebastian zwinkerte ihm zu. »Und Manipulationen daran werden natürlich nicht unbemerkt bleiben. Ich möchte ganz sichergehen, dass du das begreifst. Wir investieren einiges, um dich auf die Reise schicken zu können …«

»Warum eigentlich?«, entfuhr es Frederik.

»Kluge Frage. Sie ist schnell beantwortet: Du bist nah dran an allem – nach wie vor. Und du bist intelligent, versiert in vielen Bereichen. All das machen wir uns zunutze. Es entbehrt darüber hinaus nicht einer gewissen Tragik – oder auch Komik, wenn man so will –, dass ausgerechnet du uns in einer solch entscheidenden Phase tatkräftig unterstützen wirst. So etwas gefällt mir. Es offenbart, dass wir auf dem richtigen Weg sind, wenn es uns sogar gelingt, unsere härtesten Feinde zu schnappen und auf unsere Seite zu ziehen.« Er lachte plötzlich laut auf. »Oder anders ausgedrückt: Wir haben dich erwischt, und du kannst dich als kluge Investition in die Zukunft erweisen. Falls du anfängst zu tricksen …« Er zuckte mit den Achseln. »Das hatten wir schon, und du weißt, dass ich keine leeren Drohungen ausspreche.«

Ja, dachte Frederik. Das ist ein bitterböser grausamer Plan.

»Und falls du darüber nachdenkst, zu einem womöglich günstigen Zeitpunkt den Freitod zu wählen – bedenke bitte, dass du nie weißt, wo du landen wirst.« Sebastian wiegte den Kopf. »Ob du eine religiöse Ader hast oder nicht – du kannst es nicht wissen. Aber eines sollte dir klar sein: Dein letzter Atemzug wird von dem schrecklichen Gedanken begleitet, dass wir deinen Freunden Schlimmes antun werden, unvorstellbar Schlimmes. Und wer weiß: Vielleicht brennt sich dir dieser Gedanke für immer ein. Wäre es nicht schrecklich, in einem ewigen Kreislauf aus Bildern von grausamen Qualen gefangen zu sein, die deine Liebsten erleiden müssen, weil du sie uns ausgeliefert hast?«

Frederik starrte ihn schweigend an.

Sebastian neigte den Kopf. »Die Einzelheiten besprechen wir

dann später. Wir bringen dir gleich etwas zu essen. Worauf hast du Appetit?«

Frederik zweifelte keinen Augenblick daran, dass die Frage ernst gemeint war.

Zwei Stunden später saß er nach einem gründlichen Medizincheck und einer ersten Behandlung frisch geduscht in sauberer Kleidung am Tisch und starrte auf das Essen – feinstes Rindfleisch, zartes Gemüse, Salat und krosse Kartoffeln. Und das Schlimmste war – er spürte tatsächlich Hunger. Seine Hand zitterte, als er nach der Gabel griff. Das werdet ihr büßen, dachte er. Tot bin ich doch sowieso. Also kann ich auch alles auf eine Karte setzen.

Nach dem Essen setzte sich Sebastian zu ihm und reichte ihm seinen Laptop. »Du wirst nur dieses Gerät und dein Smartphone benutzen.«

Frederik nickte.

»Andere Aktivitäten von dir bekommen wir früher oder später mit. Sei vernünftig. Wir lesen überall mit. Und selbst wenn du sehr trickreich vorgehst …«

»Schon gut. Ich habe es verstanden.«

Sebastian lächelte. »Ich möchte jegliche Missverständnisse mit aller Deutlichkeit ausräumen. Sag hinterher nicht, ich hätte dich nicht gewarnt.« Das Lächeln wurde noch breiter. »Der Arzt meint, du brauchst noch zwei, drei Tage zur Erholung. Dann trittst du die Rückreise an.«

»Wohin soll ich fahren?«

»Das erfährst du noch zeitig genug. Ich möchte, dass du dich einloggst und deine letzten Beiträge liest.«

Frederik überflog die Nachrichten, die in seinem Chat aufgelistet waren. Der letzte Beitrag war für Nelly gewesen. *Alles okay. Bin noch eine Weile unterwegs. Melde mich wieder.* Doch das hatte nicht er selbst verfasst.

Alles klar, hatte Nelly gewohnt lapidar geantwortet. *Bin gespannt auf die Einzelheiten.*

»Du weißt tatsächlich nicht, wer sich hinter dem Namen verbirgt«, fuhr Sebastian einen Moment später fort. »Da bin ich sicher. Sonst hättest du geredet. Schließlich hast du über deinen Freund Marvin in Berlin ausführlich geplaudert, nachdem Stephan sich eine Weile mit dir beschäftigt hatte.«

Frederik starrte ihn wortlos an.

Sebastian hob beide Hände in einer gespielt hilflosen Geste. »Ich sage nur, wie es ist.« Er beugte sich vor. »Ähnlich ausschweifend solltest du bald in der Lage sein, über Nelly zu berichten – und diesen Typen … Krølle. Reizender Name übrigens, und hochinteressant, was der Mann offenbar so alles weiß. Ich bin sehr gespannt.«

Frederik schwieg.

»Du hast mich verstanden.«

»Ja.«

»Du wirst Kontakt zu Sarah Pirohl aufnehmen.«

»Wir sind nicht mehr zusammen.«

»Das macht nichts. Lass dir was einfallen. Du bist ein charmanter und bald wieder attraktiver Typ. Sie wird sich freuen, dich wiederzusehen. Häng dich an sie dran, umschmeichle sie. Ihr könntet wieder ein gutes Team werden, auch im Bett.« Sebastian zwinkerte. »Sie sollte froh sein, dass du wieder an ihrer Seite bist und ihr euch gemeinsam auf die Suche macht. Du hast sie vermisst, nicht wahr?«

Frederik presste die Lippen zusammen.

»Betrachte das Ganze wie einen Job, einen gutbezahlten noch dazu. Du verteidigst dein Leben – mach dir das klar.« Sebastian stand langsam auf und nickte ihm zu. Plötzlich verdunkelte sich sein Blick. Sämtliche Wärme und Heiterkeit waren verschwunden. »Ich will wissen, wer hinter dem Mord an Pirohl steckt und was die

Schnüffeleien der Polizei in den letzten Wochen zutage gefördert haben. Hast du das kapiert?«

»Ja.«

»Gut.«

Einen Augenblick später schloss sich die Tür hinter ihm.

Frederik brach drei Tage später auf. Er würde mindestens vierundzwanzig Stunden unterwegs sein, vielleicht länger. Er hatte viel Zeit zum Nachdenken.

18

Hannah hatte nach ihrer Rückkehr aus Kiel nur aus der Ferne mitbekommen, dass die Ermittlungen zu Pirohl und Isabell Herder beträchtlich an Fahrt aufgenommen und zu zahlreichen Ergebnissen geführt hatten. Die Einzelheiten wurden unter Verschluss gehalten, und das war ihr nur allzu recht gewesen. Sie bemühte sich in keiner Weise, Näheres zu erfahren. Der Kurzbericht von Lone klang schon brisant genug.

Sarah war in der Sondereinheit gut aufgehoben, dachte Hannah – und an der Seite von Kathleen Bischoph. Die LKA-Frau mit den Sonderrechten galt als durchsetzungsfähig und äußerst zielstrebig, manchmal rücksichtslos und selbstverliebt, wie Hannah mitbekommen hatte. Außerdem hatte sie Haare auf den Zähnen, eine gelernte Juristin, die das breite Spektrum des Strafrechts aus Sicht der Ermittlerin bestens zu nutzen verstand. Sarah war inzwischen auf die Insel zurückgekehrt, um von dort aus noch einmal den Mordfall unter die Lupe zu nehmen.

Dass Isabell Herder so tief in diesem Sumpf drinsteckte, verwunderte Hannah allerdings dann doch, und wieder beschlich sie das ungute Gefühl, dass sie seinerzeit bei der Vermisstensuche nicht aufmerksam genug gewesen war. Das ist nicht mehr zu ändern, dachte sie erneut, als sie nach einem langen Bürotag das BKA verließ – ich sollte das Thema endlich ruhen lassen. Sie schüttelte den Kopf und erntete einen fragenden Blick von Kotti. »Schon gut, mein Freund. Du kannst am allerwenigsten dazu. Lass uns noch eine Runde drehen.«

Dagegen hatte Kotti nicht das Geringste einzuwenden. Unterwegs rief Henrik an, und ihre Stimmung hellte sich augenblicklich auf, als sein Profilbild auf ihrem Display aufleuchtete – ein strahlender Typ mit warmen Augen und zerzaustem Haar. Er stammte aus Rostock und hatte vor einigen Jahren an der Seite von Sarah ermittelt. Die beiden waren sogar ein Paar gewesen, wenn auch eher auf die unverbindliche Art. Henrik hatte Hannah seinerzeit auf Sarah aufmerksam gemacht und auf eine Verbindung zu den Rostocker Ermittlungen verwiesen, bei denen auch die Suche nach Vermissten in Berlin eine Rolle spielte – Fälle, die Hannah als Kriminalpsychologin begleitet hatte. So hatte Hannah die beiden kennengelernt; seitdem war viel passiert – in jeder Hinsicht. Zurzeit nahm Henrik in München an einer Konferenz teil; sie erwartete ihn erst in einigen Tagen zurück.

Hannah lächelte. »Wie schön, dass du dich meldest. Wir haben so lange nichts voneinander gehört«, sagte sie leise. »Seit gestern Abend sind nahezu vierundzwanzig Stunden vergangen, eine unfassbar lange Zeit.«

Er lachte leise. »Ich würde nur allzu gerne aufs Telefon verzichten und wäre jetzt auch lieber bei dir. Alles in Ordnung?« Seine Stimme klang von einem Augenblick zum anderen ernst.

»Ja – natürlich. Ich bin gerade mit Kotti unterwegs und versuche, den Kopf frei zu bekommen. Warum fragst du?«

»Wo genau bist du gerade?«

»Wir drehen eine Runde im Treptower Park.« Hannah stutzte. »Was ist los?«

»Ich habe einen seltsamen Anruf erhalten.«

Hannahs Puls beschleunigte abrupt. »Geht das etwas genauer?«

»Ja, aber nicht übers Handy. Magst du nicht zu unserem Lieblingsitaliener gehen? Ich rufe dort auf dem Festnetz an.«

»Bist du sicher, dass …«

»Bitte.«

»Gut, bis gleich.«

Bis zu ihrem Lieblingsitaliener benötigte sie keine zehn Minuten. Sie setzte sich an einen abgelegenen Tisch und bestellte Wasser und Espresso. Etliche Gedanken schossen ihr durch den Kopf, und sie waren allesamt unerfreulich. Mario, der Inhaber, sah sie einen Moment verdutzt an und breitete die Arme aus. Er sprach ein köstliches italienisch gefärbtes und mit vielen lebhaften Gesten unterstrichenes Deutsch, das mindestens zur Hälfte Show war, weil seine Gäste es liebten – Hannah auch. »Du hast Probleme, meine Liebe? Scusi, das sehe ich deiner Nasenspitze an.«

»Halb so wild, Mario.«

»Kein Essen?«

»Später vielleicht.«

»Wo ist dein Mann? Er sollte dich nicht so oft so lange alleine lassen.«

Sie lächelte zaghaft.

»Gut, gut, ich sehe schon, du bist nicht zum Plaudern aufgelegt. Ich bringe gleich den Kaffee.«

Mario brauchte keine fünf Minuten, stellte das Tablett ab und reichte ihr das Telefon. Dann nickte er ihr zu und ging zurück an den Tresen. Sie hob den Hörer ans Ohr. »Was ist los?«

»Frederik Thomsen.«

Hannah runzelte die Stirn. »Was ist mit ihm?«

»Das wollte ich dich gerade fragen. Hast du in letzter Zeit von ihm gehört?«

»Nein. Die Beziehung mit Sarah ist längst beendet. Aber ich kenne natürlich keine Einzelheiten. So eng befreundet sind wir nicht. Nur so viel: Er ist wohl seit Beginn der Pandemie in der Weltgeschichte unterwegs. Und nun sag mir bitte …«

»Er hat versucht, mich zu erreichen – mit unterdrückter Nummer.

Mein Büro hat den Anruf nicht weitergeleitet, natürlich nicht. Aber er muss sehr eindringlich geklungen haben, denn immerhin ist es ihm gelungen, meinen Mitarbeiter von der Übermittlung einer Nachricht zu überzeugen, auch wenn oder gerade weil das Ganze sehr kryptisch klingt.«

Hannah schloss kurz die Augen.

»Es geht um einen knallgelben Vogel.«

»Wenn ich dreimal raten dürfte …«

»Er spielt auf Pirohl an.«

»Natürlich.«

»Und weiter?«

»Ich soll dir seine dringende Bitte ausrichten, ein Auge auf Sarah zu haben und sie zu warnen. Er kommt als alter Freund von einer langen Reise zurück und bringt große Gefahr mit, ohne es zu wollen – für sich und andere. Er hat den Auftrag, interne Informationen zu liefern, unter anderem zur Mordtat auf Bornholm, und steht unter Beobachtung. Und niemand darf wissen, dass er diese Nachricht übermittelt hat.« Henriks Stimme klang konzentriert und bemüht sachlich.

Hannah schwieg entsetzt.

»Das sind die Worte annähernd im Original – mein Mitarbeiter hat sie notiert, weil Thomsen sehr überzeugend war.«

»Und warum hat er sich nicht gleich an mich gewandt? Wir haben uns kennengelernt und sogar zusammengearbeitet …«

»Um keinen nachweisbaren Kontakt herzustellen. Ich bin weit genug weg. Aber du könntest unter Umständen ins Visier geraten sein, von Sarah ganz zu schweigen.«

Hannah griff nach ihrem Glas und trank einen Schluck Wasser. »Das klingt furchtbar«, sagte sie dann. »Und zudem nach einer Geschichte, mit der ich nicht mehr das Geringste zu tun haben will. Das ist das eine.« Sie spürte Kottis Schnauze an ihrem Knie. »Und das andere …« Sie überlegte. »Er soll Informationen liefern und bringt Gefahr mit, über die er uns auf einem weiten Umweg informieren will – was müssen wir uns konkret darunter vorstellen?«

»Im Grunde gibt es nur zwei Möglichkeiten«, erwiderte Henrik. »Nach dem Bild, das ich mir inzwischen von ihm machen konnte, halte ich es durchaus für möglich, dass er verdeckt in das Netzwerk eingedrungen ist, das er aushebeln will, und nun spielt er den Doppelagenten, um ihm nahestehende Menschen oder Leute aus dem Umfeld der Ermittlungen zu warnen. Er will niemanden zusätzlich gefährden. Das wäre ein sehr gewagtes Spiel mit dem Feuer, denn früher oder später müsste er ja liefern, sonst fliegt er selbst auf.«

Hannah stöhnte unterdrückt. »Vielleicht ist das längst geschehen, oder er wurde bei irgendeiner Aktion erwischt und wird nun erpresst. Pirohls alte Kameraden, die ihm keine Wahl lassen.«

»Klingt noch plausibler und wäre meine zweite Idee. Letztlich läuft es auf dasselbe hinaus: Er war ihnen offensichtlich sehr dicht auf den Fersen, und sie haben ihn in der Hand. Und Sarah darf auf keinen Fall direkt davon erfahren. Du auch nicht, ebenso wenig andere aus seinem persönlichen Umfeld, weil die Kontaktaufnahme womöglich nicht unbemerkt bliebe.«

»Kannst du den Anruf orten lassen?«

»Das hat mein Mitarbeiter bereits veranlasst, doch das Ergebnis bringt uns nicht weiter. Er hat aus dem Ausland telefoniert, so viel steht fest.«

Hannah schwieg ein paar Momente.

»Mir gefällt das alles genauso wenig wie dir«, ergriff Henrik schließlich wieder das Wort. »Ich weiß, dass du beruflich einen anderen Weg einschlagen möchtest. Aber ich befürchte, dass wir etwas tun müssen. Thomsen ist Journalist und Hacker, ich denke, dass er die Situation keineswegs überbewertet.«

Und bei Sarah ging es nicht nur ums Berufliche, dachte Hannah, und ich sollte endlich aufhören, mich zu entziehen. »Er ist nicht das erste Mal in großen Schwierigkeiten«, bemerkte sie dann. Pirohls Leute hatten versucht, ihn zu entführen – die Flucht war ihm auf spektakuläre Weise gelungen. Wie sich das Drama im Einzelnen abgespielt hatte, konnte nie vollständig aufgeklärt werden. Doch Hannah ahnte, dass Sarahs Trennung von ihrem Lebensgefährten auch damit zu tun hatte. Die junge Kollegin wusste sicherlich mehr über den Hintergrund der Geschehnisse, seine Verbindung zu fragwürdigen Leuten und den Weg, den Frederik inzwischen eingeschlagen hatte.

»Und um welche Informationen genau geht es?«, schob sie einen Augenblick später nach.

»Das ist natürlich eine rhetorische Frage«, fügte sie sofort hinzu.

»Ist mir klar.«

Sie haben ihn losgeschickt, dachte Hannah. Der Mord an Pirohl war immer noch nicht aufgeklärt, und die Ermittlungen in der Sicherheitsfirma sorgten für zusätzliche Unruhe. Und wer weiß, in welchen Bereichen die Ermittler und Beamtinnen noch herumwühlten, was die Szene aufgeschreckt hatte und womit ich mich nie wieder beschäftigen wollte, fügte sie in Gedanken hinzu. Nun sollte Frederik seine Fühler ausstrecken. So ließ sich die Situation erklären. »Wie geht es weiter? Hast du einen Vorschlag?«, fragte sie schließlich.

»Wir sollten beide eine Nacht darüber schlafen«, erwiderte Henrik. »Wir telefonieren morgen wieder. Ich melde mich über eine Festnetznummer in deinem Büro. Sicher ist sicher.«

Die Anspannung in seiner Stimme war deutlich herauszuhören. Natürlich war er besorgt. Seine Zeit als aktiver Ermittler bei Straftaten lag noch nicht lange zurück, und er kannte die Fallstricke der Szene und die Fälle, in die Sarah – und auch Hannah – involviert waren.

Hannah machte sich zehn Minuten später auf den Weg. Mario hatte sie überredet, ihre Lieblingspizza mitzunehmen, und obwohl sie davon überzeugt war, keinen Bissen herunterzubekommen, aß sie später davon – mit freundlicher Unterstützung von Kotti, so dass nichts übrig blieb. Allerdings lag sie mit ihrer Einschätzung, in dieser Nacht kein Auge mehr zuzubekommen, völlig richtig. Gegen drei Uhr früh stand sie nach stundenlangem Herumwälzen schließlich wieder auf, kochte Kaffee und setzte sich in ihren Lesesessel am Fenster. Kotti warf ihr einen verdutzten Blick zu und kuschelte sich dann auf dem Sofa ein.

Frederik hatte sich entschieden, keine Kompromisse mehr einzugehen, und war auf gefährliche Abwege geraten – und das Risiko mussten nun offenbar viele tragen, überlegte Hannah erneut und begann, ihre kreisenden Gedanken zu strukturieren. Womit genau bedrohten sie ihn? Das lag auf der Hand. Gewalt und Terror gegen ihn und ihm nahestehende Menschen. Der Anruf war aus dem Ausland erfolgt. Bernd Pirohl hatte sich nach Argentinien absetzen wollen, soweit Hannah von den Fällen mitbekommen hatte, und von dort aus hätte er weiterhin alles dafür getan, lukrative Geschäfte und rechtsextreme Pläne unter einen Hut zu bekommen. Seine in Deutschland verurteilten Kameraden hatten dabei das Nachsehen gehabt, denn seine Aussagen zu ihnen waren der Preis für die neue Identität unter dem Schutzschild der Kronzeugenregelung gewesen.

Insofern müsste doch eigentlich das Motiv eines Rachemords aus den eigenen Reihen geklärt sein, schlussfolgerte Hannah. Warum sollte Frederik interne Informationen zu den Hintergründen beschaffen, wenn alte Kameraden Vergeltung geübt hatten? Das dürfte sich doch längst in der Szene herumgesprochen haben. Oder es gab inzwischen andere Mitstreiter, neue Strategien und Verbündete – wo auch immer auf der Welt –, und es war ein Konflikt zwischen ihnen entbrannt. War das ein wichtiger Aspekt? Durchaus. Womöglich ging es um andere Punkte, die im Zusammenhang mit dieser Tat ins Blickfeld gerückt waren.

Der Deal der Chemiefirma mit den Russen zum Beispiel – er beschäftigte inzwischen mehrere Behörden. Wer immer Frederik in der Hand hatte – diese Leute trauten ihm offensichtlich zu, tief zu graben und mit Hilfe seiner Kontakte an die entsprechenden Informationen zu gelangen. Und der Umweg seiner Warnung über Henrik bedeutete nichts anderes als eine brisante Situation für alle, mit denen Frederik zusammenarbeitete, die ihm privat wichtig oder die mit Sarah vertraut waren, erst recht Kolleginnen und Kollegen. Es dürfte zahllose undichte Stellen bei den Behörden geben – das war nichts Neues –, und Frederik konnte nie sicher sein, wer ihn im Blick behielt und sofort aktiv werden würde, wenn er sich nicht an die Anweisungen hielt. Soweit klang das alles sehr schlüssig.

Hannah goss Kaffee nach. Mit der Tasse in der Hand stellte sie sich ans Fenster. Bald würde am Horizont ein erstes zartes Rosé zu erkennen sein, aber Berlin war längst wach oder noch gar nicht zur Ruhe gekommen. Sie atmete tief durch. Eines war längst klar geworden: Sie konnte sich nicht länger heraushalten. Die Frage war, wie sie verdeckt auf die Situation reagieren und dabei das Risiko möglichst gering halten konnte. Eine Reise nach Bornholm. War das eine gute Idee? Nicht, wenn Hannah unter eigenem Namen unterwegs war. Was war mit Frederiks anderen Kontakten, insbesondere in der Hackerszene, alten und neuen Gefährten oder Leuten, die einfach nur an einem Strang zogen? Waren sie auch betroffen? Selbstverständlich. Und was war mit seinem Verbündeten Krølle?

Der Mann, der Hannah unter vielen Namen jahrelang verdeckt und klammheimlich wie ein Schatten gefolgt war sowie zahlreiche Ermittlungen in der Hauptstadt im Schutz anderer Identitäten beeinflusst und begleitet hatte, nachdem sie ihm bei einem Fall an der Küste sehr nahegekommen war, hatte Frederik tatkräftig unterstützt.

Und der Journalist hatte ihn persönlich kennengelernt – der niedliche Spitzname war Frederiks Idee gewesen. Krølle war inzwischen im schillernd bunten Spektrum einiger Behörden beschäftigt, die abseits der öffentlichen Wahrnehmung agierten, und verfolgte offenbar immer wieder auch eigene Projekte. Sogar Hannahs inzwischen verstorbener Ex-Chef Krüger hatte ihn verpflichtet.

Krølle war nichts anderes als ein Profikiller, hielt Hannah sich nicht zum ersten Mal vor Augen. Und doch hatte er Kottis Leben verschont und sie selbst immer wieder beschützt. Ein schillernder Vogel, der keine Sekunde zögerte, einen Menschen zu foltern oder zu töten, wenn es die Umstände erforderten, und einen anderen zu retten, dessen Motive ihn überzeugten. Jemand, der Tiere liebte, und sie, Hannah, bei einer Begegnung als spröde Kommissarin bezeichnet hatte, von der er etwas mehr Dankbarkeit erwartet hätte, nach allem, was er für sie getan hatte.

Sie schüttelte den Kopf, während sie sich die bizarre Szene in Erinnerung rief, die etliche Jahre zurücklag. Damals hatte Hannah als leitende Ermittlerin den Mord an einer Kollegin aufklären müssen, und er hatte ihr seine Hilfe angeboten. Dass Frederik einen Typen wie ihn zur Zusammenarbeit hatte überreden können, war erstaunlich – dass der Kontakt seinerzeit womöglich nur deshalb zustande gekommen war, weil Krølle aufgrund der Verbindung zu Hannah dazu bereit gewesen war, dürfte keine unwesentliche Rolle gespielt haben. Und falls Frederik nunmehr gezwungen worden war, Einzelheiten preiszugeben, war auch der Kontakt zu Krølle in Gefahr – oder längst unmöglich geworden. Oder dieser Mann mit dem siebten Sinn hatte gespürt, dass etwas nicht stimmte und sich zu schützen gewusst. Das war zu hoffen.

Worauf genau will ich eigentlich hinaus?, fuhr es Hannah durch den Kopf. Ich muss womöglich meine bisherige Position komplett aufgeben und meine Haltung zugunsten eines pragmatischen Ansatzes neu denken – nur so kann ich Freunde und Kolleginnen schützen helfen oder vor dem Schlimmsten bewahren. Und dazu reicht es nicht, heimlich auf die Insel zu reisen und die Situation vor Ort auszuloten.

Sie stellte ihre Tasse beiseite. Der Himmel veränderte sich. Zarte Lichtstreifen kündigten sich an. Die Dämmerung war nicht fern. Sie drehte sich zu Kotti um. »Was hältst du von einem frühmorgendlichen Lauf, während der Tag erwacht?«

Drei Stunden später saß sie in ihrem Büro und telefonierte zunächst mit Henrik, später verabredete sie sich mit Lone im alten Archiv und erledigte ein halbes Dutzend weitere Telefonate. Auf einmal lag vieles sehr klar vor ihr, und es blieb weder Zeit noch Raum, zu hadern und zu zweifeln und nach einer Möglichkeit zu suchen, der Situation zu entgehen. Am darauffolgenden Morgen brach sie zunächst Richtung Lübeck auf, wo sie im Auftrag einer Kollegin und Freundin ein Seminar zu Verhörtechniken leiten würde – angeblich.

19

Sarah war den dritten Morgen in aller Frühe am Dueodder Strand unterwegs, genoss den Gesang der Wellen, den Wind, der ihr Haar zerzauste, den Ausblick auf das malerische Schauspiel des erwachenden Tages und ging in Gedanken ein ums andere Mal Isabell Herders Darstellung zu den nächtlichen Geschehnissen in der Mordnacht durch. Die heiter beschauliche Sommeratmosphäre stand in krassem Gegensatz zu ihrer Aufgabe, nicht zum ersten Mal.

Seit zwei Tagen beschäftigte sie sich bereits mit der Akte, ging alle Berichte, Untersuchungsergebnisse, Memos und Protokolle zum wiederholten Mal durch – sowohl offizielle als auch inoffizielle Unterlagen. Mikkel Bentsen war nicht sonderlich erstaunt gewesen, dass sie erneut in die Tiefen dieses Falles einsteigen wollte.

»Alles andere hätte mich eher erstaunt«, hatte er in dezent brummigem Tonfall bemerkt. »Brauchst du Unterstützung?«

»Nett, dass du fragst. Ich muss auch noch mal alle Kontakte durchgehen, die wir bereits im ersten Anlauf geprüft haben, und vielleicht stoße ich auf weitere Namen oder neue Hinweise: Urlauber, Buchungen in Hotels, Verkehrsüberwachung einschließlich Fähren und Flughafen …«

»Und du suchst tatsächlich nach einem bislang völlig Unbekannten, obwohl ihr eine dringend Tatverdächtige mit beeindruckendem Motiv gefasst habt?«

»Ich will und kann nichts ausschließen. Und ihr Motiv ist bei näherer Betrachtung gar nicht so beeindruckend.«

Sarah lächelte, als sie sich Bentsens Gesichtsausdruck während ihres Gesprächs in Erinnerung rief – eine perfekte Mischung aus Verblüffung, Skepsis und Irritation. Schließlich hatte er zugesagt, einen Beamten oder eine Kollegin abzustellen, falls es passte. Sie hob den Blick. Der Leuchtturm. In seinem Schatten hatte sich mitten in der Nacht ein Wagen genähert, vergegenwärtigte sie sich wieder die Szene, wie sie sich aus Isabell Herders Schilderungen ableiten ließ: Ihr Vater zog seine Geliebte vom Rücksitz und legte sie in den Sand. Zu diesem Zeitpunkt musste sich jemand in der Nähe befunden haben – sofern die Darstellung den Tatsachen entsprach –, und wenig später hatte der Fremde eingegriffen.

Die Überlegung, dass der Unbekannte bereits zu einem früheren Zeitpunkt in dieser Nacht die Bühne betreten und den Mord begangen hatte, um die Leiche dann an den Tatort zu bringen, klang nicht nur wenig realistisch, sondern deckte sich auch nicht mit den Erkenntnissen der Kriminaltechnik. An irgendeiner Stelle im Haus, im Wagen oder an der Leiche hätten sich zumindest einige Spuren einer Auseinandersetzung finden müssen, auch nach einer gründlichen Reinigung, und der Auffindeort war definitiv der Tatort gewesen. Das stand zweifelsfrei fest. Sarah nickte langsam. Der Täter ist Pirohl gefolgt – im Schutz der Dunkelheit war er ihm auf den Fersen geblieben und hatte die Initiative ergriffen. In der Nacht hatte lebhafter Wellengang geherrscht, der Wind hatte Geräusche geschluckt, auch den Motorenlärm oder herannahende Schritte. Der Ablauf war theoretisch durchaus vorstellbar, und doch …

Sarah setzte sich in den Sand. Immer und immer wieder stellte sie sich die Frage, wer über Pirohls Pläne so genau Bescheid gewusst hatte, dass es ihm möglich gewesen war, unerkannt die Verfolgung aufzunehmen und ebenso unerkannt nach der Tat zu verschwinden. Isabell Herder weiß mehr dazu, überlegte sie, aber sie wird keine weiteren Hinweise liefern, so lange die Situation sie nicht doch dazu zwingt – weil es darum geht, ihre eigene Haut zu retten. Kathleen müsste sie noch einmal unter Druck setzen und ihr klarmachen, dass sie für die Tat in Gefängnis gehen würde, dachte Sarah, sonst wird es sehr schwer.

Wenige Minuten später kehrte sie zurück in ihr Haus, duschte und frühstückte. Das satte Licht der Insel begleitete sie auf dem Weg nach Rønne ins Kommissariat.

Sie nahm an der Morgenbesprechung im Team teil und verschwand kurz darauf hinter ihrem Schreibtisch. Mit leisem Seufzen öffnete sie die Personenliste – ein Kollege hatte ihr freundlicherweise weitere Daten geliefert, die durch den inzwischen ausgeweiteten Zeitrahmen erfasst worden waren – und setzte ihre Checks fort. Es war ein mühsames und langwieriges Unterfangen, jeden einzelnen Kontakt nachzuverfolgen. Führte ein Name ins Leere, oder tauchte er wiederholt auf? Gab es Überschneidungen oder sonstige Auffälligkeiten? Falls der Täter eine professionell gefälschte Identität benutzt hatte, waren ihre Chancen gering – aber es war nicht völlig aussichtslos, eine Spur zu entdecken.

Die erfolgversprechendste Variante beim Identitätsklau basierte auf tatsächlichen Daten – jemand benutzte die Identität eines Mitbürgers. Und die würde nur auffallen, wenn man über den ersten Check hinaus die Personalie überprüfte, Fotos verglich, Wahrscheinlichkeiten abklopfte. Bei einem Dutzend Namen war dieser Aufwand vertretbar und zeitlich einschätzbar. Bei Hunderten sah es schon anders aus. Was fehlte, war eine zusätzliche Spur, womöglich nur der Abdruck einer Spur.

Isabell Herder hatte behauptet, dass der Täter angerufen hatte. Ein Abgleich der Mobilfunkdaten im fraglichen Zeitraum war – keine Überraschung – ohne Ergebnis geblieben. Gegen Mittag verließ Sarah das Kommissariat und besorgte sich einen Imbiss. Und wenn es doch ganz anders gewesen war? Welche Schlussfolgerungen ließen sich noch ziehen, falls Pirohl und der Täter sich kannten? Womöglich war er bislang nie aufgetaucht, weil er – ähnlich wie Isabell Herder – zu keinem Zeitpunkt aufgefallen war. Dann werde ich ihn sehr wahrscheinlich auch jetzt nur dann entdecken, wenn wir zusätzliche Anhaltspunkte finden oder es mir gelingt, die Tat völlig neu zu betrachten und aufzuschlüsseln, dachte Sarah. Der Schuss ins Herz. Ein Rächer oder Beschützer? Jemand, der planmäßig vorgegangen war oder spontan handeln musste.

Sarah aß den letzten Bissen und warf ihre Serviette in einen Abfallkorb. Sie hielt kurz inne und blickte ins Leere. Er war mein Vater, und das berührt mich nur noch am Rande, dachte sie. Mir fällt es sogar schwer, von ihm als Opfer zu sprechen. Mich interessieren nur noch die Hintergründe und das damit zusammenhängende Risiko für andere – für mich selbst zum Beispiel.

Sie kehrte ins Kommissariat zurück und arbeitete in den folgenden Stunden konzentriert weiter. Am frühen Nachmittag telefonierte sie eine Weile mit der Kriminaltechnikerin Astrid Larsen, die ihr versprach, die einzelnen Protokolle ein weiteres Mal unter die Lupe zu nehmen und dabei auch die Berichte zur Hausdurchsuchung einzubeziehen. »Mikkel hat mich schon vorgewarnt«, erklärte sie. »Du suchst mal wieder die Nadel im Heuhaufen, wie ihr Deutschen es bildhaft ausdrückt.«

»Ja, so ähnlich. Und die Nadel könnte sehr klein und der Heuhaufen verdammt groß sein«, seufzte Sarah.

»Schon verstanden.«

»Danke dir.«

Sarah legte das Handy beiseite und wollte sich gerade einen Kaffee holen, als das Festnetztelefon klingelte. Über den Anschluss erreichten sie meistens regionale Behördenanrufe. Sie meldete sich mit ihrem besten Dänisch: »Hej, jeg er overinspektør Sarah Pirohl. Hvad kan jeg gøre for dig?«

»Das klingt nett«, erwiderte eine männliche Stimme, und Sarah brauchte einen Moment, bis sie sie erkannte.

»Keine Namen«, fügte Henrik rasch hinzu.

Sie stutzte.

»Am besten, du lässt dir nicht anmerken, dass du mit einem alten Freund telefonierst, der dir etwas Wichtiges mitteilen muss. Hör einfach zu.«

Sarahs Puls hatte sich bereits deutlich beschleunigt. »Okay«, sagte sie dann und griff nach einem Stift. »Was ist passiert?«, fügte sie leise hinzu.

»Hannah wird heute auf der Insel eintreffen. Sie wird dir alles erklären. Fahr unter einem Vorwand nach Nexø ...«

»Warum meldet sie sich nicht selbst bei mir?«, warf Sarah ein.

»Weil der Anruf womöglich nicht unbemerkt bliebe. Ich bin ein bisschen außen vor – davon sind wir zumindest überzeugt, und solange wir es nicht genauer wissen, sind wir übervorsichtig. Sie hat sich unter dem Namen Karina Mönk ein Zimmer im Strandhotel genommen.«

Sarah warf einen Blick in die Runde. Die Kolleginnen und Kollegen an den weiträumig verteilten Nachbartischen waren in ihre Aufgaben vertieft; niemand achtete auf sie. »Nenn mir bitte ein Stichwort.«

»Das ist kaum nötig, oder?«

Sarah ließ den Hörer kurz sinken, dann hob sie ihn wieder ans Ohr. »Besteht das Risiko, dass ...«

»Gut möglich. Pass gut auf dich auf und sorg dafür, dass dir niemand folgt. Alles Weitere dann von ihr.«

Sarah legte das Telefon beiseite. Einen Moment war sie wie gelähmt. Ihr Herz klopfte viel zu schnell. Schließlich atmete sie tief durch, stand abrupt auf und schnappte sich Jacke und Tasche. Auf dem Weg nach draußen kam sie an Mikkel Bentsens Büro vorbei –

die Tür stand auf, wie so oft. Sie warf einen Blick hinein. Der Kommissariatsleiter telefonierte. »Ich überprüfe einen Namen«, rief sie ihm im Vorbeigehen zu, und er winkte ihr mit einem Ohr am Handy zu.

Sarah fuhr auf direktem Weg nach Hause, und sie war sicher, dass ihr niemand folgte. In Arnager beschloss sie spontan, einen Zwischenstopp einzulegen. Sie parkte in der Nähe des Strands und lief über die Holzbrücke. Bei sommerlichen Temperaturen waren viele Menschen unterwegs. Die Atmosphäre war beinahe absurd friedlich – als gäbe es nichts anderes als diesen fröhlichen Augenblick zu Beginn des Sommers, verheißungsvoll, bunt, lebendig. Am Ende blieb sie stehen und blickte über die See. Leichter Wellengang, in der Ferne waren mehrere Schiffe unterwegs; hinter ihr erklang Kindergeschrei, das glückliche Lachen einer Frau. Schließlich wandte sie sich ab und lief eilig zurück. Niemand achtete auf sie.

Kaum eine halbe Stunde nach ihrem Aufbruch in Rønne stellte sie den Wagen vor der Garage ab, holte ihr Fahrrad und schlug den Weg Richtung Nexø ein. Gut zehn Kilometer umfasste die Route über Waldwege parallel zum Strand – eine wunderbare Strecke, die in den Osten der Insel führte. Für die Schönheit ihrer Umgebung hatte Sarah bei dieser Tour allerdings kein Auge. Sie war felsenfest davon überzeugt, dass etwas Dramatisches passiert war, sonst wäre Hannah kaum von ihrer klaren und unmissverständlichen Entscheidung abgewichen, laufende Ermittlungen nicht mehr zu begleiten – schon gar nicht zu diesen Fällen. Dass sie unter falschem Namen anreiste und die Kontaktaufnahme über Henrik erfolgt war, betonte darüber hinaus die Dringlichkeit absoluten Stillschweigens.

Sarah brauchte kaum eine halbe Stunde für die Strecke. Zwischendurch hielt sie kurz an und vergewisserte sich, dass ihr niemand gefolgt war. Sie stellte ihr Rad im Hof ab, verschnaufte einen Moment und betrat das Hotel über die Außenterrasse. Hannah Jakob alias Karin Mönk war bereits eingetroffen, wie ihr der Rezeptionist mitteilte. Zwei Minuten später stand Sarah vor Hannahs offener Tür, und die Kollegin und Freundin sah ihr mit ernstem Blick entgegen – während Kotti in gewohnt überschäumender Weise seine Wiedersehensfreude zum Ausdruck brachte.

»Komm rein«, sagte Hannah schließlich leise.

Sie setzten sich auf den Balkon. Hannah goss Sarah ein Glas Wasser ein, das sie durstig hinunterstürzte. »Was ist passiert?«, fragte sie dann.

»Frederik hat sich bei Henrik gemeldet«, erklärte Hannah. »Die Situation ist ausgesprochen brisant.« Sie hielt Sarahs Blick fest. »Hast du in letzter Zeit von ihm gehört?«

»Nein.«

»Stell dich darauf ein, dass er unterwegs ist und in Kürze auf der Insel eintrifft – mit einem Auftrag.«

Sarahs Augen weiteten sich. »Geht das etwas genauer?«

Hannah nickte. »Natürlich. Ich gebe unsere Gespräche so genau wie möglich wieder.«

Als sie einige Minuten später ihren Bericht beendet hatte und schließlich schwieg, hatte Sarah Mühe, die Fassung zu bewahren. Sie atmete mehrfach tief durch und trank ein weiteres Glas Wasser, während sich die Gedanken in ihrem Kopf überschlugen. »Sie haben ihn geschnappt«, sagte sie dann leise. »Alles andere ergibt keinen Sinn. Und die Bedrohung ist so massiv – für ihn und andere –, dass er keinen anderen Weg sieht, als ihren Anweisungen Folge zu leisten.«

»So sehen wir das auch. Und mit seiner Warnung an uns begibt er sich in allergrößte Gefahr, denn natürlich muss er tatsächlich belastbare Informationen liefern. Und jeder kleine Fehler könnte unabsehbare Folgen haben.«

»Die Bedrohung an sich ist nicht neu – für ihn, für andere in seinem Umfeld«, bemerkte Sarah.

»Wir müssen wohl davon ausgehen, dass sie noch näher herangerückt sind, und zwar aus gutem Grund. Die Ermittlungen haben sie aufgeschreckt.«

»Der Deal mit der Chemiefirma.«

Hannah nickte.

»Es dürften weitreichende Geschäfte und Verbindungen betroffen sein, womöglich nicht nur mit Russland. Und sie wollen wissen, woran sie sind. Da kam ihnen Frederik gerade recht.«

»Außerdem wissen sie offenbar nicht, wer hinter dem Mord an Pirohl steckt …« Sarah zuckte mit den Achseln, als sie Hannahs Blick bemerkte. »Es fällt mir immer schwerer, ihn als meinen Vater zu bezeichnen, auch wenn das natürlich Unfug ist«, erklärte sie.

»Das ist nur allzu verständlich.«

»Wie dem auch sei – der Täter stammt nicht aus ihren eigenen Reihen«, fuhr Sarah fort. »Zumindest nicht aus den ihnen bislang bekannten. Nur so erklärt sich diese Aktion.«

»Das ist interessant, oder?«

»Unbedingt. Wie gehen wir weiter vor?«, fragte Sarah schließlich. »Es gibt im Mordfall eine dringend Tatverdächtige …«

»Isabell Herder. Doch du glaubst nicht, dass sie es war?«

»Richtig«, entgegnete Sarah und berichtete Hannah im Detail von den Ermittlungen der letzten Tage in Berlin und ihrer Entscheidung, den Fall auf Bornholm noch einmal aufzugreifen. »Ich prüfe jeden einzelnen Aspekt ein weiteres Mal, checke Dutzende von Namen. Das ist sehr mühsam, und ob ich zu einem Ergebnis komme, steht in den Sternen«, erklärte sie abschließend. »Im Moment habe ich also nicht viel mehr als ein deutliches Bauchgefühl – diese Frau, die Jahrzehnte an seiner Seite verbracht hat, ohne dass sie je in Erscheinung getreten ist, hat ihn nicht getötet.«

Einen Moment blieb es still. »Und wenn die weitere Suche keine neuen Erkenntnisse bringt?«, fragte Hannah schließlich.

»Dann wird sehr wahrscheinlich Isabell Herder angeklagt.«

»Und Frederik könnte diese Information entsprechend weiterleiten?« Hannah klang skeptisch. »Was soll das bringen?«

»Nichts. Und damit werden sie sich kaum zufriedengeben«, entgegnete Sarah. »Auch diese Leute sind davon überzeugt, dass seine heimliche Geliebte nicht dahintersteckt.« Sie kniff die Augen zusammen. »Das alte Foto von ihm und Herder wurde uns von einer nichtgenannten Quelle über einen LKA-Beamten mit besten Kontakten zugespielt, wie es hieß. Ich wüsste zu gern, wer dahintersteckt. Und vielleicht müssen wir diesen Fall ganz neu denken.«

»Das heißt?«

»Vielleicht spielen die alten Nazi-Geschichten in dem Punkt lediglich eine untergeordnete Rolle. Da hat jemand Pirohl ausgeschaltet, kurz bevor er eine weitere üble Tat begehen konnte. Er rettet Herder und sorgt für allergrößte Verwirrung. Vielleicht stand Pirohl schon die ganze Zeit unter Beobachtung, und der Täter hat diese Gelegenheit einfach nur ergriffen.«

Hannah lehnte sich zurück. »Wer hätte die Möglichkeit, diesem Mann – auch nach seinem Identitätswechsel – verdeckt zu folgen?«

»Das ist wohl die entscheidende Frage.«

Einen Moment blieb es still. Sarah spürte, dass ihre anfängliche helle Aufregung langsam abebbte – die Beschäftigung mit einem aufwühlenden Fall war letztlich ihr Job. Und die außergewöhnlichen Umstände persönlicher Betroffenheit musste sie nicht zum ersten Mal meistern – sie begleiteten sie seit Jahren. Sie hob den Blick. »Wie treten wir in Kontakt? Mit dem Umweg über Henrik können wir nicht schnell genug reagieren. Ich besorge uns andere Handys und …«

»Schon erledigt.« Hannah stand auf. Einen Augenblick später reichte sie Sarah ein Mobiltelefon, das vor zehn Jahren modern gewesen war.

Sarah blickte es eine Weile schweigend an, dann hob sie wieder den Kopf. »Das wirkt alles sehr konspirativ. Aber eine andere Möglichkeit haben wir wohl nicht.«

»Nein.«

»Wer weiß noch Bescheid über diese Aktion?«

»Daniel Hihmler. Er kennt keine Einzelheiten. Aber wenn ich ihn kontaktiere, weiß er, dass es um einen Notfall geht, und kann schnell reagieren. So viel Absicherung muss sein.«

Hihmler war der Rechtsextremismus-Experte, mit dem Hannah seit vielen Jahren regelmäßig zusammenarbeitete; darüber hinaus war er ihr längst als guter Freund ans Herz gewachsen.

»Und jetzt warten wir ab, dass Frederik auftaucht?«

»So ist es.«

»Hannah … Ich bin froh, dass du hier bist.«

20

Frederik war bei Mads Nielsen untergekommen, einem alten Freund seiner Mutter, der noch nie viele Fragen gestellt hatte und ihm unterm Dach ein Zimmer zur Verfügung stellte, wann immer er es benötigte. Mads war Besitzer des Ekkodahlshuset-Restaurants in Almindingen – einem der größten Waldgebiete Dänemarks im Herzen Bornholms. Kaum ein Tourist versäumte es, das Spalttal Ekkodalen, Bornholms höchsten Berg Rytterknægten sowie die Burgen Gamleborg und Lilleborg zu besuchen und einen Zwischenstopp im Restaurant einzulegen. Frederik war hier oft mit Sarah unterwegs gewesen.

Mads hatte ihm einen langen Blick zugeworfen, als er am Vortag nachmittags vor der Tür gestanden hatte. »Kann ich ein paar Tage bei dir unterkommen?«

»Natürlich.« Mads musterte ihn eine Weile, und Sorge spiegelte sich in seinen Augen, doch er verkniff sich eine Frage. »Fühl dich wie zuhause.«

Erst als Frederik später seine Tasche auspackte, kam ihm der Gedanke, dass Mads ebenfalls in den Fokus der Aufmerksamkeit rücken könnte. Oder auch nicht – mach sie nicht größer und mächtiger, als sie sind, flüsterte er stumm. Auch Carl Jørgensen – sein alter Kontakt bei der Bornholmer Polizei – war bislang nicht im Gespräch gewesen.

Frederik schlief tief und lange, obwohl er davon überzeugt gewesen war, nicht zur Ruhe kommen zu können. Das ist die Insel, dachte er, als er am Morgen vor dem offenen Fenster stand und in den Wald hineinlauschte. Sie ist immer noch auch mein Zuhause – selbst nach den letzten Ereignissen, dem Überfall und der abenteuerlichen Flucht, der Trennung von Sarah, die seinen Weg nicht mitgehen wollte und konnte. Frederik fühlte sich stärker und sicherer, das Gefühl der Bedrohung hatte sich abgeschwächt, und das könnte ihn zu riskanten Trugschlüssen verleiten. Ich bringe die Gefahr mit, durchfuhr es ihn eiskalt – für jeden, den ich treffe, für alle, die mir am Herzen liegen. Inzwischen war er zwar davon überzeugt, dass die Sache mit dem implantierten Chip eine Lüge war, die ihn lediglich zusätzlich unter Druck setzen sollte. Aber natürlich konnten sie ihn über sein Handy und den Laptop orten; die Schnüffler waren überall unterwegs, und er musste sich darüber hinaus in unregelmäßigen Abständen melden. Wo und in welchem Ausmaß Spyware installiert war, konnte er nicht einschätzen, aber er ging davon aus, dass Sarahs Haus betroffen war und sich unter ihren Kollegen oder zumindest im Umfeld der Polizei jemand befand, der ein Auge auf sie hatte.

Nach dem Frühstück half er Mads, Lebensmittellieferungen in Küche und Vorratsräumen unterzubringen. Wenig später brach er mit Mads kleinem Lieferwagen nach Rønne auf und unternahm eine Tour über die Insel. Er recherchierte Sarahs neue Adresse und besuchte sein altes Blockhaus in Hasle. Touristen saßen in seinem Garten; Trauer durchströmte ihn. Erst am nächsten Tag nahm er einen Beobachtungsposten am Kommissariat ein. Sebastians Nachfrage, warum er nicht sofort den Kontakt zu Sarah aufnahm, erklärte er mit Magen- und Darmproblemen. Das war nicht einmal gelogen.

Sarah verließ mittags die Dienststelle. Sein Herz begann stürmisch zu klopfen, als er sie aus der Tür treten sah. Ihr Haar wehte im Wind, sie sah sich mehrfach um. Sie weiß Bescheid, dachte Frederik. Henrik und Hannah haben verstanden, worum es hier geht und die Initiative ergriffen. Das war eine gute Nachricht – das bedeutete eine winzige Chance in einer nahezu ausweglosen Situation und das beruhigende Gefühl, nicht länger allein zu sein mit seiner Furcht.

Das Handy war ihm im Flieger in die Hände gefallen, genauer gesagt hatte er es einem jungen Mann gestohlen, der einen Moment nicht aufmerksam gewesen war, und es beim Aufenthalt auf dem nächsten Flughafen genutzt. Es hatte eine Weile gedauert, bis er beim BKA zu jemandem vorgestoßen war, der sich als Mitarbeiter von Henrik Buchner entpuppte und bereit war, ihm zuzuhören. Anschließend hatte er sich fast übergeben müssen vor Aufregung – und Angst. Jeden Augenblick erwartete er eine Schreckensnachricht, einen plötzlichen Angriff aus dem Hinterhalt. Erst als er am nächsten Tag in Kopenhagen in den Flieger nach Bornholm gestiegen war, ebbte seine Panik ab. Ihre Stärke wächst mit meiner Angst und Überzeugung, dass sie allmächtig sind, hatte er wie ein Mantra wiederholt, bis sich seine Atmung beruhigt hatte.

Frederik wischte die Gedanken beiseite, blieb im Wagen sitzen und beobachtete, wie Sarah später zurückkehrte. Ihr Gang war unverwechselbar, die Sonnenstrahlen erhellten ihr Gesicht. Sie war schön wie eh und je. Sehnsucht durchströmte ihn, seine Hände zitterten. Vielleicht wird doch alles gut, dachte er. Sie hat längst einen Plan, und ich kann Pirohls Truppe hinhalten und an entscheidenden Punkten abschütteln – wir führen sie in einer gemeinsamen Aktion in die Irre oder können sie sogar enttarnen und zurückdrängen. Und niemand interessiert sich dann noch für uns. Sie werden alles daransetzen, ihre eigene Haut zu retten, und er, Frederik, spielte keine Rolle mehr. Wie schon einmal.

Er schüttelte den Kopf. Ein schmerzvolles Lächeln glitt über sein Gesicht. Sobald ich ihnen nicht mehr nützlich bin, werden sie mich töten, denn diesmal bin ich zu weit gegangen, flüsterte eine heisere Stimme in ihm. Selbst wenn es gelänge, zwei oder drei zu stellen oder eine ganze Gruppe auffliegen zu lassen und unterzutauchen, ohne eine Spur zu hinterlassen – die Nächsten standen schon in den Startlöchern, und für ihn persönlich würde sich nie etwas ändern. Ein Leben auf der Flucht, im Untergrund, mit dem ständigen Blick über die Schulter – wie Krølle, aber mit einem entscheidenden Unterschied: Der Mann mit der lustigen Lockenperücke, die ihm seinen Spitznamen eingebracht hatte, war ein Profi, mit allen Wassern gewaschen, ein Spezialist im Beschatten, Verfolgen und Töten, der sich völlig eins fühlte mit dem, was er tat und wofür er stand, egal, welche Seite gerade seine Dienste in Anspruch nahm – und das seit Jahrzehnten.

Frederik hatte während seiner Studentenzeit als ambitionierter Hacker und später als Journalist seine Lebensaufgabe gefunden. Seinerzeit war er davon überzeugt gewesen war, es bedürfe lediglich der umfassenden Aufklärung und Aufdeckung, damit die Menschen verstanden und nachvollziehen konnten, worum es ging, und sich empört auflehnten – mit demokratischen Mitteln. Aber so war es nicht. Der Berichterstatter und erst recht der Whistleblower selbst wurde zum Gejagten, den niemand tatsächlich schützen konnte oder wollte, oder er zahlte einen hohen Preis für sein Engagement, und mittlerweile verzweifelte er an der Aussichtslosigkeit. Ein Kampf gegen Windmühlen. Er war mit dem hehren Anspruch gescheitert, mit ebenso umfassenden wie objektiv nachprüfbaren Informationen und Fakten ein Bewusstsein zu schaffen und auf diese Weise auch Veränderungen auszulösen oder dazu beizutragen, sie zu ermöglichen. Der Schuss war nach hinten losgegangen und hatte ihn dazu bewegt, in den Halbschatten abzutauchen. Nur dort konnte er noch etwas bewirken – verbunden mit einem Risiko, das ihm inzwischen zum Verhängnis geworden war.

Wir leben in einer Zeit, die alles Schlechte im Menschen hervorbringt und Feindschaften schürt, die denen dienen, die uns ohnehin an der Nase herumführen, überlegte er. Informationen waren nichts wert, wenn Fakten keine Rolle mehr spielten. Eine gutgetarnte Lüge verkaufte sich besser als die schlichte und oftmals unbequeme Wahrheit. Nie war ihm das schärfer bewusst geworden als in den letzten Jahren. Sein Entschluss, den rastlosen Kampf auf andere Art weiterzuführen, hatte ihn eine Weile ausgefüllt, bewegt, befriedigt – bis er an seine persönliche Grenze gestoßen war. Und nun war er gezwungen, sich von Schwerkriminellen benutzen zu lassen und diente ihren Zielen. Und es herrschte nur noch eine Sprache: die der Gewalt. Wer war mächtiger?

Er zuckte zusammen, als sein Handy den Eingang einer Nachricht signalisierte. Sebastian hatte ihm ein Foto geschickt. Frederik öffnete die App und benötigte nur einen Moment, bis er realisierte, was er sah. Eine Straße in Berlin-Neukölln, eine Häuserfassade, die ihm bekannt vorkam, an der Tür ein Schild mit dem Hinweis auf Marvins Kanzlei. *Vergiss nicht, dass wir überall sind*, stand darunter. *Und vergiss nicht, die Kontakte zu Krølle und Nelly zu pflegen. Wir möchten bald mehr zu ihnen erfahren. Du verstehst, was ich meine, nicht wahr? Ach, noch was – schick mir doch mal ein Bild von deinem aktuellen Standort. Ich hoffe, du bist inzwischen tätig geworden.*

Frederik ließ das Handy kurz sinken, dann hob er es wieder an, schoss ein Foto vom Kommissariat und versendete es. Sebastian antwortete kurz darauf mit einem Lächel-Emoji. *Freust du dich auf das Wiedersehen? Ich denke schon – noch ein Hinweis: Unterhaltungen solltet ihr in ihrem Haus führen.* Hatte er etwas anderes erwartet, als dass sie ihr Haus überwachten? Verzweiflung durchströmte Frederik, er schob sie beiseite und startete den Motor. Er fuhr eine Runde durch die Innenstadt, bevor er sich einen neuen Parkplatz in der Nähe des Kommissariats suchte.

Eine der entscheidenden Frage lautete, ob es eine versteckte Möglichkeit gab, Krølle und Nelly zu warnen – vergleichbar mit der Finte, die er genutzt hatte, um Sarah über Umwege zu alarmieren. Seitdem er die Reise angetreten hatte, kaute er immer wieder darauf herum. Die Alarmcodes zwischen ihnen waren verbrannt. An der Stelle kam er nicht weiter, denn selbst wenn es ihm gelänge, die beiden mit einem stillen Hinweis stutzig zu machen, bot das Ganze nur bedingt einen langfristigen Ausweg. Ein plötzlicher Rückzug würde natürlich auffallen und zu Konsequenzen führen. Sebastian würde nicht scheuen, ihn dafür bezahlen zu lassen – Stichwort: Marvin und seine Familie. Oder Sarahs Mutter, einen alten Kollegen aus Kopenhagen, wer auch immer gerade schnell greifbar war.

Welche andere Möglichkeit gab es, Krølle zu kontaktieren und ihn zu motivieren, das doppelte Spiel zum Schein mitzumachen, während er sich einen Ausweg überlegte? Über Hannah? Wohl kaum. Es war unwahrscheinlich, dass irgendjemand wusste, wo der Mann unter welchem Namen lebte – und falls doch, hatte Frederik in seiner Situation keine Möglichkeit, darauf zurückzugreifen. Hinzu kam, dass Krølle ihm schon einmal unmissverständlich klargemacht hatte, dass er in der Versenkung verschwinden würde, sobald das Risiko für ihn selbst zu groß wurde. Krølle war kein Freund oder Mitstreiter für die gute Sache – so wie Hannah und Henrik. Er war ein gut bezahlter Killer, ein Mann mit ganz besonderen Fähigkeiten, der sich seine Jobs aussuchte, und die meisten von ihnen mündeten in schwere Straftaten, von denen die Öffentlichkeit nie etwas erfuhr. Dass er Frederik einmal unter seine Fittiche genommen hatte, bedeutete keineswegs, dass er jederzeit wieder zur Verfügung stehen würde. Auch das hatte er betont.

Und Nelly? Sie hatte sich irgendwo auf der Welt ein stilles Plätzchen gesucht, von dem aus sie höchst erfolgreich agierte. Auch sie würde nichts unnötig auf Spiel setzen – es gab genügend Leute, die nur darauf warteten, sie zu entlarven und für immer kaltzustellen. Nelly war schon sehr weit gegangen, als sie sich dazu überreden ließ, ihn bei seiner Aktion zu unterstützen – weil sie gemeinsame

Feindschaften pflegten und er ihr auf irgendeine Weise ans Herz gewachsen war. Dass Sebastian und seine Leute großes Interesse daran hatten, sie aufzustöbern, war wenig überraschend. Und wenn ausgerechnet Frederik für die entscheidenden Hinweise sorgte, war das perfide Spiel gelungen.

Eine gute halbe Stunde später besorgte er sich etwas zu trinken. Als er wieder in den Wagen stieg, sah er, dass Sarah gerade vom Parkplatz fuhr. Er folgte ihr in großem Abstand. Sie schlug den Weg zu ihrem neuen Haus ein – das ließ zumindest ihre gewählte Route vermuten. Wenig später stellte er fest, dass sie verschwunden war – ihr Wagen stand vor der Garage. Er atmete tief durch und setzte sich auf die Verandastufen. Der innere Aufruhr ebbte ab. Sie war unterwegs, und sie würden sich nicht einfach in die Situation fügen – unabhängig davon, wie verschwindend gering ihre Chancen waren.

Er hob den Blick. Ein schöner Sommertag ging zu Ende. Er lehnte sich zurück, schloss die Augen und atmete tief durch.

Wie viel Zeit vergangen war, als er plötzlich das Knirschen von Reifen auf dem Waldweg hörte, konnte er nicht sagen. Einen Moment später bog Sarah auf dem Fahrrad um die Ecke. Er stand auf. Sie sah ihm entgegen, ihre Augen weiteten sich, und ihr Blick sprach Bände.

Nichts verändert einen Menschen so sehr wie Gewalt und Angst. Sarah spürte einen Moment lang den unwiderstehlichen Drang, sich auf dem Absatz umzudrehen und wegzulaufen. Der Augenblick dehnte sich, während sie ihn ansah und sein Schmerz in sie eindrang. Was haben sie mit dir gemacht? Die Frage hallte stumm in ihr wider, und sie musste sämtliche Energie aufwenden, sie nicht laut auszusprechen – genauer gesagt: herauszuschreien.

Sie stellte ihr Fahrrad ab und ging auf Frederik zu. Einen Moment später lag sie in seinen Armen. Sie zitterte, und er strich ihr durchs

Haar – mit bebenden Händen. Deine Nachricht ist angekommen, wir wissen Bescheid, hätte sie am liebsten gesagt. Sie tat es nicht, sondern atmete laut und heftig an seinem Hals. Dann hob sie den Kopf und sah ihn an. Sie nickte.

»Wir sollten reingehen«, meinte er leise. Mit einem Finger fuhr er über ihren Mund. Ein kaum erkennbares Lächeln setzte sich in ihren Augenwinkeln fest. »Du hast mich vermisst.«

»Ja«, flüsterte sie. Und trotz der prekären Situation durchflutete sie plötzlich Erregung, Lust, unstillbare Lust – nach ihm, mit ihm. Oder gerade deswegen. Ihr Atem beschleunigte. Er zog sie wieder an sich. Seine Hände strichen über ihren Rücken. Sie zitterte, diesmal nicht vor Angst, und das war ebenso absurd wie aufregend. Begehren flutete sie, und sie ließ es zu. »Lass uns reingehen, ich muss dringend unter die Dusche«, flüsterte sie.

»Gute Idee.«

Minuten später standen sie unter dem rauschenden Wasserstrahl. Sie klammerte sich an ihn und ließ es einfach geschehen – die Lust, der Schmerz, Angst und Trostlosigkeit flossen ineinander, schaukelten sich gegenseitig hoch zu einem vibrierenden Rausch; es entstand etwas Neues, kaum Greifbares. Zwischendurch flüsterte sie ihm zu, dass seine Nachricht angekommen war. »Du bist nicht allein.« Und einen Moment später: »Was haben sie dir angetan?«

Er antwortete nicht, sondern schloss die Augen und liebte sie mit letzter verzweifelter Kraft. Als sie Minuten später in den Wohnraum gingen, hatte sie das Gefühl, dass Stunden vergangen war. Die Situation war ebenso prekär wie irrational, und einen Moment zweifelte sie daran, dass sie ihr gewachsen war. Sie waren gezwungen, ein Theaterstück aufzuführen, und es würde sich zeigen, ob sie auf dieser Bühne bestehen konnten.

»Soll ich etwas kochen?«, fragte er und durchbrach ihre Gedanken.

»Wunderbare Idee«, stimmte sie zu.

Frederik öffnete den Kühlschrank, und Augenblicke später begann er, Gemüse zu putzen und Fleisch in feine Streifen zu schneiden, der Backofen summte leise vor sich hin, Zwiebeln schmorten in der Pfanne, und Sarah kümmerte sich um den Salat, während sie sich im Plauderton unterhielten – über Alltägliches und Banales. Sie hatte heimlich die Audioaufnahme ihres Handys aktiviert und hoffte inständig, dass es unbemerkt geblieben war. Von außen betrachtet wirkte die Szene alltäglich, womöglich harmonisch – ein Paar, das schwierige Zeiten durchlebt, sich zerstritten und getrennt, lange Zeit nicht gesehen hatte und beim ersten Wiedersehen erst einmal Tuchfühlung aufnehmen musste, auf möglichst überzeugende Weise. Wer immer möglicherweise mithörte oder zusah, sollte unbedingt diesen Eindruck gewinnen und nicht einen Moment daran zweifeln, dass Sarah völlig ahnungslos war, was Frederiks Bornholmbesuch betraf. Wie nah sie einander bereits gekommen waren, dürfte niemand entdeckt haben. Und selbst wenn auch im Bad Spyware installiert war – eine Sexszene unter der Dusche dürfte kaum Skepsis hervorrufen.

»Darf ich dich etwas Persönliches fragen?«, ergriff Frederik schließlich beim Essen die Initiative. Sein Gesichtsausdruck war schwer zu deuten. Das leise Zittern in der Stimme nahm vielleicht nur sie wahr. Sie hoffte es.

»Ich ahne, worauf du hinauswillst«, entgegnete sie betont forsch und nahm sich erneut von dem Gemüse. »Du hast übrigens nichts von deinen Kochkünsten verlernt.«

Er lächelte. Einen Moment war sie davon überzeugt, er würde seinen Lieblingsspruch aus früheren glücklichen Jahren anbringen – *ja, Kochen kann ich auch.* Doch sie lag falsch. »Freut mich, dass es dir immer noch schmeckt«, sagte er leise.

Sie erwiderte sein Lächeln. »Du fragst dich, wie ich mit dem Fall umgehe, nicht wahr?«, schob sie dann nach.

»Richtig. Ich habe natürlich einiges mitbekommen – aus der Ferne. Aber was bewegt dich dabei? Als Tochter und Ermittlerin.«

»Er ist tot«, erwiderte sie nach kurzem Nachdenken. »Ein zweites Mal gestorben, nachdem wir bis dahin davon ausgegangen waren, dass er längst tot war. Das allerdings war schon ein merkwürdiges Gefühl.« Sie blickte einen Moment in die Ferne. »Er hatte als Kronzeuge eine andere Identität angenommen und offensichtlich große Pläne für die Zukunft, wie sich herausstellte – Pläne und Ziele, die nicht das Geringste mit der Kronzeugenregelung zu tun hatten, doch das dürfte dich kaum verwundern.« Sie suchte seinen Blick. »Aber ich darf nicht darüber reden, das weißt du.«

»Natürlich. Nur …« Er hob beide Hände. »Wir waren in all diese Fälle immer auch gemeinsam verwickelt und haben Hand in Hand gearbeitet – über Dienstvorschriften hinweg und nicht immer hundertprozentig harmonisch, aber oft erfolgreich. Und ich habe selbstverständlich auch meine eigenen Quellen.«

Sarah ließ den Hinweis sacken. Er wusste viel mehr, als sie auch nur ahnte, könnte diese Bemerkung bedeuten. Er hatte sich entschieden, seinen eigenen Kampf auszufechten, und es war nicht gut für ihn ausgegangen. Immerhin hatte er bislang überlebt. Und nun waren sie wie ganz am Anfang wieder gemeinsam auf Bornholm und mussten übermächtige Gegner in ihre Schranken weisen – oder auch nur ablenken, auf eine falsche Fährte schicken, um sich selbst zu schützen. Das war wohl realistischer.

Sie nickte langsam. »Na schön. Dann weißt du wohl auch, dass es einen dringend Tatverdächtigen gibt – genauer gesagt: eine Tatverdächtige.«

Er neigte den Kopf.

Sie gab vor, noch einen Moment zu zögern. »Was soll's?«, meinte sie schließlich achselzuckend. »Jemand hat uns über Umwege ein altes Foto zugespielt. Es zeigt Pirohl mit einer Frau – und du wirst es nicht glauben, ich bin ihr bereits begegnet: als Fünfjährige auf einer Reise in Argentinien! Und aus dieser Zeit stammt sehr wahrscheinlich diese Aufnahme.«

Frederiks Augen weiteten sich. Er hielt ihren Blick fest. Und plötzlich begriff sie. Das Foto stammte von ihm! Er hatte es entdeckt und weitergeleitet. Einen Moment war sie fassungslos. Frederik war auf höchst vielschichtige Weise in diese Geschichte verwickelt und hatte offenbar auch eine Möglichkeit gefunden, über Umwege das LKA mit Informationen zu versorgen – oder einer seiner Kontakte hatte es weitergegeben. Umso vorsichtiger musste sie sein mit dem, was sie preisgab.

»Konntet ihr sie identifizieren?«, fragte er.

»Natürlich. Isabell Herder«, entgegnete Sarah prompt. Sie war sich mit Hannah einig geworden, dass so viele Details wie nötig kommuniziert werden mussten. Nur damit konnten sie Frederiks Erpresser überzeugen. Zurückhaltung und Ausweichmanöver würden sie dagegen misstrauisch machen. Außerdem war Isabell Herder in der Untersuchungshaft sicher – zumindest vergleichsweise. »Sie hat vor vielen Jahren mal eine Zeit lang in seiner Kanzlei gearbeitet und war seine heimliche Geliebte.« Sarah schüttelte den Kopf. »Sie ist nie zuvor aufgefallen. Das macht mich immer noch fassungslos.«

»Sie war eine Kameradin?«, fragte Frederik.

»Das ist unklar. Sie wollte nie etwas anderes als seine Partnerin sein und hat nichts hinterfragt. Es interessierte sie nicht, wofür er stand. So sagt sie zumindest.«

»Und sie ist die Tatverdächtige? Wie kann das sein?«

»Ja. Angeblich wollte mein … wollte Bernd sie loswerden und einen Mord kreieren, der mich in Schwierigkeiten bringen sollte. Aber sie hat wohl den Braten rechtzeitig gerochen und sich gewehrt.« Sarah zuckte mit den Achseln. »So könnte es gewesen sein«, schob sie nach. Es blieb abzuwarten, wie Frederiks Entführer auf diese Einschätzung reagieren würden. Dass sie selbst längst zu einem anderen Schluss gekommen war, musste sie nicht in aller Ausführlichkeit darlegen.

»Und diese Frau gibt die Tat zu?«

»Nein. Sie streitet sie ab und verweist auf den großen Unbekannten, der sie gerettet und Bernd erschossen habe. Ich weiß nicht, was ich davon halten soll. Das klingt ziemlich absurd, aber ich gehe der Aussage dennoch nach. Zurzeit prüfe ich hier noch einmal sämtliche Spuren und arbeite die Akte Seite für Seite erneut durch. Ob ich etwas entdecke, was Herders Aussage stützt und uns auf eine andere Fährte führt, wird sich zeigen – oder auch nicht.«

»Es gibt keine anderen Hinweise?«

»Nein. Die Geschichte mit ihr als Täterin ist nicht rund, doch womöglich schweigt sie an den entscheidenden Stellen, um mögliche Unterstützer zu schützen. Tja, ich denke, Isabell Herder wird für viele Jahre ins Gefängnis gehen.«

»Wisst ihr mehr zu ihrem Hintergrund?«, fragte Frederik weiter, und Sarah war klar, dass an diesem Punkt die Chemiefirma genannt werden musste. Verschwieg sie den Hinweis, könnten Frederiks Erpresser auf den Gedanken kommen, dass es ihm gelungen war, sie unbemerkt einzuweihen, worauf sie Informationen zurückhielt. Andererseits durfte sie ihn als BKA-Beamtin in solche Interna nicht im lockeren Plauderton einweihen.

»Es gibt einen alten Vermisstenfall, der uns stutzig gemacht hat, zumal ganz aktuell Verbindungen zu einem Chemiewaffendeal bekannt geworden sind – der Zoll hat ermittelt, und es besteht ein Zusammenhang mit Isabell Herder«, antwortete sie mit deutlichem Zögern. »Aber das ist wirklich absolut vertraulich! Wenn du auch nur eine falsche Bemerkung …«

»Natürlich nicht«, fiel er ihr rasch ins Wort. »Kein Wort zu niemandem. Du kannst dich auf mich verlassen. Das weißt du hoffentlich.«

»Gut. Einzelheiten dazu gibt es bislang nicht. Die Spuren dürften längst erkaltet sein.« Sarah seufzte und stand plötzlich auf. »Noch einen Kaffee?«

»Gerne.«

Sarah stellte die Maschine an, und sie schwiegen, während der Espresso durchlief. Schließlich servierte sie den Kaffee und setzte sich wieder zu ihm. »Wo warst du in den letzten Jahren?«

»Überall und nirgends«, entgegnete er rasch und nippte an seinem Espresso. »Eine weite Reise mit langen Aufenthalten, die mir Corona zusätzlich aufgedrückt hat – USA, Kanada, Skandinavien.«

»Und wie geht es jetzt weiter?«

»Mal sehen – ein paar Freunde und Kollegen wiedersehen, etwas verschnaufen, die Insel genießen …« Er brach ab. Ein bitterer Zug flog über sein Gesicht.

Eine gute Viertelstunde später verabschiedete er sich. In der Tür zog er sie an sich. Mach jetzt keinen Fehler, dachte sie. »Sehen wir uns wieder?«, fragte er mit rauer Stimme.

»Natürlich.«

Als sie kurz darauf das Geschirr in die Spülmaschine räumte, entdeckte sie in Frederiks Tasse einen kleinen zusammengeknüllten Zettel. Sie steckte ihn unauffällig in die Hosentasche. Später ging sie in den Garten und wässerte ihre Pflanzen. Den Zettel inspizierte sie im Schutz der Garagenrückwand. *Locke!*, stand dort in winzigen Buchstaben, darunter: *Marvin*. Das letzte Stichwort lautete: *Spyware checken*. Letzteres war nicht so einfach, wie sie wusste. Sie benötigte ein Gerät, das Aktivität anzeigte, ohne dass die Überprüfung bemerkt wurde; und was Krølle anging, so musste sie sich mit Hannah austauschen. Nach allem, was sie zu dem Mann wusste, würde es mit den üblichen Methoden kaum möglich sein, ihn ausfindig zu machen.

Marvin Becker war Frederiks bester Freund aus Studenten- und

Hackerkreisen – gemeinsam mit Florian Schütter hatten sie seinerzeit versucht, Unterlagen aus Pirohls Kanzlei zu sichern, die die Beteiligung an zahlreichen Straftaten belegte: Verschiebung von Geldern zur Finanzierung von Anschlägen, illegale Parteienfinanzierung, Unterstützung rechtsextremer Aktivitäten, Geldwäsche und vieles mehr. So hatte es damals begonnen, aber Florian, der als Praktikant in der Kanzlei beschäftigt gewesen war, hatte seinen Einsatz mit dem Leben bezahlt – und einer der Täter war Bernd Pirohl gewesen. Inzwischen leitete Marvin eine kleine Kanzlei in Berlin-Neukölln und hatte sich von allem losgesagt, was gefährliche Unternehmungen anging – zum Schutz seiner Familie. Und dennoch hatte er sich immer wieder einbinden lassen, wenn es lichterloh brannte. Dass Frederik befürchtete, der alte Freund und Verbündete könnte ebenfalls in Gefahr sein, lag auf der Hand.

Sarah ging ins Haus zurück. Die Vorstellung, dass jemand in ihr Zuhause eingedrungen war, um Überwachungstechnik zu installieren, durchdrang sie von einem Moment zum nächsten mit ganzer Wucht, und ihr Atem stockte. Seit Jahren kämpfte sie nicht nur mit der realen Bedrohung, sondern auch mit oftmals überbordenden Ängsten, während sie stets alle Kräfte zu mobilisieren versuchte und ihren Job machte – geradlinig und zielstrebig bleiben und nicht zurückweichen. Nie war die Gefahr so groß gewesen wie jetzt. Das Gefühl, nicht allein zu sein, kroch wie eine giftige Wolke durch sämtliche Räume. Es war weit nach Mitternacht, als sie endlich einschlafen konnte.

21

Sebastian rief an, als Frederik nach seiner Rückkehr eine Zigarette am offenen Fenster rauchte und in die dunkle Nacht blickte. Er wandte sich um, starrte aufs Display und ließ es dreimal klingeln, bis er die Verbindung herstellte.

»Ihr seid ja ein ganz entzückendes Pärchen«, begrüßte Sebastian ihn. »Bist du eigentlich zum Zug gekommen? Ich meine …«

Frederik ließ das Handy kurz sinken und presste die Lippen zusammen.

»Na schön, lassen wir das«, fuhr Sebastian fort. »Ansonsten war das ein netter Plausch, das erkenne ich an. Doch die Fragen, auf die wir eine Antwort möchten, sind bislang zu kurz gekommen.«

»Was meinst du damit?«

»Isabell. Es geht nicht um sie. Sie hat ihn nicht getötet. Wenn wir von ihrer Schuld überzeugt wären, hätten wir dich nicht auf die Reise schicken müssen.«

Interessant, dachte Frederik. »Und was macht dich so sicher?«

»Ich weiß es, wir wissen es. Das müsste dir eigentlich reichen. Aber wenn du schon so nett fragst – sie hätte das niemals getan. Sie hat ihn verehrt. Er hätte sonst was mit ihr anstellen können, sie hätte es niemals gewagt, sich zu wehren, geschweige denn auf ihn zu schießen.«

»Die Spurenlage ist aber offenbar belastend. Sarah ist eine durchaus skeptische Ermittlerin und …«

»Was interessiert mich die Spurenlage? Nichts ist einfacher, als eine Spurenlage zu schaffen, die in eine bestimmte Richtung führt.

Das müsste dir klar sein. Und was Isabell aussagt, ist das eine, was tatsächlich geschehen ist, womöglich etwas anderes. Du wirst dafür sorgen, dass der wahre Täter ermittelt wird.«

»Wirklich?«

»Höre ich da Widerspruch?«

»Nein, nur …«

»Was?«

Frederik atmete tief ein. Er musste sich zusammenreißen. Es brachte wenig ein, sein Unterfangen als aussichtslos herunterzuspielen. »Okay, ich werde mir etwas überlegen.«

»Davon gehe ich aus. Ansonsten müssten wir uns nämlich die Frage stellen, ob wir den richtigen Mann losgeschickt haben. Ich denke, du verstehst, worauf ich hinauswill.«

»Durchaus.« Frederik zögerte einen Moment. »Habt ihr irgendeine Vermutung, aus welcher Richtung der Wind wehen könnte?«, schob er schließlich nach.

Es blieb still. Das hätte ich mir verkneifen müssen, dachte Frederik. Sein Puls schnellte nach oben. »Es wäre leichter für den Einstieg in meine Recherchen, wenn ich einen Ansatz hätte«, erklärte er hastig. »Zudem könnte ich Sarah die entscheidenden Fragen stellen und eine Richtung vorgeben.«

»Es ist niemand aus unseren Kreisen«, erwiderte Sebastian schließlich. »Wir sind ganz sicher. Jemand war ihm ganz nahe – sonst wäre der Mord gar nicht möglich gewesen.«

Ihr seid völlig ahnungslos – genau wie die Polizei, dachte Frederik verblüfft. Ein unsichtbarer Feind, der auch vor dem Äußersten nicht zurückschreckt und bislang durch jedes Netz geschlüpft war – das konnten sie natürlich nicht so stehenlassen.

»Wir müssen wissen, wer das war.«

Natürlich, dachte Frederik und gönnte sich ein kleines hämisches Lächeln. Ihr ertragt diese Lücke nicht. Sie könnte euch gefährlich werden. Und auch ich wüsste nur allzu gerne, wer entschieden hatte, kurzen Prozess zu machen, fügte er in Gedanken hinzu. Ich würde ihm gerne gratulieren. Er atmete tief durch. Ruhe durchströmte ihn plötzlich. Das war ein guter Ansatz. Begreif das Ganze als Job, redete er sich stumm zu – als überaus wichtige journalistische und zudem kriminalistische Aufgabe. Und im entscheidenden Moment muss ich meinen Wissensvorteil nutzen.

»Bist du noch dran?«

»Ja, natürlich. Ich überlege, wie es weitergehen könnte.«

»Überlege gut, aber nicht zu lange. Wir wollen Ergebnisse. Und noch was: Du informierst uns immer sofort, wenn du sie triffst, und zeichnest eure Gespräche auf. Falls du meinst, uns mit irgendwelchen Tricks hintergehen zu können, schnappen wir uns einen deiner Freunde. Und das wird kein Spaß.« Damit unterbrach Sebastian die Verbindung.

Frederik legte das Handy beiseite. Er atmete mehrfach tief ein und aus, bis er das Gefühl hatte, dass die Beklemmung, die die erneute Drohung ausgelöst hatte, allmählich zurückwich. Sie würden ihn immer wieder einzuschüchtern versuchen. Im Moment waren sie höchst erfolgreich mit ihrer Strategie, aber so musste es nicht bleiben. Wir werden eine Lösung finden! Anschließend schrieb er Sarah eine Nachricht – auf dem Handy, das Sebastians Leute stets im Visier hatten. *Lass uns das Ganze gemeinsam angehen. Ich will auch unbedingt wissen, wer dahintersteckt. Es könnte jemand sein, der viele Interessen miteinander verknüpft.*

Sarah ließ sich mit der Antwort ein paar Minuten Zeit. *Du darfst diese Informationen nicht verwenden, bevor sie nicht freigegeben sind.*

Das ist doch nicht neu, Sarah. Ich halte mich an die Regeln. Außerdem habe ich meine eigenen Quellen. Wir können uns gegenseitig helfen, wie schon oft.

Das liegt lange zurück, aber ich denke darüber nach.

Das klingt gut.

Als er schlafen ging, hatte er zum ersten Mal das Gefühl, dass sich der enge Ring um sein Herz ein wenig gelockert hatte.

Hannah lief am frühen Morgen mit Kotti am Strand von Nexø entlang. Die sonnendurchflutete Atmosphäre ließ sie für einen wunderbar langen Moment vergessen, warum sie hier war. Kotti tobte ausgelassen direkt am Wasser entlang, einige frühe Spaziergänger und Jogger waren unterwegs. Der Morgen verströmte einen Zauber, der niemanden unberührt ließ. Sarahs Audiodatei traf ein, als Hannah eine knappe halbe Stunde unterwegs war – das bedeutete, dass die Kollegin im Kommissariat war. Sie dürfte sich dort halbwegs sicher fühlen, um zumindest ihr zweites Handy zu benutzen, ohne zu befürchten, sofort entdeckt zu werden.

Hannah stöpselte ihre Ohrhörer ein und ließ das Gespräch zwischen Frederik und Sarah auf sich wirken, während sie auf Zwischentöne zu achten versuchte. Sarah hatte noch eine Nachricht an die Datei angehängt. *Gibt es irgendeine Möglichkeit, Krølle zu warnen? Bei Marvin stelle ich es mir nicht so schwierig vor.*

Das sehe ich auch so, dachte Hannah. Sie hatte Marvin Becker persönlich kennengelernt –vor einigen Jahren, als Bernd Pirohl ins Visier geriet und die Recherche zu den Hintergründen beim Verschwinden von Florian Schütter intensiviert wurde. Am Ende aufreibender Ermittlungen hatten sie die Überreste seiner Leiche geborgen: am Ostrand der Gemarkung Golm bei Potsdam. Dort waren in den 1930er Jahren mehrere Gebäude für die »Luftnachrichtenabteilung Oberbefehlshaber der Luftwaffe« errichtet worden, was den Tätern offenbar ein angemessenes Umfeld für ein Grab schien. Hannah schüttelte den Kopf. Das lag inzwischen mehrere Jahre zurück.

Sie hob den Kopf, als Kotti plötzlich neben ihr auftauchte – er hechelte glücklich, und sie kniete sich neben ihn. »Zeit für Frühstück?«

Kotti drehte sich auf dem Absatz um und rannte im gestreckten Galopp vor.

Nach dem Essen unternahm Hannah einen Ausflug zur Festung nach Hammershus. Sie entschied sich für eine Route entlang der Ostküste der Insel und genoss den Ausblick. Was für ein wunderbarer Ort – wie geschaffen für ein friedliches Leben in bezaubernder Umgebung, dachte sie. Und zugleich Tatort für schreckliche Verbrechen, Gewalt und Hass. Als sie nach einer knappen Stunde auf dem Parkplatz unterhalb der Festung eintraf, standen dort bereits zahlreiche Wagen und zwei Reisebusse. Hammershus war natürlich ein Touristenmagnet, im Sommer durchforsteten tägliche Hunderte die Überreste der einst trutzigen Verteidigungsanlage, kletterten über jahrhundertealtes Gemäuer, schossen unzählige Fotos und informierten sich auf geführten Touren zu den Ursprüngen des Bauwerks; im Besucherzentrum am Fuße der Anlage gab es einen großen Souvenirladen und ein Café.

Hannah mischte sich zunächst unter eine größere Menschengruppe; schließlich holte sie sich einen Kaffee und setzte sich auf eine Bank. Sie zog ihr Handy aus der Tasche und wählte die Nummer von Marvin Beckers Kanzlei. Seine Mitarbeiterin nahm das Gespräch an. Hannah stellte sich vor. »Würden Sie mich bitte mit Herrn Becker verbinden?«, bat sie dann.

Kurzes Zögern. »Ich kann Ihre Nummer nicht identifizieren, und in diesen Fällen …«

»Das hat seine Gründe«, warf Hannah rasch ein. »Herr Becker kennt mich. Fragen Sie ihn bitte. Es ist sehr wichtig.«

Eine halbe Minute später war Becker in der Leitung. Hannah hörte zunächst nur sein tiefes Durchatmen. »Sie nehmen es mir hoffentlich nicht übel, dass ich mich kaum freue, von Ihnen zu hören«, sagte er schließlich. »Ich nehme an, dass etwas passiert ist.«

»Ja«, entgegnete Hannah. »Frederik ist in Schwierigkeiten.«

»Das ist nicht neu.«

»Stimmt. Doch es ist gut möglich, dass auch Sie wieder ins Blickfeld Ihrer gemeinsamen Feinde geraten sind – ohne dass er die Absicht hatte, Sie mit hineinzuziehen. Er bat uns, Sie zu warnen. Seien Sie vorsichtig.«

Schweigen. »Ich will gar nicht wissen, was passiert ist«, sagte Marvin Becker dann.

»Nehmen Sie keinen Kontakt zu ihm auf – und falls er es tut, liest und hört jemand mit. Er wird erpresst«, fuhr Hannah fort. »Die Lage ist ausgesprochen ernst.«

»Wie haben Sie davon erfahren?«

»Über einen Umweg, der glücklicherweise funktioniert hat. Noch einmal: Seien Sie ganz besonders vorsichtig, und falls Ihnen etwas ungewöhnlich vorkommt …«

»Ich habe es verstanden.« Es klickte in der Leitung, und dann herrschte Stille.

Hannah schreckte hoch, als zwei Kinder dicht an ihr vorbeirannten und zu ihren Eltern aufschlossen. Kotti winselte leise und sah sie an. »Tja, mein Freund, und nun? Wie geht es weiter?«, fragte Hannah leise. »Wie können wir erfahren, wo sich der Schattenmann aufhält?«

Diesen Spitznamen hatte ihm ein Kollege aus dem Berliner LKA seinerzeit gegeben. Der große Unbekannte, der so oft rechtzeitig aufgetaucht war und Ermittlungen an den entscheidenden Stellen beeinflusst hatte, um dann wieder unterzutauchen. Oft genug hatte er dabei schlichtweg jemanden ermordet, der es seiner Ansicht nach nicht anders verdient hatte. Es war allerdings noch nicht so lange her, dass Krølle auch im Schattenbereich der Justiz tätig geworden war – für BND, BKA und andere Dienste. Hannahs ehemaliger Chef hatte ihn dort eingebunden. Darüber dachte sie zum wiederholten Male nach. Für wie viele Gewalt- und Tötungsdelikte er allein in diesem Zusammenhang verantwortlich war, würden sie wohl nie genauer erfahren.

Als Hannah vor vielen Jahren zum ersten Mal mit ihm zu tun gehabt hatte, wäre sie nicht im Traum auf den Gedanken gekommen, dass jener Mirko Sehler aus Rostock – ein schmaler unscheinbarer Mann, dem seine vierzig Jahre kaum anzusehen waren und der seinen Lebensunterhalt angeblich als Goldschmied verdiente – seit zwanzig Jahren für den rumänischen Geheimdienst tätig war, unter anderem. Als er enttarnt und untergetaucht war, hätte sie jede Wette gehalten, nie wieder von ihm zu hören. Aber es war ganz anders gekommen. Er hatte fortan jede Möglichkeit gesucht, in ihrer Nähe zu bleiben.

Und nun suchte sie händeringend nach einer Gelegenheit, ihn zu kontaktieren, weil es durchaus möglich war, dass ein Mann wie er – ein erfahrener und phantasievoller Täuscher, ein kühler Auftragsmörder mit schillernden Kontakten und Talenten – helfen konnte. Ein Mann, der Tiere liebte, Hannah ein ums andere Mal beschützt und Frederik in bedrohlicher Lage unterstützt hatte.

Sie stand auf und drehte eine weitere Runde im Schatten der Burgreste. Dass Frederik auf Krølle verwies, bedeutete nichts anderes, als dass nach wie vor ein Kontakt zwischen ihnen bestanden hatte. Krølle musste demnach auch gewarnt werden – und er wusste womöglich genauer, an welchem Punkt Frederiks Verhängnis begonnen hatte.

Verdeckt agierende Mitarbeiter wurden in keiner offiziellen Kartei geführt – natürlich nicht. Hannahs Ex-Chef Bernd Krüger hatte sein diesbezügliches Wissen mit ins Grab genommen, und wer immer sonst noch mit Krølle zu tun hatte, kannte womöglich weder seine Biographie noch seine innere Motivation und schon gar nicht seinen Unterschlupf. Als Hannah wieder Richtung Nexø aufbrach, keimte plötzlich eine Idee in ihr auf. Es blieb ihr nichts anderes übrig, als den direkten Weg zu wählen – und Krølles Aufmerksamkeit zu gewinnen. Und das könnte funktionieren, wenn sie Kotti ins Spiel brachte, zum Beispiel mit einer Entlaufen-Meldung in verschiedenen Foren in Berlin und Brandenburg. Das klang ein bisschen verrückt, aber sie konnte sich vorstellen, dass Krølle derartige Meldungen mitbekam oder ohnehin regelmäßig las – und wenn sie zusätzlich die richtigen Stichworte hinzufügte …

Sie ließ den Einfall während der Fahrt sacken. Im Hotel rief sie Lone an und breitete die Eingebung vor ihr aus. Die Kollegin war natürlich in die neueste Entwicklung eingeweiht und jederzeit kontaktierbar. Nun schwieg sie gefühlt eine Minute. »Das klingt schon ein bisschen old school und schräg«, meinte sie schließlich. »Aber das ist dieser Typ ja auch. Na ja, und einen Versuch wäre es wert.«

»Wenn es nicht klappt, richten wir keinen Schaden an.«

»Das sehe ich auch so. Was hältst du davon, wenn du mir einen Entwurf schickst und ein Foto von Kotti, und ich verteile es?«

»So machen wir es.«

Hannah brauchte eine gute Stunde, bis sie mit ihrem Konzept zufrieden war. Eine Aufnahme zeigte Kotti am Hafen von Nexø, ein anderes Bild unterhalb von Hammershus. Der Text dazu war herzergreifend, wie sie selbst beim dritten Durchlesen fand: *Mein jahrelanger treuer Begleiter ist verschwunden. Kotti hat als Gefährte einer Kommissarin schon viel durchgemacht in seinem Leben. Einmal ist er sogar Opfer einer versuchten Erpressung geworden – dank des beherzten und selbstlosen Einsatzes eines geheimnisvollen Fremden, der sich nur aus der Ferne zu erkennen gab, konnte er gerettet werden. Vielleicht spielen das Glück und der Einsatz eines tierliebenden Menschen auch diesmal wieder eine Rolle. Bitte meldet Euch, wenn ihr eine Idee habt, wie ich weiter vorgehen sollte. Alle üblichen Wege unserer täglichen Touren bin ich bereits zigmal abgegangen, auch Zettel habe ich verteilt. Und viele Menschen kennen ihn: Kotti. DANKE.*

Sie ergänzte den Text um eine Mailadresse, die sie neu eingerichtet hatte, und schickte Lone die Datei. Für einen Moment schwallte Zweifel in ihr hoch, begleitet von dem unangenehmen Gefühl, sich mit dieser kindischen Aktion lächerlich zu machen. Dann schob sie ihre Gedanken beiseite. Falls sie mit der Charakterisierung dieses Mannes auch nur halbwegs richtig lag, war die Wahrscheinlichkeit, dass er derartige Nachrichten mitbekam und natürlich nachvollziehen konnte, worum es eigentlich ging, durchaus groß. Nun gut – es gab realistischerweise eine Chance. Und falls er sich entschloss, Kontakt zu ihr aufzunehmen, würde er das nicht über seine üblichen Adressen tun. Das war das Ziel.

Sarah war am späten Vormittag mit Frederik verabredet – an seinem ehemaligen Blockhaus. Das Haus war für zwei Tage nicht vermietet, wie Frederik auf ihren Vorschlag hin in Erfahrung gebracht hatte, und der neue Eigentümer hatte sich achselzuckend einverstanden erklärt. Was sie dort nach vielen Wochen und gründlicher Suche der Kriminaltechniker noch Fallrelevantes zu entdecken hoffte, war ihr selbst schleierhaft, und dass die Hausbegehung sie beide aufwühlen würde, verstand sich von selbst. Doch das Haus gehörte zum erweiterten Tatort, und manchmal genügte es, die Atmosphäre zu spüren und auf neue Fragen beim Ablauf in der Tatnacht zu stoßen. Hinzu kam, dass sie dort sicher offen reden konnten.

Letzteres entpuppte sich allerdings als Illusion. Frederik tippte auf sein Handy, als er aus dem Wagen stieg, und warf ihr einen warnenden Blick zu. Er war offensichtlich gezwungen, das Gespräch aufzunehmen, vielleicht sogar mit einer versteckten Bodycam zu filmen.

Sie spürte, wie Enttäuschung und Wut abrupt in ihr hochstiegen, dann spürte sie seine Hand auf dem Rücken und aktivierte ihr eigenes Aufnahmegerät.

»Wunderbares Wetter«, sagte er leise.

»Viel zu schade, um sich mit Mord und Totschlag zu beschäftigten«, stimmte sie zu. »Ich muss heute unbedingt eine Runde schwimmen gehen. Bist du dabei?«

»Klar.«

Sie betraten das Haus. Es roch wie damals, Bilder flammten in ihr auf – die erste Liebesnacht, die letzte, Streit und heftige Gefühle, Angst und Zuversicht, Verzweiflung und Abschied, sein bezauberndes Grübchen und das strahlende Lachen; die Entdeckung ihrer gemeinsamen Wurzeln. Ihr Herz klopfte laut und schnell. Frederik stand starr neben ihr. Sein Gesicht spiegelte Schmerz. Der Ausdruck wechselte abrupt zwischen hart und weich.

»Der neue Eigentümer hat nicht viel verändert«, sagte er schließlich leise, nachdem er sich kurz in den wenigen Zimmern umgesehen hatte. »Eigentlich fehlt nur mein persönlicher Kram, und hinzugekommen sind einige Touristenutensilien. Viel mehr ist hier wohl nicht passiert.«

Das war Sarah bereits aufgefallen. Sie ging zur Sofaecke und malte sich die Szene aus, mit der sie sich inzwischen unzählige Male beschäftigt hatte. Nach Herders Darstellung hatte Isabell auf der Couch gesessen, später gelegen – und zwar sowohl als sie mit Pirohl angestoßen hatte und das Medikament zu wirken begann, als auch viele Stunden später, als sie aus ihrer tiefen Bewusstlosigkeit erwacht war. Dann hatte der Täter angerufen und ihr erklärt, was geschehen war und wie sie am schlauesten vorgehen sollte, um keinerlei Verdacht zu erregen.

Und wenn es doch anders war?, überlegte Sarah. Isabell Herder hat das Sofa womöglich nie verlassen. Sie runzelte die Stirn. Wie passte dieses Szenario zu ihrer Darstellung? Und war diese Überlegung ein wichtiger Aspekt, den sie tunlichst vor Frederiks heimlichen Lauschern verbergen sollte? Sie zuckte mit den Achseln. Gedankenspielereien gehörten zu ihrem Job.

»Was überlegst du?«, fragte Frederik.

»Vielleicht hat der Täter doch viel früher eingegriffen, als Isabell Herder es darstellte«, überlegte sie schließlich nachdenklich und brachte Frederik mit wenigen Sätzen auf den Stand der Ermittlungen, was den angenommenen Ablauf in der Nacht anging.

»Steht tatsächlich fest, dass dein Vater sie loswerden wollte?«

»Ich halte ihre Darstellung in dem Punkt für überaus realistisch. Dazu passt auch der anonyme Anruf bei meiner Mutter. Isabell Herder war zutiefst verletzt. Und sie hat Hinweise platziert, die die Ermittlungen in eine ganz bestimmte Richtung leiten sollten. Sie hat diesbezüglich Insiderwissen.«

Einen Moment schwiegen sie beide und blickten gedankenverloren auf das Sofa.

»Selbst wenn sie möglicherweise die ganze Zeit im Haus war – bewusstlos aufgrund des Betäubungsmittels: Was ändert das?«, meinte Frederik dann.

»Nicht viel«, gab Sarah zu. »Falls der Täter im Haus war, hat er es geschickt verborgen – es konnten keine weiterführenden Spuren gesichert werden, übrigens auch keine Kampfspuren. Insofern ist der Gedanke ohnehin abwegig. Ich habe ihn schon mal verworfen.«

»Warum Kampfspuren?«

Sie warf ihm einen fragenden Blick zu.

»Er könnte Pirohl mit einer Waffe bedroht und gezwungen haben, in den Wagen einzusteigen. Eine körperliche Auseinandersetzung hätte es unter diesen Umständen gar nicht gegeben.«

»Nicht völlig auszuschließen, doch was bringt uns das letztlich?«

»Wenig. Aber wenn wir den Täter finden wollen, sollten wir seine

Vorgehensweise nachvollziehen können – und jede Abweichung von den bisherigen Annahmen durchspielen.«

Sarah lächelte. »Stimmt. So gehe ich ja auch vor. Vielleicht sollten wir uns draußen noch mal gründlich umsehen.«

Wenig später inspizierten sie Seite an Seite die Außenwand des Blockhauses auf der Wohnzimmerseite. Durch das Fenster hatte man einen guten Blick auf die Sitzecke. Hier könnte jemand unbemerkt gestanden und die Szene beobachtet haben, dachte Sarah, ohne dass Pirohl etwas mitbekommen hatte. Frederiks Videoüberwachung war abgebaut worden, und Bernd hatte sich sicher gefühlt. Und ab dann spielte es keine Rolle mehr, wie der Täter vorgegangen war. Fakt blieb: Er war dicht dran am Geschehen.

»Was hältst du davon, wenn du mir einen Einblick in die Liste all der Kontakte verschaffst, die du erneut überprüfst?«, fragte Frederik, als sie durch den Garten gingen und das dichte Buschwerk genauer in Augenschein nahmen. Die Hoffnung, dabei auf Spuren zu stoßen, die auf einen Eindringling hinwiesen, erfüllte sich nicht.

»Ich komme in Teufels Küche, wenn ich …«

»Nicht zum ersten Mal«, warf Frederik ein, und für einen Moment durchlebte das Sarah das intensive Gefühl eines Déjà-vus. Dieser Teil der Unterhaltung hatte so oder so ähnlich bei ihren letzten gemeinsamen Fällen mehrfach stattgefunden. »Du weißt, dass ich mit meinen Kontakten helfen könnte. Womöglich fällt mir jemand auf, der in Polizeikreisen bislang überhaupt keine Rolle spielt.«

Sarah nickte. »Ich fahre gleich in die Dienststelle. Du hörst dann später von mir.«

Sie verabschiedeten sich mit einer kurzen innigen Umarmung, und Sarah blickte seinem Wagen eine Weile hinterher, bevor sie sich umwandte und in ihr Fahrzeug stieg. Mikkel Bentsen wartete im Kommissariat auf sie. Er winkte sie in ihr Büro. »Irgendwelche Ergebnisse?«, fragte er ohne einleitende Worte.

»Bislang nicht.«

»Wie lange soll das noch so weitergehen?«

»Keine Ahnung. Bis ich etwas entdecke oder tatsächlich davon überzeugt bin, dass es nichts zu entdecken gibt.«

Er hob eine Braue, dann winkte er ab. »Du wirst mich unterrichten, wenn es so weit ist? Oder du Hilfe brauchst?«

»Natürlich.«

Er hielt ihren Blick fest. Ich kann dir nicht alles sagen, dachte sie – es ist besser für uns alle, wenn du davon ausgehst, dass die Dinge ihren ganz normalen Gang gehen.

»Dein Kollege aus Kiel hat auch schon nachgefragt, wann du wieder in die Soko einsteigst.«

»Thilo Berger muss sich noch etwas gedulden.«

»Ich werde es ihm ausrichten.«

Fünf Minuten später saß sie an ihrem Schreibtisch, kopierte die Datei mit den Personendaten auf einen Stick und schickte Hannah die Audiodatei. Dann mailte sie Kathleen Bischoph ein eher nichtssagendes Update zu ihren bisherigen Bemühungen auf der Insel und machte sie sich an die Überprüfung der nächsten Namen. Sie seufzte. Stunde um Stunde würde sie erneut nach der berühmtberüchtigten Nadel suchen, während Bentsen nebenan kopfschüttelnd darauf wartete, dass sie endlich die Vergeblichkeit ihres Unterfangens einsah und mit ganzer Kraft und Aufmerksamkeit zum Bornholmer Team zurückkehrte – sollten doch die Berliner Spezialisten allein weiter im Dreck wühlen. Dass sie als BKA-Verbindungsbeamtin auch und gerade für derartige überregionale und sogar internationale Aufgaben zuständig war, schob er an der Stelle wohl beiseite. Aber das war nicht alles: Inzwischen kannten sie sich gut genug, und Sarah war klar, dass er durchaus besorgt war. Oder wie er es ausdrücken würde: »Ich habe die Nase voll von den alten Nazigeschichten!«

Sarah hatte gerade beschlossen, nach der nächsten Personenüberprüfung Feierabend zu machen, als sie beim Check eines Mannes aus Hannover eine Unstimmigkeit entdeckte. Die behördlichen Fotos entsprachen höchstens oberflächlich betrachtet den Bildern, die während des Aufenthaltes auf Bornholm entstanden waren – bei der Ein- und Ausreise an der Fähre. Klaus Barthold war ein vierzigjähriger kaufmännischer Angestellter, der im Zeitraum des Tatgeschehens als Tourist erfasst worden war. Einer von Hunderten von Namen. Sarah vergrößerte die Fotos, was ihre Qualität deutlich minderte, und dennoch war sie sicher: Die Abbildung des Mannes, der Bornholm besucht hatte, entsprach nicht seinem offiziellen Ausweisfoto. Natürlich könnte sich Barthold verändert haben – durch eine deutliche Gewichtszu- oder abnahme beispielsweise, eine andere Frisur, Krankheiten. Und doch war Sarah sicher: Der Mann auf dem Passfoto hatte höchstens entfernt Ähnlichkeit mit dem Bornholm-Besucher – Haarfarbe und Oberlippenbart plus Brille.

Barthold hatte ein kleines Ferienhaus in Aarsdale gemietet – wenige Kilometer nördlich von Nexø an der Ostküste. Einige Tage nach dem Mord war er abgereist. Sarah griff zum Telefon, um den Vermieter anzurufen, dann entschied sie spontan, persönlich mit ihm zu sprechen. Falls die Vermietung kontaktlos vonstattengegangen war und Bartholds Zugang zur Unterkunft über eine Schlüsselbox erfolgt war, würde sie an der Stelle nicht weiterkommen, aber es war einen Versuch wert.

Eine Viertelstunde später verließ Sarah das Kommissariat. Sie rief Frederik an und erklärte ihm, dass sie noch ein paar Besorgungen erledigen müsste. »Kommst du später zu mir? Wir könnten dann erst mal schwimmen gehen.«

»Klingt nach einer schönen Idee.«

Sarah fuhr einige Umwege, bevor sie die Route nach Aarsdale einschlug. Der Vermieter war ein schätzungsweise achtzigjähriger

Mann mit wettergegerbtem Gesicht, der in seinem Garten arbeitete, als sie eintraf. Sie zeigte ihm nach kurzer Erklärung die Fotos von Klaus Barthold, die auf Bornholm entstanden waren. »Können Sie sich an ihn erinnern?«, fragte sie in ihrem besten Dänisch.

Der Vermieter stützte sich mit einer Hand auf seine Schaufel und musterte die Aufnahmen. »Ja, kann sein. Liegt ein paar Wochen zurück. Hat er was ausgefressen?«

Sarah überging die Frage. »Und was sagen Sie zu diesem Bild?« Sie zeigte ihm eine offizielle Ausweisaufnahme.

Der Vermieter schüttelte den Kopf. »Was soll mit dem sein?«

»Ist das derselbe Mann?«

Der Alte schüttelte verwundert den Kopf und blickte Sarah an. »Ich weiß nicht – er sieht anders aus, finde ich.«

Das finde ich auch, dachte Sarah. »Ist Ihnen irgendwas an ihm aufgefallen?«

»Nein. Ein Tourist.« Der Alte zuckte mit den Achseln. »Manche sind nett, andere weniger. Der war viel unterwegs.«

»Wie hat er die Unterkunft gebucht?«

»Wie die meisten – übers Internet.«

»Verstehe.«

Der Alte blickte einen Moment in die Ferne. »War ein ziemlich kleiner Typ, übrigens.« Er zuckte erneut mit den Achseln. »Aber das ist wahrscheinlich komplett unwichtig.«

Sarah lächelte. »Vielleicht auch nicht. Wie groß würden Sie ihn schätzen?«

»Er war deutlich kleiner als ich – und ich bin schon nicht besonders groß. Mit dem etwas krummeren Buckel reicht es bei mir wohl gerade noch zu knapp über eins siebzig.«

»Danke für den Hinweis. Falls Ihnen noch etwas einfällt, können Sie mich gerne anrufen.« Sie reichte dem Vermieter eine Visitenkarte – mit der geänderten Mobilfunknummer.

Sarah checkte im Wagen die Angaben im Personalausweis von Klaus Barthold; er hatte dort eins achtundsiebzig angegeben. Sie blickte einen Moment nachdenklich in die Ferne. Das könnte eine Spur sein. Die entscheidende Frage lautete, wie sie verhindern konnte, dass Frederiks Lauscher etwas von den Recherchen mitbekamen. Der Name musste von der offiziellen Ermittlungsliste verschwinden. Sie startete den Motor und schlug den Heimweg ein, unterwegs tankte sie und erledigte ihre Einkäufe. Im Discounter ließ sie sich viel Zeit und schlenderte durch die Gänge.

Sie hatte keine Ahnung, ob ihr tatsächlich jemand auf Schritt und Tritt folgte oder jeder Zugriff auf ihr offizielles Handy oder gar ihren Dienstaccount verdächtig war. Schließlich griff sie in ihre Tasche und loggte sich mit ihrem Tablet in den Account ein. Sie rief die Datei auf und startete den Suchlauf. Knapp eine Minute später hatte sie den Namen und die vorliegenden Informationen zu Klaus Barthold entfernt. Ihr Herzschlag war deutlich beschleunigt. Kurz darauf beendete sie ihre Einkäufe.

Knapp eine Stunde später war sie mit Frederik am Strand verabredet. Sie tauchten in die Wellen ein, und sie flüsterte ihm den Namen ins Ohr. »Mit ihm stimmt was nicht«, fügte sie hinzu und setzte Frederik über ihre Nachforschungen ins Bild, während sie ein Stück hinausschwammen. »Ich sorge dafür, dass du unbemerkt die unterschiedlichen Fotos erhältst.«

»Okay, aber …«

»Sei vorsichtig? Wolltest du das sagen?«

»So in etwa.« Er lächelte zerknirscht. »Ich nehme es zurück.«

»Besser ist es.«

»Darf ich einen Vorschlag machen? Lass sie getarnt als Werbepost für das Restaurant zustellen. Mads schmeißt so was direkt in den Müll, und ich hole es mir dann.«

»Alles klar. In der Zwischenzeit recherchiere ich weiter zu dem

Mann und informiere auch Hannah. Für deine Bewacher wird es so aussehen, als hätten wir jede Menge zu tun – schließlich ist die Liste der Namen ellenlang.«

»Und nun fehlt einer.«

»Richtig, und das dürfte niemandem auffallen.«

Der Vermieter aus Aarsdalen meldete sich am nächsten Morgen, als Sarah gerade im Kommissariat eingetroffen war – sie war müde und hellwach zugleich, die Anspannung hatte viel Adrenalin freigesetzt.

»Sie sagten, ich soll mich melden, wenn mir noch was einfällt«, meinte der Alte. »Und das tue ich hiermit.«

»Freut mich. Was können Sie mir noch sagen?«

»Gar nicht so einfach zu beantworten. Wie kann ich mich mal ausdrücken, ohne dass es seltsam wirkt …«

»Sprechen Sie es einfach aus«, ermunterte Sarah den Mann.

»Na gut. Der Typ hat irgendwie seltsam gerochen.«

Sarah ließ den Satz nachklingen. »Seltsam?«

»Ja, der muss irgendein ungewöhnliches Shampoo oder Rasierwasser benutzt haben oder … Ach, ich weiß nicht.«

»Er roch nicht besonders gepflegt – wollen Sie darauf hinaus?«

»Ja und nein. Wissen Sie, meine Enkelin ist Reiterin. Sie riecht immer nach Pferd oder Stall.«

»So ähnlich roch der Mann?«

»Nur so ähnlich – irgendwie prägnant, wenn Sie verstehen, was ich meine. Kann ja sein, dass das noch mal eine Rolle für Sie spielt.«

»Ganz genau, das kann man nie wissen. Danke für Ihre Mühe. Ich werde es notieren.«

Sarah machte sich einen Vermerk. Die Kontaktaufnahme zu Klaus Barthold würde Hannah übernehmen.

22

Krølle stutzte sofort und las die Meldung ein zweites Mal. Er studierte regelmäßig in unterschiedlichen Foren die Nachrichten zu Tierschutzaktionen, dazu gehörten auch Berichte, in denen es um radikale Maßnahmen gegen Massentierhaltung oder andere Formen von Tierquälerei ging, gegen die unbedingt etwas unternommen werden musste. In der Rubrik »entlaufene oder vermisste Tiere« nahmen hin und wieder Leute Kontakt zu ihm auf, die ihn für einen Auftrag oder eine gemeinsame Aktion gewinnen wollten. Dabei ging es dann allerdings in der Regel herzlich wenig um irgendeine Demonstration – geschweige denn, dass es dabei friedlich blieb.

Vor einigen Jahren hatte Krølle höchstpersönlich dafür gesorgt, dass das Leben eines Typen, der regelmäßig nach Spanien fuhr und sich im Anschluss an die Jagdsaison an den alljährlichen grausamen Tötungen von Galgos beteiligte, aufgeknüpft an einem Baum endete. Währenddessen hatte der Hund, für den genau dieser Tod vorgesehen war, laut schmatzend einen üppig gefüllten Futternapf geleert. Krølle dachte heute noch gerne daran zurück, wie der Typ wechselweise den abgemagerten Windhund und den Strick in Krølles Händen angestarrt hatte – überzeugt davon, es handelte sich um einen bösen Scherz.

Bei dieser Nachricht handelte es sich jedoch um keine der üblichen Anfragen, dessen war sich Krølle sofort sicher. Kotti, der Hund der Kommissarin. Eine Aufnahme zeigte ihn an einem Hafen, ein anderes Foto war am Fuß einer Burgruine aufgenommen worden. Hammershus, wie Krølle beim zweiten Hinsehen erkannte. Und der Text ließ keinen Zweifel aufkommen – er konnte nur von Hannah Jakob persönlich stammen oder jemandem, der sie sehr gut kannte: *Mein jahrelanger treuer Begleiter ist verschwunden. Kotti hat als Gefährte einer Kommissarin schon viel durchgemacht in seinem Leben. Einmal ist er sogar Opfer einer versuchten Erpressung geworden – dank des beherzten und selbstlosen Einsatzes eines geheimnisvollen Fremden, der sich nur aus der Ferne zu erkennen gab, konnte er gerettet werden. Vielleicht spielen das Glück und der Einsatz eines tierliebenden Menschen auch diesmal wieder eine Rolle …*

Krølle durchströmte ein seltsames Gefühl. Die spröde Kommissarin suchte den Kontakt zu ihm. Wie sehr hatte er sich in all den Jahren manchmal gewünscht, dass sie seinen Einsatz mehr zu würdigen in der Lage gewesen wäre. Sie war meistens gradlinig geblieben, eine unbeirrbare Polizistin, die sich jenseits von Schwarz und Weiß nur wenige Nuancen vorzustellen bereit war – und Krølle, Erik, Sven oder Mirko gehörten zur tiefdunklen Variante. Immerhin – einmal hatte sie ihm gedankt, dass er ihr Leben und das von Kotti gerettet hatte, und als es um Sarah und Frederik ging, war sie durchaus bereit gewesen, über ihren Schatten zu springen. Nun bezeichnete sie ihn als geheimnisvollen Fremden, der selbstlos und beherzt eingegriffen hatte. Es musste etwas Außergewöhnliches geschehen sein, sonst hätte sie diesen Schritt auf ihn zu niemals gewagt.

Wie es aussah, war Hannah auf Bornholm, und das wiederum konnte nur bedeuten, dass es um die hässliche Geschichte ging, in die Pirohl und viele seiner Kameraden verwickelt waren. Interessant, wie viele Menschen sich immer noch mit dem toten Nazi beschäftigten und welche Kreise die Ermittlungen längst gezogen hatten.

Krølle las die Nachricht ein drittes Mal, dann loggte er sich über einen anonymisierten Rechner ins Netz ein und verschickte über einen Webmaildienst eine kurze Nachricht an die angegebene Adresse.

Ich nehme an, Sie sind die spröde Kommissarin, und Kotti geht es ganz wunderbar, oder?

Die Antwort ließ nicht lange auf sich warten. *Richtig! Und Sie sind Krølle.*

Ich bin erstaunt, von Ihnen zu hören. Was ist los?

Es geht um den Mann, dem Sie Ihren Namen zu verdanken haben. Er ist in allergrößten Schwierigkeiten.

Das war keine Überraschung und früher oder später leider zu erwarten gewesen, dachte Krølle. Ein netter Kerl, ein Journalist mit großen Ambitionen und phantasievollen Ansätzen, der sich besser gehalten hatte, als Krølle ihm zugetraut hatte, auch wenn ihm sein Liebeskummer auf die Nerven gegangen war. Und doch war er nicht mit allen Wassern gewaschen, um dort zu bestehen, wo er den Kampf aufgenommen hatte. Das waren die wenigsten. Und diesmal hatte er sich die Finger wohl gründlich verbrannt. *Was erwarten Sie von mir?*

Ich soll Sie warnen. Er musste seine Accountdaten preisgeben.

Krølle stutzte. Das klang bitter. Sie hatten ihn gefoltert. Er dürfte durch eine tiefschwarze Hölle gewandert sein.

Jede Unterhaltung wird mitgelesen. Aber es ist ihm gelungen, uns zu informieren.

Und was soll das Theater? Was wollen die von ihm?

Sie zwingen ihn, sich in die Ermittlungen einzumischen, um den Tathintergrund beim Pirohl-Mord aufzuklären. Sie wissen nicht, wer es war, und da hängt wohl noch einiges mehr dran.

Und ob, dachte Krølle. Die ganz großen und noch mieseren Geschäfte. Ich bin besser informiert, als du vermutest, Kommissarin. *Kann ich mir denken. Was erwarten Sie nun von mir?*

Seien Sie sich einfach bewusst, dass Frederik keine andere Wahl hatte. Die Leute bedrohen alles, was ihm lieb und teuer ist.

Und wenn sie ihn nicht mehr brauchen, lassen sie ihn über die Klinge springen – diesmal endgültig.

Und falls Sie eine Idee haben, wie Frederik aus seiner misslichen Lage entkommen könnte, lassen Sie es mich gerne wissen.

Krølle lächelte amüsiert. Ich bin ein Killer, Kommissarin. Ich scheue mich nicht, zu äußerst radikalen Mitteln zu greifen, erst recht bei einer Befreiungsaktion, und das weißt du auch. Umso mehr belustigt mich diese Anmerkung.

Sie sind durchaus gewieft, wenn es darum geht, ein Szenario zu entwickeln, das in die Irre führt.

Stimmt. Aber ich werde hier sicher kein persönliches Risiko eingehen. Frederik weiß das. Es spricht für ihn, dass er mich warnen lässt. Das weiß ich durchaus zu schätzen.

Er hat Ihnen einiges zu verdanken, nehme ich an.

Ja. Genug für zwei Leben, denke ich. Machen Sie es gut Kommissarin und grüßen Sie Kotti von mir. Damit loggte er sich aus und löschte alle digitalen Spuren.

Wenig später unternahm er einen Spaziergang zum Roofensee. Er ließ sich am Ufer nieder und blickte über den glatten Spiegel der Wasseroberfläche. Ich bin längst involviert, dachte er. Das dürfte die Kommissarin allerdings höchstens ahnen. Niemand kannte die verdeckten Ermittler – niemand wusste, von wem Lennart Paulsen genau seine Aufträge erhielt, und wenn er Krølle einbezog, hinterfragte das auch keiner. Dieses Team hatte immer mit Spezialaufgaben zu tun, offizielle Akten existierten nicht oder wurden anderen Dezernaten lediglich in überarbeiteter Form vorgelegt – mit vielen geschwärzten Abschnitten.

Krølle ließ einen flachen Stein übers Wasser hüpfen. Was ihm ein wenig auf der Seele lag, war die Tatsache, dass er höchstpersönlich Frederik auf seinen Spezialeinsatz aufmerksam gemacht und ihm später Informationen weitergeleitet hatte, die ihm zum Verhängnis geworden waren. Das war ein Aspekt, den er nicht einfach unter den Teppich kehren konnte. Offensichtlich war Frederik aktiv geworden – und unvorsichtig. Wahrscheinlich hatten die Leute von der Sicherheitsfirma ihn geschnappt und beschlossen, den Spieß umzudrehen. Kein schlechter Plan. Und nun suchten offenbar viele unterschiedliche Stellen nach dem Mann, der Pirohl endgültig den Garaus gemacht hatte. Da hatte jemand eine sehr durchtriebene und kluge Strategie verfolgt, und bislang tappten alle im Dunkeln – BKA, LKA und all ihre Spezialisten, aber auch der Nazitrupp war ahnungslos, so ahnungslos, dass sie Frederik ins Rennen für sie schickten. Eine Ausgangssituation, die durchaus ihren Reiz hatte.

Am späten Abend kontaktierte Krølle Lennart Paulsen und bat ihn um ein Treffen. Bevor er eine Entscheidung traf, sollte er sich auf den neuesten Stand bringen lassen.

Hannah konnte nicht abschätzen, ob Krølle sich in die weiteren Ermittlungen einbringen würde oder womöglich wichtige Hinweise liefern konnte. Seine Reaktion – sofern in diesem schriftlichen Austausch überhaupt einschätzbar – hatte zurückhaltend geklungen. Fürs Erste jedoch war es gelungen, ihn zu warnen. Alles andere würde sich zeigen.

Die Hinweise zu Klaus Barthold hatte sie an Lone weitergeleitet. Die Kollegin meldete sich am nächsten Morgen noch vor dem Frühstück. »Da könnte was dran sein«, erklärte sie nach knapper Begrüßung.

»Du bist mal wieder richtig schnell«, staunte Hannah.

Dazu sagte Lone nichts. »Im direkten Fotovergleich werden mehr Unterschiede als Ähnlichkeiten aufgeführt«, fuhr sie fort. »Darüber hinaus war der Mann zum angegebenen Zeitraum an zwei Orten gleichzeitig – auf Bornholm und zu einer Fortbildung in Frankfurt.«

»Identitätsklau?«

»Es sieht ganz danach aus.«

»Hast du noch mehr entdeckt?«

»Seine Spur verliert sich nach dem Verlassen der Fähre in Sassnitz. Er dürfte das Fahrzeug gewechselt und diverse Haken geschlagen haben. Die Spur ist eiskalt. Ohne weitere Hinweise finden wir da nichts.«

»Und wo könnte man ansetzen?«

»An der Stelle, an der der Identitätsklau stattgefunden hat. Man müsste Kontakt zu ihm aufnehmen. Ich befürchte allerdings …«

»Ja?«

»Die Aktion war detailliert geplant. Wer immer dahinter steckt – er wird sich keine Blöße geben, und ich wette, dass er die Barthold-Identität nur einmal benutzt hat.«

»Ein kleiner Typ, der etwas merkwürdig riecht«, murmelte Hannah nach kurzem Überlegen.

»Wie bitte?«

»Sarah hat mit dem Vermieter gesprochen – und diese beiden Punkte haben sich ihm eingeprägt.«

»Das klingt nicht gerade spannend.«

»Tja … Danke erst mal, Lone.«

»Klar doch. Ich lasse die Fotos von der Überwachungskamera bei mir durchlaufen und checke noch ein paar andere Sachen. Versprechen sollten wir uns davon nicht allzuviel, zumal uns die Hände gebunden sind, solange wir unter dem Radar agieren. Das ist jetzt schon nicht ganz so einfach mit den verdeckten Nachforschungen.«

»Ich weiß. Aber es wäre schön, einen kleinen Vorsprung zu haben, bevor wir Kathleen Bischoph einbinden«, meinte Hannah. »Falls ein Verdächtiger ins Visier gerät, ist nicht nur der in Gefahr, sondern auch Frederik, und wir haben keine Möglichkeit mehr, Einfluss zu nehmen.«

»Das ist mir klar.«

Natürlich war Lone die Brisanz ihrer Aktionen bewusst, und dass sie trotz der Einschränkungen und möglichen Konsequenzen alles tat, um die Recherchen zu unterstützen und mit wertvollen Hinweisen voranzutreiben, war keineswegs selbstverständlich.

Hannah loggte sich später in ihren Dienstaccount ein, arbeitete Mails ab und bereitete eine Fortbildung vor. Lone meldete sich ein zweites Mal, als Hannah mit Kotti zu einem Strandspaziergang aufgebrochen war. »Barthold hat sich einen Mietwagen auf der Insel geholt und auch wieder abgegeben«, stieg sie ohne einleitende Worte ins Thema ein. »Und in Sassnitz verliert sich seine Spur – ohne offiziellen Beschluss kommen wir an der Stelle nicht weiter. Das hatten wir schon. Aber ich habe einen seltsamen Treffer bei meiner Fotosuche gelandet.«

Hannah blieb stehen.

»Genauer gesagt ist es gar kein richtiger Treffer – aber es gibt eine Aufnahme, bei der mein Gesichtserkennungsprogramm etliche Übereinstimmungen festgestellt hat. Und ich bin einigermaßen verwundert. Womöglich ist es Humbug, aber …«

»Wir sollten es dennoch prüfen, weil wir nichts anderes haben?«, warf Hannah ein. »Leg einfach los. Falls die Spur ins Leere läuft, dann suchen wir nach dem nächsten Anhaltspunkt.«

»Gut. Im Zusammenhang mit einer Drogenrazzia, die vierzehn Jahre zurückliegt, gab es mehrere Festnahmen, darunter befand sich eine Frau, die verdächtigt wurde, am Handel mit psychedelischen Drogen beteiligt gewesen zu sein – Verena Graf, damals neununddreißig Jahre alt.«

Hannah stutzte. »Eine Frau?«

»Ja. Wenn man sich mal den Spaß macht und den Schnauzbart bei der Suche unberücksichtigt lässt, erzielt man deutlich mehr Treffer. Damit kann man natürlich auch daneben liegen.«

»Eine kleine Person, die seltsam riecht«, wiederholte Hannah ihre Bemerkung vom letzten Telefonat mit Lone. »Womöglich war der Vermieter irritiert, weil Klaus Barthold nicht wie ein Mann auf ihn wirkte – oder auch ganz anders roch.« Sie ging langsam weiter. »Was wissen wir über Verena Graf?«

»Nichts. Die Drogensache verlief im Sand. Es gab und gibt keine Meldeadresse, und auch zu ihrer Biographie gibt es so gut wie nichts. Ihre Mutter lebt nicht mehr, der Vater ist unbekannt. Das klingt nicht gerade nach einer lohnenswerten Spur.«

»Nein.« Hannah zögerte. »Schick mir aber trotzdem mal die Einzelheiten zu dieser Razzia. Und vielleicht lohnt es sich, bei den anderen Beteiligten nachzuhaken. Wir werden sehen, ob etwas dabei herauskommt.«

»Gut, mach ich.«

Als Hannah die Akte später durchging, war sie davon überzeugt, dass der vermeintliche Treffer sie in die Irre geführt hatte – oder hier jemand einen Haken geschlagen hatte, der sich nicht mehr nachvollziehen ließ. Dennoch schickte sie Sarah ein Update.

23

Frederik studierte die Fotos auf der Toilette. Ein ungutes Gefühl beschlich ihn, als er die Aufnahmen eingehend musterte. Das Gesicht von den Überwachungskameras kam ihm seltsam bekannt vor, aber er hatte nicht die geringste Ahnung, ob an diesem Vorgefühl etwas dran war oder ihm sein Gedächtnis einen Streich spielte. Er versteckte die Bilder in Mads altem Lager hinter dem Brennholz, bevor er wieder auf sein Zimmer ging und sich weiter mit den Namen von Sarahs Liste beschäftigte.

Noch ließ Sebastian sich hinhalten – so wirkte es zumindest. Offenbar war er davon überzeugt, dass Frederik sich an tiefschürfenden Recherchen beteiligte und seine Erkenntnisse die Gruppe bald in die Lage versetzen würden, einen bislang unbekannten Feind zu enttarnen und zu vernichten sowie undichte Stellen zu beseitigen. Mit Krølle und Nelly hatte Frederik jeweils einen oberflächlichen Dialog geführt – ein eher nichtssagender Austausch. Krølle hatte ihm schließlich in lapidarem Ton mitgeteilt, dass er einen neuen Auftrag hatte und sich eine Weile rar machen würde. Auf Nachfrage, was genau er vorhatte, erntete Frederik eine kühle Abfuhr – glücklicherweise. *Seit wann willst du es so genau wissen? Ich werde irgendeinen miesen Geschäftsmann, der ein noch mieseres Hobby betreibt, beschatten, entführen und auf höchst unerfreuliche Weise auf die andere Seite befördern – wenn du verstehst, was ich meine. Er hat es nicht besser verdient, meint jedenfalls seine Ex. Und nun genug der Plauderei.*

Frederik war ziemlich erleichtert. Das klang überzeugend. Krølle sprach nie über seine Aufträge – das spiegelte auch der bisherige

Chatverlauf wider, und unter Zwang hatte Frederik nicht mehr sagen können. Sebastian würde an der Stelle womöglich Ruhe geben – zumindest fürs Erste. Was Nelly anging, so dürfte die Situation deutlich prekärer sein. Sie steckte knietief in dem Kampf gegen Rechtsextremismus; sie hatte seine Aktion in Argentinien unterstützt, wobei nicht klar geworden sein dürfte, in welcher Weise sie agierte. Darum war sie ja so interessant für Sebastian und seine Leute. Hinzu kam, dass sie Einzelheiten zu Frederiks Vorgehen am Telefon besprochen hatten und Nelly brisante Chatinhalte unmittelbar löschte. Ein weiterer Punkt, der Sebastian ärgern dürfte. »Wir wollen mehr zu ihr wissen.« Das betonte er immer wieder.

Während Frederik am frühen Abend auf Rückmeldung von Sarah wartete, sah er Nelly plötzlich vor sich – sie und ihre kleine Ratte. Magawa. Den Namen verdankte sie der berühmtesten ihrer Art, einer Spürratte, die als Minensucherin in Kambodscha im Einsatz gewesen war, wo sie über hundert Landminen und andere Sprengstoffe erschnuppert hatte – eine Heldin im Kampf gegen Zerstörung, Leid und Tod, wie Nelly begeistert erzählt hatte. HeroRAT. Oder auch rückwärtsgelesen: Taroreh. Würde Nelly die Warnung verstehen, wenn er die Bezeichnung einstreute? Oder war das ein alberner und zum Scheitern verurteilter Versuch, der sofort auffliegen würde?

Sarah meldete sich eine halbe Stunde vor ihrer Verabredung. »Ich muss für heute absagen«, erklärte sie. »Ich bin gerade nach Hause gekommen. Ich bin fix und fertig und habe Kopfschmerzen aus der Vorhölle. Sehen wir uns morgen?«

»Na klar. Ruh dich aus. Kann ich irgendwas für dich tun?«

»Ach was, ich schlucke ein paar Tabletten und leg mich ins Bett …«

Er hörte Geräusche im Hintergrund. »So ein Mist«, fluchte Sarah leise. »Das kommt davon, wenn man leere Tablettenschachteln aufhebt.«

»Soll ich dir was besorgen und vorbeibringen?«, fragte er sofort.

»Ach … Na ja, ich hätte ehrlich gesagt nichts dagegen.«

»Klar doch, bin schon unterwegs. Was nimmst du immer?«

»Dieses Wunderzeug gegen Migräne …«

»Ja, ich weiß. Bis gleich.«

Sarah wirkte tatsächlich müde und überanstrengt, als er eine knappe halbe Stunde später bei ihr eintraf, doch unter einer Migräneattacke litt sie definitiv nicht. Er stellte ihr ein Glas Wasser ans Bett, und sie nahm kurz seine Hand. »Danke. Ich melde mich, sobald es mir besser geht.«

»Schlaf dich aus.« Er spürte den kleinen Zettel in der Hand und schob ihn beim Aufstehen unauffällig in die Hosentasche. Auf dem Weg zum Wagen nestelte er ihn hervor. *Verena Graf. Drogenrazzia in Berlin 2008. Klingelt da was?*

Frederik zerriss den Zettel und setzte sich hinters Steuer. Noch nie gehört, dachte er. Aber was hieß das schon? Die Frage lautete, ob und wie er unbemerkt dazu recherchieren könnte. Die Antwort war ganz einfach: Es war zu gefährlich.

Als er in Almindingen im Hinterhof des Restaurants parkte, sah er, dass erneut Post im Briefkasten steckte. Eine kostenlose Werbezeitung. Im Innenteil steckte ein Umschlag mit zwei Fotos. Frederik sah sich einen Moment angestrengt um, dann musterte er die Aufnahmen. Graf im Jahr 2008 sowie das Bild von jenem Klaus Barthold – diesmal ohne Oberlippenbart und Brille. Die beiden Gesichter hatten eindeutig Ähnlichkeit. Es war seltsam irritierend. Sie könnten Verwandte sein oder möglicherweise … Frederik strich sich das Haar aus der Stirn. Er steckte die Fotos in den Umschlag und verstaute ihn im Lager. Anschließend ging er zu Mads in die Küche.

»Hast du Hunger oder Lust mir zu helfen?«, fragte er nach einem langen Seitenblick auf Frederik.

»Beides.«

»Na dann.« Mads lächelte und servierte ihm einen Teller mit

Fisch und Salat. »Lass es dir schmecken.« Er zögerte einen Moment. »Alles in Ordnung, mein Freund?«

»Klar doch.« Frederik langte mit Appetit zu. Ein Kloß saß ihm plötzlich im Hals fest.

»Du kannst immer mit mir reden. Das weißt du, oder?«

Frederik nickte. »Danke«, erwiderte er leise. »Wo kann ich helfen, sobald ich dieses köstliche Essen verspeist habe?«

Mads nickte in Richtung des Gastraumes. »Ich erwarte gleich noch eine größere Gruppe. Es muss eingedeckt werden, und später …«

»Bin dabei.«

Die Ablenkung tat ihm gut. Die Unruhe und das nervöse Flattern ebbten ab, während er Teller und Besteck bereitstellte und in der Küche werkelte. Gegen Mitternacht kehrte er in sein Dachzimmer zurück. Er wollte sich gerade auf dem Bett ausstrecken, als Sebastian anrief. »Irgendwelche Ergebnisse?«

»Nein. Wir gehen Hunderte von Namen durch. Bisher gibt es keine weiterführenden Hinweise.«

»Du redest schon wie ein Bulle, der sich hinter ausweichenden Floskeln versteckt, sobald man es genauer wissen will. Mach es nicht so kompliziert. Lass deine Freundin Nelly helfen.«

Frederik biss sich auf die Unterlippe.

»Du solltest dich mit ihr treffen.«

Frederik erstarrte. »Dem wird sie kaum zustimmen«, meinte er dann.

»Nein? Wenn du sie ganz lieb bittest, hat sie vielleicht einen Termin für dich frei. Versuch es. Und es wäre hilfreich, wenn du sehr überzeugend auftrittst. Mach es spannend. Ihre Neugier sollte geweckt werden. Und noch was – leg los, bevor ich auf den Gedanken kommen könnte, dass du uns hinhalten willst, also: sofort!«

Frederik schloss einen Moment die Augen, dann loggte er sich in den Chat mit Nelly ein. *Es gibt interessante Neuigkeiten*, erklärte er nach kurzer Einleitung.

Nelly antwortete nach wenigen Minuten. *Ich bin ganz Ohr. Warum geht es?*

Argentinien und Pirohl – wie gehabt.

Das dachte ich mir.

Ich brauche deine Hilfe, kann das hier aber nicht ausführlicher besprechen.

Pause.

Bist du demnächst vielleicht mal in Kopenhagen?, fuhr er rasch fort, bevor sie auf die Idee kam, ein Telefonat vorzuschlagen. *Wir könnten uns noch mal in diesem schönen Restaurant treffen – Khmer cuisine. Sie haben dieses wunderbare Gericht serviert – Taroreh mit Erdnusssoße.*

Kurze Pause. Frederiks Puls raste. Sie hatten sich noch nie in diesem Lokal getroffen – ein kambodschanisches Restaurant, in dem Frederik vor vielen Jahren mal ein Interview mit einem Lokalpolitiker geführt hatte. Und er betete, dass Nelly stutzig wurde und die Warnung verstand.

Du machst es ja sehr spannend. Aber das war in der Tat ziemlich lecker. Ich schau mal in meinen Terminkalender und melde mich wieder.

Alles klar. Machs gut.

Frederiks Handy vibrierte kaum fünf Minuten später. »Geht doch«, sagte Sebastian. »Das hast du gar nicht schlecht gemacht.«

Frederik konnte ihn förmlich vor sich sehen – wie er leise lächelte und sich die Hände rieb.

»Wenn das zu unserer Zufriedenheit klappt, hast du einige Pluspunkte gesammelt. Weißt du eigentlich, dass Marvins Jüngster demnächst eingeschult wird?«

Ein Zittern durchfuhr Frederik. Er presste eine Hand vor den Mund. Am liebsten hätte er geschrien.

»Kinder sind ein wunderbares Geschenk.« Leises Lachen. »Aber lassen wir das jetzt. Das hat gut geklappt. Wir sehen uns.« Damit kappte Sebastian die Verbindung.

Frederik ließ das Handy sinken. Wut und Verzweiflung durchströmten ihn. Er stand auf und ging unter die Dusche. Minuten später fiel er ins Bett – zutiefst erschöpft und ausgelaugt. Kurz vor dem Einschlafen fuhr er hoch. *Wir sehen uns.* Was sollte das bedeuten? Eine lapidare Bemerkung, der keine besondere Bedeutung zukam? Eine Drohung? Oder hatte Sebastian persönlich vor, sich auf den Weg zu machen – war er womöglich längst in seiner Nähe? Wie wichtig war diesen Leuten die Verbindung zu Nelly?

Er wachte mit der Dämmerung auf. Ich kann nicht mehr, dachte er, und der Gedanke stand klar und ruhig vor ihm. Ich zerbreche daran, ihr habt gewonnen. Wenn ihr euch an den Kindern vergreift, an den Liebsten, an Unbeteiligten und Unschuldigen, dann ist jede Grenze der Belastung überschritten. Dann werfe ich alles über Bord und gebe auf. Er stand auf und öffnete das Fenster. Ein sanfter Wind strich über die Baumwipfel und brachte sie zum Flüstern. Frederik atmete tief und gleichmäßig, schließlich drehte er sich um, zog sich an und machte sich auf den Weg ins Ekkodalen. Kein Mensch war um diese Zeit unterwegs. Er lief mit gleichmäßigen Schritten, lauschte den Morgengeräuschen dieser scheinbar friedlichen Welt. Welches Echo würde er eines Tages hinterlassen? Es duftete nach frühem Sommermorgen, nach der zärtlichen Süße eines bevorstehenden heißen Tages.

Frederik beschleunigte seine Schritte und spürte den gleichmäßigen Herzschlag, der seinen Körper kraftvoll durchströmte. Natürlich gab es die Möglichkeit, den Freitod zu wählen. Aber wie hatte Sebastian so schön gesagt – er konnte ja gar nicht wissen, wie das Ende aussehen würde, was ihn erwartete und welche Konsequenzen dieser Schritt für Sarah und all die anderen bedeutete, die sich in Gefahr befanden und ausbaden mussten, weil Frederik unvorsichtig gewesen war. Natürlich war das dummes Geschwätz, das ihn erschrecken und bei der Stange halten sollte – und es zeigte trotzdem Wirkung. Wer sich das Leben nehmen wollte, musste hundertprozentig überzeugt sein von seinem Vorhaben. Fehlte auch nur ein Prozent, würde er scheitern. Dann machen wir es anders, Sebastian, dachte Frederik, während sein Blick die schroffe Felswand hinaufwanderte. Vielleicht hast du mit deiner unachtsamen Bemerkung einen Fehler begangen und mich aufgerüttelt.

Als er zurückkehrte, war die Insel erwacht. Im Restaurant roch es nach Kaffee. Mads begrüßte ihn mit strahlendem Lächeln. Frederik lächelte zurück. Später schrieb Sarah, dass es ihr besser ging. Sie wünschte ihm einen schönen Tag und schlug vor, das Treffen am Abend nachzuholen.

Frederik setzte sich nach dem Frühstück in den schattigen Garten des Restaurants und beschäftigte sich wieder mit den Namen auf der Liste. Die Stunden flossen träge dahin. Als er zum Strand aufbrach, um Sarah zu treffen, spürte er zum ersten Mal seit Wochen ein Gefühl der Ruhe und Sicherheit – zumindest war es stark genug, seine Ängste im Zaum zu halten. Sarah kam ihm entgegen, und er suchte ihren Blick – sie hatte dieses ernste Lächeln aufgesetzt, dass er von Anfang an geliebt hatte. Er nahm ihre Hand, und sie liefen ins Wasser. Einige Minuten hatten sie Zeit für ein Gespräch, für einen schnellen Austausch.

Frederik setzte Sarah ins Bild. Sie wusste zwar nicht, wer Nelly war, aber die Brisanz der Entwicklung war ihr natürlich sofort klar. »Sie wollen sie unbedingt schnappen«, führte er weiter aus. »Ihr Ruf beim Kampf gegen Nazis und andere Schwerkriminelle ist legendär – seit vielen Jahren. Sie hat mich unterstützt. Ihre Kontakte sind vom Allerfeinsten, und sie nutzt mehrere Identitäten. Ich habe sie einmal persönlich kennenlernen dürfen. Wenn ich es richtig einschätze, hat sie die Warnung verstanden.«

Sarah legte sich auf den Rücken und blickte einen Moment in den Himmel. »Und dann? Wie soll es weitergehen? Sie wird kaum auftauchen.«

»Sie hat vielleicht eine Idee.«

Sarah warf ihm einen skeptischen Blick zu. »Das klingt gefährlich.«

»Nichts von all dem ist ungefährlich, und die Ungewissheit wird zur ständigen Begleiterin.«

»Zumindest haben wir etwas Zeit gewonnen. Hannah wird übrigens morgen nach Berlin zurückkehren. Sie versucht, von dort aus die Fäden in der Hand zu halten und die Recherchen voranzutreiben. Ich bin gespannt, ob wir von deinem Krølle noch etwas hören werden. Besonders begeistert hat er ja nicht reagiert.«

»Krølle ist kein Typ, der für Begeisterung steht«, entgegnete Frederik, während sie langsam an den Strand zurückschwammen.

Minuten später sanken sie auf ihre Handtücher. Frederik legte den Arm übers Gesicht und schützte seine Augen vor der Sonne. Wassertropfen liefen an seinen Schläfen entlang. Der Sand war heiß, es roch nach Salz und Glück. Für Momente fühlte sich alles völlig normal an.

Sarah kehrte spät – und allein – nach Hause zurück. Inzwischen war sie hundertprozentig sicher, dass in allen Zimmern Spyware versteckt war. Sie hatte sich aus der Kriminaltechnik ein Prüfgerät geliehen, das unauffällig Messdaten lieferte. Die endgültige Gewissheit hatte sie kaum berührt, aber der Gedanke, dass jemand durch ihr Haus geschlichen war, um die richtigen Stellen auszusuchen, löste Bedrängnis aus – und Wut. Die Angst war mittlerweile deutlich abgeebbt. Das war nicht weiter verwunderlich – sie hatten den Kampf gemeinsam aufgenommen und eine gute Strategie entwickelt. Ob und auf welche Weise sie von Erfolg gekrönt sein würde, stand noch in den Sternen, doch allein der Gedanke, dass Frederik bislang nicht aufgeflogen war, machte Mut. Hannah hatte inzwischen dafür gesorgt, dass Marvin regelmäßig von einem verdeckt agierenden Beamten begleitet wurde.

Sarah schrieb ein weiteres nichtssagendes Memo für Kathleen Bischoph, bevor sie ins Bett ging. Allzu lange würde die Sonderermittlerin sich damit sicher nicht mehr abspeisen lassen. Auch an dem Punkt würde Hannah sich demnächst einschalten müssen. Einen Moment lang empfand Sarah unbändige Lust, der versteckten Kamera die Zunge herauszustrecken. Sie drehte sich rasch auf die Seite. Falls dieses Treffen in Kopenhagen tatsächlich zustande kam, mussten sie einen detaillierten Plan entwickeln. Aber noch war es nicht so weit. Wer immer diese Hackerin war, sie hatte Jahrzehnte im Netz verbracht und vielen miesen Typen übel mitgespielt, ohne je geschnappt zu werden. Sie würde sich ganz sicher nicht auf ein Wagnis einlassen. Die Frage war, warum sie überhaupt das Risiko eingegangen war, Frederik persönlich zu treffen. Sarah schlug die Augen wieder auf. Sie hatte ihm vertraut. Ganz einfach.

24

Hannah war mit seltsam gemischten Gefühlen an ihren Arbeitsplatz ins BKA zurückgekehrt. Sie war nur wenige Tage auf der Insel gewesen, aber es fühlte sich an, als wären Wochen vergangen – und gleichzeitig war alles wie immer. Sie tauchte in ihren Alltag ein und erledigte wie üblich ihren Job – gewissenhaft und hochkonzentriert, während sie verdeckt am Bornholmfall weiterarbeitete. Sie war ein wenig verblüfft, dass es ihr zunehmend leichter fiel, eine Doppelrolle zu spielen. Paul Luschinsky, ein Kollege aus der Einsatzleitung, mit dem sie seit Jahren zusammenarbeitete, ließ sich – abgesehen von einem vielsagenden Blick, mit dem er die Braue hob – ohne weitere Nachfragen auf ihren Wunsch ein, den Wagen nach Spyware zu durchsuchen. Das Ergebnis war negativ. Auch Büro und Wohnung waren sauber. Das sollte sie keineswegs veranlassen, nachlässig zu werden. Hannah konnte nicht wissen, wo sich die undichten Stellen befanden – dass sie existierten, war sicher, und das nicht erst seit diesem Fall.

Die Akte Verena Graf war und blieb dünn. Dennoch griff Hannah ihren Gedanken auf und suchte zwei Namen heraus, die seinerzeit ebenfalls bei der Razzia genannt worden waren. Die beiden lebten immer noch in Berlin: eine Studienrätin, die an einem Gymnasium unterrichtete, sowie ein selbständiger Softwareentwickler mit Büroräumen im Gewerbegebiet an der Goerzallee in Lichterfelde.

Hannah war auf dem Weg zu ihrem Wagen, als sie spontan entschied, ins LKA zu fahren und das Gespräch mit der Sonderermittlerin zu suchen beziehungsweise hinter sich zu bringen. Sie konnte nicht abschätzen, wie Kathleen Bischoph auf die verdeckten Maßnahmen reagieren würde. Hannah hielt es für wahrscheinlich, dass sie alles andere als erfreut sein würde, doch je länger sie diese Unterredung auf die lange Bank schob, desto ärgerlicher würde Bischoph wahrscheinlich reagieren. Immerhin war es ihr Fall, und die Frau war es gewohnt, alle Zügel in der Hand zu halten.

In ihrem Büro traf Hannah sie nicht an, aber ein Mitarbeiter bot an, seine Chefin zu informieren, und schlug vor, dass Hannah in der Cafeteria wartete. Bischoph ließ sich Zeit. Als sie schließlich eintraf, hatte Hannah gerade überlegt, das Ganze zu verschieben.

Kathleen Bischoph eilte nach kurzem Rundblick auf ihren Tisch zu. Ihr Lächeln wirkte freundlich und professionell zugleich – und eine Spur unsicher, verblüfft. »Kollegin Jakob – tut mir leid, dass Sie warten mussten«, erklärte sie und setzte sich.

»Es tut mir leid, dass ich so unangemeldet auftauche«, erwiderte Hannah. »Aber es ist wichtig, dass wir unter vier Augen reden.«

Kathleen Bischoph beugte sich vor. »Ist etwas passiert?«

Hannah deutete ein Nicken an. »Es ist außerordentlich wichtig, dass niemand von unserem Gespräch erfährt.«

»Geht es um Sarah?«

»Um sie und den Pirohl-Fall«, erwiderte Hannah in leisem Ton. »Frederik Thomsen ist aufgetaucht. Er hat uns über verschlungene Wege vorab warnen können.«

Bischoph zog die Augen zusammen. »Wie darf ich das verstehen?«

»Er wurde bei einer riskanten Aktion in Argentinien geschnappt und wird nun erpresst«, fuhr Hannah fort und fasste die zurückliegenden Ereignisse und Maßnahmen so sachlich wie möglich zusammen. Kathleen Bischoph unterbrach sie kein einziges Mal, aber ihre Mimik spiegelte deutlich wider, was in ihr vorging – von Sorge über Missfallen und Verblüffung war alles dabei.

»Wir haben uns entschieden, die Situation in aller Stille zu untersuchen und zu entschärfen. Dabei war es auch nötig …«

»Mich außen vor zu lassen?«, warf Bischoph ein. »Ausgerechnet mich?«

Hannah hielt ihrem Blick stand. »Ja, genau – ausgerechnet Sie«, erwiderte sie dann energisch. »Das Risiko war uns zu groß. Diese Leute wissen sehr genau, wo sie ihren Hebel ansetzen müssen. Und wie viele Maulwürfe unsere Arbeit immer wieder bedrohen, ohne dass wir es auch nur ahnen, habe ich selbst schon erleben müssen.«

Kathleen Bischoph legte ihre Hände auf den Tisch.

»Wir haben Zeit gewonnen mit dieser Strategie. Und wir gehen inzwischen einem Namen nach, ohne dass irgendjemand weiß, womit wir uns befassen. Zugleich schützen wir das Leben des Journalisten.«

Bischoph ließ sich in die Stuhllehne zurückfallen. »In meinem Team gibt es keine undichten Stellen«, erklärte sie plötzlich kühl.

»Auch Sie können nicht hundertprozentig sicher sein, dass nicht jemand mitliest – an welcher Stelle auch immer. Oder erpresst wird. Oder gar nicht merkt, dass er belauscht wird.«

»Sie wollten doch gar nicht mehr mitspielen«, warf Bischoph plötzlich ein. »Und nun sind Sie mittendrin und grätschen mir von der Seite in die Ermittlungen. Interessant.«

Und ich weiß mehr als du, das kannst du gerade schwer ertragen, dachte Hannah. Das Gespräch war mühsamer, als sie gehofft hatte. Bischoph fühlte sich erheblich in ihrer Autorität angekratzt.

»Wie hätten Sie sich an meiner Stelle verhalten?«, entgegnete Hannah und beugte sich vor. »Thomsen hat schwerwiegende Fehler gemacht, und nun befindet er sich in allergrößter Gefahr – er und einige andere Menschen, die ihm nahestehen.«

»Das habe ich verstanden.«

»Er hat bei zurückliegenden Ermittlungen häufig eine entscheidende Rolle gespielt.«

»Die nicht immer eindeutig zu entschlüsseln war.«

Hannah nickte. »Zugegeben. Und doch haben auch Sie bereits mit seinen Ergebnissen gearbeitet.«

»Zum Beispiel?«

»Das Foto aus dem Anwesen in Bariloche.«

Bischophs Augen weiteten sich.

»Es gab keine Hinweise, woher es stammte, nicht wahr?« Hannah neigte den Kopf. »Ohne ihn wären wir kaum halb so weit.« Sie umfasste ihre Teetasse. »Ja, Sie haben recht – ich wollte mich aus all dem heraushalten und endlich mal so etwas wie eine ruhige Kugel schieben. Ich hatte die Nase voll von aufwühlenden Ermittlungen, bei denen ich noch dazu selbst in Gefahr gerate. Aber Frederik und Sarah sind auch Freunde, und in einer derart bedrohlichen Lage habe ich mich entschieden, über meinen Schatten zu springen.«

Kathleen Bischoph lächelte plötzlich ironisch. »Und Sie erwarten von mir, dass ich das jetzt gefälligst auch tue, mein verletztes Ego beiseiteschiebe und diesem Geheimzirkel beitrete, der abseits aller Zuständigkeiten und Vorschriften munter vor sich hin agiert, nicht wahr?«

»So in etwa. Ich würde es allerdings etwas anders ausdrücken.«

»Und wie genau?«

»Ich würde das ›gefälligst‹ weglassen und zudem von einer verdeckten Operation sprechen. Und was Ihr Ego angeht …« Hannah zuckte mit den Achseln. »Sie allein entscheiden, wie es darum bestellt ist. Und noch etwas – die Gesamtermittlung liegt nach wie vor in Ihren Händen. Wenn ich das richtig verstanden habe, ist Ihr Team auf Recherchen abseits der üblichen Bahnen spezialisiert. Also passt das doch alles ganz wunderbar zusammen – es bestand lediglich eine Art Informationsdefizit, das ich gerade ausgeglichen habe.«

Einen Moment blieb es still. Dann zuckte es um Bischophs Mund. »Und Sie haben außerdem etwas gutzumachen, stimmt's? Isabell Herder hat Sie damals ins Leere laufen lassen.«

»Das stimmt. Sie hatte sich perfekt getarnt, und ich hatte keine Möglichkeit, tiefer zu graben.«

»Dabei wissen wir noch nicht mal genau, was sie alles auf dem Kerbholz hat.« Bischoph blickte kurz zum Fenster hinaus. »Für mich steht fest, dass sie über den Chemiewaffendeal im Detail Bescheid wusste und natürlich eingeweiht war, was das Verschwinden ihres Lebensgefährten und der Kollegin anging. Womöglich war sie sogar an einem Mord beteiligt.«

»Aber sie schweigt weiterhin?«

»Sie weigert sich, eine detaillierte Aussage zu Protokoll zu geben. Einzelne Gesprächsbeiträge, in denen sie sich offen und redselig gezeigt hat, nützen herzlich wenig, wenn es um die Gewichtung vor Gericht geht. Und zu einem Deal wird sie erst bereit sein, wenn es tatsächlich richtig eng für sie wird.«

Hannah nickte. »Hat sie nie darüber nachgedacht, was mit diesen Kampfstoffen alles möglich ist – noch dazu in der prekären Lage, in der sich Europa gerade befindet?«

Kathleen Bischoph hob beide Brauen. »Seit wann machen sich Leute über so etwas Gedanken, wenn sie ihre eigenen Ziele und Ideen verfolgen?«

»Wenn ich das richtig verstanden habe, hatte Isabell Herder stets nur ein Ziel vor Augen: Bernd Pirohl. Müsste für sie inzwischen nicht alles zusammengebrochen sein?«

»Natürlich. Und nun wird sie dafür sorgen, nicht in den Sog hineingezogen zu werden. Das heißt für sie – abstreiten und blocken, so lange es irgendwie geht.« Bischoph schüttelte den Kopf. »Aber lassen wir das jetzt. Wie geht es weiter? Sie sprachen eingangs von einem Namen.«

Hannah atmete tief durch. Wie es aussah, war Kathleen Bischoph – wenn auch widerstrebend – bereit, ihre Vorgehensweise zu unterstützen. Hannah berichtete kurz über den Abgleich mit dem Foto und der gestohlenen Identität, die zu Verena Graf geführt hatte. »Ich gehe dem nach – inoffiziell. Falls da nichts dran ist, haben wir unseren Job gemacht, ohne den Verdacht auf diesen Namen zu lenken. Und sollte sich eine Spur daraus ergeben, sind wir schneller als Pirohls Leute.«

»Und weiter?«

»Wir sollten uns regelmäßig austauschen.«

»Klingt gut.« Bischoph warf ihr einen ironischen Blick zu. »Aber was ist mit Thomsen, wenn der Fall tatsächlich gelöst werden kann? Die Gefahr für ihn bleibt ja bestehen, oder denken Sie, man lässt ihn von der Angel, nur weil die Behörden schneller waren oder aber keinen Ansatz entdecken konnten?«

»Nein. Er muss untertauchen. Ich denke, dafür wird es zu gegebener Zeit eine Lösung geben.«

Bischoph überlegte einen Moment. »Ich nehme an, für dieses Treffen in Kopenhagen gibt es auch …«

»Noch keine festgelegte Handlungsstrategie«, warf Hannah ein.

»Richtig. Priorität hat im Moment nur ein Aspekt – niemand darf wissen, in welcher Weise wir agieren.«

Kathleen Bischoph schien einen Moment mit sich zu ringen. Schließlich nickte sie. »Na schön. Leicht fällt mir dieser Schritt nicht, aber mir bleibt kaum eine andere Wahl, ohne ein hohes Risiko einzugehen. Dessen bin ich mir bewusst.« Sie hob das Kinn.

»Das klingt nach einem pragmatischen Ansatz.«

Bischoph nickte und stand abrupt auf. »Sarah kann sich glücklich schätzen, Sie zur Freundin zu haben.« Damit wandte sie sich um und verließ die Cafeteria mit eiligen Schritten.

Hannah atmete tief aus. Sie schickte Sarah eine SMS und machte sich anschließend auf den Weg in die Goerzallee. Es war warm, sie drehte die Scheibe herunter, und Kotti streckte seine Schnauze in den Fahrtwind.

Markus Böttcher war Mitte dreißig. Er beschäftigte drei Festangestellte und einige freie Mitarbeiter in seinem Softwareunternehmen, das auf kaufmännische Lösungen für Fitnessstudios sowie Onlinespiele spezialisiert war, wie Hannah im Vorfeld erfahren hatte. Böttcher war ein kleiner glatzköpfiger Mann mit Nickelbrille. Er saß hinter seinem Schreibtisch, als sie eintraf – eine junge Mitarbeiterin, wahrscheinlich eine Praktikantin, hatte ihr stumm den Weg zu seinem Büro gewiesen, während ihr Blick auf ein Tablet gerichtet war.

In dem Raum standen rundherum Tische an den Wänden, auf denen riesige Monitore dicht zusammengedrängt waren.

»Was kann ich für Sie tun?«, fragte Markus Böttcher. Er legte eine Tastatur beiseite und wies auf einen Stuhl neben seinem Schreibtisch. Kotti warf er einen amüsierten Seitenblick zu.

»Nehmen Sie doch Platz, bitte.«

»Danke.« Hannah stellte sich kurz vor und zückte ihren Ausweis.

Böttcher lächelte erstaunt. »Was ist los? Habe ich was angestellt?«

»Aktuell wahrscheinlich nicht – soweit ich das beurteilen kann«, entgegnete Hannah und erwiderte das Lächeln. »Aber vor einigen Jahren gab es mal eine Sache, zu der Sie polizeilich befragt wurden.«

»Ich bin sehr gespannt.«

»Bei einer Drogenrazzia in Berlin wurden 2008 mehrere Leute festgenommen …«

Böttchers Augen weiteten sich. »Ach du liebe Güte!« Dann fing er an zu lachen. »Eine Jugendsünde, stimmt – ich war Anfang zwanzig. Glücklicherweise wurde das Ganze eingestellt. Ich bin sehr gespannt, was Sie dazu noch wissen wollen.«

Hannah lächelte. »So ziemlich alles.«

»Wirklich? Warum?«

»Dazu kann ich nicht viel sagen. Wir überprüfen ein paar Namen …«

Böttcher verdrehte die Augen. »Wir haben ein bisschen herumexperimentiert und waren davon überzeugt …«

»Wer ist wir?«

»Steht das nicht in Ihrer Akte?« Böttcher zuckte mit den Achseln. »Wir waren eine kleine Clique und haben buntgemixtes Zeug ausprobiert. Wir sind kaum über die Planungsphase einer Geschäftsidee hinausgekommen, und die Polizei hat nicht sonderlich viel entdeckt. Das lohnte kaum für weitergehende Ermittlungen.« Er hob die Hände. »Nun sagen Sie schon – worum geht es hier?«

»Sagt Ihnen der Name Verena Graf etwas?«

Böttcher stutzte. Er blickte eine Weile auf das Foto, das Hannah ihm zeigte, dann sah er wieder hoch. »Sie wollte eine Vertriebsidee entwickeln.«

»Woher kannten Sie sie? Sie war wesentlich älter als die meisten von Ihnen.«

»Richtig, aber das spielte keine Rolle. Irgendjemand hatte den Tipp, dass sie die Richtige für den kniffligen Job sein könnte.«

»Hat irgendjemand auch einen Namen?«

»Daran erinnere ich mich nicht mehr. Sie war irgendwann mit an Bord, und nach der Festnahme habe ich sie nicht mehr gesehen. Sie war verschwunden. Das Ganze wurde eingestellt und Ende der Geschichte. Ich habe diese Karriere nicht weiterverfolgt und bin nie wieder polizeilich aufgefallen. Aber das wissen Sie wahrscheinlich längst.«

Hannah war davon überzeugt, dass Böttcher sehr viel detaillierter berichten könnte, wenn er sich etwas Mühe geben würde. Andererseits lag das Ganze viele Jahre zurück, und niemand aus dem Kreis der Beteiligten war später noch einmal polizeilich aufgefallen.

»Mehr kann ich Ihnen zu dieser alten Geschichte nicht mitteilen – wie gesagt: Das war eine Jugendsünde, die noch mal glimpflich ausgegangen ist.« Damit zog er die Tastatur wieder zu sich heran.

Hannah stand auf. »Da kann man nichts machen. Danke erst mal.«

Eine Minute später saß sie wieder in ihrem Wagen. Kotti streckte sich auf dem Rücksitz aus und gähnte gelangweilt. Eine Frau Ende dreißig, die plötzlich in einer Gruppe junger Leute auftauchte und bereit war, eine Vertriebsidee für ein Drogengeschäft anzukurbeln – wie wahrscheinlich klang das? Böttcher blockte an der Stelle, weil er niemanden verraten wollte – auch nicht nach vierzehn Jahren. Womöglich waren die Pläne damals deutlich weitreichender gewesen, und die Polizei hatte lediglich nicht genügend Beweise entdeckt, um ein Verfahren einzuleiten. Oder aber er war nur am Rande involviert gewesen.

»Tut mir leid, mein Freund. Wir haben noch was zu erledigen«, erklärte Hannah, startete den Motor und fuhr Richtung Schöneberg – zur Adresse der Studienrätin. Beate Schubert hatte gerade das Haus verlassen und wollte auf ihr Rad steigen, als Hannah eintraf. Sie erkannte die Frau von einem offiziellen Foto, als sie aus dem Wagen stieg und ein paar Schritte nähertrat. »Frau Schubert?«

Die Lehrerin drehte sich um und blickte ihr entgegen – eine zierliche Frau im Sportdress, die ihr Haar zu einem Pferdeschwanz gebändigt hatte. »Ja?«

»Haben Sie ein paar Minuten Zeit für mich?«, fragte Hannah und stellte sich vor.

»Ich bin verabredet, aber ich kann das auch nach hinten schieben«, erwiderte sie sofort.

»Sind Sie auf dem Weg in den Park? Dann könnten wir ein paar Schritte gemeinsam gehen, und mein Hund hat auch etwas davon.«

Schubert stimmte sofort zu und lächelte, als Hannah Kotti aus dem Wagen gelassen hatte. »Der ist ja ganz zauberhaft.« Sie streckte ihre Hand aus und kraulte seine Ohren. Kotti schloss genießerisch die Augen.

»Das darf man ihm nicht zu oft sagen«, meinte Hannah.

»Das kann man ihm gar nicht oft genug sagen«, entgegnete die Studienrätin. Ihr Lächeln vertiefte sich. Schließlich richtete sie sich wieder auf, griff den Lenker, und sie setzten sich in Bewegung. »Geht es um einen meiner Schützlinge?«, fragte sie dann.

Hannah schüttelte verwundert den Kopf. »Wie kommen Sie darauf?«

Beate Schubert sah sie irritiert an. »Nun, wir haben an der Schule aktuell immer wieder Probleme mit einigen gewalttätigen Schülern, zwei von ihnen gehen in meine Klasse, und ich dachte, es hätte mal wieder Ärger gegeben.«

»Nein, es geht um etwas völlig anderes. Ich ermittle zurzeit in einem Fall, der weite Kreise gezogen hat. Unter anderem beschäftigen wir uns mit einer vierzehn Jahre zurückliegenden Drogenermittlung.«

Schubert blieb abrupt stehen. »Großer Gott«, stöhnte sie leise. »Und dafür interessiert sich nach all der Zeit das BKA? Sagen Sie nicht, dass es ein Nachspiel geben wird. Ich bin inzwischen Beamtin. Das wäre …«

Hannah winkte ab. »Eigentlich geht es gar nicht um den Fall an sich, der ist natürlich längst Schnee von gestern«, warf Hannah ein. »Ich interessiere mich nur für einen Namen: Verena Graf.«

Wieder stoppte Schubert einen Moment, bevor sie das Rad langsam weiterschob.

»Sie war damals bereits älter als Sie heute und die meisten anderen aus der Gruppe. Woher kannten Sie sie?«

»Gute Frage«, murmelte Schubert. »So weit ich mich erinnere, hatte jemand plötzlich den heißen Tipp, dass sie die Richtige sein könnte ...«

»Warum? Gehörte sie zur Drogenszene?«

»Das weiß ich nicht. Sie hätte die richtigen Kontakte hieß es, aber das Ganze ist dann ja ziemlich schnell den Bach hinuntergegangen, wie Sie wissen. Ich habe sie nie wieder gesehen und die anderen auch nicht.«

»Und Sie haben nicht geringste Ahnung, wer sie war?«

»Nein. Sie kannte sich mit Computern aus und hat Programme entwickelt – so etwas habe ich mal aufgeschnappt.«

Hannah runzelte die Stirn. »Könnte Markus Böttcher mehr dazu wissen?«

»Markus ... Ich weiß es nicht. Auch den habe ich nicht mehr gesehen. Ich denke, für die meisten von uns war es ein heilsamer Schock, dass wir aufgeflogen sind. Wir haben das Thema beendet und uns um andere Dinge gekümmert – ums Studium zum Beispiel.«

Verena Graf war ein Phantom, dachte Hannah. Niemand wusste etwas, und ihre Biographie gab nichts her. Vielleicht hatte sie schon vor der Drogengeschichte mit anderen Identitäten jongliert.

»Auf irgendeine Weise muss der Kontakt doch zustande gekommen sein«, fuhr Hannah einen Moment später fort. »Ein heikles Drogengeschäft bespricht man nicht mit jedem.«

»Das stimmt, aber ich kann Ihnen nichts dazu sagen. Wir haben uns damals in der Clique was zusammengesponnen, und dabei ist nichts Gescheites herausgekommen. Danach ist jeder wieder seiner Wege gegangen. Tut mir leid – ich bin wohl keine Hilfe für Sie.«

Der Einschätzung konnte Hannah nur zustimmen, und sie befürchtete, dass auch andere Beteiligte aus der Clique – sollte es ihnen gelingen, sie ausfindig zu machen – kaum anderes zu berichten hätten. Im Park angekommen, blieb Hannah stehen. Sie reichte Beate

Schubert eine Visitenkarte. »Falls Ihnen doch noch etwas einfällt, würde ich mich über eine Rückmeldung freuen.«

Schubert nickte. »Natürlich.« Sie verabschiedete sich von Kotti und setzte sich auf ihr Rad.

Hannah schlug den Rückweg ein. Sie war gerade am Wagen angekommen, als ihr Handy klingelte – es war Lone. »Ich glaube, ich habe noch etwas entdeckt.«

Wenigstens eine, dachte Hannah.

»Verena Graf ist am Rande einer Veranstaltung gefilmt worden. Ihre Schule hatte ein Kunstprojekt veranstaltet, das viel Aufsehen erregt hat – und das Video war eine ganze Weile auf deren Homepage.«

»Das muss ewig zurückliegen.«

»Durchaus – der Film stammt aus dem Jahr 1985.«

»Ach du liebe Güte! Und darauf hast du sie erkannt?«, fragte Hannah verblüfft. »Da war sie doch noch ein Teenie!«

»Richtig. Aber ihr Name wurde erwähnt – neben zwei Dutzend anderen, die an dem Projekt beteiligt waren. Und ich habe meine Fühler noch ein bisschen weiter ausgestreckt. Verena war wenig später verschwunden, hat die Schule geschmissen und sich irgendwie durchgeschlagen. Eine Vagabundin, danach sieht es jedenfalls gerade aus.«

»Und wie kommen wir an der Stelle weiter?«, überlegte Hannah nachdenklich.

»Die Schule hat seinerzeit eine Sozialarbeiterin beschäftigt. Vielleicht weiß sie mehr zu ihr.«

»Das ist eine gute Idee – oder anders ausgedrückt: Ich starte einen letzten Versuch, an der Stelle weiterzukommen. Schickst du mir ...«

»Kontaktdaten sind bereits auf dem Weg zu dir.«

Hannah lächelte. Sekunden später plingte ihr Handy. Marina Greuth war inzwischen Anfang sechzig und arbeitete immer noch an der Schule in Neukölln. Als Hannah sie um ein Gespräch zu Verena Graf bat, blieb es lange still am anderen Ende.

»Wissen Sie, wie es ihr geht?«, fragte Greuth schließlich.

»Nein. Sie ist unauffindbar. Im Rahmen unserer Ermittlungen, zu denen ich Ihnen keine Details sagen kann, sind wir auf ihren Namen gestoßen. Und nun stelle ich fest, dass sie offenbar schon als sehr junge Frau untergetaucht ist.«

»Das passt zu ihr.«

»Sie haben sie besser kennengelernt?«

»O ja.«

»Darf ich Sie um ein Gespräch unter vier Augen bitten?«

»Natürlich. Was halten Sie davon, wenn wir uns in meinem Stammcafé am Hermannplatz treffen? Ich habe hier noch eine gute Stunde zu tun, dann mache ich mich auf den Weg.«

»Das klingt gut. Schicken Sie mir die Adresse?«

25

Sarah hörte sich Hannahs Memo am nächsten Tag an, kurz nachdem sie im Kommissariat eingetroffen war. Die Kollegin hatte es am späteren Abend aufgenommen, nachdem ihr Treffen mit der Sozialarbeiterin nicht nur endlich zu Ergebnissen geführt, sondern Erstaunliches zutage gefördert hatte, wie sie eingangs betonte.

»Verena Graf war eine ebenso hochbegabte wie unberechenbare Schülerin, und kaum jemand hatte eine Beziehung zu ihr aufbauen können – bis auf Marina Greuth«, berichtete Hannah. »Noch schlimmer wurde es, als ihre Mutter früh verstarb – Verena sollte bei Pflegeeltern unterkommen, aber sie ist ständig ausgerissen, hat schließlich die Schule geschmissen und ist untergetaucht.«

Ich bin gespannt, wo das Ganze hinführt und worin der Zusammenhang mit unserem Fall besteht, dachte Sarah.

»Monate später stand sie bei Marina Greuth vor der Tür – hochschwanger«, fuhr Hannah fort. »Greuth half ihr, beschaffte ihr eine Unterkunft und sorgte dafür, dass das Kind bei Pflegeeltern unterkam, die den Jungen dann auch adoptiert haben.« Sie legte eine kurze Pause ein. »Greuth beschreibt Verena als zutiefst zerrissene Persönlichkeit. Im Laufe der Jahre hat sie sich immer mal wieder bei Greuth gemeldet – kurz und überraschend. Und sie hat die Entwicklung ihres Kindes wohl aus der Ferne beobachtet, stichprobenartig – das war die Bedingung, die sie seinerzeit hatte. Sie wollte wissen, wo ihr Sohn hinkam, aber sie hat sich nie zu erkennen gegeben. Ein seltsamer, ein ungewöhnlicher Deal, den Greuth nie bereut hat, wie sie betont. Zudem hatte sie den Eindruck, dass Verena Fuß gefasst hatte – mit wem und womit auch immer. Sie wirkte stabiler und hatte offenbar eine Aufgabe gefunden, die sie nicht nur ernährte, sondern auch zutiefst befriedigte. Über Details redete sie nie. Dann – mit Ende dreißig – gab es wohl einen Absturz, ein neues tiefes schwarzes Loch, wie Greuth ihre Worte wiedergibt. Als Verena sich wieder gefangen hatte, erfuhr sie, dass ihr Sohn – inzwischen Anfang zwanzig und Student – verschwunden war.«

Sarah stutzte.

»Du wirst nicht glauben, wer ihr Sohn war«, erklärte Hannah mit bewegter Stimme. »Florian Schütter.«

Sarahs Augen weiteten sich.

»Ruf mich an, wenn es für dich gut passt. Vielleicht hat Lone bis dahin noch mehr herausgefunden.«

Sarah legte die Kopfhörer beiseite. Sie war völlig perplex. Florian Schütter war der Student, der vor beinahe anderthalb Jahrzehnten in der Kanzlei ihres Vaters erste Beweise für dessen kriminelle und rechtsextreme Aktivitäten gesammelt hatte und sterben musste. Bei einem Streit mit Bernd Pirohl und seinem damaligen Kanzleipartner, der auch nicht mehr lebte, war er aus dem Fenster gestürzt und tödlich verletzt worden. Pirohls Mitstreiter hatten ihn in einem Wald bei Potsdam verscharrt. Nachforschungen zu seinem Verbleib hatten ins Leere geführt. Erst als Hannah den Fall im Rahmen der Ermittlungen gegen die Kanzlei erneut aufgegriffen hatte, waren die Hintergründe deutlich geworden. Florian Schütter, Marvin Becker und Frederik Thomsen war das Trio gewesen, mit dem alles angefangen hatte. Und nun rückte die leibliche Mutter von Florian in den Fokus – eine zerrissene, eine hochbegabte und unberechenbare Persönlichkeit, nicht greifbar, mit wechselnden Identitäten unterwegs und womöglich die Frau, die Pirohl im Blick behalten und so viel mehr gewusst hatte als alle anderen.

Sarah starrte eine ganze Weile ins Leere, dann verließ sie das Büro, setzte sich im Hof auf eine Bank und zückte ihr Handy. Hannah stellte die Verbindung sofort her.

»Was für eine Geschichte!«

»Eine ziemlich wilde«, stimmte Hannah zu. »Aber da passt einiges zusammen. Lone hat die halbe Nacht vor ihrem Rechner verbracht. Und sie hat den Eindruck, dass Verena Graf eine schützende Hand gehabt haben musste, und zwar auf Behördenseite. Es gibt nirgendwo Hinweise …«

»Wie meinst du das?«

»Sie hat vielleicht Kontakt zu Polizeikreisen, oder sie hat selbst dafür gesorgt, dass sie nicht auffindbar ist. Und Marina Greuth hält es für sehr wahrscheinlich, dass Verena ihre Aufgabe als Hackerin gefunden hat. Computer waren ihre Welt – so sagt sie.«

Sarah wechselte mit dem Handy ans andere Ohr. Falls sie tatsächlich die Täterin war, die Frau, die Pirohl erschossen und Isabell Herder verschont hatte …

»Was geht dir durch den Kopf?«, unterbrach Hannah ihre Gedanken.

»Ganz ehrlich?«

»Unbedingt.«

»Sollten sich unsere Einschätzungen bestätigen, so hoffe ich, dass wir sie nicht finden – dass niemand sie findet«, erklärte Sarah in festem Ton. »Ich weiß, wie das klingt, aber ich stehe dazu.«

Lange blieb es still. »Das ist in der Tat eine schwierige Situation«, erklärte Hannah schließlich. »Wir müssen sehr genau überlegen, wie wir unsere Erkenntnisse verwenden.«

»Und wie wir Frederik helfen können.«

»Apropos – gibt es eigentlich schon Hinweise auf das geplante Treffen in Kopenhagen?«

Sarah runzelte die Stirn. Plötzlich durchfuhr sie die Erkenntnis wie ein eiskalter Blitz. »Ach du liebe Güte«, flüsterte sie. »Hannah, dieser Kontakt – Nelly … dabei handelt es sich um Verena Graf!«

»Was? Wie …«

»Das passt!«, betonte Sarah. »Frederik hat mir erzählt, dass sie sie unbedingt schnappen wollen. Sie engagiert sich seit ewigen Zeiten im Kampf gegen Nazis und andere Schwerkriminelle, sie verfügt über beste Quellen, und sie hat ihn tatkräftig unterstützt.«

»Das allein heißt noch gar nichts!«, wandte Hannah ein. »Frederik arbeitet ständig mit Leuten aus dieser Szene zusammen. Das ist nichts Neues.«

Der Einwand war berechtigt. »Und doch bin ich ziemlich sicher, dass an diesem Punkt alles zusammenläuft«, meinte Sarah. »Hier schließt sich der Kreis, und zwar in jeder Hinsicht – Motiv, Hintergrund, Beweggründe, die viele Jahre zurückreichen, selbst der Ablauf passt. Es stellt sich jetzt nur noch die Frage, ob Frederik den Zusammenhang auch kennt oder wenigstens ahnt … Nein, ich denke, dass er nichts weiß.«

»Warum?«

»Wenn ihm klar wäre, wer Nelly wirklich ist, würde er die Suche nach ihr auf diese Weise kaum vorantreiben – erst recht nicht, wenn er wüsste, was alles dahintersteckt. Außerdem hätte er mich oder uns entsprechend in Kenntnis gesetzt.«

»Bist du sicher? Frederik hat immer seine Geheimnisse gehütet, auch vor dir. Womöglich sucht er nur eine Möglichkeit …«

»Diesmal nicht. An dem Punkt bin ich ganz sicher«, beharrte Sarah.

»Er wird erpresst und bedroht!«, gab Hannah zu bedenken. »Vielleicht musste er sich entscheiden.«

»Er hat eine Möglichkeit gefunden, uns ins Boot zu holen – trotz der Gefahr.«

Hannah schwieg. Sie ist nicht überzeugt, dachte Sarah, und natürlich war ihre Skepsis nachvollziehbar. Frederik hatte schon einmal einen höchst gefährlichen Weg eingeschlagen und vollmundige Argumente dafür angeführt. Darum hatte Sarah sich von ihm getrennt. Und nun standen sie plötzlich doch wieder auf einer Seite, und ihr Engagement war hochriskant.

»Er wird aus allen Wolken fallen«, fügte Sarah einen Moment später hinzu. Plötzlich spürte sie, wie die Aufregung sie durchströmte. »Wir brauchen einen klugen Plan.«

»Und Gewissheit.«

»Ja, die auch. Bis später, Hannah.« Sarah steckte das Handy wieder ein und kehrte tief in Gedanken an ihren Schreibtisch zurück. Womöglich hatten die Leute, die Frederik geschnappt hatten, längst eine Ahnung, wer sich hinter dem Namen Nelly verbarg, und er war bislang nur mit dem Leben davongekommen, weil er die Frau in eine Falle locken sollte. Eine Hackerin, die nicht nur seit Jahren der rechten Szene Probleme bereitete, sondern auch eine ihrer Führungspersonen getötet hatte – falls Sarah die richtigen Schlussfolgerungen gezogen hatte. Die leibliche Mutter von Florian. Wann hatte sie erfahren, wie und warum ihr Sohn ums Leben gekommen war?

Sarah schreckte zusammen, als ihr Diensthandy klingelte – Thilo Bergers Profilbild lächelte ihr vom Display entgegen. Sie wischte die Gedanken beiseite und nahm das Gespräch an.

»Sag nicht, dass du immer noch mit Berliner Kram beschäftigt bist!«, begrüßte er sie und lachte fröhlich. »Mikkel meinte, dass du noch was abarbeiten musst.«

So konnte man es durchaus bezeichnen, dachte Sarah. »Ein paar Tage brauche ich wohl noch«, erwiderte sie ausweichend. »Habt ihr eine neue Spur, was die Waffenschiebereien angeht?«

»O ja, und ich hatte gehofft, dich dafür interessieren zu können. Wie es aussieht, haben wir einen Namen – ein Typ, der auf Bornholm ein Ferienhaus besitzt. Wie klingt das?«

Ziemlich spannend, dachte Sarah – normalerweise wäre sie Feuer und Flamme gewesen. »Interessant«, meinte sie und hörte selbst, wie lahm das klang.

»Du sprühst ja geradezu vor Begeisterung«, seufzte Thilo. »Na schön, ich komme morgen auf die Insel. Vielleicht tauschen wir uns dann doch noch aus.«

Das passt jetzt gar nicht, dachte Sarah, aber sie wollte Thilo nicht vor den Kopf stoßen. »Ja, das kriege ich sicher hin. Melde dich.« Damit legte sie auf.

Sie schrieb Frederik eine Nachricht. Seine Antwort erfolgte prompt. *Wollen wir heute Abend bei dir kochen?*

Sie überlegte nur einen Moment, bevor sie zusagte. Frederik dürfte den unmissverständlichen Auftrag erhalten haben, ein paar Stunden mit ihr zu verbringen.

Krølle war unter dem langweiligen Namen Andreas Kunze angereist – ein Geschäftsmann aus Dortmund, der sich ein paar Tage Entspannung auf der Insel gönnen wollte. Er trug legere, aber teure Freizeitkleidung, die hellbraune Perücke wirkte genauso überzeugend wie die Designerbrille und seine Reisetasche aus feinstem Leder, und das biedere Gesamtambiente wiederum passte zum Namen. Wohlgefällig unauffällig. Er hatte ein Zimmer in einem schicken Hotel in Rønne gebucht, wo bereits ein Mietwagen für ihn bereitstand.

Lennart Paulsen hatte ihn vor zwei Tagen auf den neuesten Stand gebracht – aber deutlich betont, dass er nicht in sämtliche Details eingeweiht war. »Wie es aussieht, wird da gerade in mehreren Richtungen ermittelt – grüppchenweise, wie ich erfahren konnte –, und alle halten sich ziemlich bedeckt. Sei vorsichtig! Diese Leute im Umfeld der Sicherheitsfirma sind überwachungstechnisch garantiert auf dem neuesten Stand. Darüber hinaus dürften sie komplett humorbefreit auftreten. Und was deinen Journalistenfreund angeht …«

»Er ist kein Freund«, hatte Krølle geknurrt.

»Und ob er das ist. Er dürfte in allergrößter Gefahr schweben. Seine Chancen, lebend aus diesem Schlamassel herauszukommen, schätze ich als denkbar gering ein.«

»Ist mir klar und ihm auch. Ich werde einfach meine Augen offenhalten und das Ganze erst mal aus sicherem Abstand beobachten.«

»Wie immer.«

Den ironischen Unterton hatte Lennart sich nicht verkneifen können, und Krølle nahm ihm das nicht übel. Manche spontane Entscheidung, die er in den letzten Jahren gefällt hatte, war keineswegs vernünftig und gut durchdacht gewesen, aber sie hatte geholfen, Leben zu retten. In Anbetracht der Tatsache, dass er sehr häufig unterwegs war, um Leben zu nehmen und Schmerzen zu bereiten, konnte man das Ganze auch als angemessenen Ausgleich betrachten. Yin und Yang.

Die Geschichte mit dem miesen Geschäftsmann, die er Frederik gegenüber erwähnt hatte, war übrigens keine Ausrede gewesen. Seine Ex hatte nicht übertrieben. Der Mann hatte so viel Dreck am Stecken, dass Krølle keinerlei Mühe gehabt hatte, den Auftrag zu ihrer Zufriedenheit zu erfüllen. Der Mann musste beachtliche Qualen erleiden, bis Krølle ihm schließlich das Genick brach, weil er das laute Gejammer nicht länger ertragen hatte.

Krølle tauschte sein Outfit gegen Shirt und Jeans und verstaute seine Wertsachen – Ausweispapiere, Bargeld in verschiedenen Währungen, Handys und Simkarten sowie eine Waffe – im Safe. Anschließend machte er sich auf den Weg zur Polizeidienststelle. Er parkte in ausreichender Entfernung zum Gebäude. Es war früher Nachmittag. Sarah dürfte noch im Büro sein. Er wartete ein paar Minuten, dann verließ er den Wagen und schlenderte scheinbar gemütlich die Straße entlang – ein Tourist, der Zeit und Muße hatte und alles fotografierte, was ihm vor die Linse kam. Falls die Kommissarin observiert wurde, dürfte sich ein Beschatter ganz in der Nähe aufhalten. Wer bei dem herrlichen Sommerwetter im Wagen wartete, war durchaus verdächtig.

Krølle entdeckte bei zwei Rundgängen keinen Verdächtigen, doch als Sarah zwei Stunden später das Polizeigebäude verließ, folgte ihr wenig später ein Fahrzeug. Der Mann machte seine Sache gut – er hielt großen Abstand, parkte zwischendurch und wartete ein paar Minuten, bis er ihr wieder nachfuhr. Ein Profi, dachte Krølle – jemand, der allerdings nicht damit rechnete, dass er selbst unter Beobachtung stand. Krølle prägte sich das Kennzeichen ein und fuhr in großem Abstand Richtung Nexø weiter. Sarahs Haus lag in traumhafter Lage am Dueodde-Strand. Krølle parkte in guter Entfernung zwei Straßen weiter und lief durch den Kiefernwald. Er hatte Cap und Sonnenbrille aufgesetzt und wirkte wie ein Tourist auf dem Weg zum Strand. Den Wagen, der die Pirohl-Tochter verfolgt hatte, entdeckte er fünf Minuten später. Er parkte hinter einem Firmenfahrzeug an einer Baustelle. Niemand saß hinterm Steuer. Krølle ging ohne Zögern weiter und lief zum Strand. Vielleicht gab es keinen Verfolger, und der Typ hatte nur den gleichen Weg gehabt. So etwas sollte vorkommen.

Zwanzig Minuten später entdeckte Krølle den Mann. Er stand an einem bunten Imbisswagen am Zugang zum Strand und aß einen Hotdog. Dann setzte er sich an einen geschützten Platz und holte sein Tablet aus dem Rucksack. Krølle war sicher, dass es sich um ihn handelte, obwohl er inzwischen auch eine Sonnenbrille trug. Er schrieb Lennart Paulsen eine Nachricht und bat ihn, das Kennzeichen zu überprüfen. Die Antwort traf eine Viertelstunde später ein – der Verfolger war immer noch mit seinem Tablet beschäftigt. *Kein Ergebnis*, antwortete Paulsen. Ein Phantasiekennzeichen, dachte

Krølle. *Womöglich ein Kollege,* meldete er sich zwei Minuten später erneut.

Krølle stutzte. Es war nicht auszuschließen, dass Sarah verdeckten Polizeischutz erhielt. Dann fragte sich allerdings schon, warum der Kollege in deutlicher Entfernung zu ihrem Haus am Strand saß und auf sein Tablet starrte, statt das Grundstück im Auge zu behalten. Weil er womöglich über die Distanz mitbekam, was los war, und das wiederum konnte alles Mögliche bedeuten. Krølle wagte es nicht, sich näher heranzuschleichen, um einen Blick auf das Tablet zu erhaschen. Schließlich schoss er versteckt einige Fotos, doch die Hoffnung, Hinweise auf den Bildschirm zu erhalten, erfüllte sich nicht. Krølle entschied abzuwarten. Geduld und die Fähigkeit, Zeit verrinnen zu lassen, ohne auch nur einen Augenblick die Konzentration zu verlieren, gehörte zu den wichtigsten Fähigkeiten in seinem Job.

Eine knappe Stunde später brach der Tablet-Mann auf, und Krølle folgte ihm ohne Eile. Der Typ parkte seinen Wagen um und blieb in deutlicher Entfernung zum Haus hinterm Steuer sitzen. Krølle war plötzlich sicher, dass er in die installierte Überwachungstechnik eingeloggt war. Um die Pirohl-Tochter im Auge zu behalten, hätte er sich jedoch auch am anderen Ende der Insel – oder der Welt – aufhalten können. Er will sich an die Fersen eines Besuchers heften, überlegte Krølle. Frederik? Aber der dürfte ohnehin engmaschig observiert werden und musste garantiert regelmäßig Bericht erstatten. Vielleicht vermuteten sie, dass er Schlupflöcher nutzte, und wollten es genauer wissen.

Das wird ein langer Abend, dachte Krølle, als der Beobachter eine Weile später erneut eine Runde durch die Gegend fuhr und sich mit Getränken und einem weiteren Imbiss versorgte. Krølle schoss schnell ein Foto, als der Mann bezahlte, und leitete es an Paulsen weiter, obwohl die Aufnahme auf die Entfernung wenig aufschlussreich war. *Dafür brauche ich eine Weile,* meldete sich der Kollege wenig später. *Und ich denke nicht, dass es einen eindeutigen Treffer geben wird.*

Am späten Abend kam plötzlich Bewegung in die Sache. Der Verfolger brach auf, und kurz darauf war klar, dass er sich an Frederiks Fersen heftete, der Sarahs Haus gerade verlassen hatte. Der Journalist parkte nach einer fünfzehnminütigen Fahrt hinter einem Restaurant, wo er offenbar untergekommen war. Krølle beobachtete, dass sein Verfolger eine Runde ums Haus drehte und wenig später wendete, um sich wieder auf den Weg zu machen.

Krølle blieb in großer Entfernung hinter ihm. Wir haben denselben Weg, dachte er, als sich herausstellte, dass er Richtung Rønne fuhr. Frederiks Beschatter parkte hinter einem Hotel im Süden der Stadt und betrat das Gebäude über den Hintereingang. Wenig später flammte Licht im zweiten Stock auf. Krølle verwarf den Gedanken, den Wagen genauer in Augenschein zu nehmen. Er konnte nicht ausschließen, dass eine Kamera installiert war und den Typen warnen würde. Er fuhr in sein Hotel. Nach kurzem Überlegen schrieb er der spröden Kommissarin und hängte ein Foto an. Er ging mit einem Lächeln ins Bett. Wer hätte je gedacht, dass er so eng mit der Kommissarin zusammenarbeiten würde? Wenn das alles vorbei ist, wird sie sich die Haare raufen.

26

Sarah las die Nachricht von Hannah, kurz nachdem sie im Kommissariat angekommen war: Krølle war auf der Insel – das war eine gute Nachricht! Dass es einen Beobachter gab, der Frederik im Auge behielt und offenbar Zugang zur Überwachungstechnik in ihrem Haus hatte, war keine große Überraschung, und dennoch löste es ein bitteres Gefühl in ihr aus. Als sie das Foto musterte, stutzte sie sofort. Das Gesicht kam ihr bekannt vor. Plötzlich erstarrte sie. Das kann nicht sein, dachte sie entsetzt und doch … Thilo Berger. Abrupt legte sie das Handy beiseite. Sie hatte Mühe, die Lähmung abzuschütteln. Der charmante Kollege aus Kiel. So schwer es ihr fiel, sich mit der Erkenntnis vertraut zu machen, aber er könnte durchaus die undichte Stelle sein. Auf halber Distanz und doch vertraut. Niemals wäre sie auf den Gedanken gekommen, dass er zu ihnen gehören könnte. Und das allein bewies, wie prekär die Lage war.

Sie stand abrupt auf und holte sich einen Tee, während sie den vergangenen Abend mit Frederik rekapitulierte. Sie hatten sich gegenseitig darin zu übertreffen versucht, unauffällig zu wirken. Es war aussichtslos und viel zu gefährlich gewesen, Frederik auf den neuesten Stand zu bringen und ihm ihre Erkenntnisse zu Verena Graf zu schildern. Sie ging langsam an ihren Schreibtisch zurück. Ein Gedanke tauchte plötzlich auf, eine verschwommene Idee. Wir sollten sie in die falsche Richtung schicken – mit platzierten Informationen, dachte sie. Wenn Thilo über die Insel läuft und sie und Frederik im Blick behielt, könnte man ihn auf eine inszenierte Spur setzen – ihn und alle anderen gleich mit. Ein solches Unterfangen mussten sie sich ohnehin spätestens überlegen, wenn Nelly/Verena sich meldete.

Sie fuhr ihren Rechner hoch und wollte sich gerade einloggen, als sie die Stimme von Thilo Berger hörte. Er begrüßte Bentsen, betrat wenig später das große Büro und winkte ihr von weitem zu. Sie winkte zurück.

»Gehen wir nachher was zusammen essen?«, rief er in fröhlichem Ton.

»Klar.« Sarah war verblüfft, wie leicht es ihr fiel, gute Miene zum bösen Spiel zu machen. »Bis später.«

Kurz vor der Mittagspause informierte sie Hannah. Die Kollegin ließ sich mit der Antwort fünf Minuten Zeit. Dann schickte sie ein Kotz-Emoji. Dem hatte Sarah nichts hinzuzufügen. Wenig später ging sie in die Cafeteria, wo Thilo bereits mit einigen Kolleginnen und Kollegen zusammensaß. Er strahlte sie an und wies auf den Stuhl neben sich. »Na, komm, den habe ich nur für dich freigehalten.«

Das glaube ich dir aufs Wort, dachte Sarah. Und es ist noch gar nicht so lange her, da hätte ich mich durchaus angetan auf das Geplänkel eingelassen. Er hielt ihren Blick fest, und sie setzte sich zu ihm.

»Alles in Ordnung? Du wirkst ein bisschen angespannt«, meinte er in leisem Ton. »Der alte Fall?«

Sie nickte. »Ich fürchte, das ist einfach kein Weiterkommen«, entgegnete sie ebenso leise. »Aber lassen wir das.«

Thilo nickte verständnisvoll. »Tut mir leid. Andererseits freue ich mich natürlich, wenn du bald wieder die Soko unterstützt. Wenn du interessiert bist, kann ich dich nach dem Essen auf den neuesten Stand bringen.«

Sarah zögerte nur einen winzigen Augenblick. »Ach ja – warum nicht?«

Er lächelte. »Das freut mich.«

Keine halbe Stunde später saßen sie im Teambüro, und Thilo fasste die Ermittlungen der letzten Wochen zusammen, die schließlich auch zu einer Adresse auf Bornholm geführt hatte. Sarah hörte nur mit halbem Ohr zu, während sie angespannt auf der Frage herumkaute, wie sie Frederik unauffällig informieren konnte. Die Notlösung über die Werbepost für das Restaurant dürfte sich inzwischen als zu schwierig und riskant gestalten. Thilo hatte sie fest im Blick – so viel war klar. Und da sie für eine Fahrt ins Ekkodalen keinesfalls ihren eigenen Wagen nutzen sollte, wurde es doppelt kompliziert. Hannah könnte Krølle informieren, fiel ihr plötzlich ein. Sie holte ihr Zweithandy und ging damit auf die Toilette. Was würden wir bloß ohne den Killer machen?, fuhr es ihr später durch den Kopf, und zum ersten Mal an diesem Tag konnte sie lächeln.

Der Beobachter war also ein Bulle aus Kiel, dachte Krølle, als er die Nachricht von der Kommissarin las. Damit war klar, warum das Kennzeichen kein Ergebnis gebracht hatte. Hinzu kam, dass der Typ in der Dienststelle Rønne zu tun hatte. Interessante Entwicklung, dachte Krølle. Die Bitte, dem Journalisten ein Update zukommen zu lassen, war nachvollziehbar. Und dass es dabei nicht nur um den reizenden Bullen ging, war auch keine Überraschung.

Krølle verzichtete auf das ursprünglich geplante Mittagessen in Rønne und fuhr nach Almindingen. In dem Restaurant konnte man wunderbar essen, wie er in einem Reiseführer nachgelesen hatte. Unterwegs stoppte er und wechselte sein Outfit – Lockenperücke, Camouflagehose und Wanderstiefel. Falls Frederik dort war, würde er ihn sofort erkennen – davon zumindest war Krølle fest überzeugt. Und was sprach dagegen, mit einem Touristen ein paar Worte zu wechseln. Krølle lächelte. Warum sollte so ein Einsatz nicht auch amüsante Aspekte haben?

Der Mittagsansturm war noch in vollem Gange, als er das Restaurant betrat. Krølle nahm an der Theke Platz, weil kein Tisch frei war. Er bestellte ein alkoholfreies Bier und ein Fischgericht. Frederik half in der Küche, das konnte er erkennen, als die Tür aufschwang. Krølle genoss sein Essen in aller Ruhe und aß betont langsam. Auch mit dem Nachtisch ließ er sich Zeit. Als die meisten Gäste gegangen waren, tauchte Frederik im Gastraum auf und unterstützte eine Mitarbeiterin beim Abräumen. Er stutzte sofort, als sein Blick Krølle streifte, und seine Augen weiteten sich. Krølle zwinkerte ihm zu. Frederik erstarrte kurz, dann trat er hinter die Theke. Auf seinem Gesicht spiegelten sich die unterschiedlichsten Gefühle wider – und man sah ihm an, dass er die schlimmsten Wochen seines Lebens hinter sich hatte. Sie haben ihn richtig leiden lassen, dachte Krølle, mit allem, was dazu gehörte – der größte Schmerz gepaart mit abgrundtiefer Hilflosigkeit. Sein innerer Sensor nahm die unterschiedlichsten Empfindungen wahr. Einen Moment sah es so aus, als würde Frederik ihm am liebsten um den Hals fallen, und Krølle warf ihm einen warnenden Blick zu.

Ruhig bleiben, dachte er – und bloß kein vertrauliches Geplauder. Das könnte alles gefährden. »Ich hätte gerne einen Espresso«, sagte er rasch.

»Na klar.« Frederiks Stimme zitterte. Er wandte sich zur Kaffeemaschine um und hantierte hektisch. Als er die Tasse servierte, schob Krølle ihm einen Zettel in die Hand. Wenige Minuten später bezahlte er und verließ das Restaurant.

Es war kein Verfolger in der Nähe gewesen, aber Krølle hatte im Vorfeld beschlossen, nicht das geringste Risiko einzugehen und auf ein Treffen im Hinterhof und den persönlichen Austausch zu verzichten. Die Notiz musste reichen.

Er fuhr nach Rønne zurück. Der Kieler Bulle war noch im Kommissariat beschäftigt. Das bot eine gute Gelegenheit, sich in seinem

Zimmer etwas näher umzuschauen. Krølle kaufte in einem kleinen Baumarkt Handwerkerkleidung und wechselte erneut sein Outfit, bevor er eine Arbeitstasche schulterte und das Hotel durch die Hintertür betrat. Es gab eine Videoüberwachung, und sie würde ihn erfassen, aber ein Handwerker dürfte kein großes Aufsehen erregen. Nur im zweiten Stock musste er sich etwas überlegen, falls der Gang ebenfalls mit einer Kamera überwacht wurde. Er nahm den Treppenaufgang, der direkt neben dem Fahrstuhlschacht hochführte. Durch die Glastür konnte er den Bereich zum Gang gut übersehen. Die Kamera befand sich auf Höhe der Fahrstuhltür und würde ihn nicht erfassen, wenn er sich duckte und die ersten Meter dicht an der Wand entlanglief. Ein solches Manöver konnte er nur durchführen, solange kein anderer Gast oder Hotelbediensteter in der Nähe war. Und auch für das Öffnen der Tür würde er etwas Zeit benötigen. Moderne Einbruchswerkzeuge waren zuverlässige Helfer, doch hier ging es darum, spurlos einzudringen, und dafür benötigte Krølle Feingefühl und Zeit. Darüber hinaus konnte er nicht mit hundertprozentiger Sicherheit davon ausgehen, dass der Kieler Bulle tatsächlich im letzten Zimmer auf dem Gang untergebracht war – das aufflammende Licht, das Krølle von draußen beobachtet hatte, war womöglich nur Zufall gewesen.

Zweimal musste er sein Unterfangen abbrechen – beide Male wandte er sich schnell ab und widmete sich einem scheinbar klemmenden Fenster. Nach mehreren Anläufen konnte er den Schließmechanismus überwinden und schlüpfte eilig durch die Tür. Einen Moment lauschte er mit angehaltenem Atem und sah sich um. An der Garderobe im Eingangsbereich hingen zwei luftige Sommerjacken – Männerkleidung. Auch die Sportschuhe und Sandalen dürften nur einem Typen passen. Krølle linste um die Ecke. Über einem Stuhl lagen weitere Kleidungsstücke – Krølle erkannte das Shirt, das der Mann am Strand getragen hatte, während er auf sein Tablet konzentriert gewesen war. Krølle wagte nicht zu hoffen, dass er das Teil im Zimmer finden würde, aber eine gründliche Suche war immer angebracht. Womöglich fühlte der Beamte sich völlig sicher und/oder hielt es für bedenklicher, das Tablet mitzuschleppen.

Krølle ließ sich Zeit bei der Suche. Er musste nicht nur gründlich vorgehen, sondern durfte keinerlei Spuren hinterlassen – und das hieß nicht nur, dass er selbstverständlich Handschuhe trug, sondern auch penibel darauf achtete, nicht die kleinste Veränderung vorzunehmen, die ein aufmerksamer Spitzel bemerken würde. Auch ein Fluchtweg musste bedacht werden. Sollte Krølle gestört werden, musste er notfalls über den Balkon verschwinden. Kein einfaches Unterfangen, aber nicht unrealistisch – und er wusste, wovon er sprach.

Er benötigte eine gute Viertelstunde, bis er das Tablet im Badezimmer hinter dem Spiegel entdeckte. Doch die Entdeckerfreude währte nur kurz – das Teil war bestens gesichert. Auch Krølles Entschlüsselungsprogramm konnte wenig ausrichten – mehr noch: Die Sicherheitsvorkehrungen nährten den Verdacht, dass der unberechtigte Zugriff nicht unbemerkt bleiben würde. Und falls ein stiller Alarm ausgelöst worden war, hatte er nicht allzuviel Zeit zu verschwinden. Er entschied sich für einen schnellen Rückzug – frei von Hektik, aber ohne jegliche Verzögerung. Zuvor schoss er noch zwei Dutzend Fotos. Schließlich kehrte er auf Umwegen in seine Unterkunft zurück und sah sich wenig später die Aufnahmen genauer an. Auch die Detailansichten waren nichtssagend, aber man konnte nie wissen. Krølle speicherte die Dateien in seiner Cloud, dann stieg er unter die Dusche und gönnte sich eine Pause.

Frederik hatte die Notiz gefühlt mehrere Minuten perplex angestarrt, bevor er den Zettel in kleinste Teile gerissen und entsorgt hatte. Er war wie vom Donner gerührt. Dass ein Bulle aus Kiel zum

Nazi-Club gehörte, wunderte ihn kaum, doch der zweite Hinweis, den Sarah ihm von Krølle übermitteln ließ, machte ihn fassungslos. Nelly sollte Verena Graf sein, die leibliche Mutter von Florian? Er hatte Mühe, diese Neuigkeit zu verarbeiten. War das überhaupt möglich? Florian war bei Adoptiveltern aufgewachsen – ja, das hatte er einmal erwähnt. Seine Mutter hatte er nie kennengelernt. Frederik wischte sich über die Stirn. Aber das war ja noch längst nicht alles. Falls sich der Zusammenhang tatsächlich bestätigte, stand die Schlussfolgerung im Raum, dass Nelly Pirohl engmaschig beschattet hatte, ohne je aufgefallen zu sein, und auch für seinen Tod verantwortlich war. Das wäre eine spektakuläre Erkenntnis. Er schloss kurz die Augen. Natürlich würde sie nicht nach Kopenhagen kommen – sie würde sich auf gar kein Treffen einlassen, weil ihr selbstverständlich klargeworden war, dass sie in eine Falle gelockt werden sollte und ihre Tarnung auffliegen könnte. Oder längst aufgeflogen war.

Frederik klammerte sich an den Gedanken, dass sie ihn verstanden hatte oder längst Bescheid wusste – er lag verdammt nahe. Und doch blieb ein Rest Unsicherheit und Angst, dass sie womöglich ein Risiko eingehen würde. Die Frage war zudem, wie es nun für Frederik weiterging. Welche Möglichkeiten hatte er, sich aus dieser Zwangslage zu befreien – und zwar ohne dass andere Menschen in Gefahr gerieten?

Es könnte alles noch viel schlimmer sein, wisperte eine kleine verzweifelte Stimme in ihm. Vor gar nicht so langer Zeit hatte ein kaltblütiger und grausamer junger Mann ihn das Fürchten gelehrt und ihn mit unvorstellbaren Schmerzen konfrontiert. Der Tod hatte bereits seinen Schrecken verloren. Nun war er auf Bornholm, und sein Auftrag hatte ihm eine winzige Lücke gelassen, die er nutzen konnte, um Hilfe zu aktivieren – inzwischen war Krølle aufgetaucht, Nelly hatte seine Warnung verstanden, Hannah und Sarah und einige anderen Leute im Hintergrund hielten ihre schützenden

Hände über ihn und arbeiteten sicherlich unter Hochdruck an einer Lösung. Ob das ausreichen würde, musste sich erst noch zeigen.

Er spürte, wie die Anspannung allmählich wich. Sein Herz schlug immer noch viel zu schnell, sein Kopf war heiß und dröhnte, doch gleichzeitig empfand er plötzlich eine unbändige Lust, in lautes Gelächter auszubrechen. Was für eine spektakuläre Wendung! Florians Mutter hatte den Tod ihres Sohnes und seines Freundes gerächt – und einiges mehr. Sie hatte Pirohl getötet und seinen ganzen Trupp jahrelang zum Narren gehalten. Perfekter konnte man kaum Vergeltung üben.

Frederik ging zurück ins Restaurant und half beim Aufräumen. Später verkroch er sich in seinem Zimmer, streckte sich auf dem Bett aus und starrte die Decke an. Was würde ich an Sebastians Stelle tun?, fragte er sich. Wie würde ich den Druck erhöhen und überprüfen, ob der Mann, den ich an der langen Leine in meiner Gewalt habe, keine Haken schlägt? Der Gedanke rumorte eine ganze Weile in ihm, und doch schlief er darüber ein.

27

Kotti spitzte auf dem Weg zum Wagen plötzlich die Ohren, verzögerte den Schritt und blieb dann abrupt stehen. Hannah hob den Blick und sah sich um. Dann entdeckte sie Kathleen Bischoph – sie stand zwei Parkplätze entfernt neben Hannahs Fahrzeug und sah ihr entgegen. »Haben Sie ein paar Minuten Zeit?« Das klang nur entfernt nach einer höflichen Frage.

Hannah nickte, ließ Kotti in ihren Wagen steigen und setzte sich dann zu Bischoph auf den Beifahrersitz.

»Ich hätte nichts gegen ein Update einzuwenden«, erklärte die Sonderermittlerin nach knapper Begrüßung, und Hannah stellte sich auf einige höchst ungemütliche Minuten ein. Die Kollegin wirkte überaus angespannt. »Sie sind einem Namen nachgegangen, und Ihre Recherche ist nicht unbemerkt geblieben.«

Hannah runzelte die Stirn. Bischophs Stimmung war das eine, das andere war mindestens genauso bemerkenswert: Nelly/Verena war in Polizeikreisen alles andere als eine Unbekannte, zumindest in ganz bestimmten Kreisen. »Richtig. Wir haben etwas herausgefunden, das möglicherweise …«

»Warum muss ich das erst über einen LKA-Kontakt erfahren?«, fuhr Bischoph ihr über den Mund.

»Die Entdeckung ist noch nicht so alt, und Sie wissen, dass wir ausgesprochen behutsam vorgehen müssen«, erwiderte Hannah betont ruhig.

»Ach was?« Das klang fast zynisch, zumindest kühl und von oben herab. »Lassen Sie es mich ganz deutlich formulieren, Kollegin

Jakob – Verena Graf ist tabu. Sie ist eine überaus wichtige anonyme Quelle. Das konnten Sie nicht wissen, aber wäre ich eher in Ihre Ermittlungsansätze eingeweiht gewesen, hätte ich an dem Punkt längst einen Riegel vorschieben können. Ich bin es weder gewohnt, noch nehme ich es hin, derart übergangen zu werden, um dann von anderer Stelle angeranzt zu werden und ausbaden zu müssen, was übereifrige Ermittlerinnen verzapft haben.«

»Sie wissen doch aber, dass wir …«

»Ich bin noch nicht fertig«, unterbrach Kathleen Bischoph sie scharf. »Ihre Identität führt nicht umsonst ins Nirgendwo und ist noch nicht mal geschwärzt zugänglich! Also, belassen Sie es an der Stelle mit der sachlichen Schlussfolgerung, dass Sie keine weiterführenden Erkenntnisse zu dem Namen gewinnen konnten. Habe ich mich klar ausgedrückt?«

»Absolut«, erwiderte Hannah, ohne mit der Wimper zu zucken. Interessant, dachte sie und überlegte einen Moment, sich gegen den rüden Ton zu verwahren, dann entschied sie sich dagegen. Bischoph hatte die Contenance verloren. Offenbar befand sie sich in einer prekären Situation – unverschuldet und noch dazu nur dürftig informiert, was ihr absolut gegen den Strich ging –, und es war sinnvoller, nicht dagegenzuhalten. An der Stelle fragte sich allerdings, ob Bischoph selbst klar war, worum es hier tatsächlich ging und wie weit die Erkenntnisse zu den Bornholmer Geschehnissen inzwischen gediehen waren. Da sie Hannah eingangs gar nicht erst hatte ausreden lassen, war es wohl das Beste, Stillschweigen über den wohlbegründeten Verdacht zum Mord an Pirohl zu bewahren. »Ich werde Sarah selbstverständlich unverzüglich informieren«, erwiderte Hannah schließlich.

»Gute Idee. Und dann fügen Sie gleich noch hinzu, dass die Akte an der Stelle demnächst geschlossen wird. Wir fokussieren uns auf die Ermittlungen zu dem Deal mit der Chemiefirma und die Aktivitäten des Sicherheitsunternehmens, unter anderem. Die Hintergründe zu dem Mord entziehen sich nach so langer Zeit der vollständigen Aufklärung. Die Befürchtung stand von Anfang an im Raum.«

Auf Bornholm dürfte Sarah ihr eigenes Ding machen, gemeinsam mit den dortigen Kollegen, dachte Hannah – und zwar unabhängig davon, welche Meinung eine Sonderermittlerin vertrat. Doch sie verkniff sich den Einwand. »Die Umstände haben sich geändert«, entgegnete sie dann betont sachlich. »Die verdeckten Nachforschungen …«

»Ich weiß. Wir sprachen eingehend darüber. Mir ist klar, dass Thomsen in Gefahr ist und dass er eine nicht unbedeutende Rolle bei all dem spielt. Aber die Leute, die ihn losgeschickt haben …«

»Die ihn erpressen und bedrohen, trifft es besser«, warf Hannah ein.

»Sie können kein Ergebnis erzwingen, egal, wie sehr sie ihn bedrohen – das will ich damit sagen. So einfach ist das. Thomsen sollte untertauchen, und zwar schleunigst. Das wäre meine Empfehlung. Er kennt sicher ein paar Leute, die ihm helfen. Und was die Bedrohungslage für Sarah und andere angeht – die ist alles andere als neu. Darüber hinaus wird nichts so heiß gegessen, wie es gekocht wurde.«

Auf gut Deutsch: Thomsen sollte zusehen, wie er klarkam, dachte Hannah. Hauptsache, ihr schützt eure eigenen Leute und klärt eure Zuständigkeiten, und wehe, das eigene Ego kriegt dabei einen Kratzer ab. »Ich werde es ausrichten«, entgegnete sie kühl.

Hannah hielt Bischophs eisigem Blick einige Sekunden stand, dann nickte sie und stieg aus. Sie sah dem Wagen einen Moment nach, bevor sie in ihr Auto stieg und umgehend Sarah informierte. Die Kollegin rief wenige Minuten später zurück. »Sie weiß gar nicht, was wir noch herausgefunden haben?«

»Nein. Soweit kam ich gar nicht, aber ich würde keineswegs ausschließen, dass sie nicht noch mal nachhakt. Die Akte ist jedenfalls gesperrt, und offenbar hat Bischoph Ärger bekommen – oder auch einfach nur den Auftrag erhalten, diesen Ermittlungen unverzüglich einen Riegel vorzuschieben.«

»Nelly ist für das LKA tätig – oder für wen auch immer«, murmelte Sarah. »Ich schätze, auch dort weiß niemand, was tatsächlich auf der Insel geschehen ist.«

»Vielleicht doch – und man lässt es durchgehen?«

Einen Moment blieb es still.

»Wir brauchen einen guten Plan, und wir brauchen ihn schnell«, meinte Sarah schließlich. »Bevor uns die Sache komplett über den Kopf wächst und man uns die Fäden aus der Hand nimmt, egal von welcher Seite.«

»Ganz deiner Meinung.«

Kathleen Bischoph wusste, dass ihr Gespräch mit Hannah Jakob keine Glanzleistung gewesen war. Souverän und sachlich fundierter Austausch ging anders, auch vor dem Hintergrund einer brisanten Entwicklung. Sie hätte sich nicht dazu verleiten lassen sollen, spontan ihre Entrüstung auszudrücken. Und das Schlimme war – Jakob hatte sich wesentlich besser gehalten, obwohl sie zunächst überrumpelt wirkte und ihr anzusehen war, dass sie Bischophs Vorgehen und ihren Ton für komplett unangemessen hielt. Darüber hinaus – was konnte Hannah Jakob dafür, dass dieses kleine Team einen wunden Punkt getroffen hatte, den Bischoph gerade ausbaden musste? Sie wusste nur allzu gut, dass ihr verletzter Stolz bei ihrer heftigen Reaktion keine untergeordnete Rolle spielte.

Kathleens Chef Oliver Mahler hatte sie am frühen Morgen in sein Büro zitiert. »Schluss an der Stelle«, hatte er kurz und bündig erklärt. »Der Name ist tabu. Wie sind die überhaupt auf ihn gestoßen?«

»Ich weiß es nicht. Sarah hat sich in die Sache verbissen.«

»Ausgerechnet die Pirohl-Tochter.« Mahler schüttelte den Kopf. »Und warum weißt du nicht, was da im Einzelnen abgeht?«

Gute Frage, die richtig wehtat. Die anschließende Erläuterung zu den Hintergründen und der Notwendigkeit absoluter Verschwiegenheit hatte Mahler nicht genügt – beziehungsweise nichts an seiner Einschätzung geändert. »Ist mir egal. Pfeif die Truppe zurück, wer immer da mitmischt. Und dieser Thomsen muss auf seine Weise zurechtkommen. Kapiert?«

»Natürlich.« Damit war Kathleen entlassen. Sie stand auf. An der Tür drehte sie sich noch mal um und hielt seinen Blick fest. »Willst du mir wirklich nicht verraten, was hier los ist und um wen es geht?«

Mahler zögerte, dann schüttelte er den Kopf. »Ich stehe im Wort. Und wir können diese Geschichte nicht komplett aufklären. Es ist besser, dass das im Sande verläuft.«

»Auf einmal? Wir sind doch angetreten, um alles aufzudecken – auch an Stellen, die schmerzen!«, entgegnete Kathleen verblüfft.

»Es geht nur um Verena Graf. Sie wird nicht ins Visier genommen. Der Fall hat viele Facetten.«

»Und dabei geht es ausschließlich um die offizielle Hinterfragung oder …«

»Hierzu sollte gar nicht mehr herumgestochert werden. Brems die Leute sofort aus.« Damit war sie endgültig entlassen.

Kathleen wusste in dem Augenblick nicht, was sie mehr aufbrachte – die abrupte Kehrtwendung oder die Tatsache, dass über ihren Kopf hinweg entschieden wurde, ohne dass sie eingeweiht war, oder der Umstand, dass andere Ermittlerinnen für diese unerfreuliche Situation verantwortlich waren, die sie nun korrigieren musste. Wer war Verena Graf? Und warum spielte Mahler nicht einmal ihr gegenüber mit offenen Karten?

Als Kathleen nach dem kurzen Intermezzo mit Hannah Jakob

denkbar schlecht gestimmt ins LKA zurückkehrte, war Oliver Mahler im Begriff, sein Büro zu verlassen. Er hatte das Handy am Ohr und lief eilig die Treppe hinunter, ohne sie zu bemerken. Kathleen beugte sich über das Geländer und spitzte die Ohren, einige Wortfetzen drangen an ihr Ohr. »Natürlich. Ich habe alles veranlasst. Wo treffen wir … Alles klar. Ich bin gleich da.« Sie sah ihm nach. Am hinteren Ausgang wartete er einen Moment, dann steckte er das Handy ein und trat ins Freie. Ein Wagen hielt wenig später direkt vor der Tür, und Mahler stieg ein.

Kathleen lief eilig die Stufen hinunter, riss die Tür auf und erhaschte im letzten Moment einen Blick auf das Kennzeichen. Zehn Minuten später wusste sie, wem der Wagen gehörte. Der Kollege vom LKA hieß Wolf Karow – ein bunter Vogel, der genau wie Kathleen ressortübergreifend tätig war und sich häufig auch in Geheimdienstkreisen bewegte. Kathleen kannte ihn gut; sie hatte in den letzten Jahren regelmäßig mit ihm zu tun gehabt. Bei einer Feier anlässlich eines spektakulär gelösten Falles waren sie sich sogar mal etwas nähergekommen. Und: Das Foto aus Argentinien hatte er weitergeleitet.

War es möglich, dass Wolf Karow der Mann war, der sich vor Verena Graf gestellt hatte? Oder interpretierte sie diese Allerweltsszene, die sie gerade beobachtet hatte, komplett falsch? Und was könnte dahinterstecken, falls sie richtig lag? Eine Identität, die nicht aufgeklärt werden sollte. Eine wichtige Zuträgerin, die unbedingt geschützt werden musste – weil sie wertvoll war und auf gar keinen Fall näher beleuchtet werden sollte. Das war durchaus denkbar. Oder gab es persönliche Interessen? Es stellte sich auch die Frage, an welchem Punkt genau eigentlich Sarah und ihr Team auf den Namen gestoßen waren. Könnte Verena Graf mehr zu dem Mord an Pirohl wissen? Und warum können ihre Erkenntnisse dazu nicht genutzt werden – nicht einmal intern? Es war absurd, die

Ermittlungen an der Stelle ohne weitere Erklärungen komplett auszubremsen.

Kathleen kehrte in ihr Büro zurück und arbeitete einige E-Mails und Anfragen ab. Sie war immer noch aufgebracht und entschied sich spontan, die Leitung einer Besprechung einem Kollegen zu übergeben. Sie sperrte ihre Bürotür ab, zog ein Kissen vom Aktenschrank und ließ sich mit verschränkten Beinen darauf nieder. Mit geschlossenen Augen konzentrierte sie sich auf ihre Atmung und ließ den Gedankenansturm vorbeigleiten – so gut es ging. Der aufgeregte Puls flachte nur langsam ab. Nach zehn Minuten genoss sie für Augenblicke die plötzlich eintretende Stille in ihrem Inneren. Das war ein Geschenk, das sie nicht jedes Mal erhielt.

Vor gut fünf Jahren hatte Kathleen kurz vor einem Burnout gestanden. Während einer längeren Auszeit hatte sie in einem Zen-Kloster mit der Meditation begonnen. Ein mühsamer, holpriger Weg, auf dem sie mehr über sich lernte, als ihr manchmal lieb war – Stichworte: Ungeduld und Ego, Verbissenheit und Machtstreben, tiefe Skepsis und Arroganz. Sie reagierte verwirrt und zornig darauf, dass sie offenbar unfähig war, regelmäßig zwanzig, dreißig Minuten still atmend sitzen zu bleiben, fokussiert auf den Augenblick, und alles auszuhalten, was während dieser Zeit auf sie einströmte. Ein gutes Dutzend Mal verbannte sie ihr Kissen laut fluchend über die erneute Niederlage gegen ein unschuldiges Sitzpolster, schluckte in stressigen Zeiten wieder Magentabletten und bekämpfte Blutdruckprobleme mit alten Hausmitteln, die ihre Magenschmerzen allerdings verstärkten.

Jedes Mal kramte sie das Kissen nach einiger Zeit wieder hervor und überredete sich mehr oder weniger zähneknirschend zu einem neuen Versuch. Sie kannte Kolleginnen und Ermittler, die Yogakurse belegten, morgens um halb fünf joggen gingen oder sich Tiere anschafften, um wieder ins Gleichgewicht zu kommen und stressbedingte gesundheitliche Probleme zu bewältigen. Es gab die Unverwüstlichen, die scheinbar unbeeindruckt allen Anforderungen trotzten, sowie die heimlichen Trinker und Tablettenabhängigen, junge Beamte, die halbe Nächte durchtanzten, um jegliche Gedanken auslöschen zu können. Inzwischen diskutierte Kathleen die Sitzübung nicht mehr mit sich – sie praktizierte sie oder ließ es sein. Es gab nur diese beiden Möglichkeiten. Das immerhin hatte sie inzwischen verinnerlicht, und das vereinfachte vieles. Der Gewinn bestand in der erlebten und sprachlosen Erkenntnis, dass in diesem Augenblick nichts anderes existierte als der Moment, getragen von ruhigem Atem und zunehmend gleichmäßigerem Herzschlag.

Nach zwanzig Minuten öffnete sie die Augen, und einen Moment später stieg die Erinnerung plötzlich in ihr auf: Es war Wolf Karow gewesen, mit dem sie sich auf der Feier über Meditation unterhalten hatte. Sie streckte die Beine, stand auf und räumte das Kissen auf den Schrank. Dann griff sie zum Telefon und rief Hannah Jakob an.

»Ich muss mich bei Ihnen entschuldigen«, erklärte sie ohne einleitende Worte. »Es tut mir leid.«

Es blieb still am anderen Ende. Ich habe sie verblüfft, dachte Kathleen. Immerhin. Oder sie traut dem Frieden nicht. »Ich bin nur unzureichend informiert über einzelne Aspekte dieser Ermittlungen, die ich selbst entscheidend mit vorangetrieben habe. Hinzu kommen nun Entscheidungen über meinen Kopf hinweg, die ich nur teilweise nachvollziehen kann. Das schmeckt mir gar nicht, wie Ihnen sicher nicht verborgen geblieben ist.«

»Nein, das ist es nicht, aber ich freue mich, dass Sie noch einmal das Gespräch suchen«, erwiderte Jakob in freundlichem und doch abwartendem Ton.

»Wie genau sind Sie und Sarah eigentlich auf den Namen Verena Graf gestoßen?«

Dezentes Zögern.

»Mir ist bewusst, dass die Nachforschungen nicht den offiziellen Vorschriften entsprechen – ich bewege mich selbst immer wieder auf dünnem Eis. Manchmal kommt man anders einfach nicht weiter, und zu der Aussage stehe ich, obwohl ich gelernte Juristin bin.«

»Das war eigentlich nicht sonderlich spektakulär. Wir haben sie bei ausgeweiteten Personen-Checks über einen Fotoabgleich mit einem Bornholmbesucher entdeckt, dessen Identität gestohlen war«, erklärte Jakob schließlich.

Kathleen ließ die Information einen Moment sacken. »Soll das heißen, dass Verena Graf auf der Insel war, als der Mord geschah?« Sie war perplex.

»Ja.«

»Sie könnte demnach den Mord beobachtet haben? Aber warum hat sich persönlich dort …« Kathleen ließ das Telefon kurz sinken, als die Erkenntnis sie plötzlich durchdrang. Sie wechselte ans andere Ohr. »Was ist das für eine verrückte Geschichte?«, fragte sie leise.

»Es gibt womöglich einen persönlichen Hintergrund.«

»Da bin ich sicher. Wissen Sie dazu auch schon mehr?«

Erneutes Schweigen.

»Lassen Sie uns mit offenen Karten spielen«, bat Kathleen. »Ich muss wissen, was Sie herausgefunden haben. Dann kann ich womöglich an anderer Stelle einen Hebel ansetzen, und Sie dürfen mit meiner vollen Unterstützung rechnen.«

Als Kathleen das Telefonat zehn Minuten später beendete, wusste sie nicht, was sie mehr beeindruckte – diese völlig unvermutete Wendung, die zu einer neuen überraschenden Erkenntnislage führte, oder die Hartnäckigkeit dieses Teams. Und noch immer gab es Unschärfen und Mauscheleien. Sie blickte eine Weile aus dem Fenster, ohne etwas zu sehen, dann verließ sie ihr Büro und suchte ihren Recherchespezialisten Ben auf. Sein Schreibtisch war fast malerisch begraben unter Notizen, Akten, Ablagekörben und leeren Tassen. Er hob nur kurz den Blick, als sie zu ihm trat. »Ich habe überhaupt keine Zeit für einen zusätzlichen Auftrag.«

»Ich weiß. Ich brauche nur eine Adresse.«

Ben verdrehte die Augen.

Kathleen zog seine Tastatur zu sich heran und tippte den Namen von Wolf Karow ein. »Es ist ein Kollege«, sagte sie leise. »Ich brauche seine private Anschrift. Es ist dringend, und niemand sollte etwas von der Suche mitbekommen.«

»Aha.«

»Du erreichst mich im Wagen.«

Dazu sagte Ben nichts, doch zwanzig Minuten später traf eine SMS von ihm ein, und Kathleen machte sich auf den Weg in den östlichen Randbezirk. Karow wohnte in Müggelheim, ganz in der Nähe des Sees – traumhafte Lage. Als sie eintraf, saß er auf der Terrasse, wie sie von Weitem erkennen konnte. Er war allein. Unter dem Carport stand sein Wagen, am Türschild war kein Name vermerkt. Sie klingelte zweimal. Karow ließ sich Zeit. Schließlich stand er vor ihr und blickte sie einen Moment stumm an. »Warum überrascht mich das nicht?«, bemerkte er schließlich leise und öffnete das Gartentor. »Komm rein. Ein Bier?«

»Hast du Alkoholfreies?«

»Auch das.«

Eine Weile genoss Kathleen den zauberhaften Garten – halb verwildert und bunt bepflanzt, ein Rasensprenger tränkte ein Beet, das Sirren zerschnitt die Stille, einige Bäume spendeten Schatten, ein Rosenstock schlängelte sich an der Hauswand empor. Irgendwo in der Nachbarschaft wurde gegrillt. Karow kam aus dem Haus zurück und reichte ihr eine Flasche. »Dein Chef meinte, er hätte dich und das andere Team zurückgepfiffen.« Er ließ sich in den Gartenstuhl fallen. »Sag mal, wir waren doch beim Du, oder ich bin jetzt voreilig zu vertraulich?«

»Keineswegs, Wolf. Nun, Mahler hat genau das getan. Aber das akzeptiere ich nicht.« Sie sah ihm gerade ins Gesicht. »Ich will wissen, worum es hier geht, und vertrauliche Entscheidungen, in die ich nicht einbezogen werde, machen mich stutzig. Immerhin war das eigentlich meine Ermittlung, und wir haben bislang einiges ausgegraben. Und nun sind wir offenbar auf etwas gestoßen, zu dem niemand etwas wissen sollte – auch ich nicht. Da an dem Punkt allerdings einige Fäden zusammenlaufen und Menschen in Gefahr sind, ohne die wir nie so weit gekommen wären, setze ich mich mal ganz frech über die Anweisung hinweg.«

»Okay, okay. Und woher weißt du …« Karow winkte ab. »Egal jetzt. Ich verstehe deinen Ansatz, und ich verlasse mich auf deine Diskretion. Machen wir es kurz.« Er blickte einen Moment ins Leere. »Verena Graf und ich hatten ein Kind zusammen – das liegt ein halbes Leben zurück. Sie war siebzehn, als es zur Welt kam, ich zwei Jahre älter. Wir waren jung und überfordert, aber wir haben uns mit Unterstützung einer Vertrauensperson bemüht, ihm einen guten Start ins Leben zu ermöglichen.«

»Florian Schütter.«

»Das weißt du also auch schon. Ich bin beeindruckt.«

»Sein Leben endete tragisch.«

Wolf Karow senkte den Blick.

Ich weiß noch viel mehr, dachte Kathleen und wartete.

»Verena ist hochbegabt und schon immer ein unruhiger Geist gewesen, hat vieles ausprobiert, Grenzen überschritten, das Risiko gesucht und in Abgründe geblickt, bis der Abgrund zurückgestarrt und sie fast verschlungen hat. Das klingt pathetisch, aber das Bild passt, deswegen lasse ich es so stehen.«

»Sie hat ihre Berufung als Hackerin gefunden«, fügte Kathleen hinzu.

Karow nickte stumm. »Ich weiß nicht, wo sie lebt und was sie sonst noch so treibt, aber manchmal zaubert sie hochbrisante Informationen aus dem Hut. Wie sie da rankommt, will niemand genauer wissen. Auf sie wurde ein Kopfgeld ausgesetzt.«

»Warum hat sie sich nicht eingeschaltet, als Florian 2008 verschwand?«

»Schwer zu sagen. Sie hat eine schwierige Phase durchlebt und zu spät mitbekommen, womit Florian sich beschäftigte. Besonders redselig ist sie übrigens auch mir gegenüber nicht. Aus guten Gründen. Aber ich weiß, dass sie die Ermittlungen verfolgte, als Sarah Pirohl 2018 aktiv wurde und die Kanzlei zunehmend ins Blickfeld geriet. Dass Florian ermordet wurde, hat womöglich vieles verändert. Ihr Fokus änderte sich. Sie blieb dran und weiß wahrscheinlich mehr als alle anderen zu den Hintergründen, ohne dass dieser Zusammenhang und ihr persönliches Motiv erkennbar wurden – bislang.«

Ihr Motiv ist auch deins, dachte Kathleen, aber sie behielt die Bemerkung für sich, trank einen Schluck Bier und stellte ihre Flasche wieder ab. »Sie hat Pirohl erschossen«, sagte sie dann und stand auf.

Karows Augen hatten sich geweitet. Er starrte sie fassungslos an.

Und ich hoffe sehr, dass das niemals bewiesen werden kann, fügte Kathleen im Stillen hinzu. »Niemand ist daran interessiert, diesen Zusammenhang mit harten Beweisen zu unterfüttern und aufzuklären«, ergänzte sie leise. »Ich weiß aber gerne, woran ich bin – umso besser kann ich die Fäden ziehen.«

Karow löste sich mühsam aus der Erstarrung und nickte langsam. »Ich verstehe.«

»Sie steht übrigens in regem Austausch mit Thomsen. Der hat sie gewarnt, dass er aufgeflogen ist und die Nazis ihn kontrollieren. Was immer sie vorhat – dieser Abgrund könnte sie überwältigen, wenn sie nicht in der Lage ist, sich abzusichern. Klingt ebenso pathetisch und ist auch zutreffend.«

Karows Brust hob sich, als er tief einatmete. Er schwieg. Einen Moment blieb es still.

»Meditierst du eigentlich immer noch?«, wechselte Kathleen schließlich abrupt das Thema.

Er blinzelte, dann nickte er. »Ja. Und du? Verzweifelst du immer noch daran?«

»Nur noch selten, nachdem ich eine Vereinbarung mit dem Kissen getroffen habe.«

»Das klingt gut.«

Kathleen nickte ihm zu und verabschiedete sich. Sie war gerade in den Wagen gestiegen, als Karow am Gartentor auftauchte. Sie ließ die Scheibe herunter.

»Wenn ihr Hilfe braucht, sagt mir Bescheid.«

Sie blickte nachdenklich aufs Steuer, dann sah sie ihn wieder an. »Es gibt da einen Kollegen aus Kiel, der zu den Kameraden gehört und Sarah Pirohl auf die Pelle rückt. Bist du interessiert an dem Namen?«

»Natürlich.«

»Thilo Berger.«

»Den schaue ich mir mal genauer an.«

»Gute Idee.« Sie winkte und startete den Motor. Tiefe Zufriedenheit durchströmte sie plötzlich.

Am nächsten Morgen sagte sie ihren ersten Termin ab und fuhr stattdessen in die JVA. Isabell Herder stutzte einen Moment, als sie den Verhörraum betrat. Dann setzte sie sich. »Ich habe nach wie vor nichts zu sagen«, erklärte sie ruhig. »Sparen Sie sich die Mühe.«

Kathleen lehnte sich zurück. »Es sieht nicht besonders gut für Sie aus …«

Herder schüttelte den Kopf. »Es wird ein langer Weg, mir etwas nachzuweisen. Das wissen Sie doch sehr genau. Ich bin auch Juristin und verfüge über einen langen Atem.«

»Dennoch hätten Sie zweifellos bessere Karten, wenn wir die Mordermittlung abtrennen würden, oder?«

Herder zuckte mit den Achseln.

Kathleen beugte sich vor und legte die Hände auf den Tisch. »Sie haben ein Motiv, Sie hatten die Gelegenheit, und Ihre Geschichte klingt wenig glaubhaft, sondern ganz schön schräg. Der unbekannte Dritte, der gerade zur richtigen Zeit auftaucht und Pirohl mit einem gezielten Schuss tötet, bevor er Sie zurückbringt und freundlicherweise noch im Detail instruiert, damit Sie möglichst gut aus der Sache herauskommen. Ich bitte Sie ...«

»Und doch fehlen die entscheidenden Beweise. Darüber sprachen wir nun oft genug. Was also wollen Sie noch von mir? Ihre Überredungskünste sind übrigens ausbaufähig. Sie sollten sich entsprechend schulen lassen.«

Kathleen hob eine Braue, dann lächelte sie, wenn auch etwas verkniffen. »Ich werde den Ratschlag überdenken. Und Sie sollten auch über Ihren Schatten springen. Sie haben in der Nacht mehr mitbekommen, als Sie uns weismachen möchten.«

»Vielleicht. Vielleicht auch nicht.«

»Und Sie wissen deutlich mehr zum Verschwinden Ihres Ex und seiner Arbeitskollegin.«

Achselzucken. »Sie wiederholen sich.«

Kathleen lehnte sich wieder zurück. »Könnten Sie den Täter beschreiben?«

»Ich war ...«

»Betäubt, ja – und doch kriegt man manchmal etwas mit. Geben Sie sich Mühe oder auch einfach nur einen Ruck.«

Isabell Herder zögerte.

»Ich würde den Fall gerne abkoppeln«, wiederholte Kathleen. »Aber das funktioniert nur mit Ihrer Hilfe. Liefern Sie mir ein paar gute Argumente. Wie sah der Täter aus?«

Herder atmete tief aus. »Na schön. Sie liegen richtig mit der Annahme, dass ich zwischendurch etwas mitbekommen habe, aber diese Details werden Ihnen nichts nützen. Er war maskiert.«

»Lassen Sie das meine Sorge sein. Ich will es einfach nur genauer wissen. Was ist Ihnen aufgefallen?«

Herder überlegte noch einen Moment, dann zuckte sie mit den Achseln. »Der Täter war klein und kräftig.«

Das passt, dachte Kathleen. Hannah Jakob hatte eine gleichlautende Beschreibung aus den Ermittlungen auf Bornholm geliefert.

»Und er roch komisch.«

»Wie bitte?«

Herder hob kurz die Hände. »Ich habe Ihnen doch gesagt, dass das alles ziemlicher Quatsch ist. Ich war so zugedröhnt, dass ich zwischendurch sogar dachte, der Typ hat ein Tier auf der Schulter sitzen! Vergessen Sie es einfach wieder.«

Kathleen kniff die Augen zusammen. »Was für ein Tier?«

»Sie wollen das doch nicht ernsthaft für bare Münze nehmen«, wandte Isabell Herder verblüfft ein.

»Ich notiere mir jeden noch so bemerkenswerten Umstand. Manchmal gestaltet sich die Suche besonders kleinteilig.«

»Na schön. Es war ein kleines Tier. Welche Tiere trägt man auf der Schulter? Eulen? Ich habe wirklich keine Ahnung. Mehr weiß ich nicht.«

Kathleen starrte Herder einen Moment stumm an. »Ich werde dem trotzdem nachgehen«, sagte sie dann. »Und falls da irgendwas dran ist, könnten wir ins Geschäft kommen.«

Isabell Herder strich sich eine Haarsträhne aus der Stirn. Auf ihrem Gesicht spiegelte sich Verblüffung.

»Aber dazu brauche ich noch etwas mehr von Ihnen. Wo sollten wir nach den Leichen von Stefan und Caroline suchen?«

Herder presste die Lippen aufeinander.

»Sie müssen ja nicht dabei gewesen sein«, fügte Kathleen hinzu. Ich baue dir gerne eine Brücke, falls die nötig ist, um deine Zunge zu lockern, dachte sie. »Vielleicht hat Pirohl was erwähnt … nur so ganz nebenbei.« Sie hob eine Braue.

Isabell Herder blickte auf ihre Hände, dann sah sie wieder hoch. »Er sprach irgendwann mal von der Tiefe eines Brandenburger Waldes, in der so manch einer verschwand … Es gibt eine Kiesgrube in der Nähe von Kolpin, Spreenhagen, da könnten die beiden begraben worden sein. Aber ob sie nach all den Jahren dort noch fündig werden, möchte ich glatt bezweifeln – zumal dort ja sogar Wölfe unterwegs sind.«

Die Chancen sind in der Tat dürftig, dachte Kathleen. Aber einen Versuch war es trotzdem wert. »Wer hat die beiden ermordet?«

»Das weiß ich nicht.«

»Mit wem haben Sie sich in der Nacht getroffen?«

»Ich kannte die beiden nicht …«

»Es waren also zwei.«

»Ja. Aber noch mal: Ich kannte die nicht. Sie sollten Stefan und die Kollegin außer Landes bringen. So hat man es mir damals gesagt. Mir war nicht klar, dass es …«

»Schon gut.« Kathleen winkte ab. An der Stelle kommen wir nicht weiter, dachte sie – und zwar unabhängig davon, ob Herder log oder die Wahrheit sagte oder einen Mix aus beidem vorschob, um ihre Position zu verbessern. Manche Aspekte blieben für immer verborgen. Wer an dem Geschäft mit den chemischen Kampfstoffen beteiligt gewesen war, dem war es herzlich egal, wofür sie verwendet werden könnten. Und dass die Gefahr aktuell besonders groß war, spielte auch keine Rolle. Fest stand, dass zwei Angestellte sich bereitwillig kaufen ließen. Die Entscheidung, sich später endgültig von ihnen zu trennen, war womöglich von Anfang genauso geplant gewesen. Unerwünschte Zeugen waren gerade bei solchen Deals viel zu riskant. Und Isabell Herder hatte das Schauspiel über die angeblichen Vermisstenfälle ohne jegliches Zögern mitgemacht, mehr noch – sie war in den schmutzigen Deal von Anfang an involviert gewesen. An der Stelle würde das Gericht hoffentlich bei seinem Strafmaß keinerlei Milde walten lassen.

Kathleen stand auf. »Gut, schauen wir mal, wie weit wir damit kommen.«

Noch im Wagen telefonierte sie erneut mit Hannah Jakob und bat sie, die Hinweise weiterzugeben. Danach sprach sie mit ihrem Chef. Sie benötigte keine fünf Minuten, um ihm klarzumachen, dass sich ein Technikteam auf den Weg nach Kolpin machen sollte.

»Wie hast du ihr das so plötzlich entlocken können?«, fragte Mahler, als sie gerade auflegen wollte.

»Ich habe mich nicht abwimmeln lassen«, erwiderte Kathleen nach kurzem Überlegen. »Gehört zu meinen Stärken.«

Dazu sagte Oliver Mahler nichts mehr.

28

Sarah hatte kaum geschlafen und war früh ins Kommissariat gefahren. Nach Hannahs letzten Berichten spitzte sich die Lage merklich zu, doch immerhin schien sich Kathleen wieder besonnen zu haben – und ließ sich von niemandem ausbremsen. Dass sich nun sämtliche an den Ermittlungen Beteiligten auf dem gleichen Kenntnisstand befanden, vereinfachte die Situation. Der Bericht zu Herders letzter Aussage, den Hannah unmittelbar von Kathleen auch an Sarah weitergeleitet hatte, war ein weiteres Puzzlestück, das sich gut einfügte. Aber nach wie vor lautete die entscheidende Frage, wie es weitergehen sollte. Nelly/Verena ließ sich Zeit mit der Rückmeldung, und Frederik befand sich in einer Warteschleife, was sicherlich alles andere als angenehm für ihn war.

Thilo Berger hatte angekündigt, nach einer abschließenden Besprechung die Heimreise antreten zu wollen. Sarah glaubte ihm kein Wort. Als er sich am späten Mittag von ihr und den Kollegen verabschiedete, entschied Sarah spontan, an ihm dranzubleiben. Sie lieh sich den Wagen von Astrid Larsen aus der Kriminaltechnik und folgte ihm zum Hotel. Eine halbe Stunde später hatte er ausgecheckt. Doch er fuhr nicht zum Flughafen, sondern schlug den Weg nach Almindingen ein. Na bitte, dachte Sarah.

Berger parkte in einigem Abstand vom Restaurant und nahm auf der Terrasse Platz, wie sie von Weitem beobachtete. Er bestellte Essen und genoss offenbar die beschauliche Atmosphäre. Frederik wusste, wie er aussah, und würde entsprechend vorgewarnt sein. Einen Moment war sie unschlüssig, wie sie sich verhalten sollte.

Sobald Thilo sie entdeckte, drohte die Lage zu kippen, und das würde für Frederik nicht gut ausgehen. Sie rieb sich über die Stirn – und schrak heftig zusammen, als plötzlich jemand an der Beifahrertür auftauchte und an die Scheibe klopfte. Ein mittelgroßer Mann beugte sich herunter. Er trug Bart und Brille und bedeutete ihr mit freundlicher Miene, die Scheibe herunterzulassen. Sarah starrte ihn an, dann betätigte sie den Knopf. Der Mann lächelte. »Sie stehen hier ungünstig«, sagte er leise. Seine Stimme klang angenehm, warm und heiter. Er sah kurz hinüber zum Restaurant. »Sie sollten das mir überlassen.«

Krølle, dachte sie – das also ist Krølle. Ein denkbar unauffälliger Mann, dessen Alter schwer zu schätzen war. »Ich behalte alles im Blick, und Sie sollten so ahnungslos wie möglich erscheinen. Fahren Sie nach Hause und spielen Sie ein bisschen Theater für die Überwachungskameras.« Erneutes Lächeln. »Vertrauen Sie mir, auch wenn es Ihnen schwerfällt, jemandem wie mir zu vertrauen. Die Kollegin aus Berlin musste auch über ihren Schatten springen – und sie macht das erstaunlich gut.«

Sarah erwiderte seinen Blick. Fast schien es, als würde er sich amüsieren.

»Gesetze und Richtlinien sind nicht alles. Manchmal kann man nur überleben, wenn man die Dinge selbst in die Hand nimmt.«

Das würde Sarah nicht so ohne Weiteres unterschreiben – doch in diesem Fall würde sie nicht widersprechen.

»Alles klar«, erwiderte sie. »Falls hier was aus dem Ruder läuft ...«

»Das wird es nicht.« Er lächelte wieder, hob den Kopf und ließ seinen Blick einen Moment wandern. »Eine Freundin hat sich bei ihm gemeldet«, ergriff er dann wieder das Wort und sah sie wieder an.

Nelly/Verena, dachte Sarah.

»Wie es aussieht, möchte sie der Insel einen Besuch abstatten. Das zumindest überlegt sie.«

Sarah nickte. »Gibt es schon Hinweise auf den Treffpunkt?«

Er schüttelte den Kopf. »Und nun fahren Sie! Ich beobachte den Beobachter – das ist ein Job, den ich perfekt beherrsche.«

Sarah ließ die Scheibe hoch, startete den Motor und wendete. Er hat recht, dachte sie. Sobald ich hier wem auch immer auffalle, könnte es verdammt eng werden. Sie fuhr direkt nach Hause und verhielt sich, wie Krølle vorgeschlagen hatte, denkbar gewöhnlich. Sie stellte die Waschmaschine an, trank einen Kaffee, telefonierte mit der Dienststelle und beantwortete einige E-Mails.

Nie im Leben würde Verena dieses Wagnis eingehen, dachte Sarah ein ums andere Mal. Sie hatte einem Treffen zugestimmt, um Frederik Zeit und Luft zu verschaffen. Alles wird gut, dachte sie und nippte an ihrem Kaffee. Ihre Hände zitterten. Beim kleinsten Verdacht werden sie ihn einfach abknallen, flüsterte eine andere Stimme in ihr, und nicht einmal in der Schutzhaft war er sicher. Sie schloss kurz die Augen. Der Einzige, der ihn in dieser Lage beschützen konnte, war ein Killer, der seit Jahrzehnten die Dinge auf seine Art regelte.

Frederik zog sich nach dem Mittagsgeschäft auf sein Zimmer zurück. An die Routine seines Aufenthalts hatte er sich inzwischen nicht nur gewöhnt, sie tat ihm gut, sie gab Halt, und es war das Mindeste, was er als Gegenleistung anbieten konnte – morgens half er Mads beim Einräumen der Ware, und tagsüber stand er zur Verfügung, wann immer es nötig war. Er checkte ein weiteres Mal seine Nachrichten. Nelly hatte nach der ersten Mitteilung mitten in der Nacht vor zwei Stunden erneut geschrieben, um den Treffpunkt zu konkretisieren. *Ich würde ja zu gerne mal Hammershus besuchen.*

Er zögerte mit der Antwort, stand auf und trat ans Fenster. Irgendwo da draußen war Krølle und hielt ein Auge auf ihn. Das war ein gutes Gefühl, das beste, was er sich in Anbetracht der widrigen

Umstände vorstellen konnte. Am frühen Mittag war er als Tourist im Restaurant aufgetaucht, und sie hatten sich kurz und knapp ausgetauscht. Er würde den neuesten Stand so schnell wie möglich weiterleiten.

Frederik setzte sich wieder an seinen Laptop. *Ein Haufen alter Steine und Mauerreste – Touristenmagnet, aber ja, es ist wunderschön dort,* antwortete er schließlich. *Muss man gesehen haben. Würde mich freuen, dir diesen besonderen Ort näherbringen zu dürfen.*

Klingt gut. Die genauen Reisedaten schicke ich dir noch.

Alles klar.

Frederik klappte den Laptop zu und streckte sich auf dem Bett aus. Als er die Augen wieder aufschlug, war mehr als eine Stunde vergangen, wie er mit einem Blick aufs Handy feststellte. So manche Nacht hatte er das Gefühl, überhaupt nicht schlafen zu können, doch tagsüber holte ihn die Erschöpfung manchmal ein. Frederik streckte sich, und dann hörte er plötzlich ein Geräusch – auf dem Flur. Er richtete sich auf, als es erneut erklang, stand auf und trat an die Tür. Sein Puls hatte sich abrupt beschleunigt. Die Trägheit war verschwunden. Durch den kleinen Spion, den er kurz nach seinem Einzug angebracht hatte, konnte er den Gang überblicken. Er seufzte erleichtert, als er Mads erkannte – genauer gesagt sein weites Shirt mit einem Fotoaufdruck vom Restaurant und das rote Cap, das er immer beim Kochen aufsetzte. Mads stand mit dem Rücken zu ihm und suchte etwas in dem breiten Wandschrank, in dem Putzmittel und Haushaltskram untergebracht waren. Frederik lächelte erleichtert und öffnete die Tür. Er gähnte. »Kann ich dir vielleicht helfen?«

»Bestimmt«, erwiderte Mads in leisem Ton und drehte sich um.

Frederik benötigte Sekundenbruchteile, bis er begriff, dass etwas nicht stimmte. Das war nicht Mads. Das war ein Fremder, noch dazu maskiert, und er sprach Deutsch. Und bevor Frederik reagieren konnte, war der Typ mit zwei schnellen Schritten bei ihm, und es war zu spät, ihm die Tür vor der Nase zuzuknallen. Der Tritt in die Magengrube holte ihn sofort von den Füßen. Er schnappte nach Luft, und ihm wurde schwarz vor Augen. Als er wieder zu sich kam, saß er am Boden, seine Hände waren mit Kabelbindern gefesselt. Der Typ saß ebenfalls am Boden – er wirkte völlig entspannt. Die Maske trug er immer noch. Und das war eine gute Nachricht.

»Du musst mir auf die Sprünge helfen«, erklärte er freundlich. »Ich brauche eine Auskunft – genauer gesagt: Meine Auftraggeber möchten, dass du einige Fragen ohne Verzögerung und direkt beantwortest.«

Frederik stöhnte leise. Er ging jede Wette ein, dass er den Kieler Kommissar vor sich hatte. »Nelly hat geantwortet«, antwortete er, immer noch mühsam nach Luft schnappend. »Sie wird sich mit mir auf Hammershus treffen. Das hat sie …«

Der Typ winkte ab. »Schon klar. Die Nachricht ist bekannt. So weit ist alles in Ordnung.«

»Worum geht es dann?« Und warum musst du dich hier unbedingt als brutales Arschloch inszenieren?

Er beugte sich vor. »Du weißt, wer ich bin?«

Frederik fröstelte. »Woher soll ich das wissen? Du gehörst zu Sebastian, nehme ich an.«

»Das ist nur die halbe Wahrheit, nicht wahr?« Er nickte bedächtig.

Warum die Maskerade, wenn du ohnehin annimmst, dass ich dich kenne?, dachte Frederik.

»Weißt du, bislang sah es ganz danach aus, als würde die Kooperation mit dir gut funktionieren«, fuhr der Typ fort. »Du hast kapiert, dass wir am längeren Hebel sitzen, und deinen Job gemacht. Sarah ist dir immer noch wohlgesinnt, und eure gemeinsame Arbeit wirkt doch ziemlich überzeugend – wenn auch insgesamt etwas langatmig und schwerfällig. Aber das könnte natürlich auch den besonderen Umständen geschuldet sein, die diese Nachforschungen gezwungenermaßen prägen. Nun ist es dir sogar gelungen, eine schillernde Figur aus dem Darknet, eine bekannte Hackerin, mit der sich viele gerne mal intensiver unterhalten würden, zu einem Treffen zu bewegen. Das hat uns überzeugt und froh gestimmt, und fast hätten wir dir abgenommen, dass du ernsthaft daran interessiert bist, dich an unsere Bedingungen zu halten und niemanden zu gefährden.«

Frederik schluckte. »Wieso fast?«

»Jemand hat sich in meinem Hotelzimmer umgesehen.«

Frederik hielt die Luft an. Scheiße, dachte er. Auch ein Krølle macht Fehler.

»Wer immer das war – er hat sich an meinem Tablet zu schaffen gemacht, und ein unberechtigter Zugriff löst bei guten Sicherheitsvorkehrungen Alarm aus. Ich habe eine Meldung erhalten. Sebastian natürlich auch. Und nun sag uns, wer da unterwegs war, wen du informieren und auf mich ansetzen konntest. So kannst du vielleicht noch etwas retten.«

Frederik starrte ihn entsetzt an. »Ich habe nicht die geringste Ahnung!«, stieß er hervor, und er gab sich die größte Mühe, überzeugend zu klingen. »So blöd bin ich nicht! Ich weiß doch gar nicht, wer du bist.«

Der Maskierte seufzte. »Warum glaube ich dir nicht?«

»Das musst du dich selbst fragen«, entgegnete Frederik. »Ich würde doch in einem solchen Fall niemanden beauftragen, auf deinen Account zuzugreifen oder zu versuchen, eines deiner Geräte zu entsperren. Ich weiß selbst, dass das ein fataler Fehler sein kann. Schon vergessen – ich bin aus der Branche!« Das klang durchaus selbstsicher, fand Frederik.

»Ich weiß, aber dein Komplize hat womöglich dieses Risiko und meine Sicherheitsmaßnahmen unterschätzt und ist davon ausgegangen, dass ein Versuch nicht schaden könnte.«

Ja, so wird es wohl gewesen sein, dachte Frederik. »Ich habe niemanden informiert«, betonte er ein weiteres Mal. »Wer weiß, wer sich in deinem Zimmer umgesehen hat.«

»Ein Dieb hätte es einfach mitgenommen.« Der Typ seufzte und zog seine Maske vom Gesicht. »Die brauche ich nicht mehr.«

Frederik erstarrte.

»Wir werden demnächst einen kleinen Ausflug machen«, erklärte Thilo Berger. »Wann warst du das letzte Mal auf dem Rytterknægten?«

Das ist noch gar nicht so lange her, dachte Frederik. Ein Zittern durchfuhr ihn.

»Bornholms höchster Punkt liegt über hundertsechzig Meter über dem Meer, wie ich nachgelesen haben, und von hier aus ist es nur ein Katzensprung. Sein Aussichtsturm Kongemindet wurde im Jahr 1856 zur Erinnerung an den Besuch des dänischen Königs Frederik VII. und Gräfin Danner errichtet«, dozierte er in beinahe fröhlichem Ton weiter. »Das ist sicherlich nicht neu für dich, oder?«

Darauf antwortete Frederik nicht.

»Und ich weiß noch mehr zu dieser wunderschönen Gegend und ihrer Geschichte: Als der umliegende Wald immer mehr in die Höhe wuchs, musste der Turm mitwachsen. 1899 erhielt er ein Stahlgerüst. Wenn man nun auf der Spitze des Turmes steht, befindet man sich insgesamt hundertvierundachtzig Meter über dem Meer. Der Granitturm wurde übrigens von Gottlieb Bindesbøll entworfen und aus freiwilligen Beiträgen der damaligen Inselbevölkerung gebaut. Bindesbølls Sohn entwarf dann das Stahlgerüst. Herrlich, wie das alles zusammenhängt, oder? Habe ich noch etwas vergessen?«

Thilo Berger setzte eine nachdenkliche Miene auf. »Ach ja – die Aussicht ist phänomenal, bei guter Sicht kann man bis hinüber nach Christiansø und Schweden sehen. Der Aussichtsturm wird auch von Ornithologen zu Beobachtungszwecken genutzt. Und noch ein Aspekt ist immens wichtig: Kongemindet ist wegen Renovierungsarbeiten zurzeit geschlossen.« Berger lächelte. »Das würde ich mir gerne genauer ansehen. Wir werden gemeinsam einen Ausflug unternehmen. Und du wirst mich begleiten. Du ahnst schon, welche Konsequenzen es nach sich ziehen könnte, wenn du irgendwelche Tricks versuchst.«

Marvin, dachte Frederik, oder auch seine Frau, seine Kinder. Sarah. An dieser Stelle erübrigte sich auch die Frage, wie lange sie ihn noch erpressen wollten. Vielleicht noch ein Stündchen. Dann war er selbst Geschichte. Der Kontakt zu Nelly war weiterhin aktiv – davon zumindest gingen sie im Moment aus –, und alles Weitere würden sie verdeckt mit ihr vereinbaren. Das dürfte wohl der Plan sein. Sie brauchten ihn nicht mehr, er war nur noch Last, erst recht jetzt, da es möglicherweise Mitwisser gab. Schnelles Handeln war erforderlich geworden. Und wahrscheinlich war sein Ende ohnehin geplant gewesen – auf diese oder eine ähnliche Weise. Er hatte immer zu den engagiertesten Feinden von Bernd Pirohl gehört und seinerzeit zu seiner Verhaftung beigetragen. Diese Rechnung war seit einigen Jahren offen.

»Hast du das kapiert?«

Frederik nickte.

»Dann werden wir beide jetzt gemeinsam aufbrechen.« Berger stand auf und deutete auf den kleinen Tisch. »Pack deinen Laptop und auch den anderen Kram ein, mit dem du so kommunizierst. Du wirst uns hier rausbringen, ohne dass irgendjemand etwas mitbekommt.«

Er griff nach unten und zog Frederik mit einem Ruck an den Armen hoch. Plötzlich umklammerte er mit beiden Händen seinen Hals und funkelte ihn an. »Ein mieser Trick, und ich mache dich fertig, kapiert? Und anschließend kümmere ich mich um deine Freundin. Sie wird keine gute Zeit haben, das schwöre ich dir. Diese hochnäsige kleine Schlampe hält sich ohnehin für was Besseres. Man sollte ihr unbedingt Manieren beibringen.«

Und wenn ich die Gelegenheit erhalte, töte ich dich, dachte Frederik. Ohne auch nur einen Moment zu zögern. Der Gedanke durchströmte ihn mit betörender Intensität. Er wandte den Blick ab. Dann nickte er. »Wir gehen durch den Keller raus. Die Außentür ist abgeschirmt. Man bemerkt sie kaum.«

»Klingt gut«, meinte Berger. Er wies mit einer Handbewegung auf seine Tasche. »Falls etwas schiefgeht, knalle ich dich sofort über den Haufen.«

Das wäre ziemlich dumm, dachte Frederik. Bergers Bemühungen, ihn einzuschüchtern, wirkten etwas überambitioniert.

Berger schnitt die Fesseln durch, Frederik packte seinen Rucksack, und fünf Minuten später verließen sie das Restaurant, ohne irgendjemandem zu begegnen. Berger forderte ihn, sich ans Steuer zu setzen. »Wir haben noch etwas Zeit und suchen uns einen geschützten Platz. Der Turm ist zwar gesperrt, aber vereinzelte Touristen sind da immer unterwegs. Du wirst einen Abschiedsbrief schreiben.«

Frederik warf ihm einen Seitenblick zu. »Warum macht ihr das nicht selbst? Ihr habt doch Zugriff auf meine …«

»Es wirkt überzeugender, wenn du es selbst ausformulierst«, warf Berger ein. »Insbesondere die letzten Worte für Sarah sollte dir niemand vorenthalten, finde ich.«

Frederik warf einen Blick durch den Rückspiegel, während er die Worte nachklingen ließ. Wo bist du Krølle? Wieder durchströmte ihn ein Zittern. »Darf ich dir eine Frage stellen?«, ergriff er das Wort.

»Du willst wissen, wie ich zu dem wurde, was ich bin?«

»So ungefähr.«

Berger lächelte. »Es ist ganz banal. Ich habe mich gelangweilt, und ich wollte deutlich mehr Geld verdienen.« Er wartete einen Moment. »Verblüfft dich das?« Er zuckte mit den Achseln. »Es ist die schlichte Wahrheit. Und nun ist mein Job mit besonderen Herausforderungen verbunden, und ich muss mir einiges ausdenken, um mein Geld sauber und elegant vor unerwünschten Zugriffen zu schützen. Pirohls Expertise fehlt auch an dieser Stelle. Er war ein richtig guter Finanzexperte, und er hat vielen Leuten geholfen, ihr Geld in Sicherheit zu bringen. Leute, die ihm was schuldig waren.«

Wie bitter, dachte Frederik. Wie viele Menschen gab es wohl, die aus ähnlichen Gründen korrupt wurden? Das war eine rhetorische Frage. »Und alles andere hat dich nie …«

»Nein. Und nun genug davon. Es ist völlig aussichtslos, mir ein schlechtes Gewissen einreden oder Zeit schinden zu wollen, falls das deine Absicht ist. Bieg da hinten ab und fahr auf den abgelegenen Parkplatz hinter dem Trailcenter.«

Ihr wisst nicht mal, wie man Gewissen schreibt, dachte Frederik.

29

Krølle hatte Glück gehabt. Niemand hatte mitbekommen, dass er ins Obergeschoss des Restaurants geschlichen war, und der Bulle aus Kiel schien nicht im Traum daran gedacht zu haben, dass seine Erläuterungen zur weiteren Vorgehensweise auch durch die geschlossene Tür hindurch zumindest nachvollziehbar waren. Das hatte man davon, wenn man zu viele Worte machte und sich gerne reden hörte.

Krølle verließ das Haus durch den Hinterausgang und schlug den Weg Richtung Rytterknægten ein. Der Aussichtsturm Kongemindet war gesperrt – wie der Kieler es beschrieben hatte. Dennoch war in der Gegend zumindest am späten Nachmittag noch einiges los, und der Kiosk am Fuß des Turms war auch gut besucht. Krølle schätzte, dass der Bulle den Schutz der Dunkelheit oder aber eine günstige Situation abwarten würde, um sich Zugang zu verschaffen und Frederik nach oben zu bugsieren.

Krølle umkreiste das Gelände zu Fuß und entdeckte mehrere Möglichkeiten, in unmittelbarer Nähe zu parken, ohne großartig aufzufallen. Schließlich wählte er einen unauffälligen Platz in einer Baumgruppe, von wo aus er mehrere Zufahrtswege im Blick behalten konnte. Immer wieder scannte er die Umgebung mit seinem Fernglas. Als der Wagen auftauchte, war eine gute Stunde vergangen. Krølle zog eine leichte Sommerjacke über, in der er sein Wurfmesser, eine Spritze mit einem hochdosierten Betäubungsmittel und einen Revolver gut verstecken konnte, und lief dem Wagen, der in einen schmalen Nebenweg eingebogen war, gebückt hinterher. Als der Motor erstarb, kniete Krølle sich hinter ein Gebüsch und behielt die Szene im Auge. Der Bulle stieg aus und vergewisserte sich einen Moment lang, dass sie allein waren. Dann nickte er zufrieden lächelnd und setzte sich wieder auf den Beifahrersitz.

Das täuscht, mein Guter, flüsterte Krølle lautlos – der Platz, den du so sorgfältig ausgesucht hast, ist tatsächlich perfekt, nur nicht für dich. Krølle wartete, bis die Dämmerung ihre ersten Schatten auf den Weg brachte. Der große Parkplatz nebenan leerte sich, der Kioskbesitzer schloss die Läden. Stille. Krølle schlich näher heran, horchte einen Augenblick in sich hinein und ließ sich dann auf die Knie herab. Er bewegte sich auf allen Vieren zur Fahrerseite vor, von dort kroch er weiter ans Ende des Wagens. Drinnen war eine leise geführte Unterhaltung zu hören. Er streifte seinen Rucksack ab und überlegte nur einen Moment. Der Kieler dürfte ungefähr in seinem Alter sein, womit er körperlich kaum größere Vorteile ausspielen konnte – aber er war ein Bulle und sicherlich gut trainiert. Das Überraschungsmoment dürfte ihn allerdings ausknocken.

Krølle griff nach der Spritze und kroch schnell weiter zur Beifahrerseite. Die Stimmen wurden plötzlich lauter. Krølle atmete zweimal tief durch, dann richtete er sich auf, riss die Tür auf und drosch dem Kieler eine Faust ins Gesicht, bevor der nach seiner Waffe greifen konnte. Nur Sekundenbruchteile später zog er ihn mit einem Ruck aus dem Wagen und verpasste ihm die Spritze. Der Bulle verdrehte die Augen und erschlaffte.

Krølles Puls hatte sich nur mäßig beschleunigt. Er sah hoch und traf auf Frederiks fassungslosen Blick. »Was ist los? Hast du angenommen, ich warte, bis ihr auf den Scheißturm gestiegen seid?«, fuhr er ihn an.

»Nein, aber … Ist ja auch egal. Schön, dass du da bist. Ich weiß gar nicht, was ich …«

»Dann lass es einfach und fass lieber mit an.«

»Ja, natürlich«, versicherte Frederik eilig und stieg aus. »Was machen wir mit ihm?«

»Erst mal in den Wagen. Und weg hier. Wir brauchen sein Handy ...«

»Er benutzt ein Tablet für den Austausch mit ...«

»Ja, ja – los, nun pack erst mal an, bevor hier noch ein Spaziergänger oder ein Biker auftaucht.«

Sie hievten den Kieler in den Kofferraum.

»Wie lange wird er ...«

»Mindestens zwei Stunden, vielleicht länger«, warf Krølle ein. »Lass uns losfahren.«

»Wohin?«

Krølle warf ihm einen schrägen Blick zu. »Wir müssen ihm ein paar Fragen stellen und dann loswerden.«

Frederik schluckte. »Du meinst ...«

»Fahr los, Schreiberling, bevor ich ungeduldig werde und mich frage, ob sich der ganze Aufwand tatsächlich gelohnt hat. Oder willst du Sarah Bescheid sagen, sie möge den Knaben verhaften? Und dann geht alles seinen rechtsstaatlichen Gang?« Das klang spöttisch. »Wir machen es auf meine Art, oder du musst allein klarkommen. Hat aber bisher nicht so ganz überzeugend geklappt, wenn du deine Situation mal ganz schonungslos hinterfragst, oder?«

»Schon gut, schon gut. Und was ist mit deinem Wagen?«

»Darum kümmern wir uns später.«

Frederik zögerte.

»Was passt dir nicht?«

»Ich habe einen Vorschlag.«

Krølle starrte ihn finster an. »Es wird langsam kompliziert mit dir.«

»Wir sollten uns seinen Account sofort ansehen und den Spieß umdrehen. Wir müssen in Erfahrung bringen, wann er sich das nächste Mal melden soll.«

Krølle musste zugegeben, dass das Argument nicht von der Hand zu weisen war. Er warf einen Blick nach draußen. Niemand war zu sehen. »Ich ahne, worauf du hinauswillst. Na schön. Kümmern wir uns um den Hackerkram … Wie willst du auf das Ding zugreifen?«

Frederik räusperte sich. »Anders als du.«

Krølle runzelte die Stirn. »Werd bloß nicht frech.«

»Sorry, konnte ich mir nicht verkneifen. Er benutzt Face-ID und eine Bestätigung über sein Handy. So viel habe ich mitbekommen.«

»Verstehe.« Krølle stieg aus. »Dann los.«

Er öffnete den Gepäckraum, und sie beugten sich gemeinsam über den betäubten Polizisten. Krølle zog seine Augenlider hoch, hielt die Kamera des Tablets vor sein Gesicht, und beim dritten Versuch gelang der Zugriff. Beim Handy klappte es mittels Fingerabdrucks noch schneller. Zwei Minuten später saßen sie wieder im Wagen. Frederik verschaffte sich einen kurzen Überblick und aktivierte schließlich den Chat, in dem Berger sich mit den Argentiniern austauschte.

Krølle blickte zur Seite. »Wie sieht es aus?«

»Er meldet sich wieder, wenn alles erledigt ist.« Frederik runzelte die Stirn. »Offenbar sollte er noch versuchen, mir einige Details zu entlocken, was Nelly angeht …«

»Das ist diese Hackerin.«

»Ja, das auch.«

Krølle warf ihm einen fragenden Blick zu.

»Wie es aussieht, hat sie Pirohl getötet.«

Krølle reagierte selten überrascht, doch die Nachricht verblüfft ihn. »Geht das etwas genauer?«

Als Frederik ihm den Hintergrund erörtert hatte, schwieg er eine volle Minute. Auch das passierte ihm mitten im Einsatz selten. »Die

Kommissarinnen sind ganz schon auf Zack, das muss ich zugeben«, murmelte er dann. »Aber jetzt müssen wir …«

»Warte!« Frederik legte ihm eine Hand auf den Arm. »Lass uns den Spieß komplett umdrehen.«

»Wie bitte?« Krølle blickte auf die Hand, und Frederik zog sie sofort zurück.

»Ich bringe ihn nach Rønne«, erklärte Frederik eilig. »Und erzähle ganz offiziell, was passiert ist. Der Typ hat mich überfallen und …«

»Und du hast ihn ausgeschaltet?«

»Ja.«

Krølle verdrehte die Augen. »Und dann? Geht alles seinen gewohnten Gang? Was glaubst du, wie lange es dauert, bis dieser Typ ein Schlupfloch nutzt und es dich dann doch trifft?«

Frederik starrte einen Moment durch die Windschutzscheibe. »Und wie sieht die Alternative aus? Du sorgst dafür, dass Berger spurlos verschwindet, ich tauche unter, und weiter? Die Gefahr ist so oder so nicht vorbei, aber es gibt jetzt einen entscheidenden Zeitvorteil, mit dem niemand rechnet. Wir haben sie auf ganzer Linie ausgetrickst. Und Nelly ist in Sicherheit, weil sie meine Warnung verstanden hat.«

Das klang gar nicht mal komplett daneben, dachte Krølle. Schade eigentlich. Ich hätte dem Kerl gerne den Garaus gemacht. Doch Frederiks Einschätzung hatte zugegebenermaßen Hand und Fuß, bis auf einen Aspekt. »Ich hätte dem sauberen Bullen gerne einiges entlockt, das auch die Hintergründe deutlicher machen würde«, wandte er ein.

»Die Hintergründe sind immer die gleichen«, entgegnete Frederik. »Die großen Geschäfte und miesen Typen. Macht, Gewalt, Unterdrückung – unter dem Deckmantel einer politischen Gesamtstrategie. Die schlimmste Erkenntnis in dem Zusammenhang: Selbst wenn man sie enttarnt und ihre Ziele entblößt, die kriminellen Taten aufgedeckt hat – man kommt ihnen nicht wirklich bei. Das erschüttert mich immer wieder zutiefst.«

Krølle musterte ihn eindringlich. »Und was hast du als Nächstes vor? Wieder auf der Insel heimisch werden? Ein langes sorgenfreies Leben an der Seite der taffen Kommissarin? Und sie lebten fortan glücklich und zufrieden bis ans Ende ihrer Tage? So was in der Art?«

Frederik sah ihm ins Gesicht und schüttelte den Kopf. »Nein, diese Illusion ist zerstört.« Seine Stimme klang rau.

Es blieb still. Krølle blickte zum Fenster hinaus, dann wandte er sich wieder zu Frederik um. »Was hättest du eigentlich unternommen, wenn ich nicht zur Stelle gewesen wäre?«

»Ich hätte da oben auf dem Turm meine Chance zu nutzen versucht. Das ist mir schon einmal gelungen, als einer dieser Typen mich überfallen hat. Und vielleicht wäre Berger schneller unten gewesen als ich.«

Krølle grinste. »Das gefällt mir. Okay – Planänderung. Mach dich auf den Weg. Ich informiere deine Sarah und Hannah Jakob. So kommt etwas schneller Bewegung in die Sache. Dann verschwinde ich.« Er fasste nach dem Türgriff.

»Krølle, ich …«

»Ich habe dir jetzt zum zweiten Mal den Arsch gerettet – o ja. Als Dauerbeschäftigung wird mir das zu anstrengend, wenn ich ehrlich bin. Aber diese Insel hat wirklich was. Pass auf dich auf!« Damit stieg er aus und ging eilig zu seinem Wagen. Ein seltsames Gefühl breitete sich in ihm aus. Er konnte es nicht beschreiben, und er wollte nicht darüber nachdenken. Als er hinterm Steuer saß, sah er von Weitem, wie Frederik an ihm vorbeifuhr. Er griff sein Handy und schrieb Hannah Jakob eine Nachricht. Dann schlug er den Weg zu Sarahs Haus ein.

Als er knapp zwei Stunden später sein Hotelzimmer verließ, durchströmte ihn tiefe Zufriedenheit. Er hatte wieder das Outfit angelegt, mit dem er angereist war. Er würde die Insel mit der Frühmaschine verlassen und über Umwege nach Brandenburg zurückkehren. Ja, Krølle hätte es vorgezogen, den Kieler Bullen zu beseitigen, auf möglichst schmerzhafte Weise. Doch der Journalist hatte womöglich die bessere Lösung parat gehabt – für den Augenblick. Für eine gewisse Zeit dürfte er Ruhe haben, denn die Überraschung war ihnen sicherlich gelungen. Bis die Leute in Argentinien – und wo immer sie sich sonst noch herumtrieben – begriffen, dass sie den Kürzeren gezogen hatten und Vergeltungsmaßnahmen einleiteten, dürfte er einen Weg gefunden haben, sein Leben hinter einer guten Deckung weiterzuführen. Das war zumindest die Hoffnung. Krølle würde es allerdings auch nicht sonderlich überraschen, wenn man eines Tages Thomsens Leiche entdeckte – und dieser Mord würde dann sicherlich niemals aufgeklärt werden.

Es ist vorbei, flüsterte eine schrille Stimme in ihm, es ist vorbei – fast jedenfalls. Frederik wusste, dass er nur noch funktionierte, weil sein Adrenalinpegel enorm hoch war. Als er im Kommissariat eintraf, bat er den diensthabenden Beamten, Mikkel Bentsen zu informieren. Der Polizist war nicht so begeistert von der Idee, griff aber sofort zum Telefon und entwickelte hektische Aktivität, nachdem Frederik ihm erklärt hatte, dass er einen bewusstlosen Typen im Kofferraum hatte, der ihn entführen wollte.

Eine Viertelstunde später traf Bentsen ein – gemeinsam mit Sarah, deren unnatürlich geweitete Augen Bände sprachen. Frederik konnte später nicht einschätzen, wie lange er in lebhaftem Wechsel mit Sarah redete und erklärte, seine Aussage zu Protokoll gab, auf das Chatprogramm in Bergers Tablet verwies und den Hintergrund zu verdeutlichen versuchte, ohne Krølle zu erwähnen, während Mikkel Bentsen mit versteinerter Miene zuhörte, hier und da Zwischenfragen stellte, von einem zum anderen blickte und etliche Male telefonierte. Irgendwann entstand eine lange ungemütliche Pause, dann erhob sich Bentsen und verließ das Büro. Es wurde still im Raum, und Frederik hatte das Gefühl, dass Stunden vergangen waren. Er war so erschöpft, dass er auf der Stelle hätte einschlafen können. Sarah griff nach seiner Hand.

»Wie geht es jetzt weiter?«, flüsterte er.

»Bentsen leitet alles in die Wege. Wir werden die nächsten Tage in einer Dienstwohnung der Polizei verbringen. Berlin ist auch informiert, das heißt Marvin Becker erhält Schutz. Und es wird viele Vernehmungen und eifrige Aktivitäten geben.«

»Er ist sauer, oder?«

»Mikkel? O ja. Sobald das überstanden ist, wird er mir wohl gehörig seine Meinung sagen und einiges mehr. Aber das ist im Moment unwichtig.«

»Es war Krølle, nicht wahr?«, flüsterte Sarah einen Moment später.

Frederik nickte. »Er hat mir schon wieder das Leben gerettet. Ohne ihn …«

»Ich weiß. Ohne ihn hätten wir deutlich größere Probleme.« Sie lächelte kurz auf. »Ich weiß, dass ich diesbezüglich auch schon einen anderen Standpunkt vertreten habe. Im Moment ist das völlig zweitrangig.« Sie stand auf. »Ich besorge uns einen Kaffee.«

Fünf Minuten später kehrte sie zurück – gemeinsam mit Bentsen, der sofort wieder hinter seinem Schreibtisch Platz nahm und dessen finsterer Gesichtsausdruck sich um keine Nuance aufgehellt hatte.

»Thilo Berger verweigert jede Aussage«, erklärte er und sah Frederik an.

»Das wundert mich nicht.«

»Er hat allerdings erwähnt, dass ein zweiter Mann aufgetaucht ist.« Bentsen hob das Kinn. »Wer war das?«

»Keine Ahnung. Er spinnt. Vielleicht will er es nicht wahrhaben, dass ich im entscheidenden Moment schneller war.«

»Du bleibst bei deiner Darstellung, dass du ihn beim Aussteigen aus dem Wagen überwältigen konntest?«

»Ja. Damit hat er einfach nicht gerechnet, und ich habe ihm einen Schlag versetzt, der ihn ausgeknockt hat.«

»Warst du nicht gefesselt?«

»Zu dem Zeitpunkt nicht mehr – ich saß ja am Steuer. Und er war ziemlich sicher, dass ich mich nicht wehren würde, zumal er eine Waffe hatte.«

Bentsen lehnte sich zurück und verschränkte die Arme vor der Brust. »Du hast tiefe Spuren von Kabelbindern an den Handgelenken.«

Er will es ganz genau wissen, dachte Frederik. Das war wenig verwunderlich, wenn auch anstrengend. »Er hatte mich anfangs gefesselt, das sagte ich bereits.«

Bentsen nickte nachdenklich. »Wir sitzen nicht zum ersten Mal hier zusammen, Thomsen. Du hast mir schon mal den Ablauf eines Überfalls geschildert, bei dem es ziemlich abenteuerlich zuging. Liegt ein paar Jahre zurück, und doch hat sich am Hintergrund nichts geändert.«

»Ich erinnere mich. Ich konnte mich damals befreien, ich konnte es diesmal. Ich bin nicht völlig hilflos, und wenn es eine Chance gibt, mich gegen jemanden zu wehren, der mich töten will, nutze ich die. Willst du mir das wirklich zum Vorwurf machen?«

»Nein, an der Stelle will ich es einfach nur sehr genau wissen. Was mich wesentlich stärker umtreibt, ist die Frage, ob du tatsächlich die ganze Zeit keine Möglichkeit gesehen hast, dir polizeiliche Unterstützung hier bei uns zu suchen. Und die muss ich auch dir stellen, Kollegin.« Bentsen streifte Sarah mit einem scharfen Blick und wandte sich dann wieder Frederik zu.

»Das Risiko war zu groß. Man hat mir unmissverständlich klar gemacht, dass …«

Bentsen winkte ab. »Und warum ist es jetzt anders? Warum packst du jetzt aus, statt einfach unterzutauchen – wie schon einmal?«

»Berger ist enttarnt. Aber das weiß noch niemand. Die Leute, die bedroht werden, können rechtzeitig Gegenmaßnahmen treffen. Wir haben einen Vorsprung. Und ich war nicht völlig isoliert.«

»So kann man es auch nennen.« Bentsen holte tief Luft, dann wandte er sich an Sarah. »Ihr habt über meinen Kopf hinweg eine verdeckte Ermittlung durchgeführt – und es war zu gefährlich, mich einzubeziehen? Ist das euer Ernst? Nach allem, was wir hier inzwischen gemeinsam erlebt haben?«

»Das war zunächst die beste Lösung, die unauffälligste.«

»Ach? Das würde ich aber ganz anders bezeichnen.« Seine Stimme klang gallig. »Ich bin hier der Chef und …«

»Wärst du je auf den Gedanken gekommen, dass Berger mit von der Partie ist?«, hielt Sarah energisch dagegen. »Wir hätten das nie erfahren, wenn wir den offiziellen Weg gegangen wären.«

Bentsen starrte sie einen Moment stumm an, dann blickte er kurz auf seine Hände. »Ich habe derart die Nase voll von diesen Geschichten«, sagte er leise. »Hier spielt niemand mehr mit offenen Karten – entweder weil es zu gefährlich ist oder er etwas zu verbergen hat oder weil beides zutrifft und niemand einschätzen kann, wie die Lage wirklich ist. Und kaum hat man eine Geschichte abgeschlossen, stellt sich heraus, dass sie nur ein einzelnes Kapitel darstellte, und der ganze Mist geht von vorne los.«

Frederik nickte. Das klang nach einer realistischen Einschätzung, der er sich sofort anschließen würde. Es war nur die Frage, wie man damit umging.

»Ihr beide werdet jetzt in die Unterkunft gefahren. Ihr bekommt neue Handys. Ich werde wohl noch einige Stunden am Telefon verbringen – Kopenhagen will Genaueres wissen, Berlin ist mit von der Partie, die KTU muss ihren Job machen und so weiter und so fort.«

»Was passiert jetzt mit Berger?«, fragte Sarah.

»Das ist noch nicht abschließend geklärt. Er hat sich hier auf Bornholm strafbar gemacht …«

»Und dürfte nun im Mittelpunkt einer ausgedehnten Ermittlung verschiedener Behörden stehen«, warf Sarah ein.

»Was du nicht sagst.« Bentsen kniff die Augen zusammen. »Diese Sonderermittlerin wird anreisen, so viel ist auch schon klar. Und alles Weitere wird sich dann finden. Wir klären das auf jeden Fall ganz offiziell und in aller Ruhe und unter Einbeziehung aller betroffenen Stellen. Nichts wird hier übers Knie gebrochen. Verstanden?«

»Natürlich. Ich wäre trotzdem gerne bei einer Vernehmung dabei.«

»Kann ich mir denken. Aber Berger will jetzt nicht reden. Das hat er unmissverständlich zum Ausdruck gebracht. Und da du auch Betroffene bist, entscheide ich jetzt, dass wir abwarten, bis die ersten gründlichen Untersuchungen abgeschlossen sind.« Damit stand Bentsen auf. »Der Fahrer kommt gleich.« Er verließ grußlos den Raum.

Frederik atmete tief aus. »Ich fürchte …«

»Ja, ich auch«, warf Sarah ein. »Aber darüber möchte ich jetzt nicht nachdenken.«

Wenig später saßen sie in einem unauffälligen Wagen und fuhren in die Nacht. Sarah lehnte den Kopf an Frederiks Schulter. Erschöpfung durchströmte ihn. Er dachte an Krølle und lächelte leise.

30

Sarah kehrte nach zwei Tagen in ihr Haus zurück, während Frederik weiterhin in der Unterkunft bleiben sollte. Tage, in denen sie von einigen Telefonaten abgesehen kaum etwas zu tun gehabt hatte. Die Technikleute hatten sämtliche Spyware beseitigt und auch das Grundstück gründlich durchsucht. Der Gedanke, dass sich hier jemand zu schaffen gemacht hatte, um sie umfassend und in fast jeder Lebenslage beobachten zu können, hinterließ nach wie vor einen bitteren Nachgeschmack. Wahrscheinlich würde sie ihn nie wieder loswerden.

Für Frederik war die Gefahr noch nicht abschließend geklärt. Das wird sie nie sein, dachte Sarah, während sie langsam durch die Räume ging. Sie war davon überzeugt, dass er sich bald auf den Weg machen würde – wohin auch immer und notfalls auch ohne die Zustimmung von Bentsen. Die letzten Wochen hatten ihn schwer gezeichnet. Er würde Monate brauchen, sich davon zu erholen, und das würde er sicherlich nicht auf Bornholm versuchen. Dieses bezaubernde Fleckchen Erde war vergiftet für ihn, womöglich für immer. Und sie selbst? Wie sollte es für sie weitergehen? Klar war im Moment nur eines – die Beziehung zu Frederik hatte sich in dieser Krise und höchsten Bedrohung bewährt, aber eine gemeinsame Zukunft würde es nicht für sie geben. Die Nähe und Anziehungskraft, die sie für Augenblicke wieder in höchster Intensität zueinander geführt hatte, war verblichen. Das hatten sie beide so deutlich gespürt, dass es nicht einmal ausgesprochen werden musste.

Sarah setzte sich ein paar Minuten auf die Terrasse, dann zog sie sich um und ging an den Strand. Die See lag glatt wie ein Spiegel unter der Sonne. Sie blickte lange Richtung Horizont, dann lief sie ins Wasser und schwamm hinaus. Die gleichmäßige Bewegung ließ sie ruhig atmen. Eine Viertelstunde später kehrte sie an den Strand zurück und legte sich auf ihr Handtuch. Sie wusste nicht, wie viel Zeit vergangen war, als ein Schatten über sie fiel. Sie fuhr hoch und blickte in Kathleen Bischophs Gesicht.

»Ich bin es nur«, sagte die Kommissarin leise. »Kein Grund zu erschrecken. Das hoffe ich zumindest.«

Sarah setzte sich auf. »Wie lange bist du schon hier?«

»Ein paar Minuten.« Kathleen nahm neben ihr Platz und sah sie einen Moment still an. »Auf der Insel allerdings schon seit gestern.«

Sarah spürte, dass sie unruhig wurde, und atmete tief durch. »Ich weiß, dass du auch noch eine Standpauke halten willst – Bentsen ist ja ebenfalls komplett bedient. Aber muss das unbedingt jetzt sein?«

Kathleen lachte kurz auf. »Na ja – die Begeisterung hält sich in Grenzen, wenn man sich als leitende Ermittlerin oder Inselchef von den wichtigen Entscheidungen komplett ausgeschlossen fühlt und irgendwann mittendrin kaum noch eine andere Wahl hat, als mitzuziehen. Aber eure Gründe sind ja durchaus nachvollziehbar, das wird auch Bentsen zugeben, wenn er sich wieder beruhigt hat. Und ich habe gerade gar keine Lust auf eine Standpauke.«

Sarah verkniff sich die Frage, worauf sie sonst Lust hatte.

Kathleen hob den Blick. »Was für ein wunderschöner Strand. Kaum zu glauben, dass ganz in der Nähe …« Sie winkte ab.

»Hast du mit Berger gesprochen?«

Sie nickte. »Er wollte zunächst nicht reden. Aber inzwischen ist klar, dass er der dritte Mann aus der Sicherheitsfirma ist, und ich konnte ihn mit einigen schnellen Ermittlungsergebnissen überraschen und zumindest ein wenig aus der Reserve locken. Das wird nicht gut für ihn ausgehen. Ich schätze, er wird darüber nachdenken, mit uns zu kooperieren. Wenn wir Glück haben, erfahren wir sehr bald mehr über diese Leute in Argentinien.«

»Es wird schwierig, dort weiter vorzudringen, vielleicht sogar unmöglich.«

Kathleen zuckte mit den Achseln. »Schlechte Erfolgsaussichten haben mich noch nie abgeschreckt. Wir müssen beharrlich dranbleiben. Das hat sich früher oder später immer ausgezahlt – und das muss ich dir doch kaum erzählen. Darüber hinaus wird er demnächst nach Deutschland überführt – der Gesamtzusammenhang liegt auf der Hand. Die Anträge und Gespräche stehen kurz vor dem Abschluss, und die Dänen sind gar nicht mal scharf darauf, ihn hier zu behalten. Wer könnte es ihnen verdenken?« Sie schwieg einen Moment.

Sarah legte den Kopf schief. »Gibt es weitere Neuigkeiten, von denen ich noch nichts weiß?«

»Könnte man so sagen.« Kathleen lächelte. »Wir haben tatsächlich Hinweise auf den Leichenfundort der beiden Mitarbeiter aus der Chemiefirma entdeckt – in einer Kiesgrube in Brandenburg.«

Sarah schirmte mit einer Hand ihre Augen vor der Sonne ab. »Nach all den Jahren habt ihr Überreste der Leichen entdeckt?«

»Noch nicht. Was wir herausgefunden haben, lässt den Rückschluss jedoch zu. Mein Recherchemann hat zu einem der seinerzeit Beschäftigten ein bisschen was ausgegraben, um im Bild zu bleiben. Das ist viel Geld geflossen – es dürfte nur noch eine Frage der Zeit sein, bis wir dort auf Ergebnisse stoßen.«

»Und Isabell Herder?«

»Ich habe sie damit konfrontiert, und siehe da – sie hat sich dann doch noch dazu herabgelassen, etwas genauer von der Mordnacht zu berichten.«

»Was heißt das für den Ablauf?«

»Er ändert sich im Wesentlichen nicht, doch Herder hat deutlich mehr mitbekommen, als sie uns anfangs weismachen wollte. Sie war betäubt, aber nicht bewusstlos.«

Verena/Nelly hätte wahrscheinlich doch einige Mühe gehabt, Isabell Herder alleine durch die Gegend zu schleppen, dachte Sarah, auch wenn es jeweils nur ein paar Meter waren.

»Sie hat mitbekommen, dass plötzlich jemand aus der Dunkelheit auftauchte und auf Pirohl anlegte – eine maskierte Person, klein, aber kräftig. Der Rest der Geschichte dürfte in etwa so passiert sein, wie sie immer wieder betont hat.« Kathleen schüttelte den Kopf. »Was mir immer noch nicht schlüssig erscheint, ist ihre Beschreibung von einem Tier auf der Schulter. Kann man derart halluzinieren?«

Sarah lächelte. »Verena hat seit vielen Jahren eine ständige Begleiterin. Sie ist Ratten-Fan.«

Kathleen stutzte, dann schüttelte sie den Kopf.

»Wie geht es weiter mit ihr?«

»Sie bleibt außen vor«, betonte Kathleen. »Ihre Identität wird geschützt. Das ist beschlossen.«

»Und Frederik?«

»Sobald die Untersuchung abgeschlossen ist, kann er gehen, wohin immer er will.«

Sarah stellte die Füße auf und umschloss mit beiden Armen ihre Knie.

»Was ist mit dir?«

Sarah blickte sie an.

»Wie geht es mit dir weiter?«

Gute Frage, dachte Sarah. »Ich brauche zunächst eine Auszeit.«

»Kann ich verstehen. Und dann?«

»Dann entscheide ich, wie es weitergeht.«

»In meinem Team bist du jederzeit willkommen.«

»Danke. Ich werde darüber nachdenken.«

Es blieb einen Moment still. Schließlich stand Kathleen auf, klopfte sich den Sand aus den Hosen, legte ihr kurz die Hand auf die Schulter und machte sich auf den Weg. Sarah blickte ihr nach, dann erhob sie sich ebenfalls. Ein leichter Wind war aufgekommen. Sie hielt ihr Gesicht in die Brise und schloss kurz die Augen. Fröhliches Kinderlachen und der Schrei einer Möwe, das leise Plätschern der Wellen. Ein zauberhafter Ort, wie geschaffen für ein friedliches und heiteres Leben. Ein melancholisches Lächeln flog über ihr Gesicht.

EPILOG

Die schöne Kommissarin hatte ihm nach einer erfreulich kurzen Befragung einen Zettel zugesteckt, auf dem nur zwei Worte standen: Salomons Kapel. Dann hatte sie seine Hand gedrückt und war gegangen.

Salomons Kapel war eine mittelalterliche Kirchenruine an der Nordspitze der Insel. Die Kapelle war Anfang des 14. Jahrhunderts entstanden. Frederik erinnerte sich, dass er vor zig Jahren ein Schulreferat dazu gehalten hatte, und die Namensgebung war auch ein Thema gewesen. Salomon von Köln galt als einer der heiligen Männer der Dominikaner, und da der Orden im 14. Jahrhundert großen Einfluss auf den päpstlichen Hof hatte, versprach man sich einen Vorteil, die Verbundenheit mit der Kirchenmacht zu zeigen, indem man den Namen verwendete. Der Bau der Kapelle stand im Zusammenhang mit einem der Heringsmärkte, die im 13. bis 15. Jahrhundert an der Ost- und Nordküste Bornholms entstanden waren. Sie diente den Händlern und Fischern als Gotteshaus. Ganz in der Nähe der Kapelle gab es sogar eine heilige Quelle, deren Steinfassung noch erhalten war.

Verrückt, was in den Tiefen des Bewusstseins abgespeichert wurde, dachte Frederik, während er das Kommissariat verließ. Er fuhr zunächst ins Restaurant und verabschiedete sich von Mads. Sie machten beide nicht viele Worte, aber Frederik war sicher, dass Mads einiges mitbekommen hatte. Schließlich packte er seine Sachen und durchquerte die Insel mit dem Bus in Richtung Norden. Die Route von Sandvig Strand bis zur Kapelle umfasste kaum anderthalb Kilometer. Er lief sie bei grandiosem Sommerwetter in lockerem Tempo und ließ sich das Haar vom Wind zerzausen.

Als er den Rundbogen passiert hatte, sah er sie auf einem der Mauerreste sitzen. Sie hielt das Gesicht in die Sonne, dann sah sie ihm entgegen. Frederik lächelte, als er Magawa auf ihrer Schulter erkannte. Er setzte sich zu ihr. »Doch nicht Hammershus?«

»Kleine Planänderung«, erwiderte sie leise und blickte über die See. »Was für ein zauberhafter Ort.«

»Dem ist nichts hinzuzufügen.«

Sie schwiegen lange. Frederik schossen plötzlich so viele Fragen und Gedanken durch den Kopf, dass er nicht wusste, womit er beginnen sollte.

»Ich habe neue Papiere für dich«, ergriff sie das Wort und wandte sich ihm zu. »Sie sind absolut echt – LKA-geprüft sozusagen. Außerdem begleite ich dich.«

»Wohin geht die Reise?«

»Ist das wichtig?«

Nicht wirklich, dachte er.

»Und später werden wir über alles reden, was dich und auch mich bewegt und umtreibt. Alte und neue Geschichten. Alles kommt auf den Tisch.«

Er atmete tief durch. Ihm wurde der Hals plötzlich eng.

»Einverstanden?«

Frederik nickte. Der Wind frischte auf. In der Ferne zeigte sich ein Segelboot unter dunkelblauem Himmel. Kein Abschied für immer. Und doch ein Abschied.